明詩綜卷二十二

小長蘆　朱彝尊　録
海昌　馬翌贊　緝評

彭韶九首

韶字鳳儀，莆田人。天順丁丑進士，除刑部主事，歷官都察院右僉都御史，巡撫蘇、松，召入爲大理寺卿，累轉刑部尚書。卒，贈太子少保，謚惠安。有《從吾滯稿》。

《静志居詩話》：彭公以左僉都御史巡視浙江，兼理鹽法，憐亭戶之苦，繪八圖上進，各系以詩，雖未盡工，然有元次山《春陵》《示官吏》二詩風骨。若《臨江詞》一篇，慷慨激烈，信足以起頑懦。其云「後來姦佞儒，巧言自粉飾。叩頭乞餘生，毋乃非直筆」。蓋指修《實録》者而言。攷《高皇帝實録》，一修於建文元年五月，至三年十二月書成；再脩於靖難後，至永樂元年六月書成；迨九年復修，至十六年五月書成。《文皇帝實録》，脩自洪熙元年五月，至宣德五年正月書成；四次纂脩，總裁楊東里一人均與焉。即如《書傳會選》，許觀景清寔預纂脩之列，今刊本猶書其名，而《實録》去之。則建文諸臣在洪武中嘉言懿行，槩從刪削，而顛倒其是非可知已。彭公所指斥，殆爲東里言之乎？

經進鹽圖詩八首

鹽場圖

兩浙山水鄉，古稱天地藏。西望出吳淞，東行踰雁蕩。利孔非一塗，鹽征爲海王。泉布充京儲，芻糧助邊餉。庶哉用物宏，生意不復暢。薪桂與炊玉，晨昏增感愴。湫屋棲寒蘆，新畬倚孤嶂。懷土思依依，承家如草創。

山場圖

山木非不佳，林麓非不庨。百年生聚繁，分業薄如紙。朝夕斧斤入，不待黄落矣。近伐嘅山童，遠入虞虎兕。肩重何足辭，突黔良藉此。而况煮海功，昏夜無停止。菹薪苟不力，公私亦何倚。歲歲事辛勤，猶勝棄桑梓。

草蕩圖

海壖咫尺地，一望如掌平。材木不生植，草莽徒敷榮。廣牧良有害，泛取亦難成。瓜分給亭戶，表絶自經營。繁霜一以降，百物俱彫零。芻蕘忽萃止，芟縳無留行。輦運積官所，來歲事煎烹。負荷非爲苦，願言公課登。

林滷圖

旭日朝沮場，欣兹風色競。錢鎛密如鱗，沙塗平似鏡。汲矖足灰泥，層層白相映。易地聚成堆，再淋鹹始盛。方池藉以茅，小竇暗通阱。蓮實重且堅，浮浮力能勝。祇恐山雨來，一簣功未竟。殷勤守餘瀝，坐待滷池定。

煎鹽圖

鹺液泛清泠，牢盆戒倏潔。分番忽後時，及此旺煎月。一勺盡傾瀉，萬竈俱焚爇。沈沈紅霧收，蹙蹙晴波竭。斂之白盈箕，凝華燦如雪。點檢入公私，中心更煩熱。荆妻慰苦顔，摩挲汗流血。却歎戍邊人，垂老有離别。

《詩話》：煎鹽之法，惟海濱居民晰之，書生多未詳也。惠安是詩，已具其槩，然不若施宿《會稽志》所載，靡有剩義。今節録於後云：會稽亭戶煎鹽法，以海潮沃沙暴日中，日將夕，刮鹻聚而苫之，明日又沃而暴之。如是五六日，乃淋鹻取滷。然後試以蓮子，每用竹筒一枚長二寸，取老硬石蓮五枚，納滷筒中。一二蓮浮，或俱不浮，則滷薄不堪用，謂之「退滷」。蓮子取其浮而直，若三蓮浮，則滷將成；四五蓮浮，則滷成，可用，謂之「足蓮滷」，或謂之「頭滷」。然石蓮試以滷，取最後升者爲「足蓮」，「足蓮」乃可驗滷。有無「足蓮」者，必借人已驗蓮滷，較蓮之輕重爲之，然後爲審。編竹爲盤，盤中爲百耳，以篾懸之，塗以石灰，纔足受滷，燃烈燄中，滷不漏而盤不焦灼，一盤可煎二十過，淋下滷水，或以他水雜之，但識其舊痕，以飯甑蓋之，於中扻去面水，至舊處元滷盡在，所去者皆它水，或以甑箄隔之亦可，以他物則不可分矣。孔融論云：「敝箄不能救鹽池之滷。」意蓋指此。《練化術》云：「飲食過鹹，以飯箄竹數條炙之，著其中，則汁便澹。」蓋未易以理推也。覽此，讀惠安諸詩，可以豁然無滯義矣。

徵鹽圖

小汛風日好，大汛潮汐平。袖長應善舞，課羨易爲徵。歲歉伊誰知，寧分雨與晴。衣食豈不急，國計良非輕。擔石四面至，倉庾一朝盈。鹽官唱簿曆，折閲頻呼聲。况乃逃亡多，荒額重加徵。展限諒未允，努力事餘生。

放鹽圖

三邊乏儲峙，良賈勞委輸。償以搉海利，子母多贏餘。水膏易消耗，蔀屋難貯諸。多年積逋欠，折算盡錙銖。渺渺太湖畔，盈盈東海隅。雪山壓巨浪，風帆恣所如。每資藜藿食，亦薦王侯厨。誰念味中苦，搔首空躊躇。

追賠圖

近寶固貧國，厚貨亦貧民。滷丁有常賦，催目何紛紜。侵耗歲已久，夤緣具虚文。商算無從給，鞭箠不堪聞。富點自當爾，哀此顛連人。稱貸不見售，絲穀無餘新。寬減逢優恤，感激謝皇仁。滄海未終竭，更始重辛勤。

臨江詞

臨江古名邦，佳麗傳自昔。豈不産異人，爲兹壯顔色。云何百年間，不見有遺跡。館人聞我言，掩袂長歎息。叩之至再三，欲語還踧踖。爲言有姦臣，名字不記憶。□□□□□，□□□□□。内臺司風紀，適遭陽九厄。飛簡論曹魏，戮力事討賊。膠固不知幾，祇顧順與逆。□□□□□，奇禍嬰六戚。兹事有始末，賤子請□一。神考早謝世，太孫推正嫡。母妃開平家，元勳載帝室。隱然九鼎重，姻婭萬人敵。嫌隙一以開，讒言肆罔極。居然尾不掉，大都勢耦國。時有黄奉嘗，子澄。輕佻故無匹。伴讀東宫中，論事時造膝。一旦削王侯，怱徨何太亟。細人暗大體，國釁此焉隙。漁陽動地來，六軍盡股栗。齊公泰爲司馬，折衝乃其職。堂堂正正旗，誓書嚴紀律。内相方夫子，孝孺。早學富經術。倚馬草檄文，樞機資密勿。又有黄門陳，迪。自少稱英特。餘者亦黨人，我今半遺失。當其自靖時，鼎鑊甘如蜜。之死矢靡他，萬古常昭晰。父母且不顧，爵禄何能易。寄語謝諸親，怨尤竟何益。所貴士明志，萬死奚足恤。後來姦佞儒，巧言自粉飾。叩頭乞餘生，無乃非直筆。聖人順天命，四海瞻堯日。爾胡守戇愚，甘心取族滅。不覩解與胡，乘時附鳳翼。恩寵日以加，聲名垂簡策。

徐貫 一首

貫字原一，淳安人。天順丁丑進士，授兵部主事，歷員外、郎中，出爲福建參政，遷本省右布政使，山東左布政使，拜都察院副都御史，巡撫遼東，召入爲工部左、右侍郎，進尚書，加太子太保。卒，贈太保，謚康懿。有《餘力稿》。

贈別張世禎

故人成久别，邂逅客都城。夜雨方論舊，春風又送行。鄉關頻入夢，雲樹遠含情。迢遞清溪上，相思對月明。

王佐 一首

佐字廷用，天順己卯舉人，福州衛籍。官訓導；以子鼎貴，封都御史。有《三留稿》。

宫怨

芙蓉帳冷減容光，愁倚熏籠懶著牀。寒氣逼人眠不得，鐘聲催月下回廊。

《詩話》：廷用是詩載集中，候官曹能始《十二代詩》采之，游用之《夢蕉詩話》謂：「南寧伯毛舜臣留守南都，灑掃舊内，見别院牆壁多舊宫人題詠，年久剥落，不可辨識。其一署曰『媚蘭仙子書』，即此詩末二句也。」當出好事者傅會，不然，裕陵定都北京之後，康陵未南巡以前，安有宫人以廷用詩，書之南内壁乎？

張元禎 一首

元禎字廷祥，南昌人。天順庚辰進士，累官吏部左侍郎，兼翰林院學士，掌詹事府事。天啓初，追謚文裕。有《東白先生集》。

游東郊

招提回首日沈西，十里香風送馬蹄。不是習家池上飲，傍人休笑醉如泥。

沈暉 一首

暉字時暘，宜興人。天順庚辰進士，累官右副都御史，巡撫河南。有《豫軒集》。

夏夜悼亡

青雀西飛竟不歸，芙蓉猶剩舊羅幃。山齋十日黄梅雨，誰與熏籠夜焙衣。

鄭紀 一首

紀字廷綱，仙游人。天順庚辰進士，累官南京户部尚書。有《東園集》。

林雨可云：東園詩得力于静，故能舉止安雅。

《詩話》：尚書無詩名，然如「古塹斜連江樹没，飢烏低傍野人飛」，「橋頭雨歇溪初溜，天際雲收山漸多」，亦自琅然可誦。

送林慎學之官

相送東郊去，秋雲驛路寒。秖因爲客久，欲别故人難。馬向花間度，琴攜竹外彈。歸來不覺晚，月色滿吟鞍。

秦夔 十一首

夔字廷韶，無錫人。天順庚辰進士，歷官江西右布政使。有《五峰遺稿》。

邵國賢云：廷韶詩，始馳騖中唐，久之得其風格，既而學杜，復參諸蘇、黄以下數家，故所就如此。

程克勤云：公詩清麗豐蔚，不名一家。

錢與謙云：廷韶詩流麗，有唐人風。

東安道中

南人喜乘舟，鞍馬非所便。自我離京師，陸行苦迍邅。長驅竟終日，黃塵暗幽燕。平原莽千里，四顧無人煙。况兹冬欲暮，寒風正淒然。霜嚴裂肌膚，指直不得拳。僕夫亟告勞，長跪向我前。下馬語僕夫，窮塗須勉旃。丈夫豈兒女，壯志恒在邊。微勞詎足惜，去矣行策鞭。

送人還松江

金陵城中花滿煙，金陵陌上酒如泉。送君臨岐一握手，欲别未别心茫然。疋馬遥遥向東去，黄金作鞭光照路。長安雖好不如家，翹首吴門隔煙霧。君家遠在雲水鄉，正近吴王舊獵場。海錯登盤玉脂滑，鮮蓴出水銀絲長。荒亭鶴去空塵跡，三高祠前秋月白。惜君未得從君行，斜日無言正愁寂。

登觀瀑亭

麻姑之泉天下名，有泉不可無此亭。奔流直下蒼崖裹，千丈玉龍飛不起。鏗金碎玉聲潺潺，恍惚置我匡廬間。銀河句好續不得，日暮悠然騎馬還。

同金廣信宗器遊番湖

番湖水落秋容冷，碧色澄鮮三萬頃。樓船嗷嘈何處來，十幅蒲帆弄秋影。霜晴九月葭葦枯，芙蓉著花秋滿湖。吳興已遠郭熙老，誰爲寫此秋江圖。汀洲遠近迷雲樹，東去滄波急如注。康山一髮天際横，傳是先皇洗兵處。當年血戰湖水黄，日月照耀旌旗光。鼎湖龍去不復返，只有雁鶩飛茫茫。天開大澤雄今古，氣撼東吳及南楚。巴陵洞庭何處邊，目斷潯陽送樓櫓。北風獵獵握雙旌，此行奇絶如登瀛。風波平地不須起，向來魂夢今猶驚。浩歌蓬底還搔首，却憶同行信州守。萍水飄零盡白頭，相逢且醉餘干酒。

贈虞永錫赴金庭塾館

西溪先生頭半白，十年常作金庭客。慣説金庭山水清，嗟余俗眼何由識。新春示我山水圖，金庭乃在東南煙浪之具區。洞天福地仙所都，靈芝瑞草無時無。危峰倒插青天孤，下涉阻險連重湖。秋風颯颯吹黄蘆，白波漫天雁鶩呼。沙頭二老翁，衣冠一何偉。烏沙籠頭髮垂耳，笑看雲山弄雲水。就中一叟豪且雄，恐是近世天全翁。領客嘗遊湖水東，脱屣富貴尋崆峒。英賢遺跡轉眼空，好事寫入兹圖中。不然胡爲避世士，被服却有今人風。余生亦愛金庭好，對畫題詩心慄慄。會約先生作勝遊，他日風流成四老。

和謝武選齋居

長樂疏鐘曉，龍墀細柳春。天香飄御仗，紫袖引才人。萬乘求賢切，諸公奏疏新。幸逢虛己日，忠讜在忘身。

過高郵

四顧無山色，蒼茫入望遥。城池百戰在，魚蟹四封饒。小市黄茅店，孤村白板橋。停舟問民俗，風景頗蕭條。

久雨

劍外天常漏，江南雨亦多。陰雲連晦朔，潦水接江河。漫説禾生耳，還聞麥化蛾。憑誰問元宰，調燮意如何。

南山小隱

茅屋住山丘，丘中事事幽。茶香和雨摘，果熟帶霜收。石鏡當窗見，山泉隔幔流。何時謝軒冕，來伴竹林遊。

望泰山

中天積翠鬱重重，勢入青冥望不窮。山上白雲今古是，漢王虛信起封中。

賞芙蓉

獨倚秋風取次開，小園攜酒幾番來。勸君莫惜花前醉，昨日主人安在哉？

陸釴 一首

釴字鼎儀，崑山人。天順甲申，賜進士第二，授翰林編脩，遷脩撰，陞太常少卿，翰林侍讀，時與張泰、陸容稱「崑山三鳳」。有《春雨堂稿》。

李賓之云：張亨父，陸鼎儀未第時，皆有詩名。亨父天才敏捷，奇思硬語，人莫攖其鋒。鼎儀稍後作，而意識超詣，凌空徑趨，擺落塵俗，雖或矯枉過正，弗恤也。

《詩話》：鼎儀與西涯同登第，西涯時年十七，鼎儀《瓊林醉歸詩》所云「行過玉河三百騎，少年爭說李東陽」是也。西涯好推挽人才，求詩者至填塞戶限，乃賦詩以止作詩。鼎儀聞之失笑，戲作《八止詩》貽之，西涯申雞酒之約，未踐也。會謝鳴治、陳師召促西涯題詠，西涯遂渝止詩之約，偕謝、陳兩公，載酒鼎儀邸舍，李明仲、羅亨父亦至，即席分韻，詩成，書之卷軸。鼎儀又嘗與陸文量飲朱懋遷宅，有教坊弟子王秀侑觴，夜深風冽，琵琶絃屢斷，主人以洞簫繼之。秀舍絃按拍，清歌數曲，歌詞有「學士波」字，蓋方言也。鼎儀爲賦詩紀其事，有「醒後空慚學士波」之句。當日諸公，逢太平盛際，翰苑風流，經過輒成勝引。予嘗過北平孫侍郎蟄室，獲覩西涯《陵祀歸和鳴治騎字韻詩》，和者數十人，裝成行看子，足稱玉堂嘉話也。鼎儀邸在新堤，今已不知其處。

三月八日與亨甫歸自城西

參差宫樹殿東西，樹裏青山落日低。回首旌旗猶未定，晚來風起玉河堤。

李東陽五十七首

東陽字賓之，茶陵人。天順甲申進士，改庶吉士，授編脩，累官少師，兼太子太師，吏部尚書，華蓋殿大學士。卒，贈太師，謚文正。有《懷麓堂》前後集、《南行》《北上》諸稿。

徐子元云：長沙大韶一奏，俗樂俱廢。中興宗匠，邈焉寡儔，獨擬古樂府，乃楊鐵崖之史斷，此體出而古樂府之意微矣。

穆敬甫云：李公才情兼美，於何、李有倡始功，大似唐之燕、許。

王元美云：李西涯如陂塘秋潦，汪洋澹淹，而易見底裏。又云：長沙公少爲詩有聲，既得大位，愈自喜攜拔少年，雅俊者一時爭慕歸之，雖模楷不足，而鼓舞攸賴。長沙之於何、李也，其陳涉之啓漢高乎？又云：嚮者於李賓之擬古樂府，病其太涉議論，過爾翦抑，以爲十不得一。自今觀之，奇旨創造，名語疊出，縱未可被之管絃，自是天地間一種文字。若使字字求諧於房中鐃吹之調，取其字句斷爛者而模倣之，以爲樂府如是，則豈非西子之顰、邯鄲之步哉！

胡元瑞云：成化以還，詩道旁落，唐人風致，幾於盡隳。獨文正才具宏通，格律嚴整，高步一時，興起何、李，厥功甚偉。是時中、晚、宋、元諸調雜興，此老砥柱其間，固不易也。又云：國朝詩流顯達，無如孝廟以還，李文正、楊文襄、石文隱、謝文肅、吳文定、程學士，凡所製作，務爲和平暢達。演繹有餘，覃研不足。是時厥後，李、何并作，宇宙一新矣。

顧玄言云：文正以大雅之宗，推轂後進。學既該博，詞亦宏麗。

錢受之云：西涯之詩，原本少陵、隨州、香山，以迨宋之眉山、元之道園，兼綜而互出之。金鐘玉衡之質，朱絃清廟之音，含咀宮商，吐納和雅，渢渢乎，洋洋乎，長離之和鳴，共命之交響也。

陳臥子云：文正網羅群彥，導揚流風，如帝釋天人，雖無與宗派，實爲法門所貴。

陳元孝云：西涯樂府，得古詩之遺風刺，并見含蓄可味，使人自得於言外。別爲一格，奚而不可！

《靜志居詩話》：文正弘奬群英，力追正始，由其天材穎異，長短豐約、高下疾徐，滔滔莽莽，惟意所如。其自序謂：「耳目所接，興況所寄，左觸右激，發乎言而成聲，雖欲止之，有不可得而止者。」此自得之言也。昔賢以大謝繁蕪爲累，大陸才多爲患，此翁亦然。若其擬古樂府，因人命題，緣事立義，別裁機杼，方之楊廉夫、李季和輩，似遠勝之。至或剛而近虐，簡而似傲，文之佳惡，文正蓋自得之矣。

申生怨

十日進一胙，君食不得嘗。讒言豈無端，兒罪誠有名。兒心有如地，地墳中自傷。兒生不如犬，犬得死君傍。天地豈不廣，日月豈不光。悲哉復何言，一死以自明。

緜山怨

五蛇上天一蛇蟄，緜山經月火不滅。君王恩重翻爲讎，不如放作山中囚。君王有臣一非少，貪天之徒但自保。臣心見母不見君，誰言母死非君恩。今辰何辰夕何夕？留與千秋作寒食。

屠兵來

兒勿啼，屠兵來，趙宗一綫何危哉！千金賣兒兒不死，真兒却在深山裏。妾今有夫夫有子。死兵易，立孤難，九原下報無慚顏。趙家此客還此友，穿何故亡盾何走？誰言趙客非晉臣，當時嬰杵爲何人！

新豐行

長安風土殊不惡，太公但念東歸樂。漢皇真有縮地功，能使新豐爲故豐，人民不異山川同。公不思歸樂關中。漢家四海一太公。俎上之對何忽忽？當時幸不烹若翁。

淮陰歎

營門晝開齊犬吠，蒯生相人先相背。古來鳥盡良弓藏，近時刎頸陳與張。功成四海身無地，歸楚楚疑歸漢忌。極知猶豫成禍胎，時乎時乎不再來。君王恩深辯士走，淮陰胸中血一斗。婦人手執生殺機，赤族不待君王歸。君王歸，神爲惻，獨不念秋毫皆信力。

殿上戲

殿上戲，丞相嗔，丞相勿嗔吾弄臣。臣可弄，不可狎，節使不來臣已殺。君王有道臣職遂，細柳營中親按轡。

文成死

文成封，五利封，神仙只在東海東。文成死，五利死，天下神仙皆妄耳。漢家武皇帝者英，昔何懵矣今何明。君不見，百年身，萬年計；前秦皇，後唐帝。

姦老革

姦老革天下，能有多許賊。潼關以東大有人，悔不盡殺東都民。民不欲多多即亂，安得龍舟數千夫八萬？君不見，江都城外人圖儂，那能更到丹陽宫。

卿勿言

卿勿言，朕自思，南詔覆師君不知。卿勿憂，朕自保，范陽弄兵苦不早。卿邪誰邪高與楊，非姚非宋還非張。有言如此尚不用，豈有藥石鍼膏肓？君不見，咸陽老人能直諫，何曾得覩君王面。

青巖山

青巖山，甄郎高風不可攀，禄山使者封刀還。入東京，見黄蓋，帝敕僞官階下拜。鄭虔貶死王維生，故人獨有蘇源明。君不見，舞象悲啼樂工哭，賊斫工尸分象肉。

司農笏

司農手中無寸鐵，奮笏擊賊賊腦裂，賊雖未死氣已折。奉天天子雙淚横，十年棄卿真負卿。臣身區區勞記憶，平原太守曾未識。

十六州

契丹助晉兵，一號三十萬。晉人報契丹，一數一匹絹。三十萬絹未足惜，一十六州空棄擲。遂令宋統成偏安，中原以北無幽燕。金元相承二百載，慟哭衣冠化兜鎧。至今五鎮接三邊，不備西陲備東海。

安石工

端禮門，金石刻，丞相手書「姦黨籍」。長安役者安石工，不識人賢愚，但識司馬公。卑疏不敢預國事，幸免刻名爲後累。匹夫憤泣天爲悲，黄門夜半來毁碑。碑可毁，亦可建；蓋棺事，久乃見。不見「姦黨」碑，但見《姦臣傳》。

參謀來

新將代，舊將去；參謀來，軍有主。受命犒，不受戰；參謀行，真獨斷。宋家養兵二百秋，大功竟屬書生收。翻令愧死劉揚州。君不見，陝西歸來笏畫地，遺恨他年六州棄。

兩太師

和議是，塞外蒙塵走天子。和議非，軍前函首送太師。議和生，議戰死。生國讎，死國恥。兩太師，竟誰是？

花將軍

花將軍，身長八尺勇絶倫，從龍渡江江水渾。提劍躍馬走平陸，敵兵不能逼，主將不敢嗔。殺人如麻滿川谷，遍體無一刀鎗痕。太平城中三千人，楚賊十萬勢欲吞。將軍怒呼縛盡絶，罵賊如狗狗不狺。檣頭萬箭集如蝟，將軍願死、不願生作他人臣。郜夫人，赴水死，有妻不辱將軍門。將軍侍婢身姓孫，收尸葬母抱兒走，爲賊俘虜隨風塵。寄兒漁家屬漁姥：死生已分歸蒼旻。賊平身歸竊兒去，夜宿陶穴如生墳。亂兵爭舟不得渡，墮水不死如有神。浮查爲舟蓮爲食，空中老父能知津。孫來抱兒達行在，哭聲上徹天能聞。帝呼花雲兒，風骨如花雲。手摩膝置泣復歎，雲汝不死猶兒存。兒年十五官萬戶，九原再拜君王恩。忠臣節婦古稀有，嬰杵尚是男兒身。英靈在世竟不朽，下可爲河嶽，上可爲星辰。君不見，金華文章石室史，嗟我欲賦、豈有筆力回千鈞。

尊經閣

尊經閣，閣高不可攀。前有文宣宮，後有鍾陵山。

玉堂下直

岸幘斜陽下，疏林開遠山。新凉灑衣袂，爽氣清容顔。林端見初月，素彩生雲間。褰裳步花影，欲動愁闌珊。向來竹林遊，暫到已復還。寧知一畝内，迥若離市闤。浮生且爲樂，及此一日間。

陳玉汝所藏朱澤民畫

睢陽書家流，作畫如作草。松根石崚嶒，健筆凌絶島。垂蘿飄人衣，盤石坐不掃。鳴琴聲差差，石籟風稍稍。君看蕭散姿，稱彼林下老。遺縑百年内，嵐氣濕不槁。陳郎湖海情，得此恨不早。我生不學畫，入眼分醜好。嘗觀耆舊傳，歎息風流少。此意君獨知，丹青安足道。

師召席上餞邵文敬戶部使淮安得作字

玄雲鬱重陰，霖雨久逾大。平田偃頹波，萬彙同一挫。纍纍黍穗落，百畝不盈箇。淮陽舊宜麥，未足供甑磨。稊稗價亦增，誰能問粳穤。官租苦未給，生理安可作。城市多游民，山林有遺餓。流離及溝壑，去住總無那。地連兩畿邇，業恐千家破。近聞恩詔下，已放今年課。漢臣發諸廩，唐法通百貨。王事須賢勞，地曹有良佐。名辭鴻臚籍，檄自尚書座。行哉車馬艱，詎免泥塗涴。東南民力竭，要使皇仁播。官雖問升斗，職豈在揚簸。平生翰墨場，珠玉生咳唾。簿書劇裁決，餘暇得酬和。群情恣幽眇，品類入摻邏。德澤乃膏腴，文章比稂莝。舉世輕迂譚，兹言我當坐。偶託平生交，因君識吾過。君當策勳伐，極力起貪懦。聊因贈行什，預卜還朝賀。

題王維詩意圖

平田渺成湖，仲夏月多雨。汀鷺濕不飛，林鶯澀還語。村煙多乞鄰，饁餉常及午。柴門無鎖鑰，出入隨杖屨。白鷗似相識，亦足忘爾汝。王丞詩家流，畫格亦天與。君看百代遺，摹搨尚如許。吾生慕丘壑，偶此縶冠組。試問松下翁，幾人同出處。

送錢先生致仕得臆字

成化己亥冬，公來自南國。維時龍興節，奉表宸旒側。入朝未浹辰，具疏寫衷臆。臣年七十二，鬚髮不復黑。乞身謝圭組，歸老東南域。願爲南極星，中夜常拱北。時當太平世，聖壽千萬億。臣雖在畎畝，永荷陛下德。聖皇眷耆舊，曰汝予輔翊。古稱老成人，豈獨賴膂力。吾當獎休退，卿意誠悃愊。加官號冢宰，名位班九棘。貤封及三世，兹典尤絶特。公章再入省，請解尚書職。臣方避華要，而敢蒙顯陟。王言重丁寧，公意增感刻。願書歸榮字，堂扁揭華織。江山佳麗地，從此生顔色。再拜送公歸，臨風遠相憶。

困暑次韻白洲

高堂遞晴陰，炎熇氣呼闞。燔同洪爐然，溽入厚地黯。繁星夜方摇，淫雨晝仍濫。炎光石成焦，暝色山帶黶。羲輪談赫赫，雷轂聲轞轞。鼉坼行在田，濤翻坐平檻。占風想乾鵲，吠日驚蜀獭。彼浴空羨鳧，吾冠不如蜑。甘泉冷將濯，惡木繁可斬。惔心甘獨勞，炙手竟誰犯。周扇懷仁風，陶窗仰清範。雖無簿書煩，頗覺餐食減。爨爲窮兒愁，怒作壯士喊。亦有歲寒交，綈袍義思范。豈無雪夜訪，杯酒情憶湛。天時手中環，世事波上艦。晚尋東籬菊，秋種南山嗛。思君正執熱，有袂不可摻。

賀鼎儀遷諭德得檢字

華蓋天穹崇，青宫地深儼。同時侍從臣，一一皆妙檢。陸君偉文行，不抗亦不諂。銛如囊中錐，穎脱不受掩。年勞秩屢遷，德諭官曷忝。名厪黼扆記，薦豈公卿剡。平生耐官職，寵極翻自斂。須知啓沃功，不獨事編檢。姓字符鼎彝，文章歸琬琰。非才獨慙予，同第名久玷。交游二十年，道義足薰染。攀躋竟何能，時歲驚荏苒。勳業乃攸期，榮光詎相豔。努力當壯齡，時哉此其漸。

示用兒效玉川子作

夜坐苦不樂，作詩示用兒。用兒爾何來？來自東南陲。自言廣西人，州縣已忘遺。但知姓李氏，世業本巫醫。家有三頭牛，有田可耘耔。當年靖州蠻，作亂勞王師。夜聞狼兵到，勢若虎與貔。我耶被殺死，血肉交淋漓。我孃亦被虜，存亡未可期。官司簡少俊，閹割隨俘纍。用兒年十三，廣顙身尫羸。生來左目瞖，幸免殘膚肌。紅船載白粲，驛遞來京畿。兵曹奏名籍，給配在有司。臣愚本無功，恩與公侯齊。用兒亦何物，御筆蒙親批。彤庭頓首謝，髫草歸提攜。煮羹爲汝餐，縫帛爲汝衣。役不忍汝勞，過不忍汝笞。居遣用兒侍，行令用兒隨。殷勤語子姪，慎勿陵虐爲。丁寧戒僮僕，疾病相扶持。緬思先皇德，欲報何能追。賜生尚必畜，况此非豚雞。今皇兩僮賜，本出思恩夷。岑梁年十一，吳也二歲差。渠視汝爲兄，汝可弟視之。班行若鴻雁，戲弄吹塤篪。渠小不足責，汝長教所宜。用兒爾來前，訓汝好言詞。清晨起必早，日暮眠當遲。操畚掃廳堂，汲水澆園畦。客來捧茶果，客去收書棋。有口莫喫酒，酒醉死路岐。有手莫做賊，做賊送頭皮。人生無貴賤，但問所從誰。長爲官人奴，勝作獞與黎。用兒爾誠騃，告汝汝不知。垂頭睡莫對，吾自吟吾詩。

習隱二首

咿啞復咿啞，隔牆聞水車。車翻水汩汩，如在東鄰家。當軒理嘉樹，傍檻移新花。一澆潤枯槁，再濯無塵沙。濟川恐無用，學圃良非差。房山有南畝，海子餘西涯。安得謝簪纓，悠悠送年華。

暑雨忽新霽，曾軒開碧山。浮雲避素月，夜色明松關。流螢遞隱見，宛在深林間。掃石坐彈絲，天風下鳴環。瓊樓正在望，佇立難爲攀。

夜過邵伯湖

蒼蒼霧連空，冉冉月墮水。江湖日浩蕩，行役方未已。羈棲正愁寂，况乃中夜起。

長江行

大江西來是何年，奔流直下岷山巔。長風一萬里，吹破鴻濛天。天開地闢萬物茁，五嶽四瀆皆森然。帝遣長江作南瀆，直與天地相周旋。是時共工怒觸天柱折，遂使后土東南偏。女媧補天不補地，山崩谷鏬漏百川。有崇之叟狂而顛，坐看萬國赤子淪深淵。帝赫怒，罰乃罪；神禹來，乘四載；驅大章，走豎亥。黃龍夾舟穩不驚，直送馳波到東海。朝離巴峽暮洞庭，九派却轉潯陽城。縈紆南徐萬餘里，更萬餘里通蓬瀛。君不見，黄河之水天上下，其大如股空縱横。長淮清濟出中境，曷敢南向爭權衡。千流萬派瑣瑣不足數，雖有吐納無虧盈。下亘厚地，上摩高空，日月出没，蛟龍所宫。奇形異態，不可以物象，但見變化無終窮。或如重胎抱混沌，或如顥氣開穹窿。或如織女拖素練，或如天馬馳風騣。空山怒哮飽後虎，巨壑下飲渴死虹。或如軒轅鑄九鼎，大冶鼓動洪鑪風。或如夸父逐三足，曳杖狂走無西東。或如甲兵宵馳聚嘯滿山谷，或如神鬼晝露、萬象出入虚無中。吁嗟乎！長江胡爲若兹雄？人不識，無乃造化之奇功！天開九州，十有二山；南北并峙，江流其間。堯舜都冀方，三苗尚爲頑。魏帝倚天歎，征吴但空還。吁嗟乎！長江其險不可攀，古來英雄必南騖。我祖開基自江渡。古來建國惟中原，我宗坐制東南藩。始知天險不足恃，惟有聖德可以通乾坤。長江來自西極，包人寰，環帝宅。吾來何爲？爲觀國。汎吴濤，航楚澤。壯神功，歌聖德。聖德浩蕩如江波，千秋萬歲同山河。而我無才竟若何？吁嗟乎！聊爲擊節長江歌。

風雨歎

壬辰七月壬子日，大風東來吹海溢。崢嶸巨浪高比山，水底長鯨作人立。愁雲壓地濕不翻，六合慘澹迷乾坤。陰陽九道錯白黑，烏兔不敢東西奔。里人蒼黄神屢變，三十年前未曾見。正統甲子歲。東村西舍喧呼遍，牒書走報州與縣。山隧谷淘豺虎嗥，萬木盡拔乘波濤。洲沈島滅無所逃，頃刻性命輕鴻毛。我方停舟在江皋，披衣踞牀夜復晝。忽掩青袍涕雙透，舉頭覩天恐天漏。此時憂國况思家，不覺紅顔坐凋瘦。潼關以西兵氣多，蘆笳吹塵塵滿河。安得一洗空干戈？不然獨破杜陵屋，猶能不廢嘯與歌。世間萬事不得意，天寒歲暮空蹉跎。嗚呼奈爾蒼生何！

夜過仲家淺閘

日維乙未月丙戌，青天無雲月東出。舟人喧豗夜濤發，翻沙轉石紛出没。是時水淺舟在地，牐門崔嵬晝方閉。牐官醉睡夫走藏，倉卒招呼百無計。民船棄死爭赴牐，楫倒檣摧動交碎。舟人號咷乞性命，十里呼聲震天地。我時兀坐驚舂撞，攬衣而起心徬徨。同行無人僕隸散，獨與船底相低昂。攀崖陟磴不得上，咫尺如在天一方。流行坎止信有數，向來蔑視淮與江。霜風欺人衣袂薄，呼童酌酒累數觴。燈殘酒醒牐亦過，北斗墮地天茫茫。

送平江伯陳公總督脩河兼簡劉都憲時雍

黄河西來忽東決，張秋舊堤先受齧。奔波赴海勢不停，百里漕渠一時泄。官船賈舶如山壅，河底沙乾日欲裂。九重南顧囬舜瞳，三命中朝持漢節。陳公舊是恭襄孫，奕代簪纓萬人傑。爭誇仙種非凡材，復道家傳有真訣。兵符夜檄鯨鯢走，將令晝驅雷電掣。指揮能事天地囬，坐計功成同解結。時方六月霖雨多，地苦沮洳况炎熱。民窮到骨聲徹空，忍使鞭笞汗成血。極知國計須元氣，乍可因時治癥噎。比聞水發舟已通，暫遣丁歸待農輟。三犀永作洪濤鎮，一蟻不潰金隄穴。古來大事當遠圖，豈論竹頭兼木屑。慣從前史鑑興衰，已聽高譚能激切。湖南中丞久奉使，頗覺憂勞成耄耋。因公寄謝平生交，自愧官曹容逸拙。

靈壽杖歌

吾聞武當之山四萬二千丈，半在雲根半天上。不知三十六宫何處稱絶奇？産出靈株非一狀。蛟螭蟠拏露頭角，熊經樹顛虎山脚。根盤節錯相糾纏，含風飽雪經炎寒。九年洪水之水浸，不殺十日之日暴烈何時乾！梯懸磴接跬步不可上，誰采青璧紅琅玕？見之羨者不容口，錫以嘉名曰靈壽。爪之不入行有聲，金可同堅石同久。吾家此物舊所有，神與相扶鬼爲守。自從病足跛曳不得前，已覺山林落吾手。一病經旬不出門，手中此杖嗟猶存。下牀皷足立不定，此時託子以爲命。不顧四體無微疴，但願謝病歸山阿。左扶右策夾以二童子，下可涉園徑，上可凌坡陀。願栽萬本截萬杖，窮崖陰谷生森羅。靈兮壽兮此物儻可致，直遺四海赤子頭雙皤。

題黄宗器秋官所藏何太守山水圖

濕雲浮空山欲動，亂壑回峰互吞湧。當溪獨樹雨冥冥，青苔覆地春陰重。深山白石幽人居，鈎簾寂寂坐看書。竹橋入林野有簌，草閣傍水門無車。行人細路隔山脚，曳杖前登後還却。浦口輕舟信往還，鐘聲遠寺空寥廓。此中可釣亦可耕，不然且濯滄浪纓。酒酣夢覺兩相失，此興豈獨憐丹青。風流太守何侯筆，三十年來已蕭瑟。君今愛惜須久傳，予亦題詩坐終日。

劉尚質南樓題王舜耕山水圖

溪聲潺湲雜林壑，山勢蜿蜒去還却。浮雲欲起未起時，半在溪頭與山脚。入空高鳥飛欲盡，背屋斜陽慘將落。更無剩地與閒人，縱有紅塵何處著。南畝老翁雙鬢斑，筆法頗似高房山。少年豪宕老疏放，往往醉墨留人間。平生畫癖兼山癖，一見此圖三歎息。愧我不如樓上人，日日開窗看秋碧。

張侍御世用所藏山水圖歌

秋山日落川氣黄，樹影下映寒潭蒼。叢篁入林豁蒙翳，石角路轉山東岡。茅堂對山復面水，高者可屐深可航。閉門却掃動經月，落葉委地苔覆牆。豈無山客跨款段，亦有孺子歌滄浪。吾生早覺簪組累，十年丘壑成膏肓。畫圖彷彿見此景，褰裳欲渡川無梁。空堂五月熯如火，使我鬱塞迴中腸。安得盤陀一片石，坐醒殘醉生餘凉。君今持節行萬里，要遣霜雪清炎荒。請看窮谷最深處，或有隱逸藏聲光。揚清激濁付公等，吾欲拂衣辭太倉。

書蒙翁先生書畫卷後

蒙翁書法天下豪，坐驚風雨隨波濤。有時意匠入幽眇，力與造化爭纖毫。仰觀千年俯一世，紛紛弄筆皆兒曹。書家論定價亦定，須識我翁人品高。戲將水墨灑縑素，如飫粱肉甘醯糟。殘山剩水世莫覩，流落數紙青蒲萄。一登翁門遂隔世，齒頰未獲霑餘膏。如遊神山見石髓，頃刻再往不復遭。莆田鄭郎得寶藏，明珠雜佩金錯刀。摩挲兩眼百過讀，使我涕淚盈青袍。三年留玩一朝去，久假似覺歸心勞。泰山東頽日西墮，欲往從之中鬱陶。詩成起立歲將暮，空庭短髮空蕭騷。

徐用和侍御所藏雲山圖歌

何人醉寫雲山圖，浮雲澒洞山模糊。空明射地日漏影，稍覺林樹開扶疏。平原蒼莽不知處，忽有細路通榛蕪。茅堂枕山半閣水，卷幔正對前峰孤。幽人深居不出戶，縱有鄰舍無招呼。低頭把卷苦吟諷，語暗不辨楚與吳。中流櫂歌似相答，欲斷未斷聲嗚嗚。雲多水闊望不見，知是滄洲舊釣徒。長安六月晴復雨，若非塵土還泥塗。城中見山如見畫，剛可髣髴求形模。山猶可見水莫涉，尺潦豈足容長艫。十年舊遊憶南國，歲月催人非故吾。鸚鵡洲前漢陽樹，此景此詩今有無。因君此圖意披豁，便欲買櫂遊江湖。

華山圖歌爲喬太常宇作

嗟哉此山！吾不知其幾千丈兮，但見巍然屹立乎天中。中有三峰聳拔而直上，部位離立西南東。諸峰羅列在其下，有似長老隨兒童。縱令立表以識不得算，雖有記里之鼓難爲功。我聞上古之世開鴻濛，沙水盪汨相結融。融者爲泥滓，結者爲石爲山峰。石堅山積理亦爾，試看崛拔斬削，別有造化之神工。山名五岳此其一，特出似異衡與嵩。天門重重隔煙霧，鐵鎖懸厓引長路。摳衣欲進苦不前，十步行時九回顧。山腰流泉如瀑布，仙掌撐空若承露。虎踞龍蟠各有形，鸞騫鶴舞紛無數。置身忽在中峰頂，極目乾坤莽回互。秦關蜀徼陒塞豈足論，遥指扶桑最高樹。噫吁嚱！自有天地兮即有此山，萬物代謝兮山巋然。古人今人到者相接踵，誰復騁步窮其巔。我生好古厭塵俗，險絶獨慕昌黎韓。昔年南遊復東眺，二嶽只尺不一攀。有客西來詫我以大觀，歌聲上徹秦雲端。畫圖指點向空廓，已覺天上非人間。喬生喬生如此好奇者，世不可以多得，安得與子一日遍歷千巑岏？

王孟端竹長卷

九龍山翁興豪放，手持蜿蜒青竹杖。酒酣怒擲江中流，化作一龍長數丈。一龍躍起一龍隨，倏忽群龍駭奔浪。穿沙觸石連雲霧，頭角森森各相向。其間小者稱籜龍，鱗甲蜕盡風神同。人道此翁善劇戲，造化乃在指掌中。君不見，九龍山翁去何許，九龍山上多風雨。素壁空堂杖影寒，夜半無人作龍語。

鍾欽禮雲山圖爲史都憲天瑞題

江南畫史誰專門？會稽老鍾清且温。圖成長練置急雨，筆墨滅盡風神存。陽厓陰谷半明翳，上有煙雲時吐吞。深林蓊鬱石塊磊，野水不斷天無痕。當其得意每自許，傲睨恥受王公尊。勾餘拙翁善墨竹，史號「勾餘一拙」。二者異法須同論。謂渠畫格自有派，房山之子南宫孫。手持此圖自東海，海色尚帶扶桑暾。千巖秋聲萬壑樹，只尺不辨東西村。幽亭野集者誰子，似有賓主無琴樽。問之不答若莞爾，物外别自成乾坤。我生愛山復愛竹，對此病目開餘昏。君看巖谷最深處，好著數箇蒼筤根。

題丁御史同年墨竹走筆長句

浙江之東縣新昌，乃在千巖萬壑之中央。側身重足恐無路，五步一澗十步岡。君家茅屋此卜築，白石叢抱青篔簹。西接林薄南通塘，低者出地高出牆。江南此物賤如草，買種不費鍤與筐。野生石迸小如指，一夜風吹還尺強。煙鉏雨櫛歲屢改，舊葉換盡新梢長。青苔白石淨如掃，吴紵越羅生雪霜。脱巾箕踞坐其下，野叟林夫相與狂。吹洞簫，飛羽觴；鳴玉琴，舞霓裳。陰風颯颯左右至，耳熱不受秋山凉。醉中恍惚無定所，顛倒萬籟隨宫商。忽如壯士入沙場，鐵騎夜躉陰山疆。不聞鼓角動，但見矛戟森開張。忽如仙人來帝傍，翠環金節聲鏘鏘。不聞鸞鶴叫，但見雲中雙鳳皇。蛟龍起舞鬼陸梁，復如扁舟渡瀟湘。九疑山前鷓鴣泣，二女聞之雙斷腸。是時騷人醉半醒，孤棹萬里回滄浪。十年宦游隔江海，此興落落何由償。深知良工心獨苦，愛畫不減青琳琅。往時王孟端，近者夏太常。二公之畫世所藏，此物何爲在君堂？君心自有百鍊剛，見此意氣俱飛揚。烏臺退食宴佳客，看竹不礙肩輿郎。我當攜琴載雙鶴，坐子林間青石牀。

錢唐江潮圖爲喬少卿希大作

錢唐江頭江倒流，中有潮聲號萬牛。堆銀如山雪如屋，遠影滅沒當空浮。千峰將頹樹欲秃，海若股栗天吳愁。來船歡欣勢自下，瞬息千里無淹留。去船乘危貴得正，力盡一過且復休。躋攀分寸偶失手，頃刻下飽黿與鰌。由來咫尺不自覺，遠望不敢凝雙眸。客來未到膽已落，借問同行還見不？何人嬉笑欲起舞，越東老翁搔白頭。群兒招呼或助叫，倏忽過耳風颼飀。達士遐觀得奇賞，七澤五湖同一漚。天道虛疑月盈缺，世情妄假人恩讎。復將險巧作戲劇，鄉里少年誇善泅。潮來潮去亦何意，人間萬事良悠悠。我時渡江不相值，空對燕客談杭州。壯懷高興兩莫遂，三十五年秋復秋。誰將妙思入畫本，似與造化爭雕鎪。酒酣月落不知處，夢醒尚作江南遊。

題湖山春曉圖

湖船著水平無舵，篷上使篙篷下坐。山光四面錦屏開，橋影中天彩虹卧。輕鴉拂樹還千點，老鶴叫空時一箇。宴客遥將綺席隨，游人不惜青鞵破。江南風物今餘幾，看畫題詩兩無那。却恐湖山畫不如，他年自買扁舟過。

子昂畫馬卷

翰林學士真天人，平生書畫皆通神。自言少小嗜毫素，寸紙遍作雲煙痕。老來意態盡物理，畫馬欲過曹將軍。此圖似出西域種，骨法權奇氣軒聳。將身蹴地蹋不前，矯首見人驚欲踊。燕家死馬猶堪賣，况此風神解飛動。在野須教一顧空，登臺未覺千金重。崔郎愛畫復好奇，向來得此信且疑。爲渠指點是真跡，老我聰明非昔時。圖窮忽見銀鈎筆，復訝驪珠海中出。江南贋本今已多，入眼自須分甲乙。世人得者惟見一，至寶逢時故難匹。從此高堂展玩頻，明窗淨几無長日。

題許廷冕職方畫

路轉循岡背，橋回傍水根。幽人不到處，茅屋自成村。浦樹經秋落，山鐘向晚昏。偶然一攜手，相與倒芳樽。

太皇太后輓歌詞

北郭車塵遠，西陵樹色重。地棲華表鶴，雲逐鼎湖龍。命使三時奠，空山半夜鐘。他時駿奔地，冠佩想追從。

九日渡江

秋風江口聽鳴榔，遠客歸心正渺茫。萬古乾坤此江水，百年風日幾重陽。煙中樹色浮瓜步，城上山形繞建康。直過真州更東下，夜深燈火宿維揚。

胡忠安公輓詩四十韻

文廟臨朝日，英皇復辟年。我公台鼎貴，臣職始終全。舊錫恩榮牓，仍居侍從員。皁囊繁出入，彤陛儼周旋。擾擾群疑會，皇皇四牡篇。路應窮地軸，歲屢變星躔。公受密命，巡行四方，前後十有七年。曉謁班留筍，宵歸炬擁蓮。至今天上語，不遣外人傳。少海驚波定，金縢密疏虔。論功同李泌，辱命豈張騫。南國非旁郡，東僚亦左遷。獻陵貽睿想，宣室問遺賢。典禮煩咨岳，爲舟憶濟川。廟廊資治理，帷幄贊兵權。討逆東平漢，從征北過燕。從容陳俎豆，談笑却戈鋋。仗鉞風塵際，留司雨露邊。兩曹兼掌握，三少累登延。紫誥蛟龍織，珍羞玳瑁筵。篆分銀印細，花簇錦袍鮮。棨戟城西第，桑麻海上田。雲霄三接近，優遇一時專。緑野家山在，丹心聖主憐。挂冠雙鳳闕，歸櫂五湖船。老子元知足，陶朱不愛錢。弟兄頭總白，賓客戶常闐。面受婁公唾，身無董氏弦。恩魚隨網散，馴犬上階眠。公有犬當庭卧，公出入必避之。碑极尋常見，醫方次第詮。甕留京口釀，缾引惠山泉。壽愷堂何媿，忠安謚有焉。相台秋正拆，卿月夜虛圓。異骨殊凡品，前身本解禪。公自言天池和尚後身。浮生過九十，空界出三千。海內文章伯，人間富貴仙。姓名兒女說，簪笏子孫聯。桃李當時盛，葭莩後代連。高山嗟仰止，先輩已茫然。日月居諸裏，江湖涕淚前。賦詩裨國史，詎有筆如椽。

吉安府

山勢西來斷，江流北去平。萬家深樹裏，聞是吉州城。

見月

野宿秋雲暝，溪行曉霧寒。歸心與明月，夜夜到長安。

西園秋雨詠苔

豈不愛佳客，畏人踐我苔。西園十日雨，三徑不曾開。

慈恩寺

水繞湖邊樹，花垂石上藤。長來寺前坐，不識寺前僧。

嘉杭道中

煙籠近浦沙白，雨急長溪水渾。一夜江頭潮滿，釣船撐到柴門。

春園雜詩

三月三日佳麗辰，五十五年衰病身。閉門一枕午時夢，江草江花無數春。

長沙竹枝歌二首

馬殷宮前江水流，定王臺下暮雲收。有井猶名賈太傅，無人不祭李潭州。

江頭彩旗耀日明，船上撾鼓不停聲。湖南樂事君記取，五月五日潭州城。

謝鐸一首

鐸字鳴治，天台人。天順甲申進士，選庶吉士，授編修，歷官南京國子祭酒，移疾歸。起爲禮部右侍郎，掌祭酒事。卒，贈禮部尚書，謚文肅。有《桃溪淨稿》。

李賓之云：方石詩沈著堅定，非口耳所到。

桃溪

淺水難容櫂，繁花自作村。分明幽絕地，不是武陵源。

倪岳 一首

岳字舜咨，由錢唐徙上元。中天順甲申進士，累官太子少保，吏部尚書。贈少保，謚文毅。有《青溪集》。

新春感事

烽火邊城鼓角悲，黄沙漠漠北風吹。關山遠隔雲中戍，車馬新屯灞上師。賈誼有才思報國，杜陵多病尚憂時。侍臣誰有如椽筆，擬撰燕然第二碑。

劉大夏 一首

大夏字時雍，華容人。天順甲申進士，選庶吉士，改兵部郎中，歷官右都御史，總督兩廣，拜兵部尚書。卒，贈太保，謚忠宣。有《東山集》。

《詩話》：忠宣謀猷是經王室倚賴。李景文《東山草堂歌》：「九重移榻數召見，夾城日高未下殿。英謀密語人不知，左右微聞至尊羨。」明良景象，百世猶起遐思。

送别

離筵酒盡淚霑衣，别後憑誰問是非。午夜夢回明月在，天南天北共清輝。

姚綬七首

綬字公綬，嘉善人。天順甲申進士，授監察御史，謫知永寧縣，告歸。有《穀菴集》。

《詩話》：吾鄉丹丘先生，成化中，以侍御謫知永寧縣。集中《永寧有感簡周縣諭》詩云：「孤臣漂泊萬山中，家住鴛鴦湖水東。爲縣底須論地僻，謫居應不笑文窮。五株柳樹無端緑，一點榴花作意紅。百八灘頭船可買，思蓴何必待秋風。」遂以母老辭歸。今府縣志但云「出知永寧」，錢氏《列朝詩集》加一「府」字，誤矣。吉安《秩官表》可稽也。先生初號穀菴，居大雲寺之東，亦號雲東逸史，又自稱蘭臺逸史、天田老農、上清仙吏、嬾仙、仙癡、紫霞碧月翁。家有振衣亭，出乘滄江虹月之舟，粉窗翠幕，吹竹彈絲，望者以爲水仙。畫書詩皆逸品，戶部郎江陰卞榮贈詩云：「西崦新爲墅，東橋近在坰。」太常卿同郡吕㦂贈詩云：「兩屐登山輕上下，一橋分宅作東西。」尚書烏程閔珪贈詩云：「松徑掃雲招野鶴，畫船摇月貫晴虹。」皆實録也。先生吟情甚敏，今《穀菴集》所載不及什一。吾宗寒中上舍，購得先生七律，多至二百餘，又從書畫家儲藏真蹟，所見尤不少。念遺集爲先生手定，故集外詩不多録云。

前有尊酒行

前有一尊酒，俎豆亦共之。青春未晚日，桃李花開時。且歡娱，無刺促。尊若空，酒再續。

有所思

我思不在天上虎豹之九關，我思不在海上三神山。山苓芃芃繞晴麓，隰榛翳翳沿清灣。朝煙散兮雙鶴外，夕月落兮斷猿間。跂予望之心孔殷，奈何可望不可攀。吁嗟西方美人兮何日還？

飛龍引

龍不可騎帝騎之，鼎湖一去無還時。髯拔墮弓五雲裏，小臣空抱烏號悲。飛龍飛龍，何不載帝還？宛移天宫之樂來人間。勾漏朱砂錬作丹，俾我人人竊服，亦得永保冰玉顔。望龍仰天歌此曲，君不見，龍來復。

溪居

水暖鵁鶄浴，花香蛺蝶飛。青絲聊繫酒，白苧已成衣。溪闊容蘭槳，林深著板扉。留賓將薄暮，猶待釣魚歸。

湖上雜言

桃李漫山白間紅，繞湖樓閣晚煙中。客船慣向灣頭泊，不畏波濤夜半風。

追次張伯雨韻

春暮雨晴池水添，夜深池面漾新蟾。刺桐花影毵毵動，不省虚亭是隔簾。

贈曹竹西畫并題

白下追遊記昔年，青山如畫樹如煙。郭家歌舞楊家酒，一度尋思一悵然。

張泰 一首

泰字亨甫，太倉人。天順甲申進士，選庶吉士，授簡討，遷脩撰。有《滄洲集》。

李賓之云：先生詩縱手迅筆，衆莫能及。及其凝神注思，窮深騖遠，一字一句，寧闕然而不苟用。晚乃益爲沈著高簡之辭，而盡斂其峭拔奔洶之勢。蓋將極于古人，而不意其遽止也。

唐元薦云：成弘間，藝苑則以李懷麓、張滄洲爲赤幟，而和之者或流于率易。

游江詞

仙人天上好樓居，門外離離種白榆。一曲洞簫吹向月，夜深驚起海中烏。

倪輔 一首

輔字良弼，平湖人。天順甲申進士，歷官湖廣參政。有《類劇藏稿》。

題竹送昌世僉憲四川

春明門外斷秋風，夢隔煙花紫禁中。何處竹枝傳別調，子規殘月在巴東。

陳音 一首

音字師召，莆田人。天順甲申進士，官至太常寺卿。有《媿齋集》。

重九會白雲觀分韻得然字

長春宮觀鎖寒煙，駐馬斜陽老樹邊。白鶴不歸雲影外，黄花仍放酒杯前。空餘譚馬王劉像，莫辨龍蛇虎兔年。燕子蹉跎重九至，西風落帽一淒然。

沈棨 一首

棨字元節，平湖人。天順甲申進士，歷貴州參政。有《頤貞集》。

再遊清溪

再發扁舟興，兹游不厭重。溪山元有約，昆弟且相從。北渚水銜月，南皋雲在松。誰云秋意晚，猶及采芙蓉。

閔珪 一首

珪字朝英，烏程人。天順甲申進士，累官少保，兼太子太保，刑部尚書。贈太保，謚莊懿。有集。

題翫芳亭

群芳掩映草亭虚，知是元龍舊日居。滿地緑陰新雨後，一簾香霧午風初。屏開屈戍春無際，人倚闌干畫不如。容我數來閒坐久，愛臨流水看芙蕖。

明詩綜卷二十三

小長蘆　朱彝尊　録

長水　杜庭珠　緝評

吴與弼三首

與弼字子傳，臨川人。天順初，以薦徵至京，拜左春坊、左諭德，辭不就。有《康齋集》。

婁克貞云：先生詩本乎性情，原於義理，發自得之藴。

《静志居詩話》：龜山之出，由蔡氏，未足爲龜山玷也。聘君薦自石亭，與聘君何損焉？獨是鶴書一至，亟令弟子表迎恩之橋，綵雲之山，建皇華天使集慶之亭，焚芰裂荷，惟恐不速。而又跋石亭族譜，自稱「門下士」，則龜山義不屑出此也。詩亦俗劣，非惟不及白沙，方之定山亦不逮。

牧轉岡

仄磴陟崔嵬，沉吟不知去。塵襟一蕭散，逸興迷雲樹。梅殘誰氏花，麥漲朝來雨。樵牧東西來，雜坐迭相語。預期明日晴，重作看山侶。

黄嵐坑

連山桃李開，晴光爛如許。寧知明日花，不有今宵雨。

宿湖頭

野闊雲爭暝，江空雨未休。問程須策馬，燈火宿湖頭。

蕭子鵬 一首

子鵬字宜沖，新淦人。以薦授嘉興府學教授。有《雲丘子集》。

梅文淵云：郡博蕭先生，從康齋吴聘君游。歸結菴玉笥山麓，與新喻胡希仁、永豐羅應魁、南昌張廷祥、新會陳公甫諸君子，皆友善。弘治改元，詔徵遺逸，郡守汝寧戴瑤薦於朝，三原王公恕禮遇甚厚，除郡學教授。其詩文體製不一，而本諸性命道德之懿，温厚和平，而豪邁跌宕寓焉。

戴孟常云：先生得康齋先生正傳，而上下議論，則有一峰、東白、白沙諸公。故其詩文，不徒以琢切雕鏤爲工。

楊國祥云：先生詩文皆自胸中流出，其立意造辭，一根於理。辭達氣和，雖動輒百言，少有離於道者。

《詩話》：雲丘先生，聘君高弟，交於白沙、東白、一峰、東海諸公，亦與鏡川、雲東相酬和。詩專學《擊壤》體。其秉鐸吾鄉也，有《自警并示士子》詩云：「天下無棄物，世間無棄人。糞穢可滋禾，木朽堪爲薪。牛斃製弓革，蠶老吐絲綸。吾人一自棄，無物爲比倫。農桑墮其業，終歲遭饑貧。工商廢其職，貨食靡有因。士焉失其學，安得成厥身。朱門産餓殍，白屋回陽春。萬事毁於逸，百藝精於勤。人能不自棄，可以辭汙淪。」所宜揭諸座右，又《歲晚寫懷》云：「披殘霜鬢方驚老，開到梅花又是春。」則不失爲《擊壤集》中佳句也。先生司教時，百廢具舉。集有《思樂堂記》在明倫堂後，則太守黄懋所建也。有《尊經閣》并《夫子燕居記》，則太守佟時貴所修也。有《西麗橋記》，則知秀水縣韓旭請於御史吴而告成者也。餘若楊文璧之迎碧軒、梁德輿之鶴皋、梅文淵之冰雪堂、戴孟常之環翠軒、余敬之之松楸，皆有記存集中。顧柳琰、趙瀛、劉應鈳等修府志，概不采録，因附識於此。

欲遊羅浮不果

羅浮青壓海門東，雲淨江樓入望通。四百峰頭千樹雪，夢魂飛渡月明中。

俞誥 一首

誥字汝欽，嘉興人。以父吏部侍郎山，任官給事中，出知南康府。

盼項文祥不至舟抵於陵夜泊

相去不百里，相思愁萬重。於陵城下泊，夢斷五更鐘。

李蕃 一首

蕃字文盛，桐鄉人。天順八年貢士，官平樂府照磨。

周青士云：貧先世居千金圩，在殳山之麓，清江貝先生避地之所。先生子翱、翔、翿，皆有才名。村民慕之，多讀書自好。天順中，有李照磨蕃善詩，鄉里至今傳「桐花開到邑侯門」之句。餘若沈韶州榮希仁、范貢士庸彥常、陳吏目紀彥綱、仲貢士剛叔堅、董教諭序大倫，皆圩産也。當日諸君，豈乏著作？惜乎泯然無聞矣。

桐溪

萬年禹鑿東連海，百折清流曲抱村。風浪不驚魚鳥静，桐花開到邑侯門。

張彝 一首

彝字天常，海鹽人。天順中，以貢授晉州判官。

晉州述懷

微官何事久殊方，回首田園業漸荒。多病一年三乞老，思歸十夢九還鄉。椿陰已散遼陽月，雁影空分海國霜。幾度休衙獨凝睇，夕陽西下路茫茫。

沈樾 一首

樾字元茂，平湖人。天順間布衣。有《樗軒稿》。

懷方孔明

梅風吹雨日綿綿，緑漲陂塘已拍天。爲念故人生計薄，一篙春水種湖田。

羅頎 二首

頎字儀甫，紹興山陰人。

從軍行 二首

悠悠陟山阿，當暑草木焦。溪獸苦炎熱，獨行向我號。南望建嶺巔，嵬嵬一何高。赤日熾如焚，岡阜自不毛。持謝邦族間，遠役無乃勞。

獨行越荒溪，尸積溪流丹。四郊何蕭條，慘戚秋日寒。回顧望脩塗，淒風集高巒。拔劍起哀歌，流涕傷朱顔。悲哉城南詩，古今同所歎。

錢洪一首

洪字理平，常熟人。有《竹深遺稿》。

送徐守民歸浙之常山

壯游湖海幾經年，老氣淩雲雪滿顛。詩思已成芳草夢，歸心又上木蘭船。長亭人折春前柳，驛路梅開雪後天。萬壑千巖舊形勝，酒尊茶竈向誰邊。

陳鑾一首

鑾字廷和，湖州人。

題桃花鷓鴣

瑤池三月正春酣，淺緑深紅雨露含。莫唱鷓鴣新樂府，座中有客是江南。

鎦師邵三首

師邵字師邵，紹興山陰人，績之子。有《半齋集》。

五馬圖

渥洼水中產龍馬，房星之精自天下。星奔電掣勢莫當，豈比尋常駕轅者。竹批峻耳鐵作蹄，雄姿颯沓精權奇。日行三萬等歷塊，未許八駿相追隨。今觀此圖凡五匹，畫史經營各臻極。就中一匹是真龍，異質殊形人莫識。滄溟氣含雲霧凉，蹴踏顧盼思騰驤。神奇變化在頃刻，素壁高堂安可常。

趙魏公畫馬

浚儀王孫善畫馬，神妙不在江都下。朝退從容白玉堂，意匠經營自揮灑。我觀此圖誠偉哉，清光夾鏡雙瞳開。古來騏驥不易得，此匹乃是真龍媒。尾如流星汗成血，萬里飛騰宜電掣。長風颯颯生四蹄，百丈層冰蹴應裂。雄姿眼底苦不多，時無伯樂奈爾何。駑駘伏櫪飽芻豆，坐使神物成蹉跎。君不見，才高往往困泥滓，世上英雄亦如此。

萍

乍因輕浪疊晴沙，又見回風擁釣槎。莫怪狂蹤易漂泊，前身不合是楊花。

陳寬 二首

寬字孟賢，吴人，檢討繼之子。錢受之云：孟賢與弟孟英，自相師友。兄弟皆工詩。孟賢尤自矜重，日鍛月鍊，不輕下一語。有侍姬辨慧知書，號曰梅花居士。孟賢苦吟，忽忽多所遺忘，姬輒能記之。

題燕穆之楚江秋曉圖

五更人語覺潮生，估客帆檣候曉行。樹色未分雲夢澤，雞聲已動漢陽城。天空畫角吹霜盡，月落銀河入斗横。欲問楚南千古事，至今江水爲誰清。

題先祖畫

緑水園中舊葦門，清風喬木至今存。千金遺墨人間得，腸斷題詩到子孫。

陳完 一首

完字孟英，寬弟。有《簡齋集》。

錢塘懷古

邊塵卷地北風遥，泥馬南來駐六橋。汴水故宫猶有月，海門沙澈寂無潮。銅駝夜泣霜華冷，銀雁秋飛王氣銷。五國城頭魂不返，傷心誰賦楚辭招。

朱應祥一首

應祥字岐鳳，松江華亭人。

絶句

江面微風瀉浪開，烏聲啼過釣魚臺。煖雲欲送桃花雨，一片陰從柳外來。

祝祺一首

祺或作淇。字汝淵，海寧人。以子萃貴，封刑部主事。

旅中元日

異鄉一夜換風烟，屈指關山路八千。正是欲歸歸未得，看人兒女拜新年。

趙廷玉 一首

廷玉字芝巖，崇德人。以入粟補官。有《芝巖集》。

金臺留别

笑拂緇塵出帝畿，一尊重與故人違。青雲紫禁辭仙仗，白鳥滄洲戀釣磯。夜雨尚存三徑菊，春風仍采故山薇。舊游天上如相憶，萬里關河有雁飛。

賀麟 一首

麟字文徵，嘉興人。

楊白花

楊白花，隨風飛，青春漸老胡不歸？化爲浮萍將安依？美人聯臂歌未歇，宫樹烏啼冷秋月。

張德政一首

德政字平子，杭州人，流寓南皮。國子監生。有《餘生草》。

送客

旅食正蕭條，况别知音者。空抱流水琴，獨立斜陽下。

姚翼二首

翼字廷輔，嘉興人。有《桂巖集》。

春日與懷用和游鴛鴦湖

鴛鴦湖上春波平，鴛鴦飛入菰蒲鳴。秀州女兒肌骨輕，蘭舟蕩漾微風生。何人打鴨鴛鴦驚，春雲遶郭花冥冥。夕陽落盡初月明，誰家小閣聞調箏。

送人之京

送客京華去，江干落日斜。百年雙短鬢，千里一浮槎。柳色河橋雨，鶯聲驛路花。明朝相憶處，雲樹渺天涯。

陸琦 一首

琦字公璐，嘉善人。有《友蘭集》。

梅花

雪壓寒香凍未消，江城歲晚轉蕭條。冷雲漠漠知何處，夢到西湖第六橋。

周漳 一首

漳，莆田人，號小溪。官河橋主簿。有《夢草集》。

寄弟瑩

年來無處避征塵，况復衰遲值暮春。千里緑蕪江上路，一簾疏雨夜深人。白雲鄉國回頭遠，青草池塘入夢頻。兩載分攜歸未得，强將封鮓慰慈親。

蘇大 一首

大字景元，休寧人。嘗輯洪武以來詩爲《皇明正音》。《詩話》：景元學于趙子常，故富春李玉昂贈詩云：「東山儒者師，先生能繼續。」其所輯《明詩正音》，度有可觀，惜訪之不得也。

江樓晚眺懷朱孝常

殊鄉歎行役，登覽更淒其。落日家千里，故人天一涯。渚烟漁父艇，江樹水神祠。遠道交游少，憑誰慰所思。

朱彰 一首

彰字有常，嘉興人。

暮秋偶成

老去逢秋鬢已霜，石田茅屋半荒涼。商歌一曲人誰聽，疏雨南山豆葉黄。

陳昌 二首

昌字穎昌，平湖人。有《菊莊集》。

沈客子云：我郡自清江巽隱後，風雅衰落，四陳、三李之餘，無聞焉。至正統、天順間，而始盛一時。如陳菊莊外、嘉興有姚穀菴、海鹽有張芳洲、嘉善有周桐村，皆卓然成家。菊莊，吾里先喆，才思藻麗，長於七言。惜其集不傳。

題江湖勝覽圖

馬卿子，清而癯；狂非狂，迂非迂。不愛養浮丘伯之黄鶴，不愛釣任公子之巨魚。年來只愛江湖居，江湖風月足清興，筆牀茶竈尋常俱。船頭紅拂唱巴曲，船尾黄帽歌吴歈。歌吴歈，唱巴曲，妙舞清商間絲竹。白日歡游殊未足，復擬黄昏秉銀燭。風帆催送寒山鐘，直向垂虹橋下宿。

送吴素行之廣西

廣州南望海冥冥，百丈牽江幾日程。鯨浪打船風正惡，蜃灰塗屋雨初晴。蠻巫祭鬼憑雞卜，島户編氓事象耕。此去化成皆樂土，尉佗不敢更言兵。

錢文 一首

文字章靖，無錫人。諸生試不遇，遂隱居不出。有《鶴叟詩集》。

新宅

安穩茅柴屋數間，起來開眼見南山。千帆白日牆頭過，一鳥青天樹杪還。

顧潤一首

潤字廷尚，崑山人。

送王景方歸杭州

闔閭城外送歸航，流水何如客思長。已遣停杯傾別酒，還教攜手上河梁。白蘋漁浦迷秋色，紅樹官亭帶夕陽。最是不堪凝望處，青山無數隔錢塘。

盧儒二首

儒字爲已，崑山人。中書舍人。

遺安堂爲周文伯題二首

鼴鼠飲河流，鶯鳩槍枋榆。適意已云可，多營徒爲虚。黄鵠起高翔，遨遊升天衢。忽逢弋人繳，墜翼難再舒。退者止足全，進者忘其軀。

衞生不求盈，稍足遂愜意。服厭成都錦，飯舍山陽穄。春熟收繭絲，秋成斂禾穗。田翁笑相語，秫酒聊同會。秉耒因時暇，翰墨欣游藝。多遺一籯金，徒爲子孫累。

鍾政一首

政，字里無攷。

揚州

樹繞人家水繞城，何郎去後若爲情。不知東閣梅花處，一作盡。二十四橋空月明。

陳景融一首

景融字菊逸，嘉興人。

答姚景升

露冷催砧杵，風高急鼓鼙。登樓回首處，目斷塞鴻西。

史傑二首

傑字孟哲，湖州人。大河衞百戶。有《轣綫集》。

竹石圖

雨餘苔石淨無泥，翠影參差夕照低。記得推篷湘水曲，滿林秋色鷓鴣啼。

蕪城别唐宗吉

揚子橋頭漲淥波，分攜無那故人何。明朝相憶重回首，莫厭江雲嶺樹多。

魯道 一首

道，淮安人。

送孟繼之歸梁州

尊酒荆門客，南征古道平。雲連神女廟，山繞夜郎城。越嶲開荒服，滇池隱旆旌。相思日千里，腸斷夜猨聲。

姚綸 一首

綸字允言，嘉興人。

修竹仕女

瑤臺無信託青鸞，一寸芳心思萬端。莫向東風倚修竹，能禁翠袖幾多寒。

劉玒一首

玒字公縝，海鹽人。有《西林集》。

秋望

天迴黄雲斷，林空古木疏。遥憐漢庭使，千里寄邊書。

滕鸞一首

鸞字朝儀，海鹽人。有《翠厓集》。

秋日寫懷

秋色靜柴扉，山光鎖翠微。紫牽江荇帶，紅落渚蓮衣。卧病無人問，思家有夢歸。相看沙上鳥，去住兩忘機。

丘吉七首

吉字大祐，歸安人。有《順信齋集》。

錢受之云：大祐詩纖麗主温、李，爲吳興詩人領袖。

《詩話》：瞿宗吉以《香奩》八題，見賞於楊廉夫。自是以後，從而效之，拾西崑之唾餘，雜以鼓詞、院曲之穢字，誦之欲嘔。吳人劉欽謨倡無題詩，初不見好，而一時和者紛紛，衆推吳興丘大祐爲最。故沈啓南贈詩，有「西漢人材東閣外，六朝詩句北牕中」之句。大祐《無題五首》中云：「只解詩中嘲阿輭，寧知花底活秦宫」，「絳桃成子花無色，銀燭燒心淚有痕」。在彼法中差勝，而全首未工。他詩若「楊柳一堤沽酒路，木蘭雙楫載書船」，「吳淞東去皆連海，天目西來總是山」，「斜日半林金翡翠，青雲千尺玉浮圖」，「白鴉谷口霜摧栗，黄鶴樓前水到門」，「簾外雨多龍洞滿，屋頭松老鶴巢稀」，「山家雲濕長垂箔，水館風多不置牕」，「醉筆題詩蕉葉遍，夕陽催酒玉缾空」，「青山無雪梅花後，細雨生寒燕子前」，「賀監酒船湖左右，杜陵茆屋瀼西東」，「消磨盆盎茅柴酒，姑負烟霞栁栗條」，「野寺夕陽銀杏葉，水村涼雨石楠花」，「松葉微風三竺路，荷花細雨六橋船」；又《題岳鄂王墓》云：「南國有人論歲幣，中原無日見官軍。」頗有思致。大祐自號執柔道人，賦才最敏，同郡詩家如唐庠惟周、唐廣惟勤、張淵子靜、沈祥彦庠，皆奉之爲師友。此虞山蒙叟有吳興領袖之目也。

折楊柳

牽馬綰青絲，上馬折楊柳。願作馬尾蠅，遠近隨郎走。

擬古

青青澗畔松，緜緜谷中蘿。悠悠遠道人，珊珊雙玉珂。道遠有返轂，川逝無回波。游魚懷清淵，逸鳥思高柯。昔慕蕭與嬴，今作羲與和。白駒不可駐，朱顏尤易磨。皎皎合歡扇，文采鴛鴦羅。隨君願終老，其奈秋風何。

楊梅

楊梅獨出吳興異，龍井名高味不同。饞客幾嘗山雨濕，佳人一笑玉盤空。羞看月下櫻桃色，不數釵頭荔子紅。更擬明年同采摘，要將華髮待熏風。

初度日

去歲山城酒一尊，今年無恙醉柴門。不知有限生辰酒，合得田家幾瓦盆。

畫山水二首

翠滴松梢雨乍收，山光半爲白雲留。江邊可惜無人住，閒却蘋花一岸秋。
樹樹秋風響澗阿，夕陽收處暮霞多。何人艇子苕谿上，唱得吳儂子夜歌。

春夜

香爐銅爐火不增，一牀寒被卧春冰。不知明月將人夢，去落江樓第幾層。

懷悦 一首

悦字用和，嘉興人。以納粟仕。

《詩話》：用和輯《士林詩》，黃徵君俞邰言有十卷，予購之五十年始得之，止上下二卷而已。詩家大率吴、越之産，所常唱和者，其居在相湖之南曰柳莊，亦曰柳溪，故自號柳溪小隱，又號相湖漁隱。姚允言詩云：「風流絶勝輞川莊。」又云：「雨衣自織青蒲葉，烟艇長維緑柳根。」蘇秉衡詩云：「簾卷夕陽吟對酒，牕臨流水坐看鷗。」皆題其草堂作也。别有東莊，曰釣魚所，曰觀蓮亭，曰清風榻，曰白雪窩，曰載春舫，曰耕雲堂，曰栽桑圃，曰采菱灘。丘大祐賦《八景詩》贈焉。又有北花園，姚廷輔有《懷氏北花園宴集詩》。復有水亭，名雪艇，大祐詩「醉倚闌干俯春水」是也。有齋名鐵松，岑公琬詩「移得徂徠一蓋青」是也。有軒名月波，陳漢昭詩「湖上華軒瞰碧瀾」是也。其自題《鐵松齋詩》云：「青衣開尊傾翠濤，詩成落紙飛霜毫。」園亭詩酒之會，極一時之盛，而允言有《送用和納粟之京》作，又有「冠帶從容新帝澤」之句。則知當日以納粟入官，蓋富而好事者，濮樂閒之流也。今則相湖在望，葭菼微茫，舊迹不可復問矣。

開徑

開徑深林裏，莓苔緑到門。山多雲壓樹，溪曲水通村。補屋交藤蔓，疏渠破石根。抱琴何處客，過我共芳尊。

魏時敏 一首

時敏莆田人。官無錫縣丞，改桃源。有《竹溪詩稿》。

寄周崔洲太守

風雨越江邊，郵亭對夜眠。鄉心孤島遠，客夢一燈懸。訪舊懷他日，論時記昔年。離魂將別夢，幾度到臨川。

王仲煇 一首

仲煇，字里未詳。

《詩話》：仲煇詩《題王孟端墨竹》真蹟後，自稱曰「東軒」，有「紫電清霜」、「習武之餘」二私記。

題王舍人墨竹

我本山野人，夙抱烟霞疾。何處慣經行，松篁與泉石。晴牕偶看琅玕圖，淋漓醉墨傾金壺。崇岡怪石相高下，冷雨疏烟半有無。數竿晴，渭川日暖春風輕。數竿老，嶰谷千年霜雪飽。數竿欹，楚江歲晚寒風吹。數竿側，淇澳秋深雨簫瑟。千竿萬竿難盡名，林巒彷彿清風生。交枝直榦平安態，勁節虛心君子情。對此怡然樂清賞，撫卷無言發遐想。烟雨濛濛語鷓鴣，詩懷長在湘江上。

朱翰 二首

翰字漢翔，嘉興人。有《石田清嘯集》。

湯新之云：漢翔以教書爲業，以養其母。事母孝，交朋友信。性情得其正，故發而爲詩，多温厚和平，渾然天成，而無雕琢藻繪之跡。

徐孟時云：漢翔詩，句法音響，咸似乎唐。

胡廷俊云：朱君隱居鄉校，一志於詩，嚴潔雅澹，無凡近追琢氣味，是亦善鳴者也。

《詩話》：漢翔詩太圓熟，不脱兔園冊子。然留心風雅，輯郡人詩爲《檇李英華》。鄉黨典型，藉以不墜，其功不可泯也。

題畫

南游匡廬山，不知幾萬丈。盤回直至香爐峰，五老高高儼相向。初疑三山屹立東海中，又疑青天削出金芙蓉。世人蹤跡不到處，物色匪與人間同。天梯石磴無窮極，一片寒凝古苔色。千歲桃花別樣紅，四時瑶草非常碧。就中有逕深復深，白雲洞口猨哀吟。一聲長嘯白日晚，神仙渺漠無由尋。須臾下來心目爽，便欲移家擬重上。東風回首塵茫茫，明月滿天勞夢想。

送楊少府貶柳州

洞庭秋色對衡山，一路猨聲夕照間。湘浦舟行何日到，羅池人去幾年還。烟村土屋連孤壘，嶺樹松牌界百蠻。自古中朝通使節，莫因流落歎衰顔。

周瑾一首

瑾字汝成，秀水人。朱翰弟子。

南湖即事

湖水空明靜不波，蕩舟人遠夕陽多。秋來無限相思意，欲采芙蓉奈晚何。

朱存理二首

存理字性父，長洲人。有《野航》《漁歌》《鶴岑集》。

楊君謙云：性父居吳葑門之外，左圖右書，一吟一咏，或應親友之求，或寫胸臆之見。率皆簡淡高古，有味有法，不落穠麗枯澀之境。其詩未嘗自匿，恒亦流布人間，而知之者蓋鮮。

何元朗云：野航，葑門老儒，在荻扁王氏教書。與主人晚酌罷，主人入内，適月上，野航得句云：「萬事不如杯在手，一年幾見月當頭。」喜劇，發狂大叫，扣扉呼主人起，詠此二句。主人亦大擊節，取酒更酌。明日更請吴中善詩者賞之，大爲張具，徵戲樂，留連者數日。吴中舊事，其風流致足樂也。

錢受之云：性父自少至老，未嘗一日忘學。聞人有異書，必從訪求，以必得爲志。手自繕録前輩詩文，積百餘家。他所纂集，若《鐵綱珊瑚》《野航漫録》《經子鈎玄》《吴郡獻徵録》《名物寓言》《鶴岑隨筆》，又數百卷。既老不厭，坐貧，無以自資，其書旋亦散去。每撫之歎息。卒于正德間，年七十矣。所著《野航》詩集，楊君謙序之，今不傳。又有朱凱堯民，與性父齊名。鄉里稱之曰「兩朱先生」。有《勾曲紀游詩》一卷，亦不傳。自兩人死，吴中故實，往往無所於考，而求其遺書，亦難得矣。惜哉！

《詩話》：性父晚年，募刻己詩，疏曰：「嘔心少日，已無錦囊之才；流淚終年，空有碧雲之歎。髮白因其搜索，雌黄費我推敲。抹去若干，存來十一。欲望收拾，在後子孫；莫若流傳，先自朋友。」其情甚爲可憫。祝希哲贈詩云：「書抄滿篋皆親手，詩草隨身半在舟。」沈啓南題稿云：「雖止百篇諸體備，不拘一律大方諧。」惜乎其稿罕傳矣。

支硎山再餞文交木太守

崇嶺達深邃，芳漪激寒泉。言尋支公蹤，閲歷成千年。鶴飛遠青冥，有亭尚巋然。草木屬孟夏，山水尤清妍。祖餞此云再，廣林啓長筵。

泛吴江

一帆風便到吴江，江上飛來白鳥雙。舟子飯時吾夢覺，起看新月坐篷牕。

倪光 一首

光字應奎，鄞縣人。有《味易詩集》。

李杲堂云：先生感土木之變，學孫、吴書，講劍術。既久無所合，乃更學《易》，學者稱爲「味易先生」。古詩效初唐，音格流麗；近體不減王右丞。句如「路柳官橋晚，山花野店春」，「平林藏宿霧，疏雨帶春潮」，真不亞盛唐也。

《詩話》：相傳味易能前知，游京師，於楊文懿邸中，有中使突至，先生見一雀自庭樹集于地，已還集樹，即謂使曰：「頃來得非因失馬邪？六日當復。」使大驚。文懿質之，對曰：「雀踴躍物也，去樹而集於地，舍所依也。還集樹，復其所矣。初集，自北而南，水數六，故曰六日當復。」又問馬色，曰：「以水克火，當黄而近于黑。」中使曰：「然」。客有問婦將産者，傘忽裂，其人失色，先生曰：「傘忽裂，則小人見。君得子矣。」其學蓋本於邵氏。《觀梅》數詩，特娟秀，不襲《擊壤》惡派。

宿清村

地闊江流險，天空山勢高。望鄉雙淚落，爲客一身勞。斜日飛沙鳥，西風動野蒿。一舟依岸宿，深竹夜騷騷。

燕遺民三首

遺民字逸德，自號雲谷老人，蒲圻人。累以賢良徵，高卧不起。

《詩話》：遺民詩頗蒼老，惜遺集無存。僅從《通志》《總志》中，録得三首而已。

感興二首

寥落湖山曲，憑誰話起居。出門惟水石，相見但樵漁。酒熟還堪漉，園荒欲自鉏。久深泉石想，早晚賦歸與。

泉谷煙花淨，林塘暑氣清。幽花籬落見，好鳥竹間鳴。禾黍皆豐稔，桑麻自長成。還聞茅屋底，燈火讀書聲。

九日

細雨柴門靜，青山客路長。黄花應笑我，無酒過重陽。

繆天自云：語不在深，悠然自遠。

章珍 一首

珍字文重，鄞縣人。

李杲堂云：文重以布衣宿望爲里中五經師，不愧真隱。

無題

溪橋春水生，新蒲緑堪把。茅屋掩松雲，斜陽鳥飛下。

陳耟一首

耟，江陰人。以善楷書舉，歷官按察僉事。

題湖州慈感寺

過溪纔百步，橋轉入禪關。高閣斜臨水，平林遠見山。波光隨鳥度，秋色共雲閒。深愜幽人趣，遲留忘却還。

黎擴二首

擴字大量，臨川人。以薦授貴池訓導，升蘇州府學教授。

西壖草堂爲廬陵宋内翰賦

聞說西谿上，春風小院開。野蠶成繭盡，江燕引雛回。竹裏圍棋局，荷香沁酒杯。晚涼疏雨過，隨意步蒼苔。

送人還盱江

新涼生白苧，游子倍悽然。客思秋砧外，鄉心旅雁前。西風千里道，斜月五更船。亦有還家夢，隨君到汝川。

張淵 一首

淵字子靜，歸安人。有《鴻墩集》。

《詩話》：子靜，孝子也。母失明，朝夕舐之；父好飲，醉或罵詈，則握髯請解，長跪移時。里黨稱之。晚游四方，與沈啓南、史明古、僧月舟最善。湖州勞太守鉞府志，其手筆也。其居在雙林之鴻墩，故詩集以是名。

題白石翁畫虞山古檜圖

虞山老檜三株青，斗壇半掩招搖星。道人丹成化鶴去，三檜天矯飛龍形。是誰手植經千載，曾見昭明讀書在。幾回天上葬神仙，不獨人間變桑海。古人今人繞樹行，古今人去樹長生。乃知勁氣合元化，不與凡木爭枯榮。長洲老石好異者，百里攜杯游樹下。浩嗟天下有樹此樹無，我去此樹何人圖。三日經營雙眼力，滿空蒼翠移真跡。鶴骨虯筋左紐文，雷裂霜皴古秋色。日暮袖歸歸不得，滿山風雨山靈惜。居然贈與卧雲人，長嘯寒風生石壁。於乎石君詩畫天下知，此筆尤爲天下奇。勸君風雷當掩戶，恐化蛟龍擘空去。

程文杰 一首

文杰字思周，休寧人。有《湖山吟稿》。

行路吟

有酒且莫斟，聽我行路吟。風霜滿面塵滿襟，古皆然，匪獨今。我勸君，君毋怒，今人行是古人路。古人一去豈再來，笑殺今人不回顧。朝行吟，山沉沉，虎狼闘隘龍窟深。暮行吟，木陰陰，江南鷓鴣無好音。行人莫道行路好，多少行人路中老。

詹貴一首

貴字存中，休寧人。有《竹南集》。

商婦吟

莫作商人婦，商人慣别離。門前竹王廟，日日卜歸期。

莫藏一首

藏字用行，《士林詩選》作「恒」。海鹽人。有《素軒》《佩觿》二集。

閨怨

雲母屏空怯曉寒，懶臨青鏡舞孤鸞。滿庭風雨無情思，開到梨花不耐看。

莫遯 一首

遯字用嘉，藏弟。

登六和塔

浮圖百尺倚天開，落日珠林鳥雀哀。王氣已銷龍戰後，山形猶似鳳飛來。茫茫雲海迷蓬島，渺渺江湖接釣臺。回首西湖倍惆悵，南朝陵墓盡蒿萊。

陳金 一首

金字用礪，海鹽人。博野知縣。

寒食書懷

江上客居三十年，每逢寒食一淒然。青山笑人不歸去，白髪滿頭徒自憐。茅簷幾處插楊柳，梨花半開聞杜鵑。身世崎嶇杜陵老，夕陽風浪洞庭船。

劉泰 二首

泰字士亨，錢塘人。有《菊莊》《晚香》二集。

湖上暮歸

小驟馱醉踏殘花，柔緑陰中一逕斜。日暮歸來問童子，春衣當酒在誰家。

小景

雲溪一帶淨無沙，門對青山是我家。幾日不來亭子坐，東風開過紫藤花。

王寬 一首

寬字敬敷，東陽人。龍南教諭，有《建南稿》。

解任歸書草萍驛

三月草萍驛，風花點客衣。春山啼杜宇，也道不如歸。

舒鑑 一首

鑑字孔昭，自號東海釣叟，紹興人。有《恪齋集》。

寄雲城知己

琵琶洲畔白雲城，紅樹千行隔短亭。塵迹自悲衣欲化，故交誰復眼長青。江空木落雁初度，院小燈殘酒半醒。終夕相思不相見，碧山寒月照疏櫺。

羅養蒙 一首

養蒙，吉水人。

感興

勳業飄零梅子真，江山誰與訪遺塵。艱難獨不悲前事，慷慨徒勞憶故人。太乙圖書元在漢，東周禾黍半歸秦。晴天玉笥秋風上，欲薦蘋花淚滿巾。

李宗 一首

宗字德紹，江陰人。有《雪窗家藏集》。

望亭驛和唐李從一韻

迢迢野草接青蘋，一望淒然淚滿巾。幾處樓臺荒舊業，五湖風月屬何人。寒烟半鎖江村晚，野鳥空啼驛樹春。惆悵亂離前代事，不堪寥落總成塵。

施鈞一首

鈞字則夫，紹興人。

謝太傅祠

晉室將傾不易支，先生出處繫安危。山間紅袖從游日，天下蒼生望起時。風暖松亭春載酒，月明花墅夜圍棋。轉頭樂事無尋處，空拂青苔讀古碑。

時用章一首

用章，常熟人。

遠回吳中

挂席看山興不孤，西風吹我近姑蘇。城高暗壓要離墓，水闊遥連范蠡湖。野店喚沽雙酘酒，漁舟爭賣四鰓鱸。故鄉咫尺明朝到，十載離愁一旦無。

喻省 一首

省字伯唯，南昌人。常州府同知。

送友人

梅花殘雪照晴川，立馬郵亭思惘然。愧我飄蓬仍薄宦，與君分手正殘年。一樽行色沙頭酒，千里鄉心月下船。垂老莫言歸計拙，緑編研北是良田。

張鎬 一首

鎬，寧波人。

爲李景陽題便面

高樹落涼陰，幽溪漾晴碧。山雨夜來多，苔痕上磯石。

陳焯 一首

焯字惟大，一作「文厚」。閩縣人。有《棲雲集》。

攬秀樓

何年構此山之東，八牕相對山花紅。桐山居士老解飲，何當置我新樓中。

顧寧 一首

寧字季康，鳳陽人。自號夢鶴生。

入山雜言

杖藜入山中，悠然澹忘歸。白雲靄前途，行行穿翠微。林幽鳥聲寂，地僻人跡稀。惟時歲云暮，黄葉紛以飛。石罅寒泉鳴，草根朝露晞。撫景自怡悦，暫忘塵世機。石壁挂我巾，松風吹我衣。將期二三子，於焉歌采薇。

季達一首

達字兼善，自號竹圃道人。青田人。

過臨江府

故人别後思何堪，獨倚河亭酒半酣。自笑不如雙燕子，春風先我到江南。

吴敏二首

敏字思德，號柚莊。吴縣人。

洮河

洮河水落秋風早，菱葉籲疏菱角老。河邊漁船如缺瓜，白頭夫婦團圞好。往來賣魚兼賣菱，官府近無漁課徵。夕陽醉卧風吹罾。

沽頭牐

浮葦生根上陡厓，牛羊原隰有人家。繅車聲響南風裏，棗樹青青落白花。

王昇一首

昇字廷禮，號玉澗生。長洲人。

讀曲歌

朝憶復暮憶，展轉無消息。芙蓉顛倒生，蓮子中心側。

杜嗣昌 一首

嗣昌字繼文，號勉齋。吳縣人。

《詩話》：正統中，吳郡徐庸用理取永樂以後詩，編爲《湖海耆英集》一十二卷，大約吳人居其什九。其《發凡》云：「斯集之作，間取亡友杜繼文《姑蘇集》中者而合成之。」今繼文姓名，吳中罕有知者，無論其遺書也。長洲馬矞公素《輓詞》云：「寄我詩爲遺世物，養親錢作葬身資。」包山蔡昇景東《輓詞》云：「半世才名一丘土，六經事業九重泉。」蓋亦篤學之士。詩雖不見好，録以存其人。

題畫

秋風嫋嫋露團團，朱箔銀樓鎖夜寒。一曲鳳簫明月裏，玉人何處倚闌干。

徐章 一首

章字德彰，號省軒。吴縣人。

貧居

薄田日已荒，舊業日已替。困蒙三十年，良由寡生計。人非無交游，貧賤易相棄。周周與蛩蛩，飢渴尚相濟。所以簞瓢人，傲焉不狎世。處之苟能安，其樂有真意。

曹侃 一首

侃字仲雍，號竹齋。烏程人。

《詩話》：仲雍詩集罕傳，其詩有《摹張來儀青弁山居圖贈鳳林嚴十七》，蓋永、宣間，善山水竹石者也。北宋有曹孝子清，嘗代父，予聞之鄭芷畦云，重辟刑於金陵，涌白沫，尸泝流還家，至今專祠頖宫。其子孫散居苕東之西，陽村族最蕃，多務農桑，罕通文墨。《湖海耆英集》云：「仲雍，苕東人。」豈其苗裔邪？同時有曹謙，字鳴吉，亦能詩。

寫竹贈戴山黄方伯

昔游湘浦泊蘭橈，萬玉森森宿雨消。記得推篷凉夜永，月明一曲紫鸞簫。

任道一首

字里未詳。

畫菜

露芽烟甲曙光寒，紫翠溥香濕未乾。記得花時曾病酒，玉人纖手薦春盤。

明詩綜卷二十四

小長蘆　朱彝尊　録
秣陵　胡任輿　緝評

桑悦七首

悦字民懌，常熟人。舉成化乙酉鄉試，除泰和訓導，遷長沙通判，調柳州。有《思玄集》。

王元美云：　桑民懌如洛陽博徒，家無擔石，一擲百萬。

胡元瑞云：　民懌高自矜詡，其詩體格卑弱，可謂大言無當。

俞汝成云：　思玄居士負氣自高，凌厲一世。其詩賦類多率情，有翫世自嘲之意。可以資暇啓顔者，亦復不少。

《靜志居詩話》：　民懌説《易》，謂「萬物莫逃乎數」。説《詩》，謂「刪後無詩」。率本堯夫之餘陲。其於律吕，亦拾蔡氏之陳言。才識平平爾，乃敢大言。述《道統論》，則曰：「夫子傳之我。」作《學以至聖人論》，則曰：「我去而夫子來。」居然以孟子自况。而非薄韓子，比其文於「小兒號嗄」。其在長沙，著《庸言》，自詡窮究天人之際，非儒者所知，而曰：「吾詩根於太極。天以高之，地以下之，山以峙之，水以流之，庶物以飛潛動植之。日月宣其明，雷霆發其震，雨露播其潤澤，散之則同元氣流行。收之於心，發之於言；被之管絃，則可感天地，動鬼神。乾坤毁，日月息，詩廼收聲，復歸太極。」其言大而夸狂也，幾於悖矣。

感懷二首

逝日不可追，誰能駐光景。春陽媚花草，荏苒歲華冷。威鳳德未成，颯下丹山頂。路逢清泠泉，徘徊照孤影。

東園有奇花，容姿鮮灼灼。雖是春風開，亦是春風落。甘霖被郊原，蔓草輕蘭葯。所以高岡松，無言倚寥廓。

住龍福寺

龍福山虎形，有寺枕山陲。僧衆暗吞噬，一一留披緇。自注：形家言如此。法堂久欹傾，羅漢無完肌。空階劃鳥跡，香案縈蛛絲。我了催科業，僧榻苦栖遲。月黑響蝙蝠，風定聞狐貍。微官責聚歛，百賦皆有期。長沙病逋負，此州更難醫。譬如理亂髮，恐傷首中皮。膏油漸浸潤，緩緩施梳篦。審知曠厥職，恬退乃其宜。妻孥先遣發，岳麓不日辭。幸逢中丞賢，加禮免鞭笞。言語如春温，勉令撫瘡痍。徘徊不忍去，我亦爲我嗤。憶昔少年日，許國師臯伊，豈知坐冗職，出納伍有司。與民算升斗，瑣屑誠堪悲。登山拜虞舜，臨淵弔湘纍。終當拂衣去，涕泪陳吾詞。

題鳳洲草堂效吴體

江水四面圍高丘，草堂結在丘山頭。頻經春雨打不漏，苦耐秋風吹未休。枕邊驚聞櫓聲過，檻外俯看雲影浮。我約吴郎來借住，并吞沙草占溪鷗。

過十二磯 在梧州。

亂石危磯急瀨聲，扁舟汎汎水中萍。月當秋夜十分白，天到遐荒一倍青。引路哨船鳴鼓吹，前山軍堡出旗旌。回頭便有開懷處，無數峰巒列翠屏。

題畫

浮雲出没吞遥岑，小亭日日巢秋陰。美人如玉不可見，松子自落空山深。

懷遠道中

蓬蒿没馬路通身，在野真爲草莽臣。莫道先生無武備，前驅負弩盡狪人。

文洪 三首

洪字功大，長洲人。成化乙酉舉人，署淶水儒學教諭。有《括囊稿》。

《詩話》：長洲文氏，世載其德，希素先生實始之。句如「野猿窺落果，林蝶戀殘花」，「自得翻書趣，渾忘對客言」，饒有恬澹之致。傳之交木、甫田，高曾之規矩不改也。

睡起

寂寞掩林扉，東風晝方永。睡起落紅多，斜陽半樓影。

南行舟中

露白沙凉月滿空，雁聲歷歷度西風。客程尚與鄉關近，歸夢如何便不同。

訪徐尚容

虎谿谿上草堂閒，千樹江梅杳藹間。欲向南枝問消息，東風吹我過西山。

羅倫一首

倫字彝正，永豐人。成化丙戌，賜進士第一，授翰林修撰，坐論事，貶泉州市舶副提舉，尋召還，復職，改南京。有《一峰集》。

《詩話》：一峰以論南陽奪情事，謫廣東市舶副提舉，實學士陳文所畫策也。久之復官，南陽已謝世，既而文死，薛御史之綱作詩誚之曰：「九原若見南陽李，爲道羅倫已復官。」然李公賢相，贊裕陵釋建庶人，居之鳳陽，許其自便。即此一事，啓沃已多，亦未可輕訾也。一峰專心理學，詩不與韻士爭長，而集中「紀夢」詩，多至三百餘首，難乎免於癖矣。

節婦歌

泉流不歸山，雨落不上天。妾心死不回，金石無其堅。白日經中天，飄忽沉西海。妾心日不如，曈曈光不改。明月揚清輝，三五二八圓又虧。妾心月不如，耿耿無虧時。憶妾二十春，結髮事良人。安知三載後，羅帷生素塵。懷中五歲兒，零落重悲辛。吾聞陳孝婦，夫死養姑心愈固。朱幡入奏丹書來，黄金北斗高門戶。又聞杞梁妻，慟哭梁山傾。精神變天地，黄土非無情。妾髮可剪，妾頭可截，妾心之白不可涅。

《詩話》：一峰《節婦歌》，初不詳姓氏，别本或加張字，或以爲節婦甄氏作，誤也。詞亦小異。

程敏政九首

敏政字克勤，休寧人。成化丙戌，賜進士第二，授翰林編脩，進左春坊，左諭德，兼侍講，歷詹事府少詹事，兼翰林侍讀學士，掌院事，遷禮部右侍郎。卒，贈尚書。有《篁墩正、續稿》。

李時遠云：篁墩著述甚富，體格不高。

《詩話》：篁墩數與西涯酬和，集中存詩數千，究乏警策。至其緝録諸書，若《明文衡》《新安文獻志》，甄綜有法。餘如《宋紀受終考》《宋遺民録》，皆有功史學。獨是議孔廟祀典，而屏鄭康成不與，未免過於刻薄。若夫《蘇氏檮杌》一編，謂眉山父子罪浮於王安石，蓋借文公《雜學辨》而周内之。其意第欲爲伊川復讐，不知徒貽有識者笑也。

懷平江伯陳恭襄公

赳赳陳將軍，平江始開國。小年八石弓，勇氣屢破賊。遏逢中興主，得附昇雲翼。當宁念豐鎬，京邑望南北。安得蕭與韓，晏歲足兵食。將軍家合肥，老大諳稼穡。一朝被簡知，舞蹈奉明勅。建牙淮水陽，諸路盡承式。孜孜竭衆智，疏鑿靡餘力。廒庾便交輓，隄牐濟危嗇。艘舸隨淺深，湖壩幾通塞。百年民力蘇，萬里海濤息。居然奠東南，不復困供億。將軍去幾時，寢廟見顔色。火旗與雲馬，夜下不可測。父老説遺事，往往動遐憶。征夫多苦辛，國本在培植。賢孫今代將，當復守成則。東風吹客衣，清口日初昃。公忠夙所欽，再拜續銘刻。

蹋車行

田夫蹋車如蹋弩，田婦蹋車心更苦。老天不雨將奈何，稻隴看看作焦土。我行見此三歎息，欲助農忙恨無力。假令一旱似往年，豈獨憂貧復憂賊。我雖七尺金紫身，聖恩許作歸耕人。詩書不了餬口計，與爾將來同苦辛。擊鼓揚旗禱神福，且莫先憂食無粥。賢侯恤民天所憐，好雨時來歲還熟。

功臣廟下作

雞鳴山側英雄坊，朱門半掩青松長。功臣廟食自洪武，下車進謁開中堂。元勳佐命推六王，儼然並坐徐與常。左李右鄧沐最少，霜鬢獨見東甌湯。秉圭服冕垂衣裳，異姓聯翩如雁行。公侯十六分兩傍，金貂玉帶相輝光。瓣香一炷三歎息，却走苔堦觀畫廊。揭從真主興濠梁，長江飛渡入建康。血戰往往皆鷹揚，當時陳寇號最强。諸軍一衂番水陽，不日降旗來武昌。神威自此若破竹，偕竊次第歸天亡。按圖未取東海方，下令先縛鹽城張。遠清閩廣服蠻徼，繼下滇蜀連氐羌。東南略遺瘡痏息，直指幽都驅犬羊。氊裘北遁居龍荒，乾坤一統成帝鄉。九州入貢紛梯航。文孫繼承萬億載，諸將之功何可忘。禮官四時奉蒸嘗，令典與國同無疆。摩挲丹青落日黄，一時際遇思明良。陸機有頌愧莫續，風雲颯爽天茫茫。

暮雨野泊

黑風摧山雨如注，未到下邳無泊處。暗中雜遝人語聲，且逐淮南漕舟住。淮南漕舟三百强，粉字舵樓成堵墻。輪更轉箭鎮相續，似覺人人嫌夜長。滅燭悠然倚牀坐，遠村曙雞聞一箇。前途早有役夫來，岸東相呼岸西和。

送黄欽都閫出守洮河岷三州

前歲平遼過海東，今年分陝駐湟中。三城斥堠提封遠，千里蕃戎節制通。開府欲施經濟策，留屯先上便宜功。從來禦侮須才俊，莫向沙塲歎轉蓬。

度東山嶺

石橋駐馬問田翁，一塢深深隔樹東。帝子閣前沙似粟，梵神祠下路如弓。疏松古磵風微動，細草陰厓雪半融。回望紅塵才數里，不知身在亂山中。

海子

十里城陰道，西湖一派分。秋晴沙岸尾，時見白鷗群。

送克寬弟南還至茶菴獨歸

垂野陰雲一望迷，送行愁問路東西。不知幾日黄梅雨，門外青泥没馬蹄。

題小景雜畫

緑樹蕭然蔭草亭，酒船安近蓼花汀。分明一夜溪頭雨，洗出春山數點青。

莊昶五首

昶字孔暘，江浦人。成化丙戌進士，改庶吉士，授檢討，以諫謫桂陽判官，遷南京行人司副，終南京吏部郎中。天啓初，追謚文節。有《定山集》。

李世賢云：定山詩好用乾坤字。

楊用修云：定山早有詩名，頗有絶可笑者。如「太極圈兒大，先生帽子高」，「贈我一壺陶靖節，還他兩首邵堯夫」，又「贈我兩包陳福建，還他一匹好南京」，聞者捧腹。然晚年詩入細，竟有可並唐人者。

俞汝成云：莊定山詩，雖不步武唐人，而去時調則遠。

王元美云：莊孔暘佳處不必言，惡處如村巫降神，里老罵坐。

《詩話》：湯義仍好填詞，人或勸之講學，湯云：「僕終身言之，顧諸公勿省耳。諸公所講者性，僕所言者情也。」旨哉言乎！自昔衮衣陳詩，章甫雅言，昔之聖賢，類不廢《詩》。至曰：

「女心傷悲，殆及公子同歸。」又曰：「其新孔嘉，其舊如之何？」抑何其婉曲入情也。自堯夫《擊壤》而後，講學毋復言《詩》，言《詩》輒祖堯夫，遂若理學風雅不並立者。然一峰、康齋、白沙、定山，咸本《擊壤》，而定山尤甚。所謂「太極圈兒大，先生帽子高」等句，不一而足。以是爲詩，其去張打油、胡釘鉸無幾矣。甘泉從而輯之，以詔學者，謂非此則與道學遠也。然則打油、釘鉸反爲近道之言，而《詩》三百篇，春女秋士之思，皆可置勿録也。竊爲理學諸先生不取也。

憶舍弟

天邊聞一雁，杳杳向南徂。今夜西風冷，他鄉小弟孤。五人千里去，九月一書無。欲作千行淚，憑誰寄客途。

題畫

遥山青兩峰，老樹紅一葉。我懷不可羈，月明江獨涉。一作「空江下明月」。

送博羅何孝子

白酒江門暖，北來風正寒。釀方君不録，明日寄書難。

釣魚圖

溪上春雲與浪飛，溪頭春水鮆魚肥。野人只是閒無事，日出船來月出歸。

寄壽州廖同知

江鄉煙景不須爭，客裏風花亦有情。我見白頭張汝弼，今年又在壽春城。

黄仲昭 一首

仲昭名潛，以字行，莆田人。成化丙戌進士，改庶吉士，授編修；坐諫鼇山煙火，予杖，謫湘潭知縣，遷南京大理評事，進寺副，乞休。弘治初，起江西提學僉事。尋致仕。有《未軒集》。

劉玉執云：先生遺文，闡諸理者微，徵諸事者核。模寫窮物象之真，吟咏得性情之正。

《詩話》：僉事以詞臣建言，宜有巖巖氣象。而詩特和易近人。其《謫居寫懷》也，有云：「一片歸心留不住，非因故國有蓴鱸。」其《歸田雜咏》也，有云：「悔殺昔年成底事，紅塵鞭馬聽朝鐘。」其澹於世味也，可見已。初自號「未軒」，羅彝正謂曰：「君之未，余知之。吾道未至於孔、孟，吾功未至於伊、周，吾民未至於唐、虞，君之未也。若士未大夫，大夫未公卿，則衆人之未也。」晚居下皋，築俱樂亭，更號「退巖居士」云。

明妃詞

風起龍堆滿面沙，舉頭何處望中華。早知身被丹青誤，但嫁巫山百姓家。

章懋一首

懋字德懋，蘭谿人。成化丙戌進士，累官南京禮部尚書。贈太子少保，謚文懿。有《楓山集》。

《詩話》：楓山自言不工於詩，故集中存者甚少。嘗見思陵御書一幅詩云：「未央鐘動曙光生，隱隱初聞柳外鶯。風静御爐香篆細，日高斧座衮衣明。螭頭陛擁黄麾仗，豹尾班聯白玉珩。最喜及時勤庶政，蒼蠅聲裏聽雞鳴。」真跡存高上舍佑釲處，觀者疑爲思陵御製，實《楓山集》中詩也。惟「及時」二字，集本作「君王」，御筆更之。是《楓山》一集，曾歸乙夜之覽矣。附識於此，以當開、寶舊事。

遊牛首山和沈仲律韻

乘興來山寺，清尊共解顏。院深春晝永，香裊午風閑。短屐行應遍，危欄倦亦攀。白雲飛不定，何處是鄉關。

張弼 十首

弼字汝弼，松江華亭人。成化丙戌進士，授兵部主事，轉員外，出知南安府。有《鶴城》《東海》二稿。

李賓之云：東海詩清鍊脫俗，力追古作。其自評「書不如詩，詩不如文」，此英雄欺人，不足信也。

王濟之云：東海詩不苟作，作必超詣豪宕，擺脫近世尋嘗語。

王子衡云：先生詩氣豪而逸，發乎性情之正。

《詩話》：汝弼詩云：「酒杯不及陶彭澤，詩法將隨陸放翁。」故其律體全學劍南。如「魚兒浦口酒船小，燕子風前茶焙香」，「酒遇故人隨量飲，花當好處及時看」，「自從都下三年別，不寄江東一紙書」，「孤艇夕陽荷葉亂，小樓春雨杏花殷」，「鬢毛零落風前鷺，心緒悠揚簇上蠶」，「一頃新田收晚稻，數椽茅屋補秋蘿」，「浪花作雨汀煙濕，沙鳥迎人水氣醒」，「萋萋芳草日將暮，點點飛花春可憐」，「灤水入春冰半黑，平山消雪草微青」，「西飛白日忙於我，南去青山冷笑人」，「草露松風千里夢，秋霜春雨百年心」，「僧中今見大小朗，世上爭傳長短歌」，「霍光有傳何曾讀，疏廣無金亦自歸」，可稱具體，與定山輩專傚《擊壤》者不同也。

紅梅贈翁僉事

庾嶺小紅梅，風標天下絶。昨日幸同歡，今日傷離别。玉簽兩三聲，吹落臙脂雪。寫以贈知心，相攜共明月。

咏竹

擊節歌《離騷》，湘靈招不得。開門看月明，幽篁倚蒼石。春風千萬花，花落春無跡。此君冷淡姿，常有好顔色。

假髻曲

東家美人髮委地，辛苦朝朝理高髻。西家美人髮及肩，買粧假髻亦峨然。金釵寶鈿圍朱翠，眼底何人辨真僞。夭桃窗下來春風，假髻美人歸上公。

宜興好寄弋陽尹李端卿兼柬諸公

吳中山水宜興好，曾在京華得飽聞。踪跡十年嗟未到，風煙一壑要平分。筍鞭茶塢銅官雨，荷蓋蘭舟湃涮雲。更問東坡田可贖，便教兒子蚤耕耘。

棠溪景

悠悠下村路，望望皆煙樹。何處讀書聲，山禽忽飛去。

送張維亨之沂州

瑯琊臺下看新晴，聽得陽關第四聲。千樹梅花滿城雪，也應難比使君清。

俞舜卿僉憲許柑未送詩以促之

南海黄柑未見分，舉杯空望嶺頭雲。元宵燈火相將近，空手歸來惱細君。

絶句

空濛山色晴還雨，繚繞溪流直又斜。短杖微吟過橋去，東風滿路紫藤花。

方文美畫

花落春歸客未歸，仲宣樓上倚斜暉。故園遥在三江外，緑遍蘼蕪燕子飛。

題畫

雲杉如薺屋如蚶，詰曲溪流瀉碧潭。獨立小橋吟不盡，插天晴翠太湖南。

賀欽 一首

欽字克恭，廣寧人。成化丙戌進士，官給事中。天啓初，追謚恭定。有《醫閭先生集》。

春晚

落盡群芳枝已空，游人枉自怨東風。誰知寂寞幽園裏，猶著楸花一樹紅。

林瀚 一首

瀚字亨大，閩縣人。成化丙戌進士，歷官南京吏部尚書。贈太子太保，謚文安。有《泉山集》。

《詩話》：文安公父元美，中永樂辛丑進士，仕至撫州守，以循良聞。公有子九人，康懿、文僖官皆至尚書。諸孫爲尚書者復二人。其他階大夫郎者不數焉。門閥可云盛矣！公嫻於制舉藝，吾鄉姚處士瀚，裒集明一代時文三百八十家，特推公爲之首。詩不耐深思，然一門濟濟，儒雅風流，不特三世五尚書有集而已。

寄鄭郎中

鳳臺一别四經秋，羡子投閒未白頭。爲問濂江江上路，幾人煙雨櫂歸舟。

李傑十五首

傑字世賢，常熟人。成化丙戌進士，改庶吉士，授編修，累官禮部尚書。贈太子太保，謚文安。有《石城山房稿》。

胡世高云：宗伯詩文，明暢醇雅，渾厚和平，悉從經學流出，未嘗爲鈎棘詭亢之言，以驚世取譽，自然從容於榘度中。

《詩話》：張乖崖詩云：「獨恨太平無一事，江南閒殺老尚書。」虞山李文安以忤劉瑾致政歸。築逸我堂，壘石爲山，暇游昆尚二湖，賦詩云：「虞山山下是吾廬，三載棲遲得自如。却怪四方多事日，江南閒殺老尚書。」蓋其時山東、江西、四川、湖廣，盜賊並起，故爲是言也。文安不以詩名，然與李文正、吳文定諸公，酬和不輟。其《自序》云：「余於詩文，初無師授，亦未嘗規倣古人，將以是名世。但竊禄詞垣，公私所需，不容已爾。故意之所到，信筆書之。未嘗刻苦思索，必求其工也。」可謂得失寸心知矣。錢氏《列朝詩集》搜羅鄉曲先進靡遺，獨不及文安，何哉？

早行舟中有作

荒雞一再號，東方漸生白。衆星尚駢羅，天宇黯以黑。晨光正蒙昧，莫辨河山色。舟行趁潮長，寧費牽挽力。蘆汀雁驚起，鳴聲何嚦嚦。輕颸拂涯樹，凉露時一滴。前村燈火明，茅屋疏林隔。蓬窗攬衣坐，悠然忘盥櫛。宵征自可怡，此景更奇特。

登泰山絶頂

五嶽鎮坤維，其東雄泰岱。巖巖一何高，屹立霄漢外。神靈所攸鍾，秩祀宜萬代。我來屬深秋，登陟覽勝槩。雲開旭日升，峰巒新染黛。盤盤上澗谷，石磴豁復隘。凉颸起虚谷，颯颯響靈籟。兩崖戢霜樹，斕斑殊可愛。五松非秦封，亦已類偃蓋。躋攀入天門，縹緲凌上界。睇盼感廢興，喟然發長嘅。七十二帝王，封禪遺跡在。玉檢時復出，厓碣亦殘壞。兹山自今古，直與穹壤配。絶頂氣益清，衣袂浮沉瀣。群山紛後從，歷歷同聚塊。中原小如甌，滄海縈若帶。置身九重近，誰謂天下大。吾言良匪誇，聊以志一快。

泰山竹林寺與陳大參楊僉憲同遊

陟險千萬盤，未識寺門處。一澗委蛇來，齒齒亂石聚。飛梁忽横亘，清泉下奔注。其間有靈湫，蛟龍所蟠據。時經不測谿，心動髮毛豎。肩輿尺寸進，僕夫汗如雨。我欲飛步登，厓傾足難駐。青鞵與布襪，惜不攜此具。貪奇不知止，竟忘垂堂慮。緬懷得一樂，未足償千懼。峰回見林薄，飄然發佳趣。古殿三兩楹，滿庭蔭高樹。百果經秋霜，甘美皆可茹。同行得二妙，把酒勸酬屢。酒酣陟巑岏，冀與仙靈遇。高寒覺衣單，俯視飛鳥去。白雲出巖阿，英英若春絮。登臨興無限，日暮歸何遽。摹寫詎能窮，率爾成短句。

秋崖

秋山鬱岧嶤，懸崖削如壁。自非插羽翰，可望不可即。若人何好奇，捫蘿每登陟。濕雲潤我衣，落葉墮我幘。逍遥空青外，似與塵世隔。便欲御泠風，飛行覽八極。

題王孟端松泉圖次饒介之松濤韻

山椒怪石蹲如瓶，松崖巉巖不可梯。蒼濤洶湧翻地軸，白日晦冥天爲低。高枝棲鶻巢欲墮，哀鳴何處求其雌。初疑龍蛇相格鬬，鱗鬣無乃多傷夷。又疑群仙互來往，翠蕤羽節紛祁祁。影作大陰連巨壑，根蟠絶澗滋寒漪。何人圖此心獨苦，九龍山人揮灑之。筆端生意妙莫測，真宰上訴天應悲。驚風颯若坐間起，毛骨凛凛難禁吹。林泉逸趣我所嗜，相對不覺心神馳。世間真假俱一夢，以夢非夢良亦癡。臥遊何必謝公屐，千峰遍閱消移時。畢韋一去藝中絶，後代未聞工者誰。山人能事寧止此，布衣上結明主知。圖窮載誦醉漁作，此翁胸次亦已奇。歌聲悲壯意超脱，不似杜老憂時危。豈期兩美偶相合，有聲之畫無聲辭。百年勝賞不易得，俛仰忽復令人思。雪泥鴻爪宛然在，風流雲往何由追。後來視今今視昔，揮毫試和松濤詩。

題謝廷循山水

峰高遲出日，山氣曉氤氲。葉潤林藏霧，崖分谷吐雲。客衣晴亦濕，瀑響遠逾聞。茅屋依深樾，逃虚羡隱君。

遊靈谷次鄭司徒韻

吾愛山中筍蕨甜，山靈况復不吾嫌。日華濃染緋桃色，雲影輕籠翠柏尖。尊酒興催詩興發，管絃聲與鳥聲兼。韶光滿眼供春望，分付奚奴爲卷簾。

過蔡村

白沙灘接緑楊堤，遍野青黄麥秀齊。萬雉都城天咫尺，幾家村落水東西。濛濛細雨來帆重，漠漠平蕪去鳥低。岐路年年成底事，遣懷只合醉如泥。

奉祀天壽山有序

五月十三日，上以亢旱，命臣傑祭告天壽山之神。晚至昌平，雷雨忽作。次日四鼓，祀畢出陵，月色如晝。歸至沙河，回望西北諸山。雲氣靉靆，流水已没斷橋矣。十六日，京師雨；十七日，大雨。幾甸霑足，賦詩志之。

玄雲四合雨傾盆，朝野歡騰頌至尊。已藉靈祇通上帝，自應烈祖祐神孫。禾苗漸發高低壠，草樹重榮遠近村。猶記昨宵祠禱罷，滿山明月照陵門。

孔廟紀事次西涯李閣老韻

至聖由天縱，斯人足典刑。道高王只素，文在簡猶青。秩祀從先代，尊榮合萬齡。廟堂森穆穆，金碧焕熒熒。回禄噓妖沴，炎光迫紫冥。忽驚空邃宇，倏已及前庭。古壁殘遺册，穹碑剥舊銘。蒼煙隨燼滅，焦墖逐風零。寧記諸賢像，誰摹老檜形。衣冠猶在望，絲竹杳難聽。驛報來東郡，封章入大廷。聖情深隱測，睿旨重叮嚀。祭告誠宜達，趨蹡職所丁。瞻依懷闕里，對越想英靈。大宅門墻峻，高林草木馨。尼山遥可覩，泗水近須經。衣露常沾潤，帆風渺御泠。郵程占夜月，征旆帶晨星。傳詔修香幣，騰書具鼎鉶。蕝芽行漢禮，作器象周型。祭統寧教墜，天機自不停。春陽發壇杏，和氣長階蓂。揆日營新制，推波濯餘腥。巖巖增壯觀，翼翼閟重扃。儒道今滋盛，文風被八溟。

題扇

竹徑清陰合，行行路欲迷。仙家何處是，只在石橋西。

雜興

花霧曉濛濛，落紅飛不起。文采雙鴛鴦，蕩漾緑池水。

次徐文量主事韻

西風獵獵走驚沙，歲晏登臨倍憶家。爭似南州徐孺子，寒林匹馬看梅花。

謝鄭東園惠荔枝用原韻

閩中佳品數方紅，蜜漬鹽蒸恐未工。曾聽詞林前輩說，岳季方。葡萄風味略相同。

題倪雲林竹

倚風寒翠不禁吹，秋盡瀟湘暮雨時。極目蒼梧魂欲斷，隔江休唱竹枝詞。

徐恪 一首

恪字公肅，常熟人。成化丙戌進士，累官南京工部右侍郎。

朱仙鎮岳王祠

汴洛淒凉寢廟空，中原恢復仗英雄。黄龍未遂長驅志，鐵馬猶傳轉戰功。貔虎散歸烽戌老，河山遺恨古今同。西風一掬懷賢淚，灑向荒祠夕照中。

陸容 一首

容字文量，太倉州人。成化丙戌進士，授南京吏部主事，改兵部；坐言事，出爲浙江右參政。有《式齋集》。

《詩話》：參政與張亨父、陸鼎儀齊名，號「婁東三鳳」。詩皆非所長，式齋則至登第後始爲之，見所述《菽園雜記》。若其藏書之富，見聞之周洽，似非亨父、鼎儀所能及也。

感遇

松株青鬱鬱，冬夏不改顔。園工狥時好，移栽盆盎間。屈爲虬龍形，束縛苦不閒。豈無培養恩，適性良獨難。吁嗟梁棟材，誤作花草看。愛之不以道，何如老空山。

戴縉 一首

縉，南海人。成化丙戌進士，累官工部尚書。

楚江旅懷

薄暮過瀟湘，秋空楚水長。黄蘆千里月，紅葉萬山霜。客夢懸雙闕，鄉心逐五羊。羈情誰與晤，勞者若爲傷。

韓文 二首

文字貫道，洪洞人。成化丙戌進士，累官太子太保，户部尚書。贈太傅，謚忠定。有《質菴存稿》。何粹夫云：先生詩，温如春風，清如流水。險韻賡和，至數十首，而句穩意新，無牽強重累之病。如層濤疊浪，可喜可愕，而無一不出於自然。《詩話》：忠定公餘，即事吟咏。集中十九，皆七言近體，取自怡悦而已。

西藍禪院

西藍禪院夕陽開，古殿碑殘畫雜苔。霜冷松林無鳥宿，月明竹徑有僧來。霍山東抱諸峰合，汾水西流九曲回。老去未忘憂國念，浮雲直北望燕臺。

羅漢院

寺近孤村路轉西，小橋流水夕陽低。經霜崖果猿偷摘，欲暮風林鳥亂棲。蛀粉尚留題壁字，香灰半入種花泥。箇中老衲眈幽寂，不爲登山不渡溪。

陸淵之一首

淵之字克深，上虞人。成化丙戌進士，歷官布政使。有《東皋集》。

黄鶴樓

落日江流帶女墻，飛樓百尺俯蒼茫。筵前却怪當年事，鸚鵡何緣到楚鄉。

潘蕃一首

蕃字廷芳，崇德人。成化丙戌進士，累官南京刑部尚書。

《詩話》：尚書歷中外，於蜀、於粤，屢立戰功。以忤劉瑾被逮，與劉忠宣同戍甘肅。瑾誅，復官。優游林下，簡朴如貧士。時人爲之詩曰：「尚書歸來無第宅，稅地種花兼種魚。舉網打魚魚換酒，花前醉倒老尚書。」

吴越戰場

吴越興亡宛目前，游屯涇上草芊芊。夕陽滿地生寒色，野燒緣溪斷暮煙。麋鹿歌臺今往矣，鷓鴣舞殿亦凄然。衹餘賜劍當年恨，惆悵東風哭杜鵑。

顔瑄三首

瑄字寶之，江陰人。成化丙戌進士，官户部主事。有《一菴詩抄》。

《詩話》：寶之賦才捷敏，嘗即内兄夏希明座上，令侍女喬妙福捧硯，王碧雲展紙，和香山《琵琶行》韻，援筆成篇，不竄一字。詩多穠縟，七律頗近錢郎。

過沛縣

獨坐篷窗對月明，靜聞譙鼓已三更。舟將泊處聞人語，驛未臨時見吏迎。泗水亭前荒草遍，歌風臺上宿雲平。英雄回首今何在，撫景空懸萬古情。

登鳳凰臺作

鳳凰臺上雨初收，天際凉雲拂地流。萬里關河明落照，九重宫闕動高秋。青山近遶城頭路，紅樹深藏驛外樓。莫怪臨岐重惆悵，青袍三載此淹留。

宿河西務

漠漠煙光漸欲昏，人家一半掩柴門。鼓聲近報沙邊驛，帆影遥連郭外村。紅歛夕陽微有迹，緑浮春水淨無痕。怪來野趣難消遣，自倚篷窗勸酒尊。

樊阜三首

阜字時登，縉雲人。成化戊子舉人，官延平儒學訓導。有《樊山摘稿》。《詩話》：栝蒼山壤，風雅之士寥寥，獨縉雲樊氏門才頗盛，時登而外，曰敬公慎，曰敘公倫，曰源時濟，曰通時亨，曰昌永盛，曰甫永美，曰貴永芳，曰鐸伯廣，皆能詩。敘有《用拙稿》，源有《竹軒稿》，昌有《友菊詩》，甫有《磵櫟集》，貴有《桂岡集》，鐸有《畏齋存稿》。惜乎流傳者寡矣。

田間雜咏

烏柏蔭我墻，白茅覆我屋。荷蓧朝出耘，依依暮歸宿。少婦勤織縫，諸孫解樵牧。秋風禾黍收，寒日照原陸。烏雀啾啾鳴，園籬多草木。官租及早償，莫待里胥督。

灣河舟中呈鄭廷韶吳景端

朝發燕山陽，暮宿灣河側。高樹蔚繁陰，浮雲淡無色。睠彼西日馳，憂心恒惻惻。賴我同心人，相期崇令德。

馮公嶺道中書所見

馮公今去久，嶺路至今聞。紅樹村村雨，青山片片雲。野橋松板架，巖溜竹筒分。日落人行少，時參鹿豕群。

張昇 一首

昇字啓昭，南城人。成化己丑，賜進士第一，累官太子太保，禮部尚書。贈太子太傅，謚文僖。有《栢崖集》。

渡淮

長淮一道入滄溟，滚滚黄流若建瓴。回首故鄉何處是，春風多少短長亭。

屠勳二首

勳字元勳，平湖人。成化己丑進士，累官刑部尚書，加太子太保。贈太保，謚康僖。有《太和堂集》。

楊應寧云：屠公屢更劇曹，手不釋卷，與余爲文字交。居嘗過從，必有倡和。辭章之名，播於中外。

《詩話》：吾鄉先正，若呂文懿有子秉之，屠康僖有子文升，詩名皆勝其父。然兩公韻語，亦自成家。屠集如「浦樹遠分揚子渡，江風吹過石頭城」，「吟看雁影秋來早，坐聽潮聲月上遲」，「夢裏只疑身有翼，燈前未信眼生花」，「江湖路遠身仍健，天地恩深罪亦宜」，「梵寺可能添一榻，水田應只欠雙鷗」，「山腰樓閣天低樹，江上人家水拍城」，「八韻八叉皆秀句，一年一度此深杯」，均饒風致。宜西涯、篁墩、守溪、邃菴諸公，交與和酬也。

題畫寄楊應寧

頽雲濕不飛，釀作楚江雪。林木凍已僵，汀葦吹欲折。荒村煙火稀，野寺鐘聲歇。端居思美人，千里成闊別。天寒鴻雁窅，地僻音塵絶。囊琴誰共彈，悵望頗鬱結。貽此瓊華圖，聊以表高潔。

小畫

浦雲煙樹路盤紆，白首青山興不孤。我亦有亭歸未得，東風吹雨長蘼蕪。

邵珪一首

珪字文敬，宜興人。成化己丑進士，官至嚴州知府。有《半江集》。

李賓之云：邵文敬善書工棋，詩亦有新意。如「江流如白龍，金焦雙角短」，又有「半江帆影落尊前」之句，人稱爲「邵半江」。

馬鬬虎

天門名馬真龍媒，萬里新自流沙來。先皇知爾才磊落，放入虎圈與虎搏。霜蹄蹴蹋虎即斃，英風颯爽來天際。當時觀者皆歎嗟，唐家豈數拳毛騧。

周瑛三首

瑛字梁石，莆田人。成化己丑進士，仕至四川右布政使。有《翠渠類稿》。

林雨可云：先生奇語奇情，出之簡易。嘗自題稿云：「老去歸平澹，時人或未知。」當爲定評。

履霜操

母兮兒憎，父兮兒怒。踽踳天地，懵不知其故。父在高堂，兒在郊圻。曩興履霜，踵血淋漓。荷衣不煖，樗食不飽。不即捐溝壑，念我父母。父本兒愛，母本兒怜。一朝放逐，實兒之愆。維鳥有鷇，維蟲有蠃。父兮母兮，其或歸我。

羅子應云：韓子《履霜操》，覺伯奇有怨怒之氣，未免害義。若翠渠作，一篇之内，吉甫惑於後妻之失，既不可掩，伯奇傷己自訟，不敢怨怒，而覬父母自省之意亦明。詞婉意切，足補韓子之失。與《拘幽操》並讀，可謂一忠一孝也矣。

感興

持刀斫月光，月光何曾斷。縛帚掃樹影，樹影依然滿。人皆惡樹影，礙此月明多。樹根苟不扳，其如月明何。

詠古送陳白沙歸南海

東都事矯激，西晉尚清虛。一時意自適，社稷隨丘墟。譬彼門戶開，轉運由其樞。大勢一傾倒，力救將何如。君子閱世多，立說慎其初。擇中而守固，孔氏有遺書。

馮蘭 一首

蘭字佩之，餘姚人。成化己丑進士，改庶吉士，仕至江西提學副使。有《雪湖集》。

黄太冲云：佩之在京師，與西涯、木齋雅相好。木齋歸田後，與佩之唱和，無虚日。間書以寄西涯，西涯輒和之，有云：「惟應兩巾屨，長得夢中遊。」又云「羡君江海上，猶有舊同遊。」是時西涯爲一世宗工，而於佩之，則敬爲老友也。

《詩話》：謝木齋以宰輔歸田，與佩之締姻，日以詩札酬報。澶淵劉應徵知餘姚縣事，爲刊《湖山唱和詩》二卷。集中句可采者，謝如「嘉客不來虚掃榻，好山難致即移家」、「路當樹與雲深處，舟及潮隨月上時」、「野色遥連晴樹杪，秋聲忽動暮鴉群」、「樓臺月上寒雲盡，村巷泥乾宿雨餘」、「扶老最便方竹杖，入秋却愛早禾田」；馮如「鏡裏流年從老去，山中舊業得生還」、「遠林返照明村落，斷岸分流入海田」、「絶頂夜晴先見日，中峰春暖易生雲」、「雨疏籬落菊開晚，水涸湖田雁下遲」、「秋晚菜畦依水種，日斜村嫗過鄰春」、「雲中僧住茅茨屋，雨後人耕斥鹵田」、「沙淨雨苔無屐齒，竹深秋墅有棋聲」、「雷霆忽作三更雨，江海疑生六月冰」、「燈火誰家無樂事，江湖此夜有離人」、「城市已無蹤跡到，江湖合有畫圖傳。」其詩頗難優劣，洵同調也。

奉答木齋病起見懷二十韻

海氣明曙霞，湖光渺秋昊。十月木未霜，楓林景逾好。疏疏籬下花，寂寂澗邊草。閒居田事休，委巷人跡少。東瞻牛屯峰，秀矗雲之表。種梅已成蹊，中搆一亭小。謝公有好懷，藉此以終老。佳辰縱嬉遊，真境越清悄。倚酣或高歌，興與秋空杳。一臥動逾月，予懷幾昏曉。得詩知強健，頓紓腸九繞。古人慎養生，弭疾今須早。周爻重勿藥，莊篇戒如槁。金蘭久要義，歲寒願相保。詩古意與長，三復開素抱。喜公眼增明，萬象都了了。南齋冬日暄，遺編得幽討。擬尋亭上盟，牽舟汝湖道。梅溪香欲浮，苔石淨於掃。扶杖我能陪，公無笑潦倒。

張習 一首

習字企翺，吳縣人。成化己丑進士，除禮部主事，歷員外郎，出爲廣東提學僉事。

和石翁水悶

舊居忽異東西瀼，白水茫茫不見鄰。始下方林堪濯足，每疑汎宅僅棲身。魚鰕易覔應兼味，畎畝全沉已概貧。好鼓蘭橈放歌去，乘桴浮海是何人。

楊光溥 一首

光溥字文卿，沂水人。成化己丑進士。有《沂川集》。

春去

樓外青帘近酒家，鶯聲巷陌夕陽斜。東風暗地隨春去，幾日無人喚賣花。

梅江 一首

江字文淵，嘉興人。成化己丑進士，授廬江知縣，擢南京貴州道御史，出爲四川按察僉事。

都門送弟還鄉作

高城曉角意如何，執别離亭淚欲沱。池館夢中青草盡，鶺鴒原上白雲多。西風苦憶歸帆影，落日時聞鼓棹歌。最是明朝傷獨處，寒山古木對嵯峨。

吕嵩 一首

嵩字秉之，秀水人，大學士原子。中成化辛卯順天鄉試，由中書舍人，遷禮部郎中，仕至太常卿。

有《九柏山房存稿》。

石邦彦云：太常遊於二泉方石之門。詩古澹冲雅，微婉緼藉。家居日對九柏，吟咏不輟，忘其老之將至也。

《詩話》：太常詩名，藉甚朝野。特爲吳中文、沈諸君所推重，人不敢以任子視之。是時詩派，方習爲纖麗圓熟，太常獨好盤硬語，宜其傲倪一世也。《六十》詩云：「治聾社酒分鄰父，含笑山花付侍見。」《移病》詩云：「官衙馬瘦無餘粟，海國魚鮮正晚潮。」《寄友》詩云：「愁無却老青精飰，夢有藏書白石龕。」皆瀟灑可誦。

天寒夜臥

雨久當成雪，天寒不肯明。君親南北夢，城闕短長更。有病官何物，無聞老此生。茅茨築新屋，妻子念歸情。

吳寬 十三首

寬字原博，長洲人。成化壬辰，賜進士第一，授翰林修撰，歷諭德，左庶子，少詹，侍講學士，擢吏部侍郎，累官禮部尚書，兼翰林學士，掌詹事府事。卒，贈太子太保，謚文定。有《匏菴家藏集》。

李賓之云：原博詩深厚穠郁，脱去凡近，而古意獨存。

王濟之云：匏菴爲詩用事，渾然天成，不見痕迹，洗盡近世尖新之習。

王元美云：吴匏菴如學究出身人，雖復閒雅，不脱酸習。

錢受之云：先生學有根柢，言無枝葉。其詩深醇醲郁。自成一家。

《詩話》：匏菴與沈啓南、史明古衿契最深，車馬簦笠，往還無倦。其詩亦足相敵。在都門，闢東園，築玉延亭留客。園中草木，莫不有詩。吏部後園，亦爲掃除，欄藥檻花，暇必酬和，極友朋文字之樂。余嘗見公家遺書，偶有流傳者，悉公手録，以私印記之。前輩風流，不可及也。

讀廖司訓詩

先生撫州彦，來爲婺州師。清晨坐高堂，講席擁臯比。弟子百數人，出入矩與規。先生以身敎，未嘗費言辭。共云今人中，得此胡翼之。我友王允達，托交兩無疑。恨我不識面，示我所寄詩。詩長三過讀，讀之竟忘疲。其辭如劍鋒，凛然白差差。上憂吏治陋，下憂士習卑。三復先生言，苦心良可悲。欲將今世人，化爲唐虞時。竊觀先生心，卓爾出等夷。但恐言太高，反爲當路嗤。方今法宫中，聖人貴無爲。一相久自擇，謂能繫安危。守櫝既有人，自毁玉與龜。諒非有言責，勿起出位思。幸卷三寸舌，横經固其宜。撫州古名郡，山川有諸奇。草廬與道園，近世尚可追。著書寓微意，足爲千載垂。再拜向先生，吾言止於斯。

送張都水

幽燕建都邑，九鼎從而遷。八政一曰食，仰此東南偏。歲漕四百萬，舳艫相後先。雲帆罷轉海，江淮達且沿。迤邐經齊魯，有渠昔人穿。噫此尋丈耳，譬若溝澮然。置牐以啓閉，相時爲節宣。巖巖魯山下，平地多流泉。泉流入漕渠，其始纔涓涓。𣸣淪惟自足，安知可浮船。疏導非人力，濟世嗟何緣。張君官水部，治水思昔年。往來相度之，滌源同九川。功成既歸朝，大臣慕其賢。封章始朝薦，行李仍夕旋。維此百泉眼，利博人爭傳。入渠有餘瀝，可漑萬頃田。只今東方民，老幼咸顛連。槁項與黄馘，嗷嗷口流涎。瀦洩倘有策，旱澇何須憐。漕粟國用足，種粟民生全。他年司馬氏，載入河渠篇。

苦雨

入夏憂不雨，雨甚又可憂。幸此米價減，宿麥且有收。人情稍覺舒，天意復見尤。一雨過三日，其勢殊未休。九市成九河，可車翻可舟。側聞城西偏，水患更不侔。一家三壓死，傷者恐不瘳。事急欲走避，有足誰家投。往夜東門火，平明失其樓。雨來火不作，火滅雨乃流。漢儒傳五行，箕子敘初疇。人邇天亦邇，此理或可求。賦詩遣孤悶，廢卷發長謳。

謝屠公送西域眼鏡

眼鏡從何來，異哉不可詰。圓與莢錢同，淨與雲母匹。又若台星然，兩比半天出。持之近眼眶，偏宜對書帙。蠅頭瑣細字，明瑩類椽筆。余生抱書淫，視短苦目疾。及兹佐吏曹，文案夕未畢。太宰定知我，投贈不待乞。一朝忽得此，舊疾覺頓失。謝却撥雲膏，生白訝虚室。扁鵲見五臟，未必有奇術。隨身或持此，遂使目光溢。世傳離婁明，雙睛不能没。千年黄壤間，化此直百鎰。聞之西域産，其名殊不一。博物有張華，吾當從彼質。

鍾馗元夜出遊圖

終南進士狀酕醄，虎韡烏弁鴨色袍。青天白日不肯出，上元之夜始出爲遊遨。鬼婦塗兩頰，鬼子垂一髦，徒御雜沓聲嗷嘈。導以靈姑旗，翼以大食刀。離未罔兩不可一二數，肩擔背負手且掾。戰傷人血化燐火，各出照地點點如焚膏，陰風颯颯吹荒皋。百怪屏氣不敢號，汝輩遠遁莫我遭。我欲飲汝血，甘如飲醇醪。我欲啗汝肉，美如啗羊羔。肯容汝輩在世長貪饕。吁嗟乎！馗也真爲百鬼豪。所以唐皇想其像，詔令道子寫以五色毫。憶當天寶年，左右皆爾曹。太真宫中逞狐媚，禄山殿上作虎嗥。當時便須縛以蒼水使者所捫之赤絛。獻於天閽，尸諸獸牢。何爲令温泉生汙泥，驪山長蓬蒿？吾嘗疑其事，展圖不覺再把短髮臨風搔。

送胡彦超

年過四十不作官，還將短髮籠儒冠。平生一經已爛熟，胡爲挾入橋門觀。前年鄉書名始刊，曲江又避春風寒。重來橋門住三載，打頭矮屋聊盤桓。朝虀暮鹽不滿盤，何須故人勸加餐。日高對案笑捫腹，自有五色之琅玕。側身西北望長安，眼中一朵紅雲團。天門欲往澀如棘，若比蜀道尤云難。嗟哉出處誰得似，頗似吳下吳生寬。吳生作詩忽盈紙，送君還到春闈裏。春闈多士多如蟻，勿將老少分憂喜。君不見韓昌黎，張童子，同是陸公門下士。昌黎文章如皦日，童子聲名逐流水。人生傳世有如此，區區科第何難耳。

題鄭郎中所藏張師夔畫

師夔畫好不可誣，筆法頗似崑山朱。未論人品高與下，胸次自是吞江湖。平林絶澗雲模糊，深處自有哀猿呼。青苔細路絶人跡，遇著即是漁樵徒。忽然空翠落衣袖，崇山峻嶺相縈紆。丹梯百尺通玄都，仙家茫茫還有無。臥游三日猶不足，王維輞川無此圖。題詩却問鄭大夫，此圖應著千金沽。

賦黄樓送李貞伯

維河有源星宿同，導河積石思神功。濁流汗漫失故道，積石却與澶淵通。平郊脱轡萬馬逸，一夜徑度徐州洪。徐州太守蘇長公，夜呼禁卒登城墉。一身未足捍大患，豈無木柵兼竹籠。戲馬臺旁二十里，有隄横亘長如虹。高城不浸三版耳，挽回魚鱉仍耆童。防河録成天有工，黄樓高起城之東。五行有土可制水，底用四壁塗青紅。太守登樓賓客從，舉杯酹水臨長風。河伯稽首受約束，不敢更與城爭雄。水流滔滔向東去，紓徐演漾殊從容。負薪投璧竟何用，漢家浪築宣房宫。自公去後五百載，水流有盡恩無窮。我生慕公公不逢，安得置我茲樓中。潁濱淮海獨何幸，留得兩賦摩蒼穹。鳳池舍人今李邕，南行别我何怱怱。登高眺遠必能賦，封題須附冥飛鴻。

送王合州

南出都門去，逢人問合州。一官爲别駕，萬里付扁舟。巫峽流泉曉，峨嵋半月秋。緣知蜀道易，隨處有詩留。

登故友史西村小雅堂

路繞黄家溪水長，春風灑淚復登堂。草荒求仲常來徑，塵滿元龍舊臥牀。分手死生嗟契闊，傷心聚散覺凄凉。高丘數尺棲神地，碧樹爭凋不待霜。

分韻送貞伯

忽對春風南陌，還思夜雨西窗。高丘恨不千尺，望見離人渡江。

題畫

水長鵝肫蕩口，花飛鶯脰湖邊。吴歌唱徹歸去，日暮青山滿船。

除夜

夜深燈火四無鄰，強醉金陵麴米春。却憶去年何處宿，三义河口更愁人。

楊一清 二十一首

一清字應寧，雲南安寧州人。成化壬辰進士，授中書舍人，陞山西提學僉事，遷陝西副使，召爲太常卿，拜左副都御史，巡撫陝西，歷户部尚書，入直内閣，進少師，兼太子太師，吏部尚書，華蓋殿大學士。卒，贈太保，謚文襄。有《石淙稿》。

李獻吉云：先生詩矜持嚴整，俊拔典則。七言律爲最工，雖唐宋調雜，瑜瑕靡掩，然所謂千慮一失也。

《詩話》：邃菴古詩，原本韓、蘇，近體一以陳簡齋、陸放翁爲師。獻吉送昌穀詩云：「吾師崛起楊與李，力挽元化回千鈞。」初意楊非李敵，不過爲師同耳。及觀《石淙集》，實有高出李者，乃知文士以千秋自命，類不輕許人也。

舟中感興

宋朝西事興，廷議仗數公。三策戰守和，持論各不同。韓公初主戰，提旅當賊鋒。至今好水川，流血餘腥風。范公圖經略，志守不志攻。雕陰扼其吭，靈武城其雄。大順屹有築，清澗引而通。雖無賊俘獻，已遏賊馬衝。終教賊膝屈，西顧聊從容。臣本鉛槧儒，豈不念除兇。功成枯萬骨，生意隨秋蓬。

而况兵家事，勝敗誰能窮。設險有明訓，著之易象中。沙場四百里，深塹連高墉。一勞還永佚，誓以輸愚忠。云胡曉曉者，計不究初終。作詩俟君子，庶幾希後功。

聞人道漢中事

相逢漢中人，爲問漢中事。政殘令復弛，此階誰作厲。有兵不識鬬，有地無遺利。紛紛攰攘徒，來自川西地。初焉甚微眇，可以折箠治。玩寇者爲誰，彌文巧蒙蔽。星星不時撲，漸成燎原勢。重煩宵旰憂，撫捕勤大吏。彼氓亦何知，從亂豈其意。分明盜兵革，潢池作兒戲。胡忘渤海言，而昧朝歌智。居然恣屠戮，爲此首功計。番兵及礦徒，剽掠失防制。如以賊禦賊，進退誰適避。寧偷從賊生，懼作迎降斃。遂令漢沔間，群盜益昌熾。村落莽成墟，埜煙浩無際。師久力漸屈，饋餉遠難繼。壯士飢而逃，道途目相視。關津不敢詰，將領莫能致。仲秋交兵辰，諸軍自同異。貔貅頗創傷，狐鼠未懲艾。如聞制府來，轅門稍生氣。夾攻本良策，萬全亦非易。成功在此舉，莫使再顛躓。人言川賊興，正坐科徵敝。民窮盜斯起，思之無乃是。反本宜急圖，窮誅竟何濟。邇來天監昭，大奸伏碪鑕。湯網解而疏，武戈藏不試。寄語賣劍人，太平今立至。

山中吟

兩旬天氣看復陰，黑雲故故團春岑，耳邊時聽潭龍吟。深山大谷不可宿，前途風雨愁人心。

未至府谷得山西胡憲副源潔詩先是予與源潔約保德府谷爲渡河之會源潔先至以詩來速和韻答之

榆林東來神木道，我心擾擾風中纛。病軀不任馳驟勞，況是長途阻霖潦。眼前車馬恨躑躅，夢裏衣裳或顛倒。當秋一雨近歲無，破屋家家蛙産竈。至今溽潤滿庭户，蟻蛭縱横聚難掃。人可勝天理則然，古有堯湯非羿奡。吾皇憂民過往聖，德旨蠲租憫無告。邇來天澤閟不流，赤地茫茫方苦燥。頓使呻吟化歌舞，果然大命由人造。知君命駕千里來，神交豈是私相好。一官同擁繡豸服，矢心不愧皇天纛。翻愁左顧勤撝訶，賴有先憂繫懷抱。晉陽一别六七載，如瞽倀倀藉誰導。龍門尚隔衣帶川，意逐書郵已先到。陽春下里本非類，木李瓊琚浪酬報。吁嗟伐木久不聞，友道蒼茫竟彫耗。人間此會苦難得，肯似山陰空返棹。與君興在希聲前，不待冰絃已成操。元龍大床吾欲卧，可聽登堂窺寢奥。

送安成張都憲督運還鎮

文皇北狩開洪基，古之燕薊今邦畿。官河舳艫挽飛粟，歲四百萬供京師。直從三湖到瀛海，四十餘閘中逶迤。雖云恭襄擅勞績，廟算天假非人爲。漕規百年漸成敝，民財已盡兵兼疲。豪門貸券不知數，公廩未入私逋追。姦人復此恣漁獵，罔念膏血成塗泥。君王聞之重悽惻，曰此瘡痍當底綏。詔求經濟起頹廢，公名首應朝堂推。都臺舊帋許重著，先聲忽滿清淮湄。褰帷問俗布新政，風霜雨露無偏私。人言更化先將領，疏屏庸瑣將無遺。明揚才俊給任使，數月威令如飇馳。高山虎豹莫敢狎，精采一變非前時。疲氓敝卒總生氣，昔者戚戚今嬉嬉。朝廷綱紀藉臺憲，頗恨吾人翻壞之。姑息之風滿天下，漢家三尺空然持。剛者矯枉不達變，志固可取終何裨。不然淫刑肆屠刈，忍寡人婦孤人兒。公柔不茹剛不吐，寬嚴兩酌還平施。淵魚苛察豈公事，權度在我誰能欺。漕司政務亦填委，老匠坐授群工治。如身使臂臂使指，大綱一舉萬目隨。安得皆公撫諸鎮，頓使赤子回春熙。嗟予關中舊分憲，菈公節下叨公知。迂疏未敢辱同調，頗覺氣類元相宜。公今入覲天顏喜，縉紳動色瞻風儀。太常閒曹無報稱，却望賢勞增忸怩。秋風冠蓋送歸鎮，把酒欲賦難爲辭。似聞臺省虛公位，尚爲淮人歌去思。

畫雁

江岸蘆花秋簌簌，江頭旅雁群相逐，啄者自啄宿者宿。昨夜南樓聞北風，天長水闊雲濛濛。何當舟一葉，櫂入蘆花叢。

甘凉道中書事感懷 二首

望望日以遠，行行春又闌。蒼茫青海月，咫尺玉門關。北闕星辰上，南州夢寐間。青山隨處有，一見一開顔。

弧矢威天下，雷霆震域中。大兵方出塞，小醜自相攻。繼絶君王義，宣威將帥功。從今宵旰慮，不復在西戎。

聽雪

庭樹蕭蕭夢屢驚，幾回風景逼人清。坐吟食葉春蠶句，起聽空山裂帛聲。寒落瓦溝停更響，爽疑天籟静還生。憑誰爲續幽蘭調，萬古悠悠此夜情。

孤山堡

簇簇青山隱戍樓，暫時登眺使人愁。西風畫角孤城曉，落日晴沙萬里秋。甲士解鞍休戰馬，農兒持券買耕牛。回思未築邊墻日，曾得清平似此不。

出連雲棧

雞頭關下石杈牙，傍險憑高此駐車。一水縈紆通漢沔，萬峰回合控褒斜。雲中板閣燒難絶，谷口簞篬翠欲遮。蜀道秦關俱莫論，於今四海正爲家。

山丹題壁

關山偪仄人踪少，風雨蒼茫野色昏。萬里一身方獨往，百年多事共誰論。東風四月初生草，落日孤城蚤閉門。記取漢兵追寇地，沙塲猶有未招魂。

還至莊浪

平沙落日路漫漫，千里風光一色看。剛道雨來翻見雪，偶然熱後忽生寒。城非據險兵猶少，地屢經荒食更難。稍喜沿邊諸將吏，肯甘清苦慰彫殘。

聞河套有警

百二秦關故可憑，延寧千里險堪乘。濁河下遶還成套，獷騎冬來慣蹋冰。塞上煙塵嗟未息，胸中兵甲愧無能。粟芻山積君休羡，民力年來已不勝。

出郊

向來塵慮已真拋，一臥經年始出郊。天下華陽稱八洞，人間福地是三茅。病求仙朮聊充餌，老愛雲松願結巢。夢覺迷途自兹始，北山猿鶴謾相嘲。

將至寧夏

奉詔西征駐節時，元戎奏凱已先期。苗民自逆三旬命，玁狁何勞六月師。燈火家家開夜戶，弓刀隊隊卷風旗。益兵加賦休重道，財力於今兩不支。

邊汝成侍郎話舊

病裏詩成手自書，重逢又是十年餘。已看精力消將盡，何止聰明較不如。西去幾回勞遠夢，南來聊得慰閒居。故人不道吾衰甚，猶有微言爲起予。

竹西書屋

萬竹參差路不分，草堂風景隔塵氛。他年有約東鄰卜，半爲先生半此君。

和西涯漫興

園亭風日入清秋，緑樹重陰護四周。頗恨青山看不見，似應別起看山樓。

遊茅山

丹梯百丈許攀緣，萬古華陽此洞天。不獨山人能愛客，野花啼鳥亦欣然。

題畫送謝岐歸閩

有足不蹋風塵車，有手不草封禪書。茫茫天地誰知己，還指梅花是故廬。

文林 三首

林字宗儒，長洲人。成化壬辰進士，除永嘉知縣，改博平，陞南京太僕寺丞，遷知温州府。有《文温州集》。

永嘉縣齋寫懷

墨綬垂青絲，銅符寵郎秩。駕言謝朝行，出領滄海邑。脈脈辭親知，依依去鄉國。浰行僅千里，已在東南僻。地遠煩刑誅，年貧正艱食。自顧書生愚，疇堪付休戚。流移已懷慚，征斂况余職。平生跌宕懷，雅志山水適。及此東嘉遊，清真信靈域。豈無康樂情，坐有民社責。斂板事承迎，鉤稽困文籍。拂意不能歸，自愧陶彭澤。

静海驛

深夜驛途静，長河瀚海通。舟明沉水月，燈暗落潮風。暝色浮煙外，春光欲雨中。年年苦行役，踪跡任飄蓬。

舟中有懷林待用

渺渺長波映遠空，依依新柳颺春風。相思人在青山外，盡日舟行細雨中。汲黯身爲漢廷重，杜陵詩到錦城工。天王明聖江湖遠，贏得驅馳兩鬢蓬。

周軫 一首

軫字公載，莆田人。成化壬辰進士，歷官江西按察使。有《章林藏稿》。

和竹溪見贈歸來亭

小亭岑寂四窗開，坐看春風長緑苔。爲愛多情雙燕子，暫時飛去又飛來。

黄榮 一首

榮字儼仁，莆田人。成化壬辰進士，官按察僉事。有《柳南集》。

牧牛圖

江草青青江水流，臥吹孤笛弄清秋。放牛莫放南山下，昨日南山虎食牛。

楊榮 二首

榮字時秀，餘姚人。成化壬辰進士，官工部都水主事。

黄太冲云：都水工於詩，會試舟中，取《唐音》和之，月餘成秩。一時風尚和《唐音》，而都水能得其風致。徐子元《詩談》，與慈溪張式之同品。

江西旅懷

客夢家千里，鄉心柳萬條。片雲遮海嶠，一雨送江潮。戀闕綈袍在，懷人尺素遥。春光看又晚，何處灞陵橋。

子規

江天夏夜露氣清，山鳥忽作斷腸聲。莫道啼多不解意，催人歸去最分明。

明詩綜卷二十五

小長蘆　朱彝尊　録
吳郡　陸　稹　緝評

謝遷一首

遷字于喬，餘姚人。成化乙未，賜進士第一，累官少傅，兼太子太傅，户部尚書，謹身殿大學士。贈太傅，謚文正。有《歸田稿》。

李時遠云：木齋歸田後，專事吟詠，有沖澹閒雅之趣。《山莊》一首，真得陶家情景。

早過山莊避暑次陶公韻

侵晨理孤櫂，山居將避喧。好風忽南來，吹我烏帽偏。宿鷺未移渚，落月猶在山。候門兩穉子，問我何時還。高山與流水，此意向誰言？

王鏊四首

鏊字濟之，吳縣人。成化乙未，賜進士第三，授翰林編修，歷侍講，諭德，進學士，擢吏部侍郎，累官少傅，戶部尚書，武英殿大學士。卒，贈太傅，謚文恪。有《震澤稿》。

邵國賢云：濟之詩蕭散清逸，有王岑風致。

錢受之云：先生詩不專法唐，於北宋似梅聖俞，於南宋似范致能，峭直疏放，先正格律之外，自成一家。

《静志居詩話》：濟之以經義重，詩非所長。集中十二絶句，甚得諷諫之體，今録其三。諸公南巡詩雖多，皆當遜席。

己巳九月舟次相城

幾年約兹游，爲訪石田叟。石田今已亡，不使此言負。相知三四人，挈舟過湖口。行行抵相城，自卯將及酉。四顧何茫然，天水合爲藪。茅屋數家存，荒蒲與衰柳。本來魚鼈宫，自合鷗鷺守。始田者爲誰，餒也非自取。有司事誅求，亡者十八九。念此爲徬徨，獨立延竚久。作詩當風謡，以告民父母。

絶句三首

少年天子重邊功，烏帽戎衣手角弓。行徧漁陽來上谷，並無彍騎到雲中。
安化跳梁即日平，中原群盜敢縱横。洪都定亂誰堪使，除是君王自將兵。
燕雲漠漠鎖重樓，八駿驅馳正未休。莫道十旬猶不返，金陵原是帝王州。

馬中錫三首

中錫字天禄，故城人。成化乙未進士，拜刑科給事中；再疏言事，受杖，出爲雲南按察僉事，改陝西；入爲大理少卿，以右副都御史巡撫宣府。正德初，起撫遼東，召爲兵部侍郎。劾罷劉瑾黨之冒邊功者，瑾矯詔改南京工部，尋褫職。瑾誅，起撫大同，召爲右都御史，督軍務；討流賊，陞左都御史，掌院事。以師老玩寇，徵下獄。踰年，卒。有《東田集》。

錢受之云：東田七歲能賦詩。評者謂其體格，早類許渾，晚入劉長卿、陸龜蒙之間。

西掖晚歸有感時事聊賦述短章用呈同志者

虛窗缺月照人寒，殘雪留簷凍不乾。衰信已憑雙鬢寄，世緣聊作一枰看。斜封官好空批敕，神武門高未挂冠。誤却登山與臨水，十年騎馬走長安。

晚渡咸陽

野色蒼茫接渭川，白鷗飛盡水連天。僧歸紅葉林間寺，人喚斜陽渡口船。表裏山河猶往日，變遷朝市已多年。漁翁看破興亡事，獨坐秋風釣石邊。

謁元世祖廟

世祖祠堂帶夕曛，碧苔年久暗碑文。薊門此日瞻遺像，起輦何人識故墳。棹楔半存蒙古字，陰廊尚繪伯顏軍。可憐老樹無花發，白晝鴞鳴到夜分。

曹潔躬云：用事典實，鑄辭悽惋，可稱絕唱。「起輦」見《元史志》。

吴洪 一首

洪字禹疇，吴江人。成化乙未進士，累官南京刑部尚書，贈太子少保。《詩話》：少保弘治中官太僕卿，與禮部尚書長洲吴原博、禮部侍郎常熟李世賢、都御史長洲陳玉汝、吏部侍郎吴縣王濟之，詩酒唱和，立「五同會」。五同者，同時也，同鄉也，同朝也，而又同志也，同道也。因以爲名，亦曰：同會者五人爾。少保因屬越人丁綵繪作圖，五家各藏其一。於是原博序之，濟之題詩其後，所云「鄉邦自昔誰同會，人事從來苦不齊」是已。今諸家所藏，或亡于兵，或燬于火。予從同官徐電發所獲見一卷，蓋少保家藏物也。

客中和史明古

一尊誰共合朋簪，又見空階覆緑陰。草色不銷游子恨，月光偏照故人心。霜前白雁音書在，雨外青山別路深。安得攜琴溪上去，社中重覓舊知音。

秦瓛 一首

瓛字廷贊，崑山人。成化乙未進士，官至貴州按察副使。

閒居

絃桐不終曲，坐起囊我琴。非憚摩拊勞，所嗟無賞音。中心濬鬱陶，曳杖循空林。松風有古意，石泉清俗心。愛此憺忘歸，前山生夕陰。

王弼 一首

弼字存敬，黄巖人。成化乙未進士，除溧水知縣，入爲刑部主事，出知興化府。有《南郭集》。錢受之云：　存敬早有詩名，爲郎時，與楊君謙結社，才思豪逸。後師山谷，故多拗句，造思甚苦，與初詩骨格稍不同。

舶上謡

連艘飛過石頭城，獵獵黄旗發鼓聲。中使面前傳令急，江南十月進香橙。

彭綱 三首

綱字性仁，清江人。成化乙未進士，雲南提學副使。有《雲田集》。

宿鄧川驛

風走落葉聲，山犬吠不已。披衣夜出戶，明月照溪水。

李渭清云：誦之泠然。

姚安分司

吟人夜未眠，迢迢漏初永。起步山月中，疏枝露猨影。李渭清云：詠猿不以聲而以影，彌見體物之工妙。

詠刺桐花

樹頭樹底花楚楚，風吹密葉翠翩翻，露出幾隻紅鸚鵡。

楊用修云：刺桐花，雲南名爲鸚哥花，花形酷似之。彭公此詩本四句，命吏寫刻於扁，遺其一句。復誦之，自覺意足，乃不更改。其詞風韻可愛。

洪貫二首

貫字唯卿，鄞縣人。成化丁酉舉人，鄧州教諭，遷從化知縣，改政和。有《太白山人稿》。

李杲堂云：先生詩法盛唐，嘗擬杜陵《秋興》八首，傳至京師，李文正大加賞歎。晚結廬東皋，自號稼翁，年九十尚不忘摛翰。每一詩成，好事者輒傳寫焉。

唐宮詞二首

花萼遥連務本樓，五王文采盡風流。不知凝碧池頭宴，落盡宫槐一樹秋。

雙飛金鳳緑雲翹，舞袖三千盡絳綃。一自鑾輿西幸後，白頭如夢説前朝。

梁儲 一首

儲字叔厚，廣東順德人。成化戊戌進士，選庶吉士，授編修，進侍講，洗馬，掌翰林院學士，遷吏部侍郎，進尚書，累官至少師、兼太子太師，華蓋殿大學士。卒，贈太師，謚文康。有《鬱洲遺稿》。

元夜應制

雲中珠翠壓鼇頭，雉尾雙雙護冕旒。聖主經年少巡幸，春來方覩屬車遊。

伊乘 一首

乘字德載，上元人。成化戊戌進士，歷官按察僉事。有集。

遊虎丘

舟行山在眼，到門山忽失。去郭僅七里，攀磴窮百尺。巖姿互明晦，潭影杳深黑。步倦松暫憩，醉眠草堪席。不逢試劍人，猶覩試劍石。臺殿半空起，雞犬下方隔。經聲雜梵唄，禅定悟空寂。晉、唐歷劫多，劉、白不世出。闃劇固殊調，登覽各有適。重來預作期，昨游宛然憶。了性未有因，寓形何苦役。依此憺忘歸，於焉永終日。

林俊四首

俊字待用，莆田人。成化戊戌進士，授刑部主事，歷員外；下獄，謫姚州判官；復官南京刑部員外，擢雲南按察副使，進按察使，調湖廣，轉廣東右布政使，以僉都御史，巡撫江西，改四川，陞右都御史，工部尚書，改刑部，加太子太保。謚貞肅，有《見素西征集》。

楊應寧云：見素詩宗子美，晚乃出入黄山谷、陳無己間。初視之，若有隱澀語，久而咀嚼悠然，有餘味焉。

王元美云：林待用如太湖中頑石，非不具微致，無乃癡重。

《詩話》：《中山狼》小說，乃東田馬中錫所作，今載其集中。世傳以訾獻吉者，數其負德涵也。攷之康、李，未嘗隙末，黄才伯有《讀見素捄空同奏疏詩》云：「憐才不是雲莊老，愁殺中山獵後狼。」然則當日所訾，乃負見素耳。

門扇峽

瀼西一舍近，兩山勢廻合。巨石壯此門，鐵衣護周匝。楚蜀錯犬牙，乾坤互開闔。當關一夫守，萬馬不敢踏。雲龕嵌玲瓏，元氣深吐納。推篷見巫峰，哀猨響相答。

别鄉人

驛路迷燕浦，官梅動越吟。相看今日意，同是故鄉心。祖道寒沙上，停橈緑柳陰。滄洲有奇事，未老忽抽簪。

送方上舍

客路阻風沙，離心逼歲華。潮平今夜月，梅作去年花。囊澀書還購，天寒酒待賒。席珍逢聖主，未許卧煙霞。

有題

山峰雲猶暮，江天雨欲晴。院深芳草合，日落野舟横。古路稀人跡，青林但鳥聲。春風期載酒，相對面柴荆。

陳章 一首

章字一夔，松江華亭人。成化戊戌進士，除刑部主事，歷郎中，降瑞州府同知，遷高州知府，移黄州。有《西潭稿》。

錢受之云：一夔作詩，醖藉典則，時有真詣。

《秋懷詩》云：「人老漸驚生白髮，家貧未辦買青山。」楊君謙以爲自然妙句。君謙移疾得請，諸公攜酒餞别，日暮雨作，有七人聯句詩。七人者，自一夔外，爲古直老人黄巖王佐仁甫、王弼存敬、海寧徐寬栗夫、華亭侯直公繩、吴江趙寬栗夫，皆君謙詩友，而一夔、存敬、栗夫皆出吴原博之門，時時過從東園，酬和者也。

《詩話》：一夔自高州移黄州。吴匏菴哀詞云：「一朝下恩旨，稍幸得量移。齊安佳山水，足以爲詩資。如何始聞命，已與人世辭？」蓋未至齊安而沒也。又云：「平生無所好，所好止於詩。積成《西潭稿》，千首尚多遺。」今其集竟不可得。

即席贈趙粟夫

菜市街西新卜居，豆棚瓜蔓共蕭疏。胸中富有書千卷，誰信家無儋石儲。

陳璚 一首

璚字玉汝，長洲人。成化戊戌進士，改庶吉士，授戶科給事中，歷南京都察院左副都御史。有《成齋集》。

《詩話》：成齋出西涯之門，當時雖不以詩名，而恒與西涯、方石、匏菴諸公，接席聯句，知見賞於西涯者深矣。

曉經分水

卧聞水禽聲，推牕看分水。低岸雜茭蒲，吳淞宛相似。波澄緑漪漪，流急清駛駛。荇舞翠帶長，鷗翻白雪比。垂楊遷嬌鶯，柔莎露游鯉。分明一鏡開，身在鏡光裏。停梭緩緩行，神爽情亦喜。我苦思歸人，鄉閭將近矣。

陳烓 一首

烓字文用，閩縣人。成化戊戌進士。有《留餘稿》。

次毛參將秋日江居

雲淨群峰出，江空一鳥遲。雨前蘿補屋，霜後菊編籬。巢燕非新主，沙鷗是故知。考槃人自取，天地豈吾私。

包鼎 一首

鼎字汝調，嘉興人。成化戊戌進士，除兵部主事，歷郎中，出知池州府。

己丑下第南還

孤舟千里賦南歸，慚愧逢人問禮闈。野浦關情芳草遠，曲江回首杏花稀。半生事業雙蓬鬢，十載風塵一敝衣。臨水高歌向何處，夕陽煙樹共依微。

林榮 一首

榮字仲仁，合浦人。成化戊戌進士，歷官雲南按察副使。

薊門聞笛

冒寒重到薊門遊，羌笛嗚嗚起戍樓。應有開元遺譜在，月中三弄小梁州。

孫衍 一首

衍字世延，松江華亭人。成化戊戌進士，除知沔陽州，遷南京刑部員外郎，出爲延平知府。有《雪岑集》。

寄沈宗遠

挂席曾逢江上舟，别來彈指又經秋。閒從何處爭棋局，醉共誰人較入聲。酒籌。金鯽魚池芳草合，女蘿花樹小庭幽。客中無限相思意，坐對寒燈獨自愁。

黄珣 一首

珣字廷璽，餘姚人。成化辛丑，賜進士第二，累官南京吏部尚書。贈太子少保，謚文僖。

應制勸農

四民皆天職，嗟農獨苦辛。所以古哲王，巡省及玆辰。籥鼓吹豳頌，訓迪良諄諄。東郊土脈動，好鳥鳴芳春。桑園拂其羽，催耕一何頻。乘時播嘉種，原隰交畇畇。念玆民所天，珠玉安足珍。一日苟不作，飢寒將立臻。勿恤霑體勞，但憂年歲屯。霑體勞尚可，歲屯傷我民。憶昔先皇時，端居軫郊闉。載歌憫農詠，丕揚列祖仁。禁苑藉千畝，雨暘雩百神。玉食豈不足，貴令四海均。九重尚結念，況爾謀其身。古人有良言，歲計在于寅。豈伊公家賦，父子亦以親。春風正發育，萬物皆鮮新。勉矣東作力，竚看西成禋。

趙寬 一首

寬字栗夫，吳江人。成化辛丑進士，除刑部主事，歷員外、郎中，出爲浙江提學副使，遷廣東按察使。有《半江集》。

題畫

細雨入林深，孤雲映山薄。何處是歸舟，臨風倚江閣。

張吉 二首

吉字克修，餘干人。成化辛丑進士，除工部主事，坐上疏，貶景東通判，歷官貴州左布政使。有《古城集》。

《詩話》：古城窮理講學，其詩罕傳，觀其《序晦菴感遇詩》，謂：「兼蘇、李之體製，陶、孟之風調，韋、柳之音節，非漢、晉以下詞人所及。生乎後者，不根於此，而有能詩聲，我不敢知也。」

其論詩亦非户外語。今録《李忠烈祠送迎神曲》。李東陽記云：「成化五年春正月，長沙府知府事臣錢澍言：『臣所守潭州，當元兵至時，宋知州李芾畫地而守，士卒皆殊死戰。城且陷，芾召帳下沈忠，遺之金曰：「吾力竭當死，吾家人不可辱於俘，汝盡殺之，而後殺我。」忠辭不獲命。乃醉其家人，遍刃之。芾亦引頸受刃。忠焚芾居，還，自殺其妻子，復至火所自殺。是時先芾死者，知衡州尹穀死於火，參議楊震死於池；後芾死者，幕僚陳億孫、顔應炎。潭民多舉家自盡，城無虚井，縊於林者相望。其事昭晰在史傳，布揚在天下，浹洽在郡人耳目。而郡之祀事不立，其爲闕典不細。臣已立祠於芾所居故地，以尹穀等配，著諸祀典儀物，使有司永有所遵式。』事下禮部，具春秋祭，芾用豕一、羊一，粢盛備，餘各羊一。制可。」其本末頗詳，附注以便觀者。

李忠烈公祠迎送神樂章二首

紛犀甲兮翠旛，亂湘流兮若雲。春露兮秋霜，無遠無近兮援枹執蘙。折芳馨兮代舞，旅牲醴兮芬熏。公入廟兮有白其駒，我維公駒兮在庭之隅。公不醉飽兮我呻且吁。

倏蛇兮蓁蓁，猘犬兮唁唁。臨衝兮茀茀，彍騎兮詵詵。兵血戰兮幾盡，涕横流兮霑巾。彼蒼者天兮胡不仁，死爲趙氏鬼兮生爲宋臣。嗚呼我公兮人道之紀，口不忍言兮心曷其已。潔我肥羜兮稱我兕觥，千秋萬歲兮祀事孔明。

盧格 一首

格字正夫，東陽人。成化辛丑進士，除貴溪知縣，擢江西道御史。有《荷亭集》。《詩話》：正夫難經伉伉，雖朱子亦不心服。其《讀易》詩云：「三聖若專尊卜筮，宣尼何用絶韋編。」又云：「世儒問我五經原，《易》道原居六畫先。若説羲文專卜筮，街頭盲瞽盡真傳。」又詠詩云：「夫子删詩立義精，《國風》《雅》《頌》各分明。考亭半作淫奔什，何用爲邦放鄭聲。」所撰《荷亭辨論》八卷，同郡章楓山不以爲非，蕺山劉念臺爲作集序，而曰：「後儒不及前人，由其果於自信之意多，而存疑者寡也。」幾於袒左矣。

遣興

莫歎風塵行路難，閒過僧舍借花看。數聲啼鳥不知處，滿地緑陰清晝寒。

葉元玉 一首

元玉字廷璽，清流人。成化辛丑進士。有《古崖集》。

次龍門衛作

龍門關外龍門衛，元是紛紛狡兔場。今日草枯蕃馬瘦，將軍穩卧緑沈槍。

王敞三首

敞字漢英，南京錦衣衛人。成化辛丑進士，歷官太子少保，兵部尚書。贈太子太保。

渡大同江和董内翰

浿水元歸海，山城半入江。春潮翻石壁，飛雨打船牕。作賦才誰健，凌雲氣未降。濟川輸董相，不日看經邦。

《詩話》：宫保與董文僖越同使朝鮮，迭相唱和。而諸詩蒼老，頗勝董公。

登浮碧樓

山閣凌空起，孤雲挾雨飛。好花臨驛路，小艇占漁磯。石磴斜通郭，煙村半掩扉。主人留客意，薄暮肯言歸。

過箕子故城有感

柳暗荒城水滿渠，幾家門巷帶村墟。井田已廢千年後，故壘曾經百戰餘。果下更無三尺馬，盤中時有八梢魚。遺封舊墓知何在，試一停車問象胥。

方向 一首

向字與義，桐城人。成化辛丑進士，授南京戶科給事中；以言事，謫多羅驛丞；後官至瓊州知府。有《素亭集》。

桃源道中

桃源西望是辰州，兩境中分五置郵。征旆影隨紅樹沒，斷橋水帶夕陽流。關山迢遞孤臣路，風物淒涼滿地秋。半世飄零竟何事，獨騎瘦馬重回頭。

侯直 一首

直字公繩，松江華亭人。成化辛丑進士，歷官廣西參議。

夜集送楊君謙

馬蹄日日走紅塵，自怪微官繫此身。滄海煙波無限好，未歸真是不如人。

鄭瑗 一首

瑗字仲璧，莆田人。成化辛丑進士，官郎中。有《省齋集》。

獨不見

東飛伯勞西飛燕，我所思兮獨不見。歲云暮矣多霜霰，日月推遷玄髮變。煢煢處廓誰與鄰，高山無蹊河無津。車鄰鄰，馬駪駪，車馬縱横遍城闉。獨不見，意中人。

邵寶六首

寶字國賢，無錫人。成化甲辰進士，知許州，入官戶部，歷郎中，出爲副使，以副都御史總漕江北，再起巡撫貴州，陞戶部侍郎，終南禮部尚書。卒，謚文莊。有《容春堂前、後集》《泉齋勿藥集》。

李賓之云：國賢集該括情事，摹寫景物，極所欲言，而無冗字長語。

王濟之云：國賢古詩有魏晉之風，師其意不師其辭。興寄閒遠，體裁簡重。

林待用云：國賢根幹宋儒，標致秦漢。莊以潔，和以平。紆徐容與，辨博而不肆。

浦文玉云：先生詩，謹重精純得諸宋，雄渾森嚴得諸唐，爾雅深厚得諸漢。

鍾伯敬云：空同出，天下無真詩。真詩惟邵二泉耳。

錢受之云：文莊爲戶部郎，始受業西涯之門，西涯以衣盋期之。西涯既沒，李、何之燄大張，而公獨守其師法，確然而不變。

《詩話》：二泉詩，如平原彌望，雖盡剪其荆蓁，惜少芳華可采。

三一亭詩爲俞吏科作

暇登西岡亭，我懷欒共子。有言感予衷，千載猶仰止。生三事之一，誰能不由此。出爲升堂由，入爲趨庭鯉。廊廟復江湖，蒼生共憂喜。俯仰天地間，念念何時已。所不盡吾心，有如此溪水。

水北山莊圖歌

近來善學孟端畫，眼中吾許張臨湘。臨湘病後作此幅，樹色慘澹山蒼蒼。水北山人好事者，要我題詩惠泉下。秋林逝矣不可招，臨湘臨湘亦其亞。菊有黄華夜榻深，長吟偶坐吾玉林。樽前擊節興未已，誰能和以無絃琴。聽松菴裏廬山壁，少日相看眼雙碧。酒酣且作山人歌，莫向山僧問疇昔。

夜坐有懷浦文玉

哭子身仍病，懷君我亦傷。江湖秋欲老，風雨夜初長。鶴夢蕪汀遠，蛩聲草砌凉。蒹葭空獨賦，愁絶不成章。

雞鳴山

鍾山西引一峰高，雲磴盤紆步不勞。畫裏樓臺自鐘鼓，望中城市有林皋。江流入海初奔放，世路懷人更鬱陶。却倚崔嵬發長嘯，松風何處起秋濤。

盂城即事

盂城驛前吟夕陽，高郵湖上好秋光。紅分菡萏初經雨，緑滿蒹葭未受霜。遠浦有波長浴鷺，近隄無路尚垂楊。南來時見吳江櫂，却倚船窗問故鄉。

乞終養未許

乞歸未許奈親何，帝里風光夢裏過。三月春寒青草短，五湖天遠白雲多。客囊衣在縫猶密，驛騎書來字欲磨。聖主恩深臣分淺，百年心事兩蹉跎。

喬宇六首

宇字希大，山西樂平人。成化甲辰進士，授禮部主事，轉吏部，歷員外、郎中，遷太常少卿，光禄卿，陞戶部右侍郎，遷左侍郎，出爲南京禮部尚書，改兵部，尋拜吏部尚書，加少保，兼太子太保。卒，謚莊簡。有《克蒙稿》。

王元美云：喬希大如漢官出臨遠郊，亦自粗具威儀。

《詩話》：莊簡詩有雄槩，當時與邊、李實爲唱和交。顧華玉敘其《紀行》之作，謂「正者準雅則，奇者抉幽險，是不特功存社稷，亦風雅之領袖也」。

送甕山偶遇潘南屏

朝日散林薄，鐘聲出翠微。青山面湖立，白鳥背人飛。勝地不常有，幽期能久違。會逢高士話，相對欲忘歸。

秋風亭下泛舟

荒亭寥落野雲空，漢武雄才想像中。簫鼓橫流一作「應聲」。開晝鷁，帆檣飛影動晴虹。山分秦晉群峰斷，水入河汾兩派通。少壯幾時還老大，不堪一作「須」。回首歎秋風。

登大同城樓

東南山勢遶皇都，西北樓高眺望孤。荒磧平沙連塞遠，片雲寒雁入空無。長城萬里卑秦築，文德千年仰舜敷。今日北門誰鎖鑰，受降城外盡輿圖。

幕府山

說著看山興欲飛，湖西雙逕踏霏微。寧辭九日登高會，況是諸軍奏凱歸。林外鐘聲開宿靄，江頭帆影送斜暉。亦知歡會何終極，霜露休教上客衣。

懷張南園

六詔山川萬里餘，秋來長恨賦離居。雁歸不過衡陽去，何處逢人好寄書。

寄劉南坦司空

江上青山多白雲，秋來離思日紛紛。别來擬鼓中流櫂，采得芙蓉一贈君。

蔡清 一首

清字介夫，晉江人。成化甲辰進士，歷官南京國子監祭酒。卒，贈禮部侍郎。萬曆中，詔特祀于鄉，追謚文莊。有《虚齋文集》。

林見素云：介夫詩文别出體格，掖人心而繫名教，卒澤於仁義道德，粹如也。

别鄒汝愚謫雷州吏目

識君未三月，别君遽萬里。吾豈小丈夫，淚落不能止。

范遵甫云：言簡意長。

王雲鳳三首

雲鳳字應韶，遼州和順人。成化甲辰進士，除禮部主事；劾太監李廣，下獄，降知州；陞陝西提學僉事，歷副使，按察使，召爲國子祭酒，以右僉都御史，巡撫宣府。有《博趣齋稿》。

《詩話》：虎谷與王恭襄、喬莊簡齊名，號「河東三鳳」，頗留意吟詠。

古意

中夜有所思，所思君不知。春風吹露草，秋風吹霜枝。所以别離人，悠悠負心期。别離非所惜，年華難再得。只恐君來時，妾已無顏色。顏色既已非，君寧無歎息。

送孟仲平陝西屯田僉事

璽書初下建章宫，諸將邊隅已望風。秦甲連營金窟北，漢屯分畝玉關東。山蘊凍雪侵雲白，水落寒巖繞澗紅。聞道西羌今款塞，莫留魏尚久雲中。

送客

春濕蒸雲雨散絲，飄飄游子別離時。愁看陌上青青草，送盡行人總不知。

儲巏七首

巏字静夫，泰州人。成化甲辰進士，授南京吏部主事，歷郎中，改北司考功，陞太僕寺少卿，進本寺卿，轉都察院右僉都御史，歷户部左右侍郎，改吏部。卒，謚文懿。有《駉野》《柴墟》二集。

顧華玉云：公詩冲澹沈鬱，兼晉唐之風。

《詩話》：文懿掉鞅詞場，與楊君謙、徐子仁、杜檉居衿契。君謙嘗題扇寄之，文懿愛惜緘題字，未開視也。一日子仁、檉居過，出扇作畫，文懿因題詩寄君謙云：「爲惜緘題入手遲，清風千里故人思。畫成一事知還欠，封寄江南乞寫詩。」亦藝林韻事也。李獻吉敘倡和詩云：「予承乏郎署，所與倡和，則揚州儲静夫、趙叔鳴，無錫錢世恩、陳嘉定、秦國聲，太原喬希大，宜興杭氏兄弟，郴州李貽教、何子元，慈谿楊名父，餘姚玉伯安、濟南邊庭實。其後又有丹陽殷文濟，蘇州都元敬、徐昌穀，信陽何仲默。其在南都，則顧華玉、朱升之其尤也。」當日倡和，文懿實居其首。及李、何教行，執政欲加擯斥，文懿以文章復古，爲國家元氣，極其扶植，得不傾陷。風雅蔚興，斯人攸賴。今之論詩者鮮及之，論世者所當表微也。文懿卒於南都，在正德癸酉；後三年，歸柩海陵，攢於墓舍；丁丑將葬，啓視棺，上生黝墨成繪畫文，具畫家皴染之法：前則奇石枯松，旁出二篠，莖葉咸備；左則梅株天矯，梢著數花；右如左，而樹枝差短。其文深入木理，四方來觀，詫爲神異。華玉爲作《靈徵記》。此事甚怪。近靈壽傳去異撰《有明異叢》，寶應劉禹峰撰《史外叢譚》，探幽索隱，獨此未載，故附識之。

席上賦史巽仲歸雲洞

悠揚滿洞中，歸來不知處。曉起語農人，春田夜多雨。却問洞中雲，何時下山去。

有懷

獨坐誰爲伴，清謠夜不眠。懷人千里共，看月幾回圓。秦塞連雲戍，荆門下峽船。歸程那可料，依舊析津年。

春晦贈别二首

殘春餘幾日，欲去且相留。脈脈難爲别，怱怱不自由。天涯芳草路，花外夕陽樓。誰道文園客，新來賦倦遊。

病較芳時晚，春含晦日陰。曉鐘人不寐，舊雨客難尋。院濕蛛絲重，庭虚鳥跡深。平明有幽事，移竹滿西林。

大房金源諸陵

奉先西下亂山侵，澗道回旋入暮林。羊虎半存行殿跡，莓苔盡蝕古碑陰。秋山春水風流遠，大定明昌德澤深。却是宣和解亡國，穹廬黄屋豈初心。

望岐溝

野水荒煙没斷橋，欲尋遺老問前朝。不因書記班師奏，未必岐溝定屬遼。

老米店有感

層水一夕塞河船，記得攜家已十年。鮭菜燈前誰共飯，月明行店一悽然。

楊循吉 一首

循吉字君謙，吳縣人。成化甲辰進士，除禮部主事，以病乞歸。有《松籌堂集》。

錢受之云：君謙爲詩，多闌入盧仝任華諸家，不屑屑規摹三唐。《詩話》：君謙官儀曹，人目爲顛主事。每稱病不出，長官厭之。人或勸之歸，賦詩云：「鄙人自從三月來，腹心久已病癥瘕。晨興至午尚不食，夜枕呻吟睡尤寡。有人謂我病如此，何不抽身向林野。一聞此言即再拜，誰有愛人如此者。久知山水淡有味，漸覺功名輕可舍。乘今秋事天漸涼，定買扁舟向南下。」遂疏請致仕。沈啓南聞其歸，賦詩云：「都門祖帳百花飛，多見龍鍾賦《式微》。較取柳條千萬折，不曾送一少年歸。」是時君謙年僅三十有一也。其後康陵南巡，爲伶人臧賢所薦，冠武人冠，見帝。應制賦《打虎曲》，稱旨。恒在御前填詞，與俳優雜處，乃謀於賢，請急放歸。其論詩曰：「詩不當以格律體裁爲論，惟求直吐胸懷，實敘景象，婦人小子，皆曉所謂，然後定爲好詩。其他餖飣攢蔟，拘拘拾古人涕唾者，亦木偶之假綫索以舉動者，吾無取焉。」故其詩多俚近。然如《陽山大石》一篇，賦情傲兀，用韻妥帖，非讀破萬卷書，不能作也。君謙好蓄異書，孜孜不及，《題書廚》詩云：「吾家本市人，南濠居百年。自我始爲士，家無一簡編。辛勤一十載，購求心頗專。小者雖未備，大者亦略全。經史及子集，一一義貫穿。當怒讀則喜，當病讀則痊。恃此用爲命，縱橫堆滿前。當時作書者，非聖必大賢。豈待開卷看，撫弄亦欣然。奈何家人愚，心惟財貨先。墜地不肯拾，斷爛無與憐。朋友有讀者，悉當相奉捐。勝付不肖子，持去將鬻錢。」又《鈔書》詩云：「沈疾已在躬，嗜書猶不廢。每聞有奇籍，多方必羅致。手録兼貿人，恒輟衣食費。往來遶案行，點畫勞指視。成編亦艱難，把玩自珍貴。家人怪我癖，既宧安用是？自知身有病，不作長久計。偏好固莫捐，聊爾從吾意。」是時吴中藏書家，多以祕冊相尚，若朱性甫、吴原博、閻秀卿、都元敬輩，皆手自鈔録，今尚有流傳者，實君謙倡之也。

詠陽山雲泉菴大石奉和諸公同游聯句之作

偉哉此陽山，有石俟歌誦。形將水塊截，勢與蓮花共。仰觀一何高，登涉不可鞚。鳥飛必徊翔，雲出自騰滃。孤員外成嶠，空朗中含洞。瘦如辟穀良，清若食蚓仲。深思殆天設，乍至令人恐。濃蘿作垂陰，寒泉滴爲湅。戴菴亦顛危，攜觴更交綜。耳脇或駢攢，勤拳時獨送。巍巍上少並，森森下多從。荒厓始誰開，倒樹諒非種。在兹三吴間，當以九鼎重。崇巖借冠冕，卑巒聽提控。勞呼猨固匿，被壓松堪訟。曲躬始得門，側身還入街。拂苔劣容眠，收乳兼資用。志猶記秦餘，材曷遺禹貢。立久氣濕袍，嘯高聲答甕。論年越殷周，言時晦唐宋。一爲佛者居，永作游人奉。病宜謐著史，寐稱摶養汞。四方傳不誣，諸公評切中。臨谷足還酸，乘巔目偏縱。支頤詎厭看，極口難竭諷。鬼鑿手須胼，鯨負背應痛。東岱徒小魯，西華謬推雍。懸磬風發鳴，香爐煙結供。曝沙伏靈鼉，食岡停遠鳳。是知隆拔群，所貴秀合衆。偷餘殿容榱，就隙亭閣棟。枯藤蔓穿竅，長蛇舌撩縫。輕盈受指彈，玲瓏脫泥壅。芾拜本無忝，羽撼爭得動。栽培稀尺閑，構架靡寸空。炎伏凉自生，清秋月堪弄。林深必賴燭，嵐酷能作齆。星光猶立芒，龍吟殊叶碚。嶺獅馴已賓，阜虎寧敢鬨。久嗟隔勝賞，頻勞落清夢。即欲營終棲，其奈懷微俸。

鮑楠 一首

楠字良用，歙縣人。成化甲辰進士，官南京戶部員外郎。有《龍山集》。

舟中

野渡溶溶春水，夕陽點點寒鴉。欸乃數聲何處，行人一櫂天涯。

祝萃 一首

萃字維貞，海寧人。成化甲辰進士，歷官陝西提學副使。有《虛齋遺集》。

紀行

訪舊指檇李，櫂出武原谿。亭午歷璵城，燠焉如春熙。舟人共裸裼，愛此南風吹。老夫戹篷櫳，默坐心獨疑。雲雨易翻覆，變態不可知。戒言避中流，沿涯泝清漪。屏翳忽四合，飛廉驟如馳。艗首屢低昂，怒波揚其威。所幸誕登岸，危致檣檝摧。顧彼鄰舟人，哀哉沈鴟夷。古云行路難，此語良不非。相望不百里，尚爾逢顛危。而況千里程，能保無嶮巇。裁詩紀所遭，進退宜知幾。

費宏 一首

宏字子充，鉛山人。成化丁未，賜進士第一，累官少師，兼太子太師，吏部尚書，華蓋殿大學士。贈太保，謚文憲。有《鵝湖摘稿》。

有感次韻

妖孽纔消一戰收，猶煩禁旅扈宸遊。皇人縱有瑶池樂，野老翻深杞國憂。極北五雲瞻帝座，淮南千里候龍舟。秋風忽漫悲摇落，鴻雁嗸嗸在荻洲。

《詩話》：文憲在康陵時，以守正拒寧庶人，此詩因南昌已平，而康陵猶南征而作也。

石珤 八首

珤字邦彦，藁城人。成化丁未進士，改庶吉士，授檢討，歷修撰，侍讀學士，遷國子祭酒，陞南京吏部侍郎，改禮部，尋掌翰林院，陞禮部尚書，轉吏部，入直文淵閣，進武英殿大學士，加少保，兼太子太保。卒，贈太保，謚文隱，更謚文介，有《恒陽集》。

李賓之云：邦彦詩詞，皆中矩度，而七言古詩，尤超脱凡近，衆所不及。

王元美云：石少保如披沙揀金，時時見寶。

錢受之云：少保《恒陽集》，曲周令皇甫汸删定爲四卷，詩僅一百九十餘首。其言曰：「蓋欲美愛則傳，是以所存無幾。」君子善之。其詩淹雅清峭，諷喻婉約，有辭人之風焉。

《詩話》：少保爰立，在永陵初年，是時諸臣以議禮忤旨，帝初欲援以自助，而鯁直自守，至三封内批，帝心弗善也。故雖位列中台，其詩多蹇産而不釋如，云：「黽勉二十年，十事九失意。」又云：「人生值命薄，所遇多不平。」又云：「雖云日偃仰，亦復成局促。」又云：「趾發物已迕，意行悔相連。」又云：「軒冕豈不華，一喜生衆愓。」又云：「幡幡鳴春鳥，解使朝變昏。」又云：「古來忠與邪，往往激褊淺。」又云：「苟移造化柄，蕢土亦易崇。」又云：「寧爲白璧碎，不作脂與韋。寧爲鈍劍折，不作鈎與錐。」又云：「事去朝露空，安辨窮與達。」又云：「牋誥日紛綸，君臣互相訑。但聞都俞聲，無復咈與吁。」又云：「終然千古下，忽有知己歎。」蓋當日綸扉之間，未盡和衷之雅，一傅衆咻，誰與爲善。乃知人生不得行胸懷，雖作相，與不遇等也。近見東南文士，有推少保詩爲北方之冠者，又或謂得長沙之指授。俱未盡然。其詩頗類明初西江一派。

送邵國賢分韻

君帆已南下，僕念日旋軫。豈謂萍水分，如失繩與準。平生東朝歡，肝膽屢得盡。曠然趨大塗，一笑破畦畛。器鉅用不微，多士宜汲引。誰撞待問鐘，虚往歸必稛。吾聞凌霜幹，乃自階下筍。願培正直姿，出身濟時閔。

雜詩

皎月邈中天，清光照無極。秋毫森可數，萬里經一拭。寧知黑水潭，其下深莫測。龍蛇方蚴蟉，行者爲惻惻。

春日雜言

長空多浮雲，微雨霑四郊。美人隔蘭渚，雜佩不可要。去年梁間燕，今歲將尋巢。時物各芬芳，吾興亦飄飖。

秋蓮曲

西塘菡萏初破紅，小舟蕩漾東南風。羅裙曳水蘸輕碧，驚起沙頭雙落鴻。昨日采蓮蓮尚好，今朝采蓮蓮已老。綠房結子空垂垂，翠黛朱顏可長保。江頭日暮生嫩寒，鴛鴦雙飛不過灘。回頭女伴各無語，淚灑銅仙承露盤。

芟田行

芟田復芟田，短刀長柄颼颼然。開鐮先芟三百束，村後村前轟陸續。南風吹場場土乾，烏犍載車角觳觫。去年種麥麥不成，今年麥熟家無贏。爲語農夫合勤儉，汲水聊春麥仁飯。

春渡滹沱

世路無閒日，風波歲歲新。東風沙上雁，落日岸頭人。去國曾千里，還家又一春。林花應笑客，夏病往來頻。

六言

密雲欲雨不雨，繁杏將開未開。日暮小樓凝望，江南燕子歸來。

會昌宮詞

羽節貂裘謁内庭，太和公主髮初星。御前細說和番事，六院都來墮淚聽。

蔣冕 一首

冕字敬之，全州人。成化丁未進士，累官少傅，兼太子太傅，戶部尚書，謹身殿大學士。贈少師，謚文定。有《湘皋集》。

湘山寺

孤塔湧山腰，鐘聲隔煙樹。朝暮見雲飛，不見雲歸處。

毛紀 一首

紀字維之，掖縣人。成化丁未進士，選庶吉士，授檢討，歷修撰，侍讀，左諭德；陞學士，遷戶部侍郎，拜禮部尚書；入直內閣，進少保，兼太子太保，吏部尚書，謹身殿大學士。卒，贈太保，謚文簡。有《鼇頭類稿》。

武宗皇帝挽歌

玉輦今何處，宸遊事已空。淚多湘水竹，悲切鼎湖弓。汗簡千年後，鈞天一夢中。空餘舊戎帳，金甲凜霜風。

陸完 一首

完字全卿，長洲人。成化丁未進士，累官太子太保，吏部尚書；坐納宸濠賄，論死，議平劉六等功，戍泉州，籍其家。有《水村集》。

題夏禹玉長江萬里圖

雲山蒼蒼江漠漠，紹興年間夏珪作。珍重須知應制難，卷尾書臣字端恪。却憶當時和議成，偏安即視如昇平。惟開緝熙較畫史，兩河淪棄無人爭。斯圖似寫南朝土，還有樓臺在煙雨。釣叟棋翁不可呼，漁舟野店誰能數。但覺層層境不同，林泉到處生清風。意遠筆精工莫比，只許馬遠齊稱雄。中原殷富百不寫，良工豈是無心者。恐將長物觸君懷，恰宜剩水殘山也。畫終思效一得愚，更把飛鴻添在圖。願君且向飛鴻問，五國城頭信有無。

王鴻儒二首

鴻儒字懋學，南陽人。成化丁未進士，由戶部主事，歷官吏部侍郎，南京戶部尚書。卒，謚文莊。

擬楊鐵崖小游仙詞二首

方壺員嶠月初生，海色如銀萬頃明。一片彩雲當面墮，東華童子召飛瓊。

一別良常歲月賒，茅君相念寄瑤華。五雲閣吏無人換，猶是當年蔡少霞。

楊廉六首

廉字方震，豐城人。成化丁未進士，累官南京禮部尚書。贈太子少保，謚文恪。有《月湖集》。

《詩話》：月湖詩派，本白沙、定山，其言曰：「近代之詩，大抵只守唐人矩矱，不敢違越一步。惟陳公甫、莊孔暘獨出新格。予好公甫詩，既選注之；好孔暘詩，又選注之。」其論絶句云：「於宋得濂洛關閩之作，於元得劉静修，於國朝得陳公甫、莊孔暘，因類成一帙，名曰《風雅源流》。」其師心若是。然其七言長篇，頗具排奡之力，五律亦以樸勝，不盡類陳、莊二公。

過牐簡莫水部

疏牐密牐連一帶，南船北船此關隘。往年水小謹啓閉，十日五日牐邊待。今年濟水偶然溢，雪浪崩騰復砰湃。下如落井上登天，三老無功神是賴。誰移兩山作一門，管束千流與萬派。當初本爲畜水設，豈知水大亦爲閡。世間未有無弊法，十利未免兼一害。人言月河且緩築，不然水勢無由殺。征夫自是懷往塗，見月望弦今已再。履霜又恐阻冰凍，帝鄉尚在紅雲外。噫嘻水大莫怨遲，還勝從前水小時。

往年得常山徐生惠硯甚佳丁未會試爲監場軍士持去自後所得硯皆不及之偶然追憶成古風一篇

常山硯多青紫色，不徒發墨仍潤澤。憶嘗過市親閲來，惡者堆塵美藏匿。再三苦索始出之，坐賈乃邀三倍息。徐生簡選持贈予，獲之如獲琮與璧。硯兮亦視爲我用，口不能言似對臆。南宫攜去戰文場，螘垤蜂房專一席。風檐交卷出門去，竟爲守舍軍士得。脣焦口燥呼不還，亟欲往追天已黑。歸來旅邸不成眠，反覆思維良可惜。當時妄意復得之，焚香叩易揲蓍策。得夬之革觀繇辭，莫夜之戎即斯賊。欲將此事白有司，姓名無處稽尺籍。三衢舊穴尚可尋，巧匠斲山盈左側。猶傳上品多更多，紫袍玉帶殊輝赫。雖然此特一物耳，吾輩何爲置欣戚。但恨珍奇失所遇，此意英雄或能識。

折桂寺

境豈浮屠勝，東南秀此峰。澗流千丈瀑，崖長萬年松。少室留蒼鹿，番君見小龍。布鞵從此製，雲嶠寄遐蹤。

哭鄒汝愚

海舶傳消息，傷心遂不還。死同鄒别駕，窮過蔡西山。絶識何由得，英風竟莫攀。惟餘前日疏，傳寫遍人間。

直科口占

南科自分一枝安，北轉惟添待漏寒。吏事兩京終是少，諫官直恐是閒官。

題曹憲副采蓴卷

三泖秋霖浸四圍，水邊未覺露葵稀。金盤玉箸長安客，幾箇西風爲汝歸。

吴儼一首

儼字克温，宜興人。成化丁未進士，改庶吉士，除編修，歷官侍講學士，終南京禮部尚書。謚文肅。有集。

錢受之云：文肅詩詞，清麗可諷。

齒落

我年六十一，已落第三齒。若更活數年，所存知有幾？譬若建重門，一扉常自啓。外侮窺其間，孰禦而能止。又若築長堰，隙穴不容蟻。今已決尋丈，不竭安肯已。或言死與生，其機不在此。此雖釋吾憂，終焉非至理。憶我初落時，掩口含羞恥。只今落已慣，與不落相似。作詩紀歲月，亦漫戲云爾。

羅玘 一首

玘字景鳴，南城人。成化丁未進士，改庶吉士，除編修，歷南太常少卿，吏部右侍郎。贈禮部尚書，謚文肅。有《圭峰集》。

錢受之云：景鳴少出西涯之門，爲詩文振奇則古，必自己出。在金陵，每有撰述，必棲喬樹之巔，霞思天想。或閉坐一室，客有竊窺者，見其容色枯槁，有死人氣，皆緩步以出。常語都少卿：「吾爲尊公作銘，暈去四五度矣。」今所傳《圭峰稿》，大抵樹巔死去之所得也。

寓言送李希賢

山僧下山時，僧送不出山。但問下山僧，此去何時還？乳水閒一孔，白雲留半間。祇恐僧還少，僧還誰閉關。

李堂 一首

堂字時升，鄞縣人。成化丁未進士，累官工部右侍郎，總理河道。有《堇山集》。

堇山莊雜詠

紅葉亂紛紛，秋光到小村。莫憐蒲柳脆，幸與菊松存。猨狖貪山果，牛羊戀蓽門。石牀凉不寐，流水激籬根。

夏鍭 一首

鍭字德樹，天台人。成化丁未進士，官南京大理寺評事。有《赤城集》。

廣陵

九曲池亭龍氣消，誰家水調共蘭橈。眼前亡國無多恨，江水東邊是六朝。

蘇葵 一首

葵字伯誠，廣州順德人。成化丁未進士，改庶吉士，授編修，出爲江西提學僉事，改四川，終福建右布政使。有《吹劍集》。

金陵寄故園諸子

霜冷天空一雁飛，鳳皇臺上幾霑衣。一燈夜雨人無恙，萬里秋江夢獨歸。醉客酒壚隨處好，驚心人事異鄉非。明朝又發金陵道，搔首長吟對落暉。

周旋 一首

旋字克敬，慈谿人。成化丁未進士，以兵科給事中，出參廣藩。有《西溪小稿》。

暮景

斜陽含霽景，江上去人稀。垂老猶爲客，經冬未授衣。僧鐘和月起，漁火隔煙微。故國雲霄外，多從夢裏歸。

楊子器五首

子器字名父，慈谿人。成化丁未進士，知崑山、高平、常熟三縣，擢吏部考功主事，進驗封郎中，出爲湖廣參議，歷河南左布政使。有《柳塘先生遺稿》。

《詩話》：名父《早朝》詩，多至三百首，其終篇云：「除却早朝無一事，更從何地效驅馳。」可想見承平景象矣。排節宮詞，若「落盡燈花風定後，移來樹影月明初」，「已判聖恩非我分，不傳私語到人間」，詩可以怨，不其然乎！至於「春花將及九分九，天氣又新三月三」，則尋常百姓家皆可道之，不類深宮中女也。

早朝五首

東方曙色未分明，玉陛千官接武行。華蓋殿開鑾駕出，部頭天樂一齊鳴。
九重天上六龍飛，御氣氤氳拂太微。鳳閣西頭明月在，清光還照侍臣衣。
風定天街玉佩和，露華滿地溼緋羅。更番奏對銀臺罷，聽得西班喚六科。
仙漏迢遥隔絳霄，兩行銀燭照趨朝。鼓聲纔歇鐘聲動，不放朝官過御橋。
曉風吹動角端旗，仗外祥光繞赤墀。忽聽殿頭宣内閣，獨承密旨退朝遲。

文森一首

森字宗嚴，長洲人。成化丁未進士，除知慶雲縣，擢浙江道御史；建言廷杖囬籍；起南京太僕寺少卿，終巡撫江西右僉都御史。

九日

三載重陽菊，開時不在家。何期今日酒，忽對故園花。野曠雲連樹，天寒雁聚沙。登臨無限意，何處望京華。

沈山子云：語不在深，自然蘊藉。

鄒智 一首

智字汝愚，合州人。成化丁未進士，改庶吉士；坐誣下獄，免死，謫廣東石城所吏目；居四年，得疾暴卒。有《立齋遺集》。

《詩話》：立齋以吉士建言，請黜萬安、劉吉、尹直三小人，而進用王恕、王竑、彭韶三君子。泰陵初政不報，既而萬、尹被彈事去，劉獨銜憾刺骨，嗾其黨攻吉中書人、湯御史鼐，辭連立齋，及劉壽州槩、李主事文祥、董沔陽傑，謂「數人以詩酒相結納，互相標榜，詆毀朝政。槩貽鼐書云：夜夢一人，騎牛將墜，鼐手挽之不仆。又見鼐執五色石，引牛就正道。人騎牛者，朱也，以爲鼐將有扶持社稷之力。」法司周内，坐以妖言惑衆，律罪當死。賴王端毅、何文肅、徐文靖諸公，力持之得生，而立齋遠謫化州千戶所吏目。既踰嶺，從陳文恭講學，未幾夭折。惜夫！其《獄中詩》云：「人到白頭終是盡，事垂青史定誰真？夢中不識身猶繫，又逐東風入紫宸。」誦者傷之。至《辭朝詩》云：「望見衣裳只此時」。旅臣逐客，讀之尤爲悽斷。

辭朝

雲韶聲静拜彤墀，轉覺心驚不自持。罪大故應誅兩觀，網疏猶得竄三危。盡披肝膽知何日，望見衣裳只此時。但願太平無一事，孤臣萬死更何悲。

傅珪一首

珪字邦瑞，清苑人。成化丁未進士，累官禮部尚書，兼翰林院學士。贈太子太保，謚文毅。有《北潭集》。

大寧僧舍

村外重關護，原頭怪石蹲。水聲來樹杪，花影上山根。寺古殘碑蝕，僧貧破衲存。俗塵銷不得，何用訪柴門。

周詔一首

詔字希正，長洲人。成化庚子舉人，由嘉祥儒學教諭，遷興府伴讀，陞紀善，食長史俸。肅皇帝繼大統，從入，擢太常寺卿，兼翰林院侍讀。卒，賜祭葬，贈禮部右侍郎。有《歸吳》《和陶》《達意》等集。

《詩話》：太常從龍舊學，特拜清卿。王耕原詩云：「漢文潛邸會風雲，今日誰收第一勳。夜半忽傳天上詔，虎符新拜宋將軍。」殆爲公而發也。或云指陸武惠，亦近是。石文介作傳，稱公因事納忠，言多剴切，使更延其年，不知大禮之議，作何折衷？或未必爲張桂等力持，以致興獻立廟稱宗，未可定爾。

飲酒和陶

得時言或違，人皆以爲是。失時言合道，求全反致毀。毀譽何足憑，窮達亦偶一作「不徒」。爾。前程殊渺茫，且來醉羅綺。

明詩綜卷二十六

小長蘆　朱彝尊　録

射陂　喬崇烈　緝評

沈周二十一首

周字啓南，長洲人。景泰中，郡守以賢良應詔，辭不赴。有《石田先生集》。

文徵仲云：先生詩，但不經意寫出，意象俱新，可稱妙絶。一經改削，便不能佳。

何元朗云：石田詩有絶佳者，但爲畫所掩，世不之稱。

王元美云：石田詩如村童唱榜歌，亦自清雅可聽。一歌滄浪，便無餘興。

錢受之云：先生以畫擅名一代，而鉅公勝流，則皆推挹其詩文。謂以詩餘發爲圖繪，而畫不能掩其詩者，李賓之、吳原博也。斷以爲文章大家，而山水竹樹，其餘事者，楊君謙也。謂以緣情隨事，因物賦形，開闔變化，神怪疊出者，王濟之、文徵仲也。謂其獨脱衆流，横絶四海，家法在放翁，而風度主浣花者，祝希哲也。要之，先生之詩，出入少陵、香山、眉山、劍南之間，其或沿襲宋元，沉浸理學，典而近腐，質而近俚，斷爛朝報，與村夫子兔園冊，亦時所不免。而舒寫性情，天真爛熳，風流文采，足以照映一時。

《靜志居詩話》：石田詩不專仿一家，中晚唐、南北宋，靡所不學。每於平衍中露新警語，人既貞，不絶俗，詩亦變而成方。惟七言律詩差少全璧。句如「明河有影微雲外，清露無聲萬木中」，「落木門牆秋水宅，亂山城郭夕陽船」，「竹枝雨暗蠨蛸户，豆葉風凉絡緯籬」，「剪取竹竿漁具足，撥開荷葉酒船通」，「牆凹爲避鄰居竹，圃熟多分路客瓜」，「酒醉又移花下席，書多别起竹間樓」，「青山一杖付歸客，玉洞千花留故人」，「竹裏行厨青玉案，酒邊官妓茜紅裙」，「片帆南浦草仍雨，斗酒長亭花又風」，「歲晏雞豚鄰社鼓，秋深鰕蟹水鄉船」，「芭蕉夜雪闌新興，蛺蝶春風卷畫圖」，「明月未來風滿樹，夕陽猶在鳥無聲」，「蘼蕪細雨山連郭，翡翠斜陽水滿川」，「野色迎人過橋去，春風吹面傍花行」，所謂詩中有畫者，非邪！昔郭熙撰《林泉高致》，具摭唐人之句，取可入畫者授人。若翁之詩，即此亦圖之不盡也。

游張公洞

仙山不在高，靈區設中冓。包蒙自太古，霹靂始開牖。闇然不耀地，白日已通晝。遂褻世游人，我及千載後。登頓入地中，足與石角鬬。飛厓臨紫雲，既掀勢還覆。仰面欲成壓，山鬼自司救。元氣不蒸雨，五色變乳溜。支本萬不齊，纂纂簪筍瘦。又如人披腹，呈此琅玕秀。旁扉表雲房，曲密通款竇。跬步必容炬，老膽怯且逗。神仙未易求，冥探亦何遘。矯手采瑤華，和飲千日酎。聊度三千年，儗與石同壽。

七星檜

海虞七星檜，宜爲群木冠。列生老子宮，與邑作奇觀。廣堧氣蕭森，入門凜欲汗。久信天地成，沃知雨露灌。傳植從蕭梁，其說我恐漫。驗斗形亘全，七既斃其半。三株寔聊存，難執歲月算。各各具一異，形容匪詞翰。西體裂多槁，豁然敞三判。東體活亦裂，筋骸互續斷。北者蜷而禿，袖破舞脱腕。葉亦不暇葉，幹亦不暇幹。左文皮索綯，孤葩頂留繖。槎折象齒蹺，瘿決鬼目爛。疏越復叢穴，骹骫仍軒岸。蛟孿及猊跛，努力不得竄。矛長及劍短，接戰驚楚漢。如此紛怪駭，聃君不能按。知遭幾雷厄，還屢兵火難。生死付冥然，造物反被玩。君子重貞固，頑醜小人讕。緣高坐吹簫，我欲呼鶴鸛。從根覓蘶丹，澆泉覬紅燦。長生就其蔭，永作婆娑伴。

二月八日過靈殿祥公房

理舟指南郊，迢迢及側景。中塗止溪寺，陶煙接村暝。門前見新月，步步踏松影。虚寮寂無風，已有孤燭耿。衲子供爐香，其意似有請。草草成數行，狂書亂斜整。復作挂猨枝，墨瀋帶雲泠。但記此經過，流傳我何省。

西山有虎行

西山人家傍山住，唱歌采茶山上去。下山日落仍唱歌，路黑林深無虎慮。今年虎多令人憂，遶山搏人茶不收。牆東小女膏血流，村南老翁空髑髏。官司射虎差弓手，自隱山家索雞酒。明朝入城去報官，虎畏相公今避走。

古梅折枝歌

猾蛟不肯居西湖，穹窿山中潛作都。千年雜與草木處，土膏沁骨蒼皮皽。雪中攣拳凍欲死，腊乾又仗春風蘇。今年苦遭斤斧厄，左股割落從樵夫。幽靈暗泣天亦黑，十斛清淚含明珠。抱材肯受爨下辱，失勢豈分溝中污。韓湘直費百金買，何啻網著青珊瑚。挑回市上駭衆目，兒女爭看來喧呼。還疑神物有變化，白日閉戶防逃逋。金繩兩道鎖紐壯，禁止更插碧玉壺。主人尚恐莫長守，請我寫作流芳圖。高堂雪壁照清影，此屋此圖何可無。

竹堂寺與李敬敷楊啓同觀梅

竹堂梅花一千樹，晴雪塞門無入處。秋官黄門兩詩客，珂馬西來爲花駐。老翁攜酒亦偶同，花不留人人自住。滿身毛骨沁冰影，嚼蕊含香各搜句。酒酣塗紙作横斜，筆下珠光濕春露。明日重來花有無，只愁此紙卷春去。

題光福畫卷

群山西奔駐湖尾，通川夾山三十里。川窮小濼開鏡光，居民次水屋比比。屋上有山屋下水，開門波光眼如洗。虎山橋畔晚市忙，打鼓漁郎賣鮮鯉。霜前橘柚萬包黄，雨後楊梅千樹紫。山圍水抱開農桑，樂土風光真畫裹。三年潢潦我無家，恨不攜書亦居此。

苦雨寄城中諸友

新雨似舊雨，今年即去年。只愁沈豆土，失喜夢青天。頓頓黄齏甕，家家白鷺田。惟應五穀地，改納水衡錢。

溪亭小景

幽亭臨水稱冥棲，蓼渚莎坪只尺迷。山雨乍來茆溜細，谿雲欲墮竹梢低。檐頭故壘雌雄燕，籬脚秋蟲子母雞。此段風光小韋杜，可能無我一青藜。

葛嶺

閒堂寶閣畫圖中，天乞湖山養相公。正是襄樊多事日，却將征戰試秋蟲。

和吳匏菴姚氏園池

雨後春池漫石磯，櫻桃梅子兩爭肥。東風試放諸生假，閒就滄浪浣舊衣。

題畫四首

草房仍著薜蘿遮，地拗林深獨一家。只道春風吹不到，門前依舊有梅花。

嫩黄楊柳未藏鴉，隔岸紅桃半著花。如此風光真入畫，自然吾亦愛吾家。

楚江秋淨水沄沄，江上青山多白雲。手把蘋花却惆悵，無人作伴賽湘君。
碧水丹山映杖藜，夕陽猶在小橋西。微吟不道驚溪鳥，飛入亂雲深處啼。

白頭公畫

十日紅簾不上鈎，雨聲滴碎管絃樓。梨花將老春將去，愁白雙禽一夜頭。

杏花

半抱春寒薄染煙，一梢斜露曲牆邊。東家小女貪妝裹，聽買新花破曉眠。

客有餉河豚者畫雙玉圖酬之

有客來從海上村，早潮新喜得河豚。齊穿青篾一雙玉，侑我田家老瓦盆。

越水圖

記別錢唐二十年，夕陽山色曉潮邊。隔江千里美人遠，夢落西興舊渡船。

五柳莊圖

花開爛熳屬秋風，滿地黄金醉眼中。千古陶潛晉徵士，乾坤獨在此籬中。

溪山落木圖

溪山落木正蕭蕭，野客尋詩破寂寥。一路夕陽秋色裏，不知吟到段家橋。

史鑑二十首

鑑字明古，吴江人。有《西村集》。

吴原博云：明古詩不屑爲近體，冥搜苦索，直欲追魏晉而及之。

《詩話》：西村才名，亞於石田。然以詩論，刻意學古，似當勝沈一籌。其述曾祖仲彬行狀，止云：「推擇爲税長」。先民質實，不誣其祖若是。其後致身録出，始云：授翰林院侍書，浸假而直文淵閣矣。浸假而擢翰林院侍讀學士矣。浸假而稱没後建文帝有御製文，易名曰忠獻矣。常熟錢氏、吴江潘氏先後辨其妄，近有司祀于瞽宗，此當考實者也。

謨無猷邀飲於南虛室讀壁間馮明府詩有感

獨客困泥雨，閉門愁索居。天晴氣微和，欲出嗟無輿。鄰僧念孤寂，招邀過精廬。緒風泛林條，溜水鳴階渠。良友四五人，壺觴聊爾娱。陶情非絲竹，冥心遊古初。爲樂苦不常，奈此年歲徂。一適非偶然，且復少躊躇。興懷舊遊者，由來心迹俱。風波一分散，判然區域殊。精神莫與通，夢寐時交胥。願言比浮雲，隨風往微軀。

韜光菴

韜光古精舍，遠迹西山岑。岡岫屢回複，雲嵐杳深沉。流泉激脩竹，緑蘿被芳林。密葉翳朝陽，芳柯承夕陰。杖策遵微徑，逝將支遁尋。行行未易即，遥聞鐘磬音。徙倚絶塵想，冥思諧道心。搴芳詠招隱，松風和悲吟。

贈汝其通

江南有淑女，婉孌美清揚。芳馨振微風，容華耀朝陽。被服鮮且麗，不殊古姬姜。蹇修來何遲，幽獨處蘭房。匪無室家願，夙以禮自防。一朝君子求，玉帛以時將。御車盈百兩，道路宛生光。和鳴合琴瑟，宴衎吹笙簧。顧兹待年者，後處諒無忘。

飛來峰

久圖山澤遊，苦爲風雨款。驚雷破重陰，及晨光已顯。透迤入幽深，厲揭度清淺。靈山傳飛來，合澗互回轉。蘿垂手可捫，松高蓋恒偃。陽厓丹霞凝，陰洞蒼雪滿。秀色如可攬，絶巘竟誰棧。衆竅因風號，群芳遲春衍。追念平生歡，歷歷猶在眼。匪無新相知，已少舊遊伴。老僧久見招，相攜集閒館。解衣任盤礴，覽物適蕭散。形忘慮則消，情至心莫展。寄言同懷人，對酒歌勿緩。

落景村

羲和駕騄驥，杳杳經天衢。向夕迫崦嵫，弭節少躊躇。餘光爛未收，冉冉下桑榆。歸雪棲遠岫，暝煙生廢墟。野雉雊中林，牛羊下城隅。回風忽復來，灌木吹笙竽。野老耦耕倦，盥濯歸茅廬。曳杖數雞豚，引水灌畦蔬。達人尚真意，寫圖聊自娱。天機宛流動，匪爲形似拘。

送劉德美之京

風吹大河水，晝夜無停流。嗟君萬里行，且復須臾留。王命自有程，安能顧朋儔。執手兩茫茫，日暮登行舟。皇家重賢材，一藝咸見收。况兹衞生功，妙與元化侔。譬彼照乘珠，所性無不售。叶。願言進明德，流光被中州。

十八日登含虚閣

員景光漸闕，海溢秋生潮。禪林敞高閣，勢欲凌雲霄。老僧敬遠客，良夜相招要。焚香足清供，舉酒聊逍遥。河漢西南流，微風忽刁調。夜氣悄且清，川原何寂寥。悠然動遐想，凭闌發長謡。商聲出金石，餘音一何嘹。願隨瑶臺鶴，高舉乘飄飖。

支硎山人

幽人戀墳墓，構此山澤居。層巒代屏障，積石當階除。飛泉漱瓊瑶，靈籟鳴笙竽。清音度回風，頹響棲芳株。入耳盡成曲，喈喈良不殊。臨軒睇冥鴻，坐石見游魚。飛潛各有適，悠然忘所如。緬懷放鶴人，不得同交娱。商歌滿天地，如與金石俱。富貴非吾欲，逍遥真有餘。

送郭訓導

仲秋百卉腓，旅雁思南翮。涼風吹客衣，嗟君事行役。三調不徙官，依然在儒籍。皇朝重文教，此任故精擇。諸生得造就，疑義資剖析。入室與升堂，煌煌盡珪璧。冷熱固人情，於君自無斁。浩歌菁莪篇，芳塵滿瑶席。

三天竺

浮屠善幻化，利益誇群愚。未能空諸有，亦復從其居。巍巍金銀宫，湧出空山隅。興廢固由人，無乃法所驅。眷兹天竺名，古來荒夏殊。移之被此地，欲表神靈區。地勢既形勝，人情亦奔趨。我來適閒曠，二三同志俱。登頓雖云勞，逍遥還足娱。仰睇群峰秀，俯循流水迂。微風動靈籟，滿耳聆笙竽。徘徊日將暮，浩然賦歸與。

贈李中翰貞伯

層城多甲第，朱門赫峩峩。曲水起飛橋，樓觀相陂陀。何人拊瑶琴，獨坐當中阿。朱絃激清商，慷慨和悲歌。回風振叢薄，游魚躍靈波。大雅久不聞，舉世尚淫哇。知音既云少，笑者亦已多。沉吟下階陛，感歎將如何。

題可菴老人寫竹

國初寫竹王舍人，筆端生動妙入神。風流太常繼其後，片紙一出人爭取。可菴老人得此傳，聲價在人尤赫然。江南賢豪動百數，家家屏障生風煙。前年寄我雪竹圖，天地黯慘雲模糊。大枝橫斜小枝亞，金鞭擊折青珊瑚。今年寫竹吳江縣，寫出千人萬人羨。鸞鳳盤空雲日翻，蛟龍出海風雷變。鶥鴰無聲錦瑟稀，湘娥披雲未遮面。老人老人勿自珍，筆力轉多方絶倫。高山流水志有在，莫謂識曲無其人。

過橫塘

西向橫塘過，風凉天又晴。兩山沿路轉，一舸問津行。野水飛雲度，斜陽去鳥明。采蓮人不見，遥聽唱歌聲。

至通州

絶域經游少，重關啓閉嚴。官租兼菽粟，民業盡魚鹽。海氣朝成市，潮聲夜入檐。狼山渺何許，空翠遠浮尖。

冷泉亭口號與劉邦彦别

君去我獨留，持杯勸君酒。明日虎跑泉，還來看山否？

即景

緑樹原頭淺草，青山谷口飛花。記得南湖良夜，月明曾載琵琶。

震澤竹枝詞送中書李舍人 二首

太湖東與海相通，大浪掀天難使篷。今夜且來洲裏宿，明朝又怕日高風。

鵶鵲群飛過别村，烏雲接日晚昏昏。西風一夜翻湖起，大小人家水到門。

題靈隱祥禪師所寄扇

山月窺人色皎皎，松風振瀑聲泠泠。匡牀醉倚忽驚起，老僧時誦《楞伽經》。

子昂蘭

國香零落佩纕空，芳草青青合故宫。誰道有人和淚寫，託根無地怨東風。

朱近修云：鄭所南畫蘭去土，以宋亡，土地非所有也。讀西村作，則趙王孫蘭亦去土邪！

趙同魯四首

同魯字與哲，長洲布衣。有《仙華集》。

王濟之云：處士身居田里，而喜論當世事，見人之屈抑，與民間利害，時政闕失，憤然若迫於身。年饑，三上書巡撫三原王公，得減税銀。近歲論東南水患，起於常熟之白茆港。開白茆，則水患衰；堤崑山之沙湖，則盜賊息。而處士已言於數十年之前矣。

方時舉云：先生宋宗室，世家浦江仙華山下，故以名其集，不忘本也。集中作，音響和平，意度閒遠，無山林之枯瘠，無藜藿之窮愁，而閔時憂國之意恒寓焉。及屢上當道書，切切以東南賦重役繁爲念，視民如飢溺，若迫於其體膚，有不能自存者。方之古人，殆魯仲連之徒與。

陸子餘云：先生詩文，伉健質實，不肯骫骳，以諧世好。

《詩話》：成、弘間，布衣家居，得言天下事，如沈啓南讀楊宫詹守阯與屠尚書滽論事劄子，作爲長篇，而曰：「江湖眇吾憂，其言不可終。」屠答詩云：「願言保遐壽，待吾談始終。」未嘗以處士横議，藏怒蓄怨焉。與哲三上王三原書，極言吴中財賦之重。三原賞其文，欲薦於朝，事雖不果，而兩公之虚懷可敬也。自宋景定四年春三月，買公田於浙西六郡，共田三百五十餘萬頃，所收者公租耳。迨元有天下，置江淮財賦都總管府，又立江浙財賦府，各領官田籍没田，皆不在州縣原額。《元史》所紀大臣賜田，咸在平江等路，於時官田已多。及張士誠據吴所署平章太尉等官，皆負販小人，無不志在田宅，一時買獻之田，遍於浙西。明初既入版圖，按其租籍没入之。已而富民沈萬三等，又以事被籍没，而浙西之官田愈多矣。官田之租，多者每畝輸倉米一石五斗，少者七斗七升四合，本依租以徵税，此租額而非糧額也。相沿既久，混租爲糧，於是官民之田，科則相遠，官田多者，不勝其苦。而蘇、松、嘉、湖四府尤甚。其後蘇州之田賦，則巡撫都御史陳□均之，湖州之田賦，則知府劉天和張鐸均之；嘉興之田賦，則知府趙瀛均之。稽諸《實録》：孝陵、獻陵、景陵咸下減租之詔，彼時尚分官民等則，故然。迨平賦之後，官田之重賦得輕，在當日民非不以爲利，然民田之輕賦反重，在今日欲籲恩求減，則其籍已去，無從依據。此司國計者，所當留意也。至於嘉興原止三縣，宣德中，析嘉興添設秀水、嘉善，析海鹽添設平湖，析崇德添設桐鄉。嘉興民田多，故田則輕；嘉善官田多，故田則重；秀水則官民相等，故在輕重之間。趙氏圖記可證。善邑不原其本，爭訟者幾百年，不知非附郭二縣之獘，猶賈似道之貽害爾。

平賦詩有序

國家賦役之重，莫逾江南。在江南諸郡，又莫蘇、松若也。而賦額尤苦於不均：或膏腴而反輕，或瘠薄而反重。腴而輕者，雖倍其入，不過十稅其一；瘠而重者，稍加其耗，則稅其三之二矣。其始蓋由國初，以田賜功臣之家，及豪強兼并者，私重其租。厥後犯法没入，則視其租以徵税，甚至陂湖沙漲咸在焉。且輕者多入富家，而重者則歸細弱，是以富益富，貧益貧。吳民世受其患，實由於此。矧洪武間，轉漕道近，且海運不廢，故耗輕而民不甚病。逮永樂中，定都北方，武臣憚道之險，疏裏河以通漕，於是行資僦直，咸出於民，始倍其耗，故歲輸恒歉，而逃亡相繼。宣宗章皇帝明燭是弊，詔減官田三分之税，柄國者復寢不行。時蘇守况侯，抗章上請，得遵優旨。又賴巡撫尚書周公，設水次倉，以便輸納，立對支易銀諸法，以省遠役，故民頗蘇息，而催徵易竣。邇年水旱薦臻，疫癘時作，餓莩接跡，死亡相枕。雖大臣奉命，屢加賑卹，而瘡痍未瘳。譬猶揚湯止沸而不撤其薪，投膠理濁而不浚其源，未見其可也。乃去年秋，御史中丞陳公，奉勅巡撫京畿，下車之始，首布均則之令，俾當出耗者，賦額輕則倍之，稍輕則半之，而最重者則免焉。參合分劑，多寡適均，貧者獲甦；富者知其至公，亦無不悦服。田野阡陌間，歡聲相屬不絶。以爲斯令也，誠得聞之於朝，著爲定制，則我公之德，將與皇明之運，同垂於無窮矣。若是而頌聲不作，非在下者之責歟？同魯跧伏草野，親沐膏澤，有不容嘿者。謹撰《平賦詩》一篇，庸紀其實，俾來者無忘焉。

於赫皇明，奄有萬方。貢賦包篚，罔不來王。矧兹畿甸，揚州之野。厥土塗泥，厥田下下。因地制賦，初匪不均。末流敝刓，輕重攸分。或輕而腴，或重而瘠。富食其利，貧罹其厄。宣皇憫焉，明詔是頒。十有其三，民用乂安。逮乎邇年，歲祲癘作。老弱纍纍，填溝委壑。事既上聞，屢下優詔。亟命大臣，撫綏慰勞。賑之雖至，民則未甦。繼命我公，我公曰吁。盍澄其源，盍正其本。不釐爾賦，曷救爾窘。輕重參停，各盡其情。如鑑之公，如衡之平。若解倒懸，若拯焚溺。謳歌鼓舞，道路充斥。譬彼雪壑，釋然春融。誰其致之，實惟我公。何以報之，願公受祉。毋久賢勞，歸相天子。天子元首，我公股肱。一德交孚，福我蒼生。野人作頌，敢告太史。祝我皇朝，億千萬祀。

感遇三首

吾慕魯連子，飄飄遺世氛。英風振八極，高懷薄層雲。寧甘蹈東海，肯仕非其君。若人儼猶在，百世疇能群。

君子重名教，小人倖奇功。嗟哉樂羊子，食子思徇忠。沛公誠何心，忍令烹若翁。父子恩既薄，君臣奚始終。

歲華既云晏，心事成蹉跎。窮達固有命，卷舒如我何。抗志磻溪釣，紓情莘野禾。鴻飛日冥冥，不復憂虞羅。

姚丞二首

丞字存道，號畸艇，長洲人。弘治中貢生。有《集虚齋稿》。《詩話》：存道爲文毅公希孟高祖，吳尚書一鵬婦翁也。友于楊君謙、王濟之，與沈啓南酬和尤數。吟詠之暇，不廢詼諧。鄉人周宗道者修髯，而皋橋趙鳴玉無鬚，存道請於周，分十鬣予趙。啓南爲草「募疏」云：「伏以念天閹之有刺，憫地角之不毛。雖傅相莫逃於禿名，賴《易賁》尚存乎飭義。爲人者康樂捨施有迹，爲己者鶴諶插種有方。故小子十莖之敢分，豈先生一毛之不拔。推其餘以補也，宗道廣及物之心；乞諸鄰而與之，存道獲成人之美。使離離緣坡而詑我，當棝棝擊地以拜君。把鏡生歡，頓覺風標之異；臨流照影，便堪相貌之全。未容輕拂於流羹，豈敢易撚於覓句。感矣荷矣，珍之重之。」一時傳以爲笑。斯亦風人善謔之遺也。存道詩未發雕，流傳遂寡，孝廉田修出家藏本，録其近體二首。

題畫

白雁啼荒渚，蒼凉露未收。潮聲驚野客，曙色動孤舟。霜葉如花好，溪雲似水流。無端鄉思切，一上海邊樓。

過宋故宫次沈啓南韻

廢苑秋深草樹微，湖山湖水少光輝。不應河北頒師急，却使江南報捷稀。行殿聲沉環珮玉，寢宫香冷綺羅衣。空教過客增惆悵，搔首無言對落暉。

崔澂三首

澂字淵甫，吳江人。國子監生。有《傳響集》。

楊君謙云：淵甫既升太學，即絶意仕進，一工於詩，不啻飢渴之於飲食也。亡何，而白玉樓召命至矣，惋歎如何。

顧華玉云：誦淵甫詩，如坐雲巖霧窟，與絶粒老禪焚香啜茗，悠然有餘味。

蔡九逵云：先生詩步盛唐格律，氣味絶相似。

顧行之云：《傳響集》詩，温亮雅緻，琅琅若振玉，可以并古作者。

《詩話》：淵甫年未三十而夭。當其存日，楊君謙、吳原博、李貞伯、都元敬、沈啓南、周伯器、史明古諸君子，皆與訂忘年之交。原博尤重之，呼爲崔小先生云。集中和唐詩多至三百七十餘首，恪守唐人矩矱，而未成變化。使假之年，當不止是。此諸君重爲悼惜也。

春江送别

頭白猶爲客，辭家是幾年。離筵臨野水，歸路入江煙。鳥度青山外，帆開暮雨前。春波與春草，悵望一淒然。

渡口

落日滄波闊，西風木葉稀。沙頭人語雜，煙際櫓聲微。燈火誰家起，漁樵幾處歸。臨岐笑揚子，何事淚霑衣。

偶題

行舟小住更聽歌，江上東風吹緑波。折取桃華贈離别，却憐春色已無多。

程慶琉 一首

慶琉字廷殷，休寧人。

王仲房云：　廷殷早游吳門，與吳原博、沈啓南、楊君謙、黄勉之友善。晚集國朝詩二百餘家，止於弘治。雖搜密東南，采遺西北，亦可留資後評，有功藝苑矣。

入垓口

沙明水碧淨無泥，三百灘盤上歙溪。兩岸青山春欲暮，楝花飛盡竹雞啼。

史忠 一首

忠字端本，一字廷直，上元人。

周吉父云：　癡翁詩寫自己胸次，不以鍛鍊爲工，盛仲交合金元玉之詩，編爲《江南二隱稿》。

《詩話》：　廷直自號癡翁，近冶城建樓，題曰卧癡，楊君謙爲作記。翁畫山水、人物、花木、竹石皆工。嘗訪沈啓南於吳門不值，見堂中幍有素絹，摇筆作山水，不題姓名而去。啓南歸見之曰：「吳中無此人，必金陵史癡也。」邀之囬，留三月乃返。翁妻樂清道人，朱；妾白雲道人何玉仙。玉仙亦善畫，工篆書，知音律。翁教以琵琶，每自製曲，命玉仙被之絃索。晚無嗣，一女既笄，壻貧不能娶，與壻期元夜略具隻雞斗酒，我當過飲。至元夜，誑其妻女曰：「家家走橋觀燈，盍亦隨俗，可乎？」攜妻與女，送至壻家，留其女，一笑而别。即是而觀，翁正未嘗癡也。《二隱稿》流傳絶少，《題畫》一絶，乃彷小米雲山，書法頗豪縱，曾觀於休寧吴璵于庭宅。

題畫

雲光辣闖樹糢糊，略彴笆籬路有無。曾對南徐江上雨，會心只有米於菟。

倪復一首

復字汝新，鄞縣人。有《畏齋稿》。

江行

野水田田緑，江村曲曲斜。獨行尋不厭，坐占白鷗沙。

雷鯉一首

鯉號半窗，建安人。

汪良迪云：半窗詩沖雅清婉，曲盡物情。

錢受之云：半窗詩畫，江以西重之，比於江左之白石翁。詩亦有石田之風。

題畫

怪石窗前墮，流雲竹外斜。薜門斜照裏，一徑入黄花。

張鈇二首

鈇字子威，慈谿人。有《碧溪集》。

錢受之云：子威與沈啓南爲詩友，嘗爲啓南序分類詩。

淮陽夜月

今夜淮陽月，清光似故鄉。有人千里外，對月望淮陽。

湖上竹枝詞

門前湖水白茫茫，望盡煙波不見郎。仿佛聞郎歌水調，鴛鴦飛起藕花塘。

黄雲十一首

雲字應龍，崑山人。由歲貢生，任瑞州府學訓導。有《丹巖集》。

朱士光云：先生長篇短詠，馳騁古今。其氣温然而粹，其旨穆然而遠。

《詩話》：丹巖懷才不遇，嘗渡清淮，盡以文稿投諸水。晚就一氊，苜蓿之盤不飽，賦《闕食》詩云：「妻子恒苦飢，生事轉疏拙。矧兹秋收時，吾室甑儲闕。名微賤賣文，所得亦易竭。」又《絶糧》詩云：「今朝斷晨炊，家人盡僵卧。天陰動寒氣，鳴屋霰交墮。入市糴脱粟，薄糜聊拯餓。」可謂窮矣。詩雖未純，然勝林屋十倍。

游焦山

昔年過焦門，風帆徑飛度。老矣遂此遊，清絶快平素。僧堂列古鼎，款識成周鑄。秀疊水墨屏，晴披濃緑樹。石壁舊題名，苔蝕若簡蠹。仰止三詔洞，而以焦君故。瘞鶴下勒銘，水落偶一露。大江亭呼吸，高雲岫吞吐。絶頂御泠風，千里可指顧。縱目窮扶桑，出日蒙海霧。俯仰歎今昔，往來走烏兔。大哉神禹功，明德詎能賦。

重修瑞州學石隄工人没水得古石鯨

頖宫臨清江，下瞰百餘尺。水激岸善崩，雷鬭走群石。不知古石鯨，何年此窟宅。掀置水之湓，其勢欲跳擲。依然鱗甲動，水苔滋泠碧。得非昆池來，遂與牛女隔。中宵寂無音，桐魚庶可擊。

鄱陽阻風

歲暮多北風，無那歸舟逆。一檥茅葦洲，濤聲駭淵涛。淵深蟄蛟龍，雪舞浪花白。船聚即有鄰，細語向旅夕。賴作寇盜防，憂虞亦稍釋。垂暮嘗險巇，嗟我爲貧迫。古有高世流，寧爲此行役。

白溝次東之韻

西山鬱高寒，青繞燕代闊。我行春已深，絮纊尚未脱。平生四方志，眼底纔圭撮。區區白溝河，編簡不能剟。經淶流漸廣，赴海傾莫遏。欲渡仍徘徊，緬懷開運末。玆維遼晉疆，終古抱嗟咄。天公憤餘腥，飛雨夜來潑。堂堂十六州，幅員一朝割。桑君漫周旋，國旱爾爲魃。中原殺戮盡，豈忍狼犬括。哀哉黄龍府，回首飯無盔。横流到靖康，戎馬屢南跋。往事勿具陳，憂端猝難豁。居人諱言兵，惟記黏與曷。

煙江疊嶂圖爲陳推官賦

趙家駙馬王晉卿，畫筆直與造化爭。寶繪堂開品神妙，《煙江疊嶂》新圖成。東坡老人發天趣，樹摇江色春空晴。武昌樊口五年住，楚澤放臣同濯纓。後來烏臺入詩案，嬌紅泣露啼春鶯。自注：囀春鶯，晉卿家姬。晉卿與東坡同謫，姬流落人間。兩翁富貴春夢破，寓意奚啻鴻毛輕。後來吴興王孫規模亦神似，終遜舊本尤精英。陳侯出佐山水郡，桁楊晝卧莓苔生。挂之高齋一丈壁，仿佛坐聽秋泉聲。陳侯陳侯慎勿卷還櫝，或恐飛去難爲情。

寄沈石田求畫

五日十日畫水石，經旬亦可成一幅。我求君畫故作難，三四年過將五六。人來莫怪數附書，譬諸熊掌吾所欲。擬乘艇子促迫之，又恐收書到城隩。題詩再拜致執事，煩君開緘一寓目。忽焉爲我發新興，湖上草堂風滿竹。三茅二華入手筆，崢嶸之頂空洞腹。經營意匠忽貌成，爛逸天真洗凡俗。厚予之嗜亦多矣，豈止三月不知肉。若令烏有先生來，只向江山寄遐矚。

施彦清野翁莊次沈啓南先生韻

笑王給事鎖西莊，隔水通人故架梁。載酒柴門無吠犬，分花鄰舍恰低牆。書臨晉帖時數過，詩詠《豳風》日幾章。好鱠鱸魚飯香稻，縱饒飛雪興難妨。

風雨

風雨暗江天，邊江夜泊船。寒燈對兒女，歸路逼殘年。

題畫

曾躡匡廬五老峰，連山雲氣擁長松。而今看畫渾相似，夢斷開先寺裏鐘。

雨止

滯雨無聊待雨晴，依然飽飯聽松聲。西風短櫂明朝發，一路看山直到城。

蕭齋

三月琴川四月還，虞山佳處儘躋攀。曾於拂水巖頭望，一塔煙中認玉山。

莫止 四首

止字如山，無錫人。有《南沙集》。

俞汝成云：南沙與邵文莊相友善，故其詩格律、音韻亦相似。

周青士云：南沙亦有佳句，如云：「天闊一聲何處雁，江平千里獨歸舟。」「新添十竹皆紫玉，恰對九峰如畫屏。」「松塢風高聞落子，菊籬秋晚愛餘花。」皆翛然拔俗也。

鴨城懷古

養鴨鴨可馴，養兵兵可彊。只有方寸心，多慾難自防。千年古城已復隍，但見牧豎驅牛羊。姑蘇之臺近相望，二十三君在何許，開吳祖德誰繼將。玩人玩物皆喪亡，喪亡豈獨由禽荒？嗚呼！古今即事感慨長，酒酣日落天蒼茫。

正月十九日漫述

節名燕九尚留燈，故事元從闕下增。時態盡隨前夜月，餘光猶照幾家棚？臘醅熟久樽初剖，園韭香新饌可登。細雨落梅清詠徹，高情應念昔人曾。

昭君曲

但使邊塵靜，蛾眉敢愛身。千年青冢在，猶是漢宫春。

成化乙未仲冬書事

病眼經旬只掩書，蕭蕭梧竹自村墟。忽然驚喜開門出，天子今朝已建儲。

周紹亞一首

紹亞，吉水人。成化初，内黄訓導。

朱仙鎮岳王祠

南渡擎天一柱摧，塵沙滿眼實堪哀。金戈北伐心何壯，鐵馬南還志已灰。雁字傳哀天外去，河聲流恨月中來。我今謁廟瞻遺像，痛挹椒漿奠一杯。

鄭延 三首

延字世昌，海鹽人。成化中，以貢授廣東市舶提舉。有《東谷存笥集》。

雨中次彦超韻

對雨愁無那，時扃白板扉。驚看塵鬢改，坐使壯心違。有客傳椷素，何人問布衣。思君不得見，心逐白雲飛。

懷劉隱君

隱君家住秦溪上，茅屋蕭然掩薜蘿。記得春風曾有約，扁舟載酒一經過。

題畫梅

羅浮山頭孤月明，碧天澹澹參星横。玉人歌舞萬籟歇，樹杪翠羽飛有聲。

陸堇一首

堇，燕人。

贈别秉智 沈啓南甥。

已富三冬學，青衫稱少年。遠尋東老寓，獨羨外甥賢。雪變寒江雨，鐘鳴野寺天。又驅羸馬去，離思遶長川。

羅燾三首

燾字元溥，上元人。由歲貢生，授光澤主簿。有《淵泉集》。

宿黄龍觀

杖藜迢遞尋仙源，古祠遥見雲中旛。空林山猨食栗響，深澤野獺銜魚喧。道人步出懸厓下，度竹穿松遠相訝。焚香邀入紫芝居，爲寫黄庭坐清夜。

野興

山中雨欲來，樹杪風先起。猶有試茶人，偶坐松蘿裏。

贈愛山上人

古寺高僧意自閒，虚堂新構翠微間。白雲緑樹遥相映，愛看當窗雨後山。

錢百川五首

百川字東之，無錫人。有《寒齋狂稿》。

俞汝成云：東之少年學琵琶，半日度四十曲，人以爲神解。詞賦多不傳，晚宗陳白沙氏。

《詩話》：東之絶句、小詩，頗類崔國輔。晚師陳、莊，遂爲學究體。其《觀石田集》詩云：「宋周程張朱，道大言莫比。迄今五百年，惟陳白沙氏。」未免頹然自放矣。句如「持竿坐惜籬邊水，仰面貪看屋上山」「淺碧杯中歌落日，亂紅堆裏宿殘霞」，想猶少年作也。

江南曲三首

采蓮復采蓮，采采不掮手。貪摘雙頭花，拔斷連理藕。

湖南采蓮花，湖北采蓮葉。回頭見郎來，低頭理雙楫。

小姑未成人，不慣見郎君。蕩舟入新荷，牽壞紫羅裙。

乞食

陌上桑重緑，門前麥已黄。逢人話豐稔，乞食尚無方。

寄中甫上舍

淮清樓畔花，白下橋邊酒。醉殺少年兒，借問君知否。

葉聰四首

聰字文明，永嘉人。以子式貴，贈翰林編修。有《九斗山人集》。

呂梁洪

西風將客櫂，飛度呂梁洪。地迥雲垂野，天低雪滿篷。山從豐沛下，水向泗淮通。疏鑿誠非易，懷哉大禹功。

秋懷

北斗城高近海潯，每懷風景動微吟。青山有恨傷甌越，流水無情自古今。幾處吹笳空夜月，誰家擣練急寒砧。天涯此日重回首，忽見江花思不禁。

舟次瓜洲

瓜步南頭水拍天，高樓獨望思悠然。半江僧下山腰寺，兩岸人分渡口船。萬斛千艘非舊日，一龍五馬是何年。邇來欲趁風濤便，十幅蒲帆向浙川。

舟中新涼有感

畫舸西風日夜清，新涼已覺葛衣輕。去家千里又千里，望闕一程還一程。露浥芙蓉宜曉色，月明蟋蟀盡秋聲。積思宋玉悲何限，可是忘歸愛遠行。

張承 一首

承，安陽人。山東教官。

《詩話》：張君爲崔後渠門人，《客至》一詩，意甚蕭遠。

客至

茅屋兩三間，草草蔽風雨。客來不入門，坐愛千年樹。

陳蒙 一首

蒙字允德，常熟人。有《汎雪集》。

宿遷

古邑臨河水，昏鴉噪縣門。連檣爭集市，三戶自成村。禾黍秋風隴，牛羊落日原。客愁千萬種，辛苦向誰論。

戴冠 一首

冠字章甫，長洲人。以貢授紹興府學訓導。有《濯纓子集》。

題姚少師畫竹即次其韻

北地風高卷塞雲，驚沙吹起雁成群。客邊偶寫龍孫譜，忘却江南有此君。

王湛求云：風人善戲之遺。

方太古四首

太古字元素，蘭谿人。有《寒溪子集》。

《詩話》：布衣初受經於楓山，中年棄去，專力於詩，不苟隨時尚。句如「老松萬樹霽深雪，流水一溪浮落花」，「白布探囊無長物，烏皮凭几笑貧居」，「平田白洫流新雨，絶壁青楓挂斷雲」，「朝看煙雲如畫裏，夜聞風雨似潮生」，「多情夜雨馬蘭草，無限春風鸎粟花」，「雲洞草香初過雨，月臺松老不知年」，頗近江西詩派，蓋特立之士也。

山中

山中歲云暮，抱膝惟長吟。北風吹蓬藋，悲響懸高林。仰視浮雲翔，白日不爲陰。昔我三春花，今日不可簪。昔我洛浦錦，今日不可衾。孤鴻逐黃鵠，石上鳴瑤琴。瑤琴絃朱絲，一操論千金。真音不諧俗，聊以明吾心。

寒食思友小酌

已買桐江舊釣船，清江白石趁鷗眠。風前轉眼逢寒食，時事驚心豈少年。故國棃花千樹雪，小堂楊柳一林煙。夜來有夢高陽侶，覓得村沽飲十千。

書寒溪書屋壁

屋占桑麻半畝園，歲無車馬與人喧。午涼樹影圓浮地，夜靜灘聲直到門。萬卷詩書銷日月，一灣鷗鷺共朝昏。興來蓑笠扁舟去，不亞浣花溪上村。

穀雨

春事闌珊酒病瘳，山家穀雨早茶收。花前細細風雙蝶，林外時時雨一鳩。碧海丹丘無鶴駕，緑蓑青笠有漁舟。塵埃漫笑浮生夢，峴首於今試薄遊。

程玄輔 一首

玄輔字叔朋，歙人。有《龍谷老人集》。

錢受之云：叔朋，自邑之季父，先自邑稱詩十年。自邑因李獻吉名，而叔朋人無知者。至萬曆間，潘景升始序而傳之。

雪後次吳江

北風吹短日，孤櫂倚松陵。城郭留殘雪，江流走斷水。新詩歌自慰，好夢笑無憑。故舊吳山下，山陰興欲乘。

金琮 一首

琮字元玉，上元人。自號赤松山農。

送別史癡翁分得塵字

酌酒題詩送故人，卧癡樓上宴殘春。誰能老去身無事，我愧年來鬢似銀。楊柳風輕渾是夢，杏花雨細欲成塵。行裝賸有金壺墨，處處湖山爲寫真。

吴鑛一首

鑛字希聲，歙人。有《月溪集》。

秋晚

風高野水寒，天遠青山小。渡口人不來，斜陽送歸鳥。

陳達甫云：絶似右丞。

沈本初二首

本初字大中，崑山人。有《婁曲山人集》。

周子籲云：大中詩沖澹和平，老而彌篤。

嘯臺晚眺

高臺淩日暮，幽懷一何閒？凭闌縱遐眺，員嶠如可攀。雙鳧下澄沼，一鳥鳴花間。欣欣物意榮，寧知光景遷。倚劍白雲中，賦詩蒼厓巔。飄然拂衣起，采菊歌南山。

送周山人南

東風晴日送餘寒，野色山光恣客看。立馬春亭勸君酒，醉君容易别君難。

朱曜 一首

曜字叔暘，松江華亭人。以鄉貢仕爲鹽課提舉，後以子豹貴，封御史。有《玉洲集》。

唐□□云：先生詩肆筆沛然，若不經意，然有味外之味，他人句鍛月鍊，或不及也。

錢武子云：封君詩取自娱，不事敦琢。然如「翠竹呼鳩婦，青畬長稻孫」，不可謂非佳句也。

喜雨

一犂春雨潤新田，小犢還宫老牸眠。笑摘園蔬漉村釀，夜燈兒女説豐年。

秦爽 二首

奭字仲孚，無錫人，夔之弟。有《滌煩亭稿》。

趙元默云：昔人評詩，謂有詩中畫，有畫中詩。集中如「杖藜扶我溪橋步，看盡湖南十里山」，則詩中畫也；「微風輕颺茶煙起，知有人家在水西」，則畫中詩也。

《詩話》：仲孚爲修敬封公季子。封公暴中心痛，仲孚刺血於胸，和酒飲之。母殷恭人膝傷，吮之而愈。郡縣上其事，詔旌其門曰「孝子」。泰陵即阼，賜以冠帶。嘗作溪山清興堂、清遠閣，結亭於後圃，顔曰「滌煩」。《九日》詩云：「抱病忽聞佳節至，獨攜藜杖强登臨。黄花笑我容還瘦，緑酒盈樽手自斟。處處辭巢知社燕，家家悲杵送秋音。不堪覽鏡頭如雪，折得好枝嬾去簪。」次日得疾不起。其詩較父兄别裁體格，頗有清疏之氣。

溪橋散步

老去觀書興易闌，緑陰清晝況多閑。杖藜扶我溪橋步，看盡湖南十里山。

龔行儉以扇索畫

行過溪橋日欲低，緑陰滿地郭公啼。微風輕颺茶煙起，知有人家住水西。

周立一首

立字公禮，長洲人。

將過江陰訪朱善繼塗中風雨乃回

尋君無那朔風顛，興盡空回訪戴船。洶湧浪喧欹岸石，冥濛雨濕遠林煙。江楓葉落紅銷樹，野水冰生白滿田。歲晚幽期嗟竟阻，相過重擬入新年。

董澐四首

澐字復宗，海鹽人。有《從吾道人詩稿》。

《詩話》：蘿石聞陽明講學，瓢笠渡江從之，時年六十有八，年長於陽明云。明年，從其師越中守歲，風雪夜賦詩，所云「六十九年今夜除」者是也。陽明和韻云：「况有故人千里至，不知今夜一年除。」復爲序其事云：「道人今年已七十，往來湖山之間，去住蕭然，曾不知有家室。其子穀，賢而孝，謂道人老矣，出輒長跪請留。道人笑曰：『爾之愛我也以姑息。吾方友天下善士，以與古聖賢爲徒。天地且逆旅，奚必一畝之宫，而後爲吾舍邪？』」集有《山居吟》云：「青山遶湖茅結廬，飢餐渴飲事無餘，是非欲付樵與漁。」洵達者之言也。

天竺次白樂天

松林行盡見松門，花事三分過二分。高樹鳥呼低樹鳥，入山雲笑出山雲。峰前瀑布僧前落，竹裏流鶯寺裏聞。忙處不知閑處好，紅塵白浪正紛紛。

次沈紫峽病起

白賁坊中矮沈家，小山池館足煙霞。春回病骨三年艾，門掩青湖獨樹花。詩草也堪書酒券，釣竿長是拂田車。客來更覺山翁健，一笑窺園出絳紗。

醉漁

石佛寺前江繞門，柳姑祠下花連村。何人得似漁郎醉，白日青天枕瓦盆。

月夜舟行

野鷗抱夢棲煙渚，山月隨舟過水村。猶有打魚人未睡，共聽更鼓到城門。

薛章憲一首

章憲字堯卿，江陰人。有《浮休居士集》。

趵突泉

觱沸趵突泉，發源自王屋。洑流溢爲滎，迤邐陶丘北。黄山渴馬厓，入地乃更伏。潛行五十里，突爾出平陸。曾不舍晝夜，東匯成川澳。乍似滄浪水，浴出三白鵠。更疑清泠淵，白龍服魚服。蒲荷相蔽虧，鳧藻舞濡渌。踟躕不忍去，奈此白日速。

魏偁二首

偁字達卿，鄞縣人。官石城訓導。有《雲松詩略》。

李杲堂云：《雲松詩略》，歐陽鵬所選，於三千餘首中，止録三百四首，所遺必多佳者。

題歸隱圖

若有人兮遐方，薜荔衣兮荷裳。餐三芝兮五藥，蹇幽獨兮茅堂。春日兮遲遲，春風兮微微，鳴鳥兮喈喈，垂楊兮依依。覽佳辰兮何求，沛我行兮蘭舟。時不可以苟得，邈予懷兮中洲。雲冥冥兮欲雨，掇芳菲兮歸處。羌蹇修兮未來，聊舒遲兮容與。

十八灘歌

水中亂石立森森，急溜盤回一派深。山鳥任呼行不得，舟行自古到如今。

史徐 一首

徐字巽伯，溧陽人。都指揮。有《樂山集》。

宫詞

玉樹花枝過雨稀，不堪減却小腰圍。朝來陡覺香羅薄，還著團金舊賜衣。

朱訥 一首

訥字存仁，寶應人。成化丁酉，舉于鄉選，知郢縣，調長陽；以子應登貴，封郎中。

題畫

空翠明遠林，夕陽澹紅樹。茅屋傍深溪，漁舟日來去。

楊中 一首

中字致行，無錫人。有《簡齋集》。

題畫

素衣緇盡鬢絲蓬，兩脚東華踏軟紅。何似儂家江水闊，醉眠春雨釣船中。

胡尚志一首

尚志字士先，績溪人。有《海陽集》。

雜詠

秦越隔千里，坦坦皆夷塗。苟羸旬日糧，真可造其區。彼昏自狂悖，舍夷蹊徑趨。野徑多屼嵲，況復迷方隅。窮年不能達，力倦空踟躕。徒使旁觀人，咄咄長嗟吁。

朱朴十五首

朴字元素，海鹽布衣。有《西村集》。

苦哉行

年荒莫糴糧，糴糧民益荒。歲歉莫賑濟，賑濟民益傷。虛名及小戶，米入官家倉。僅爲公門需，那得充飢腸。苦哉復苦哉，淫雨天降殃。但聞流水聲，不見白日光。菜甲短棲畝，麥苗已委黄。濕薪及爛鹺，其價十倍强。二月春已半，桃李無豔陽。出門泥淖深，况復多虎狼。苦哉難重陳，淚下霑衣裳。

山中懷遠人

空山闃寂兮無人，麋鹿猨狖兮成群。風瑟瑟兮自起，泉潏潏兮相聞。晨光發兮出日，夕色暝兮歸雲。獨怊悵兮登陟，眇予懷兮思君。

秋夜吟

風披披，露凄凄。草蟲互相語，林鳥無定棲。人來不來關塞隔，月出未出天河低。誰家屋頭烏夜啼。

寒食行

寒食清明天氣晴，家家上墳齊出城。小家叢冢不栽樹，雖有紙錢無挂處。大家新墳松柏多，羅城石柱高嵯峩。兒孫跪拜女婦笑，杜鵑啼血黄鸝歌。誰家古墳生荒草，滿地落花人不掃。當時從葬極繁華，碑碣猶書鳳鸞誥。鑿地聚土作玄宫，術人指點來三公。三公不來術人去，只有石獸嘶秋風。子孫流落無可奈，翻道此墳風水害。又疑棺槨有金銀，掘作平田向人賣。嗚呼！世間萬事空紛紜，貴賤變化皆浮雲。生前但有一杯酒，身後何須三尺墳。

細腰蜂爲群兒所傷有感而作

蜾蠃蜾蠃，草下青蟲銜一箇。飛去飛來遶戶庭，嗚嗚有聲祝「類我」。孩兒害物何不仁，驅逐頓令巢穴破。當時遠計爲兒孫，遠計無憑近成禍。因之令人三歎息，黄蜂采花勞羽翼。辛苦功成不得食，割作它人口中蜜。春風三月桃李時，不如就使花狼籍。

靈隱寺

合澗橋頭水，飛來洞口山。鳥盤蒼壁影，僧掩翠微關。松露晝還滴，巖花秋更斑。一年嘗一到，一到一忘還。

吳江道中

江上芙蓉晚著花，故人書畫汎輕艖。廿年往事今重省，雙鬢逢秋各有華。水落湖田漁網集，天低澤國雁行斜。垂虹橋下堪停櫂，碧樹紅簾賣酒家。

楚江秋曉

臥聞津吏數江程，白鳥青莎岸岸明。秋色遠連溢浦樹，人家多繞漢陽城。殘燈野寺鐘初動，瘦馬河橋客早行。三國廢興何處問，荻花風起又潮生。

贈張惟愛秀才

有美人兮山之陰，我欲放舟何處尋？幾時射策蓬萊殿，猶自讀書松桂林。神交千里夢已接，詩社百年情獨深。芙蓉可折不可寄，江水浩浩傷人心。

以畫寄雲村

朝望南山雲，暮望南山雲。雲山朝暮望，一望一思君。

董兩湖扇圖

南湖春水平，北湖春草緑。中有蕩舟人，解唱滄浪曲。

夕

出門望南山，日夕山光冷。山月出未高，棲鴉動林影。

西湖竹枝詞二首

阿儂家住湖水傍，菰米蕁絲野飯香。貓頭紫笋尺圍大，沙角紅菱三寸長。

郎從湖上打魚鰕，妾在湖邊只浣紗。生長不離湖水上，湧金門外是儂家。

題水仙花

碧池妝鏡曉寒消，不染鉛華意自嬌。惱殺江南趙公子，却將金粉涴生綃。

謝復一首

復字一陽，歙人。布衣。有《西山稿》。

春日偶成

二月春光好，村村景物賒。緑垂煙外柳，紅綻雨中花。倚杖登危嶠，提壺坐淺沙。耦耕今有伴，隨處可爲家。

袁仁 二首

仁字良貴，吳縣人。有《一螺集》。

漫興

不干榮禄息危機，茅屋三間老布衣。多少長安騎馬客，故鄉深院鎖重扉。

暮春有懷

花老辛夷萬緑肥，草香江岸燕低飛。故人竟負看春約，回首東風事已非。

明詩綜卷二十七上

小長蘆　朱彝尊　録
吴都　陸賜書　緝評

錢福 一首

福字與謙，松江華亭人。弘治庚戌賜進士第一，官翰林修撰。有《鶴灘集》。

《靜志居詩話》：鶴灘吟情以捷敏勝，故自解春雨後，凡俚詞儷句，動輒歸之，此選家皆棄不録也。喬希大志其墓曰：「與謙卒年，纔四十有四。予與與謙同游邃菴、西涯二先生之門。與謙嘗言：『作文須昌其氣，先使一篇機軸定於胸中，然後下筆，當沛然莫禦矣。』又言：『辭必根據道理，雖恒言近事，亦不可略。』」然則鶴灘亦不專以捷敏勝人，所傳俚詞儷句，亦未必皆出其手也。

少年行

荻芽新長河豚肥，吳姬作羹俊味稀。金陵子弟快一飽，挾彈走馬穿花歸。

靳貴 一首

貴字充道，丹塗人。弘治庚戌，賜進士第三，累官太子太保。戶部尚書，兼武英殿大學士。贈太傅，謚文僖。有《戒菴集》。

《詩話》：文僖，康陵舊學。南巡時，臨其喪，命詞臣撰祭文，皆不稱旨。御製一首云：「朕居東宮，先生爲傅。朕登大寶，先生爲輔。朕今南游，先生已矣。嗚呼哀哉！」代言者歎息斂手。晉江何氏輯《明文徵》，以此壓卷焉。

碧渠爲李宗朝賦

白雲深處有山莊，分得清渠入小塘。水面雨翻菱葉亂，門前風過稻花香。竹牀不作勞生夢，石硯惟鈔種樹方。樵子是兄漁是弟，卜鄰何計得連牆。

周澤 一首

澤字天雨，嘉善人。弘治庚戌進士，官贛州同知。

梅花道人墓

古墓牆陰卧斷碑，白楊高樹叫寒鴟。閒雲終日自來去，不見梅花老畫師。

方良節 一首

良節字介卿，莆田人。弘治庚戌進士，官至布政使。有《雪筠集》。

題李在畫

烟霏壓翠萬峰低，樹樹陰濃路轉迷。何處人家春不管，落花流出小橋西。

楊旦一首

旦字晉叔，建安人。弘治庚戌進士，授吏部主事，累官南京吏部尚書。有《惜陰小稿》。

小圃即事

池館園春曲徑通，虚檐掩映緑陰中。入門頓覺風光别，幾樹桃花隔竹紅。

祝允明六首

允明字希哲，長洲人。弘治壬子舉人，除興寧知縣，遷應天府通判。有《祝氏集略》，又有《金縷》《醉紅》《窺簾》《暢哉》《擲果》《拂絃》《王期》等集。

顧華玉云：希哲玩世自放，憚近禮法之儒，學務師古。吐辭命意，迥絶俗界。效齊、梁月露之體，高者凌徐、庾，下亦不失皮、陸。

陸子餘云：先生貫綜群籍，稗官、雜家、幽遐、嵬瑣之言，皆入記覽。發爲詩文，横從開闔，茹含古今，無所不有。

王元美云：祝希哲如盲賈人張肆，頗有珍玩，位置總雜不堪。《詩話》：六如居士畫，枝指生書，允稱絶品。至於詩，遜昌穀三十籌。然如「莫食汨羅魚，腸中有靈均」，「小山侵竹尾，細水護松根」，「麥饗家家碓，茶提處處筐」，「人家低似岸，湖水遠於天」，置之《歎歎集》中，正自難辨。

和陶飲酒二首

大道本一致，無間寂與喧。每有希尽時，不見耳目偏。逝水喜東流，浮雲忘故山。美人隔秋風，涉江恥空還。旦暮或遇之，莊周有遺言。

吾足如轉蓬，遇風無停時。節候迭代序，嘗與家室辭。三歲凡五出，別離復在茲。行止豈有津，誰爲我稽疑。不若巢中禽，乃免霜霰欺。天運實爲爾，通塞任所之。

愍農

大麥青青四尺長，大水過頭一尺強。安得不託與餦餭。無餦餭，且自可；秧不成，苦殺我。

漢闕

漢闕咸陽建，山河百二開。甘泉芝草出，天馬大宛來。宣室宵衣問，長楊獻賦回。寧知天禄閣，不用子雲才。

廣州贈龍鴻臚

吉水龍夫子，論交歲月長。屢銜天子詔，三使日南王。欲餽舟無寶，留題稿有囊。一杯海濵館，遠意共茫茫。

題畫

柳風吹水細生鱗，山色浮空澹抹銀。總道江南風景好，從前都讓闔泥人。

何孟春二首

孟春字子元，郴州人。弘治癸丑進士，除兵部主事，歷郎中，出補河南參政，入爲太僕卿，以僉都御史巡撫雲南，召爲吏部右侍郎；以議大禮泣諫，左遷南工部右侍郎，尋削籍。卒，諡文簡。有《燕泉先生集》。

送王伯安南都審刑

秋雨彌天來，秋風動地發。秋官方用權，暑氣掃七月。四牡復何之，時當奉天罰。黄紙下青冥，欽哉惟帝曰：罪毋脱秦黥，法勿加楚刖。三覆五覆間，務使事情核。宸衷一寸丹，載拜書之笏。年來民俗漓，肯長其告訐。年來吏事冗，肯聽其唐突。持此直如絃，何人行請謁。持此平如衡，何人得乾没。莫將五德鳳，擬以獨擊鶻。筆端有造化，還解肉寃骨。山川幾經歷，歲月去飄忽。簿書盈几席，肯作塵勞咄。夜分燈火孤，清興諒難汩。檢點紀行篇，浮蹤遍吴越。歸朝擬何時，欲及衆芳歇。民物哀矜餘，轉覺心如齕。好爲萬言書，伏奏蒼龍闕。

洮岷道中

景色來西徼，蕭條信遠方。水分羌部落，山絶漢封疆。幾處青稞熟，深憂白雨傷。荒城誰爲守，十室九逋亡。

顧清十八首

清字士廉，松江華亭人。弘治癸丑進士，改庶吉士，授編修，進侍讀。忤劉瑾，調南京車駕員外郎。瑾誅，還侍讀，進少詹事，引歸，爲南禮部侍郎，進本部尚書，致仕。謚文僖，有《東江集》。

孫貞父云：文僖吟詠篇章，有關民情世用。

錢受之云：公於詩，清新婉麗，深得長沙衣鉢。正、嘉之際，獨存正始之音。今人以其不爲李、何輩所推，不復過而問焉。斯所謂耳食者也。

《詩話》：東江詩法西涯，觀其險韻再四疊用，足見其能事。當日諸公受長沙衣鉢，或推方石，或稱二泉，或首熊峰。以鄙見衡之，要皆不敵也。

七月十六日鄉人會餞兩新令于寓舍書所感成三十四韻

吾邦古壯縣，馳望自宋唐。勝國登使府，因之啓上洋。官曹雖日崇，阡陌仍故疆。宋季已窮蹙，取民猶甚涼。報省税十一萬貫，實徵八萬，納止三萬餘。一壞賈綿州，再困朱管張。賈買公田加賦，後籍沒；朱國珍管明朱清張瑄名田，按租起税。浸淫到國初，乃至十倍强。兩税共一百四十萬。浮名累仁政，有識空歎傷。宣祖痛裁損，經綸更文襄。民力既已紓，賦入乃有常。公家無闕事，帑廩有餘藏。後來諸君子，率由如舊章。至今鄉父老，稽首周侍郎。周文襄以侍郎巡撫，後升尚書，而民止呼其故官。粵從近歲來，智者好紛更。或云時世異，古法今難行。或云廣儲積，典守爲民殃。墉坊一以決，狐鼠恣披攘。但見私稅增，不聞公廩穰。己巳及庚午，諸倉惟棟梁。苟能實蠲稅，猶或幸小康。功名掩慈惠，白紙栽青桑。都將烟水區，指作禾黍場。一字挂經費，年年理逋亡。從此遂困弊，蕭然類窮鄉。去夏復霖雨，湖田盡滄浪。監司不肯奏，郡邑徒蒼皇。荒租二十萬，積雪傅嚴霜。君子清廟器，牛刀試新芒。顧此凋瘵餘，宜爾勞運量。立國自有本，爲政自有綱。不聞慈母子，饑寒啼路傍。往迹既非遠，後賢慰相望。區區閔人窮，寢食熱中腸。願見德化成，聯飛入明光。還將鏤青管，濃筆書循良。

送宗都運之長蘆

我家東海居，目擊鹺丁苦。民勞莫如農，衣食自王土。輸官羸斗升，小大得濡呴。溟沙烈萬竈，勺合盡官府。燎薪與募直，一一挂文簿。商課或不充，輸錢爲市補。緡鏹非天墜，貿易復何所。不應爲法初，乃爾自相牾。公私兩煎迫，稱貸日旁午。窮年困炎歊，肉盡繼肝膂。坐令兼并徒，旦暮收拾伍。微文牽積弊，魚爛不可舉。常思桑孔意，寧料遽如許。必逢忠愛士，重爲整機杼。宗君滄州行，倚任切當宁。北南雖殊風，物久理同蠹。執炎思冷風，止亢覬霖雨。予言未可窮，君行念靡盬。

程德望祠部登月亭

方塘開我前，明月出我東。仙人騎鶴來，憩我亭之中。調笑弄月影，徘徊吟天風。夜久月漸高，光滿池若空。遺我丹桂枝，自擕白芙蓉。飄然淩風去，千里懷德容。

飲酒

故人飲我酒，坐我清湖潯。中燕游後園，俛首交綠陰。側磴度別渚，回堂面長林。西日明遠陂，流光蕩我襟。喟然懷往哲，兹地幾登臨。亭臺無遺構，風水有餘音。想當古人時，豈不亦似今。運去鳴鳥寂，時來蛩蠲吟。無爲後者惜，綠醑方在斟。

記蝎并序

蟲之毒者，南方之即且、北方之蝎。即且能飛，見人輒疾走。而蝎行甚緩，聞人聲反止不動，故多爲人得。七月廿三夜，聞牕間爬沙聲。火燭之，踞而翹尾，卓然可畏。乃知其不動者，蓋將以有爲也。而蝎止以伺之，其甚矣，然卒以自斃。悲夫！

讀書心二三，耳聞牕蝎走。卷紙濡餘膏，火起蝎在牖。抑首伏不行，翹尾若有候。人言蝎易得，此意殊未究。懷毒乃忘身，禍起遂莫救。柳州憐蝮蛇，釋械低予首。因詩戒宵人，陰賊恒反受。

張節婦詩

節婦，京師人，錦衣衛指揮僉事讓之女。許字華亭張少保鏊子昱，昱卒，女誓死不嫁。

妾面君未識，妾心君豈知。君死妾獨存，誰當知妾悲。父母生我時，願我有所歸。生死向君家，終我百歲期。我非慕共姜，我非師伯姬。自憐有此心，不忍分兩岐。皇天閔娉弱，回光照孤闈。大字表貞節，黄金鑄門楣。我女諒非婦，拜命慚恩私。翻思摧裂初，一死真如飴。餘生已多祜，寧復知此爲。賢者有備責，妾人無悔辭。永抱一寸丹，千秋從是非。

放船作

時初中鄉舉。

潛魚不出槮，栖鳥不出林。不因風雷便，豈識天地之大江湖深。天風颯颯吹黄槐，江船擊鼓凌晨開。雲帆悠悠渡三泖，使我塵襟豁如埽。將軍祠前芳草多，陰廊古瓦封苔窠。英雄恨殺白衣櫓，千載此地還來過。陳湖北行勢尤大，氣象渾疑在天外。波光黯慘迷西東，我疑此處藏蛟龍。同舟之人半失色，驚雷歕雪吹腥風。出門咫尺已如此，况乃天涯千萬里。

壬申正月十九日過北野同南村訪北花園廢址明日北野有詩用蘇長公過清虛堂韻走筆奉答

築隄不擬長安沙，鳴鼓已放西曹衙。夜游涇南鶴城北，隨處幅巾宜看花。花林高下映叢冢，池臺舊屬淇水家。當時笙歌沸鄰里，只今古樹啼寒鴉。先生讀書洞千古，過眼富貴如春葩。時人不識競模擬，往往背癢連衣爬。消憂滿貯北海酒，破悶亦有南山茶。家生小奴解新曲，時復羯鼓當軒撾。郵筒往復方此始，一唱何止三人嗟。詩成揮翰向落日，墨光繞筆飛玄霞。

題計郎中汝和墨菊曹汝學家藏

郎中畫菊真是菊，蒙泉蒲萄太常竹。一時能事并馳聲，豈直文章難繼續。狂揮急掃皆稱意，不特品高機亦熟。西涯坐間生色障，一見當時已心服。不知何日到君家，淨洗朱鉛鬬清淑。疏篁古木交映帶，深淺生枯俱入態。欹風一枝驚欲折，倚竹數叢如有待。飛鸞墜羽時自壓，老蛟蛻骨令人駭。張顛草聖久寂寞，何意茲晨忽傾蓋。郎中郎中今有無，後來尚遠眼中疏。柔肌脆骨爭媚嫵，不然蔓草紛黃壚。頹波一去誰與返，把卷撫玩增長吁。君不見近來淮海上，亦有菊花一派往往傳京都。

冬至謁陵次三江送行韻

初陽映雪暖欲蒸，千門瑞氣通諸陵。朝廷報本嚴奠埽，秩禮遠自前王興。秋霜春雨意慘慘，奩香篚帛心兢兢。高皇統天祀萬世，奮自隴畝揮戟矜。兩都并建始文祖，鼎命重爲諸孫凝。傳聞橋山初啓邑，鸞輿玉趾幾降登。小臣何幸得將事，敢論暑雨仍寒水。經塗百里淨如掃，輿夫踴躍誇力勝。回龍小憩纔半道，瞬息已覩洪仁燈。入門弛擔隨所適，東寮西館各有朋。山僧頻見頭亦白，爲我載演牛車乘。寒光凌亂入牕戶，起視海月摩空升。瑶宫銀闕自萬古，雖有晦蝕無虧增。嫦娥悄立如有恨，欲斬桂樹嗟誰能。齋居元不礙酬詠，公詩險語何層層。磨厓擬刻永昭頌，挽斷千仞寒谿藤。

畫馬爲内學生題

毵毵嫩緑垂楊短，冉冉晴沙御堤軟。驊騮行慣穩不驚，圉人徐牽不教遠。飛黄食料三品豐，青絲緑首飄風騣。曾見沙場征戰苦，方知此物是真龍。

筠屋爲徐庭美賦

徐君愛竹如愛玉，種竹成林密如束。林間結屋三四楹，自説此生心事足。闌干一徑曲復曲，落翠飛青暗人目。我疑月明深夜中，定有青鸞屋頭宿。

送謝司倉

寧知信宜邑，乃在古高州。地接朱鳶近，天連碧海浮。官倉餘火米，土俗罷綿裘。莫作炎蒸慮，男兒重遠遊。

春日將適郊外忽暴風阻行

二月六日天氣惡，卷地黑風吹倒人。却看花柳俱無色，忽訝江山不似春。高卧野人滋懶散，欲飛燕子自逡巡。東園有約不如意，須待來朝理釣綸。

家僮摘槐芽

小奴攜筐綠掩苒，斜日歸自東鄰家。青精未試仙子訣，冷淘的見詩翁誇。人間正味竟何在，天地育物真無涯。紫蓴青荇更不惡，高秋誰泛三江槎。

題曲水草堂二首

曲水村中景最幽，也宜杖屨也宜舟。白沙翠竹灣灣路，楊柳芙蓉歲歲秋。
紫蟹行沙菊有霜，紅蓮登岸白蓮香。何人謾説桃源好，便有桃源是異鄉。

送宋惟德分教池州

池陽風物似長沙，第一名山是九華。輸與能詩宋文學，芙蓉影裏岸烏紗。

鄭岳八首

岳字汝華，莆田人。弘治癸丑進士，歷官兵部左侍郎。有《山齋淨稿》。

謝山子云：侍郎深於諷喻之體。

塞下曲

引弓兒騎射，奄忽若星馳。腥風吹馬來，四面衝我師。我師勿輕動，持滿以待之。佯北勿輕追，恐爲彼所欺。

九江阻風泊舟有感

白浪起層層，峰頭雲正黑。回舟入小港，聊兹一憩息。路梗難爲期，滄波浩無極。坐觀北來船，帆挂千仞直。篙工意閒暇，津津動顏色。緬懷造化心，施予難爲力。往船風宜南，來船風宜北。南北本異途，彼此那俱得。物理每循環，明朝未可測。隱几澹無營，冥心悟義易。

過水口

建溪昔隱險，横流多怪石。參差列牛馬，廉利侔劍戟。篙工慣習水，禱賽資神力。前後互招呼，分寸恐或失。激盪轟雷鳴，沫流飛雪白。諦觀毛髮豎，一命試輕擲。逶迤過水口，灘盡溪流碧。櫂歌發清響，貰酒娱西夕。患至慮煩紆，險過事愉懌。物理固其然，臨流長太息。

安肅南山有劉伶墓碑

鹿車一壺酒，荷鍤以自隨。云死即我薶，曠達不可羈。如何此墟曲，有冢高纍纍。刻石紀道旁，無乃好事爲。沈酣棄禮法，車服焉得維。遭危固有託，舉世人莫窺。苦節多湮沒，怪爾名獨垂。

秋水歎

黄河横溢縣成渠，人家半在水中居。水邊漁父持空網，吁嗟無稻復無魚。鄰居相望隔河汜，借貸無從飢欲死。樓船伐鼓晨夜過，怒向縣宫索夫米。

江行即事

府江江水惡，一歲九經過。近午霧方散，中流石更多。漁樵荒舊路，豺虎據深窩。最念沿江戍，天寒獨枕戈。

野望

病告捐微禄，官閒帶舊銜。提攜惟藥裹，懶漫廢書緘。海闊浮孤嶼，天空挂一帆。吟眸隨處著，秋色滿衣衫。

簡姑蘇陳粹之憲副

吴苑鶯花滿舊墟，先生翻笑出無車。一官棄去還憂國，十口飢來只賣書。短屐香生莎逕暖，疏欄雲傍草堂虛。忽忽登拜慚予晚，更報詩筒候起居。

秦金一首

金字國聲，無錫人。弘治癸丑進士，累官太子太保，南京吏部尚書。贈少保，謚端敏。有《鳳山詩集》。

落葉

半庭黄雜半庭紅，萬點飛來禁苑東。祇愛玉河秋色好，不因摇落怨西風。

吳一鵬六首

一鵬字南夫，長洲人。弘治癸丑進士，累官太子少保，南京吏部尚書。贈太子太保，謚文端。有集。

《詩話》：尚書名位與原博、濟之鼎峙中吳，詩雖不敵原博，品在濟之伯仲之間。原博闢一鶴園於都下，中有玉延亭、海月菴，及以憂去，推尚書居焉。趙栗夫過之，謂其亭曰「借玉」，謂其菴曰「借月」。尚書詩所云「乾坤浩蕩誰非主，丘壑風流我所私」也。詩集十卷，選家罕有録之者。

塞上曲

去年搜河套，今年搜河套。河套水草多，反以資寇盜。歎息漢將軍，旌麾幾曾到。

官軍行

團營素操練，精鋭稱禁軍。平時跨鞍馬，揚揚氣凌雲。山東苦多盜，勢將及并汾。上怒乃遣將，徂征如救焚。云何負委託，寇至若罔聞。畏縮鮮鬬志，久不樹功勳。遂令萑苻輩，所在皆成群。生能拔牛角，古不有孟賁。死能鞭荊尸，古不有伍員。賈勇今已矣，肉食徒紛紛。民間且被害，敢怒不敢云。黷貨殘富室，肆淫裂完裙。忍以盜攻盜，罪惡何區分。勸汝早悔過，直前破妖氛。所貴出死力，奏捷慰吾君。

知足篇戲效樂天

我生幸爲男，魚米況鄉俗。恬然熙洽餘，蹤跡混樵牧。父母敎我書，早已竊君禄。優游翰墨林，職業少拘束。退朝時閉門，爐茗清可掬。有書讀幾章，有紙揮幾幅。有酒飲幾杯，有詞歌幾曲。客來或棋枰，家居衹常服。且有膝下兒，家聲亦能續。俯仰天地間，我意無不足。敢云求大官，朱軒映華屋。福過災恐生，撫己覺顔忸。吴江舊遺田，聊以具饘粥。爲賦歸去來，奚俟詹尹卜。

過李海務

海國茫茫裏，輕帆整復斜。楊花低度水，萍葉細黏沙。魚米三家市，風烟一樹鴉。不須嗟落寞，吾意本天涯。

開河阻船慰同行諸君

水宿風餐君莫愁，他鄉聊復當春游。花間啄食烏紅尾，沙上浣衣僧白頭。三戶人烟看漠漠，百年身世任悠悠。闢河過此知無礙，萬里長風吹客舟。

查夏重云：三四極似子瞻。

節後見菊

重陽已過十餘日，纔見疏籬菊有花。厭逐紛華供俗眼，獨留冷淡伴詩家。清霜數朶水邊淨，落日一枝風外斜。爲汝秋深慰蕭索，酒酣聊取插烏紗。

曹鏷四首

鏷字良金，吴江人。弘治癸丑進士，改庶吉士，授刑部主事，進員外郎，調東昌府通判，遷興化府同知，擢湖廣按察司僉事。有《林歸集》。

蔣慕皆云：太史詩不學唐，不擬《選》，而寓託深至，迥出意表。

《詩話》：良金仕未通顯，而能力攻中貴，人直節不易。及歸田之後，娱情繪事，興到題詩。於所居宅後，積土爲山，植桐其上，名曰桐丘。句如「一片酒旗春雨店，數聲漁鼓夕陽村」，「鵝翎白綴霜前菊，鱣血紅生雨後柑」，「剪紙爲屏遮破壁，牽蘿補屋透斜曛」，「軒牕影暗梧桐密，籬落香飄枳殼開」，「漁鼓喚人敲轉急，酒旗招客挂偏高」，頗類白石翁。

楊白花

楊白花，輕且微，春風吹逐何處飛？春陰冥濛千萬里，花小不愁飛不起。重門深鎖寂無人，夜永如年月如水。

山家圖

茅屋青山裏，居人不務耕。雨晴攜短鍤，隨處握黄精。

秋郊晚眺

潮落寒江淺，沙陂露水痕。漁人歸曬網，撾鼓入遥村。

菊花

霜落天涯草木稀，疏花秋晚獨芳菲。平生不愛杯中物，懶向西風望白衣。

陸相 一首

相字良弼，餘姚人。弘治癸丑進士，累官長沙知府。有《吴舫集》。

寶應道中

百里平湖水，輕帆次第過。魚鰕攢曉市，鷗鷺浴寒波。霧塔籠鬟髻，秋花豔綺羅。十年淮海夢，愁絶竟如何。

許天錫 一首

天錫字啓衷，閩縣人。弘治癸丑進士，改庶吉士，授吏科給事中，歷工科都給事中；上疏劾劉瑾，爲瑾所殺。嘉靖中，追賜祭葬。有《黄門稿》。

《詩話》：黄門奉使安南，却其贐，賦詩云：「菁茅又喜重包貢，薏苡何須滿載歸」。比歸，劉瑾疑其金多，不知其不受餽也。黄門之死，瑾矯詔逮問，潛遣人殺之。而撰《府志》者，或謂其自經，或謂是夜尚草疏，皆謬。當以《世宗實録》爲正。鄭少谷詩云：「風流不見許黄門，遺字丹青閣上存。却留詩句車盤驛，黄犢青山何處村。」蓋黄門過車盤驛，曾題詩壁間，有「青山對面疑無路，黄犢出林知有村」之句，爲時所稱。謝在杭亦有詩紀其事。

楊白花

春宮深深春晝長，楊花起舞春雲香。隨風忽度江南水，蕩漾楊花幾千里。楊花流落向天涯，宮樹朝鴉復暮鴉。

杭濟二首

濟字世卿，宜興人。弘治癸丑進士，官至布政使。有《澤西集》。

東溪小隱

清溪東畔隱君家，幽事人將擬浣花。垂柳蔭牆緣岸仄，短莎分徑入門斜。春風到處隨吟杖，秋水閒來放釣槎。了却百年終隱計，更無飛夢到東華。

柳枝詞

玉溝縈繞水烟涼，嫩葉垂垂窣地長。百尺宮牆遮不到，飛花猶自入昭陽。

杭淮十四首

淮字東卿，濟弟。弘治己未進士，累官南京總督糧儲，右副都御史。有《雙溪集》。

王道思云：東卿詩雖體製錯出，律調不同，而歸之嚴整雅健，格高而意正，音舒而節越，無嫖媚之習，粉澤之飾，有前代作者之風。

俞汝成云：孝廟以還，李、何二公，首倡詩學。一時揚袂而起者，如徐迪功、熊士選、康對山、王浚川輩，不啻數十家。宜興杭澤西雙溪昆季，亦同聲而應者也。

《詩話》：雙溪詩極其遒鍊，如繭絲抽自梭腸，似澀而有條理。五言尤擅場，可亞少谷。

復送世恩得鳥字

朔風吹客衣，寒葉辭木杪。晨發城東門，君馬白騕褭。南北紛多岐，聚散感鷗鳥。蹤跡雖屢違，毋使聲聞杳。相望江一涯，素月出皎皎。

送劉美之太守赴銅仁

園柳何青青，江草萋以碧。送子適萬里，執手情脈脈。嗟彼雲中雁，翱翔依沙磧。不爲稻粱謀，何以有南北。努力慎所之，悠悠豈終隔。

早發巢縣暮宿金城寺

烟靄市上青，霜露草根白。日出雞尚鳴，墟落溪南北。涉野多寒風，枯楊何蕭索。山川莽迢遞，歲晏道路迫。王事苦未休，慘澹逾郡國。暮逢禪房幽，且復舒枕席。

送王陽明謫官龍塲驛

白日野中微，浮霾結朝陰。送子遠行役，躑躅傷我心。豈無良朋儔，不如子同音。寂寞投窮荒，誰能念浮沈。願爲雙玉軫，相隨麗瑶琴。

送徐石東僉憲湖南分題得瀟湘

瀟湘他日夢，自注：石東嘗夢官于此。今上合江亭。天闊浮吳楚，山青入洞庭。鷓鴣春渺渺，斑竹雨冥冥。舟檝雲中見，依稀帝子靈。

西行回度滇池

西行苦歷險，落日放舟還。海草微茫際，沙鷗出没間。烟青金馬寺，天遠碧雞關。諸嶺雲端出，如看震澤山。

打牛坪驛 諸葛孔明迎春於此。

亭因卧龍舊，猶載打牛坪。耕戰紆經略，春秋幾送迎。野花空晚落，蔓草自春生。悵望三分蹟，流傳後代名。

山水小畫和韻

金碧披毫末，江山入座中。橋分沙岸水，樹繞石林風。已覺滄洲遠，還疑玄圃通。生綃僅盈尺，萬里對無窮。

清平道中

亦知春久去，花尚滿陵岡。小朵穿籬白，微風過馬香。清平蒙伐罪，苗獞識尊王。鹽米通吳蜀，人今無異方。

鎮遠喜即舟

連山霧不開，壑轉一溪回。洶洶奔湍下，濛濛細雨來。巫山疑有峽，灩澦不成堆。撇旋看舟子，乘流亦快哉。

雨中登樓

節序黄梅候，朝陰午不開。浮雲暗山去，急雨灑城來。高豔紅葵濕，低翔白鷺回。洗心亭咫尺，烟靄擁層臺。

新正二日發宜春次王陽明韻

宜陽山前莎草痕，春泥釋釋水流渾。客行遠道無停轂，人拜新年不出村。三日暄蒸北風作，清朝陰霾江氣昏。野館蕭條亦足賴，梅花爲我招吟魂。

經盤江次劉元瑞韻

踰岡陟嶺兼多病，臘盡春來不記程。瘴水已知多客淚，窮山只是有人行。緣崖晝霧愁俱黑，觸馬春花眼一明。西蜀未知天下險，老夫筋力盡南征。

王思槐過訪押韻

泊船郊扉暑雨清，小樓山外恰新成。打魚剪韭無他味，把酒論文見客情。野竹過牆初挺拔，林花照眼更分明。新禾滿地農歌起，白首對君懷一傾。

王良佐五首

良佐字良弼，松江華亭人。弘治乙卯舉鄉試，選靖海教諭，遷知廣濟縣。有《鶴坡集》。

孫貞父云：鶴坡雅志高古，庸腐語淘洗殆盡，如古仙劍客，超脱塵外。又云：鶴坡抱負自許，惜不用於世，常有咨嗟慨歎之意。其詩超拔自喜，終欠沉實。

《詩話》：鶴坡與戚韶龍困、張冕一桂，同居松江之珠涇，咸有詩名。孫文定刊《三詩翁集》行之，王作較勝。其《與儲黄論詩》云：「幾許門牆黄太史，三分局面鄭都官。」其實派出石田，頗饒清曠之致。

招張一桂

日日草堂江上開，竹間亦有小亭臺。酒杯欲棄那忍棄，吾子不來誰復來。案上《離騷》讀初罷，坡頭獨鶴放仍回。湖山每索驚人句，須得張郎八斗才。

九日過九江

一舟西下繫垂楊，忽值黄花夾岸香。逢著故人汪太守，九江城裏過重陽。

舟次

社公祠前五日雨，白馬湖頭三尺潮。客子掀篷正無賴，隔船何處一聲簫。

暮渡江

沙頭燈火見樓臺，黄帽那堪隔岸催。舊日風流王博士，又吹長笛過江來。

紅牡亭

沉香亭北午風微，香霧濛濛燕子飛。三十六宫春色好，大家齊試絳羅衣。

明詩綜卷二十七下

小長蘆 朱彝尊 録
雲溪 江 發 緝評

許讚 一首

讚字廷美，靈寶人。弘治丙辰進士，累官少傅，兼太子太傅，吏部尚書，文淵閣大學士。贈少師，謚文簡。有《松皋集》。

感遇

主人凌晨起，灑掃坐當楹。屋東有茂樹，其上鴟梟鳴。主人心所惡，彷徨巡檐行。亟命伐此樹，庶幾遠惡聲。僕言梟可射，樹伐難再榮。毋以小失大，事當論重輕。

劉麟 一首

麟字元瑞，本安仁人，先世以武功，襲南京廣洋衞副千戶，遂家焉。中弘治丙辰進士，除刑部主事，歷員外、郎中，出知紹興府；削籍，徙居湖州；起知西安府，擢雲南按察使，謝病歸；尋起太僕寺卿，遷副都御史，巡撫直隸，復引疾；再起大理寺卿，改刑部右侍郎，陞工部尚書。卒，謚清惠。有《南坦老人集》。

王元美云：元瑞詩如癡女兒能織鴛鴦，自謂藝絶改繡鳳皇，更無此鳥，可以發笑。

《靜志居詩話》：尚書由二千石登三九之列，數棄官以去。好爲山水之游，流寓長興之南坦，自號坦上翁。與孫山人一元、龍僉事霓，及苕中名士吳琉、施侃等結詩酒社，號「苕溪五隱。」年八十餘，被褐坐小舟，赴峴山會，人不知爲鉅公也。嘗請浚川預作墓銘，可云達天知命者矣。顧華玉贈詩云：「琴鶴居何定，蓴鱸味獨偏。」王履吉寄詩云：「鸞鶴諧真賞，瑶華贈遠人。」孫太初詩云：「閉門句好香殘後，擣藥聲高月上初。」其風流可想見也。

南坦讀書臺

盡洗侵輿竹，來聽轉壑泉。萬花齊映谷，五柳欲飛緜。弱子將迎婦，鄰翁許借錢。讀書臺下雨，種玉比藍田。

陶諧一首

諧字世和，會稽人。弘治丙辰進士，累官兵部左侍郎。贈尚書，諡莊敏。有《南川漫游稿》。

《詩話》：南川詩未知津數，與空同酬唱，吾服其膽。

晚宿峽石

迢遞群山合，逶迤一徑通。半村無夕照，空谷自天風。轍亂崟岈上，年衰道路中。客懷增闃寂，新月翳疏桐。

劉玉十二首

玉字咸栗，萬安人。弘治丙辰進士，除知輝縣，入爲御史，歷南京左僉都御史，董江防，後至刑部左侍郎。有《執齋集》。

楊用修云：公古詩，歌行妥帖排奡，入古作者之室；五七律，雖唐人何多讓焉？

《詩話》：康陵南巡，將臨蘄文僖喪，詞臣撰祭文，均不稱旨。御製文云：「朕居東宫，先生爲傅；朕登大寶，先生爲輔；朕今南游，先生已矣。嗚呼哀哉。」當時代言之臣，咸歛手歎息。嘉靖中，王新建没，執齋侍郎作祭文云：「嗚呼，公之才拔乎其萃；嗚呼，公之學出乎其類；嗚呼，公之功疇克似之；嗚呼，公之壽竟止於斯。」亦可謂言簡而意盡矣。執齋當宸濠之變，正理江防，馳檄師中，與喬莊簡犄角，克固疆圉，其功有足録者。詩頗娟秀絶塵，比於莊簡似過之。

夜坐

暝色閟琴書，開軒對明月。微雨卷薄雲，疏星粲成列。孤蹤棲鳥定，群響蟲聲歇。緬懷塵外人，高枕宵鐘徹。

祕獄

牆隙風，來無蹤，翻書卷衣袂，使我燈燄閃爍如青蟲。嗟風伯，來何從？清明明庶成化工。乾坤大噫土囊小，胡爲牆隙如吹筒？嗟嗟風伯省厥躬。

百舌

百舌鳥，何佻巧？啼遍上林音袅袅。雌鳩喚雨雄鳩晴，鷓鴣欲住鵑欲行。一鳥一舌尚難定，爾有百舌能無爭。人生言出慮禍入，一言之失駟不及。三寸舌在中禍機，啃爾百舌無是非。

志怪

紀歲丁丙戌，夏四月廿六。靖浪之民家，黄牸身孕犢。一項而二首，各具口耳目。五月十四日丙申，金壇農婦生怪人。頭方四角、面青而六眼，高額凹鼻、獠牙鳥喙如山精。手足一節具一爪，墮地鬼叫連三聲。欻然起走擊乃斃，創見此怪吁可驚。七月望仍丙申日，異牛又産南陽邑。二首相同項亦分，心肺雖分身尾一。聞之嗟嗟稽占書，無乃世降生形殊。反身脩德天可格，祥桑枯死安無虞。

石鍾山歌

石鍾山，何高哉。雙巖競秀江之隈。初疑端人秉笏立朝署，又疑靜女把鏡臨妝臺。長江萬里如奔馬，彭蠡淵泓匯其下。乾坤陶冶質本虚，波濤撞擊聲非假。春風浩蕩秋月明，蛟龍鼓舞鯨鼉鳴。或如巨鏞震東序，或如棧劇和琴笙。水石相搏豈人力，石鍾千古留佳名。山僧叩石誇奇絶，南音含胡北清越。山川靈異石偶同，至理寧容三寸舌。我來訪古將誰從？酈元、李渤、東坡翁。枕流洗耳了無得，倚闌目送雙飛鴻。忽憶高皇此停蹕，龍旗一掃群兇畢。鏜乎鏜乎爾善鳴，爲予汛埽磨厓石。

聞甘肅有警寄榕溪公

驛吏傳邊報，羌人犯肅州。極知兵士苦，誰解聖明憂。調集晨分竈，供輸夜唱籌。早期青海靖，定遠舊封侯。

寄咸肅兄

江頭日日候歸船，南北東西路幾千。旅館夢回常徹夜，故園書去動經年。愁連郢樹雲初合，思入湘潭月又員。莫道少年堪久別，高堂華鬢亦蕭然。

越王臺

章遂江流去不回，江邊今有越王臺。年深往事憑誰問，春盡野花空自開。落日每隨孤鳥沒，好風時送片帆來。登臨却喜青山在，猶勝阿房化劫灰。

顏瓌墓

顏公沛令，廬陵人也，建文末死。

社稷安危隻手支，綱常輕重此心知。未驅玄武門前騎，已拔丹陽鎮上旗。千古夷齊真義士，百年忠孝有佳兒。荒墳偏灑行人淚，泗水東流無盡時。

蓮花澱

平堤一望盡湖光，橋北橋南路短長。漁父水中圍曲箔，行人水上引拖牀。

送行

日日都門送別離，道傍楊柳已無枝。西飛白日東流水，不放行人住少時。

懷歸

鑑湖之水清且漣，中有二頃桑麻田。故人有約不歸去，老却黄花又一年。

黄衷三首

衷字子和，南海人。弘治丙辰進士，歷官兵部右侍郎。有《矩洲集》。

鍾仲實云：矩洲歷官所至，皆有題咏。晚年謝事丘皋，寄興不倦。其詩整而俊，婉而有則，宏博而不肆。

《詩話》：矩洲詩無根核，興到筆酣，閒與曩篇暗合。若「野練晴飛孤嶼白，木棉春試小枝紅」，「白酒河橋花底社，黄螺沙市蜑家兒」，「處處短垣圍牡礪，家家生計種扶留」，「鳥際忽開衡岳寺，林端恰下灌江船」，「桐木歸來津口渡，楊花飛過驛南樓」，狀南中風景，歷歷在目。

益陽紀事

潭州楚南郡，獷黠俗易敝。伊昔炎宋時，控禦恒置帥。惟我神聖朝，綏靖亦數世。去年五百峒，椎牛立赤幟。居氓棄業走，行旅盡心悸。俄聞益陽菁，倡亂渠首二。敢叛假息恩，遂揭怒車臂。豈緣科率煩，厥咎在長吏。我時移鎮來，集議詢根蔕。米聚山川形，陣列犄角勢。團夫里抽壯，甲長家舉義。風霆驅號令，狼兕各殲殪。鷙猛安可常，覆轍戒前事。慎爾血氣軀，毋使腰首棄。

萬縣

川東十數州，此地事征榷。艖販浮大航，鑾賨日交錯。算緡及銖釐，刺穎倒囊橐。追惟作法誰，主者乃倅幕。先王御盛世，賦稅且云薄。末造計舟車，諒非明哲作。刀錐將盡爭，何以捄民瘼。厲禁如可除，商旅永和樂。

雨

自從人日雨，漠漠浹旬連。漸緑磯頭草，仍迷夏口船。雷聲喧浦近，農事憫時先。楊柳東門色，春寒幾度眠。

湯沐 一首

沐字新之，江陰人。弘治丙辰進士，除崇德知縣，入爲御史，累官大理寺卿。有《廷尉集》。

秋日寫懷

黄菊秋來已滿籬，青山於我久相期。孤燈對酒不成醉，遠道逢秋更覺悲。祇恐病侵垂老日，不妨貧過未官時。沅湘欲趁東歸櫂，竹杖芒鞋任所之。

陳霽 一首

霽字子宇，吳縣人。弘治丙辰進士，改庶吉士，授編修；忤劉瑾，勒致仕；瑾誅，復館職，歷國子監祭酒。有《玉堂》《成均》《歸田》諸稿，燬於火；僅存《葦川集》藏於家。

《詩話》：祭酒古之遺直，爲史官時，面責劉瑾，謂「古者刑不上大夫，大廷非行杖之所。」且言：「劉公健、謝公遷，皆顧命大臣，君無故一旦去之，恐非所以保貴富之道。」瑾對以「廷杖正統年有之」。公曰：「此姦邪王振所爲爾。」瑾爭曰：「王振死土木之難，忠臣，非姦邪。」公作色曰：「此賊幾覆社稷，何忠之有？」瑾曰：「編修借振駡我邪？」銜之，欲置公死地。以丁母憂，僅免。其後又劾江彬，幾爲彬所陷。歸田澹退，尤人所難。詩草被焚，從其裔孫録手稿一首。

過楊二郊居

白石芳郊路，清谿舊竹扉。橋通湖水近，樹入隴雲微。蘋葉漂波冷，鱸魚上釣肥。村醪沽不遠，落景未言歸。

熊卓 三首

卓字士選，豐城人。弘治丙辰進士，授平湖知縣，徵拜監察御史。有《熊御史詩選》。

王元美云：熊士選如寒蟬乍鳴，疏林早秋，非不清楚，恨乏他致。

顧玄言云：侍御才華警拔，一句一字，酷尚初唐。已得王、楊風采，特少深致。

穆敬甫云：熊詩如西子解顏，萬夫婉孌。

黄清甫云：卓詩所存最少，不過四十篇，出自北地所删，殆無遺珠矣，而不足以振。然其短調楚楚，亦自清發。

《詩話》：張光世集爲康德涵所定，熊士選詩爲李獻吉所删。兩君俱有才名，不應牽率若是。疑所汰者金，而所存者沙矣。

送王衍之還陝和廷實韻

擾擾郊門道，沙寒驛路微。煙花行客晚，京洛故人稀。野岫孤雲沒，春山獨鳥歸。秦川隱關塞，一望一沾衣。

出居庸

沙上望行人，日暮愁心絶。江南四時春，邊地五月雪。

送客城南

楊柳河橋外，春風倒玉壺。離情不可道，江路滿蘼蕪。

趙鶴 二首

鶴字叔鳴，江都人。弘治丙辰進士，歷官山東提學副使。有《具區集》。

顧華玉云：叔鳴詩恥凡語，於古愛謝靈運，於唐愛孟郊，於元愛劉因。嘗曰：「此道不宜淺，淺則庸冗下矣。」其《登泰山》《金焦》諸篇，言言自作，更不隨人，真凌駕千古膽也。《詩話》：李獻吉《登岱》詩：「日抱扶桑躍，天横碣石來。」宗子相稱之，謂「有芥視岱宗，斗量滄海之致」。若叔鳴「山壓星辰從下看，海浮天地自東回」。亦警句也。

登岱

一上遥岑萬丈蒼，天風應爲襲衣裳。雞鳴往往看初日，人語時時到下方。雲暗鐘聲連海樹，春浮花氣入山堂。扶藜不淺登游興，祇怪輿丁唤客忙。

蓬萊閣觀海

蓬萊高閣晚凉開，倦客乘凉坐未回。不住鳥聲銜雨過，有時龍起帶潮來。愁雲尚識田横島，仙月還虚漢武臺。回首夕陽瀛海上，一尊懷古獨徘徊。

汪循 一首

循字進之，休寧人。弘治丙辰進士，官順天府通判。有《仁峰文集》。

老去

老去心還競，春來花又新。未應行樂地，偏愜少年人。

戴銑 二首

銑字寶之，婺源人。弘治丙辰進士，官南給事中。以論劉瑾削籍。贈光禄少卿。

武城晚眺

野曠蒼煙合，城昏白日斜。冪隄千樹柳，負郭萬人家。小舫明漁火，高樓隱暮笳。寂寥江上立，羈思滿天涯。

經古鄭州

城勢尚蜿蜒，風光異昔年。民垣官舍瓦，兔穴戰場田。古樹無秋色，殘碑有暮煙。興衰亦常理，臨眺却淒然。

朱諫八首

諫字君佐，永嘉人。弘治丙辰進士，歷官贛州知府，調吉安，謝病歸。有《蕩南集》。俞汝成云：君佐詩多自得之趣，不規規於聲調格律。《詩話》：蕩南近體，足自名家。

清明日泊揚子江

楊柳夾江青，東風潮正平。雲開旋蜃市，沙際聽鼉更。萬水俱東逝，孤舟更北征。不知時序改，今日是清明。

入清河

柳葉初凝緑，桃花正滿林。河流移故道，海色變層陰。午夜一帆月，征人萬里心。風沙吹欲老，短髮不勝簪。

寓江心寺

孤嶼清秋夜，星河萬里查。江山如有約，雲水暫爲家。白髮隨鷗鳥，輕舟采石華。秋風動歸思，淅瀝響蒹葭。

冬日奚蘭室老友見訪喜而有作

江村寒月客來稀，坐對梅花半掩扉。燈火最憐清夜話，溪山偏愛舊人歸。酒樽欲盡還堪瀉，世路無情已息機。相見不須悲白髮，山林鍾鼎總成非。

章孝夫雁麓山莊

陰陰竹樹繞山根，石徑雲深蕩北村。無數落花浮水面，盡隨鷗鳥到柴門。鈎簾靜對千峰月，種藥新開五畝園。長日南窗事高卧，謾將風景説桃源。

瑶川新漲同魏海南泛舟

草煖風和二月天，江南鰕菜不論錢。前溪昨夜添新漲，一葉中流范蠡船。

夜坐

金爐火盡不聞香，銀燭無光春夜長。想見落花千萬朵，盡隨風雨下池塘。

寄曾良用

幾度南樓坐夕曛，十年消息隔江雲。歸來又向江頭別，只見梅花不見君。

黄相 一首

相字弼甫，莆田人。弘治丙辰進士。有《一溪集》。

槿樹花歌

日出花始開，日沒花已落。明日花開笑落花，不知向暮還如昨。人間勢利自有時，田竇相傾徒爾爲。獨不見，東陵瓜，達人守法奚咨嗟？子如不我信，聽歌槿樹花。

唐錦 一首

錦字士絅，上海人。弘治丙辰進士，除知東明縣，入爲兵科給事中，歷江西提學副使。有《龍江集》。

近山

卜得幽居傍翠屏，澗泉偏愛枕邊聽。曉來嵐氣衝簾入，濕透牀頭相鶴經。

唐寅 九首

寅字伯虎，一字子畏，吳縣人。弘治戊午，舉南京鄉試第一，坐事下獄，放歸。有《六如居士集》。

顧華玉云：伯虎棄落之餘，益任放誕，殉節體物，託興歌謡，罔避俳文，務諧里耳。雖作者不尚其辭，君子可以觀其度矣。

祝希哲云：子畏詩初喜穠麗。既仿白氏，務達性情，佳者多與古合。

袁永之云：子畏築室桃花塢中，讀書灌園，家無儋石，而客常滿坐。風流文采，照映江左。謂

「人生貴適志，何用劌心鏤骨，以空言自苦」。故其著述多不經深思，語殊俚淺。王元美云：唐伯虎如乞兒唱《蓮花落》，其少時亦復玉樓金埒。錢受之云：子畏詩少喜穠麗，學初唐；長好劉、白，多悽怨之調；晚益自放，不計工拙，興寄爛熳，時復斐然。蘇臺袁袠輯其詩，僅存少作。而顧華玉以爲絶藝在是。此固未知伯虎，抑豈可謂知詩者哉！

《詩話》：六如淪落明時，恒賣畫爲活，故其詩云：「領解皇都第一名，猖披歸卧舊茅衡。立錐莫笑無餘地，萬里江山筆下生。」又云：「青衫白髮老癡頑，筆硯生涯苦食艱。湖上水田人不要，誰來買我畫中山。」誦之悽然，足以悲矣。然於畫頗自矜貴，不苟作，而詩則縱筆疾書，都不經意，以此任達，幾於游戲。此袁永之輯其集，僅存少年之作，實未足以盡其長。余於集外，從畫卷録其留題絶句八首，饒有風致，未至如乞兒唱《蓮花落》也。

驄馬驅

悠悠驄馬驅，道阻歲云晚。豈無同袍士，念子不能飯。木落辭故枝，去家日以遠。鳴雞戒前塗，夕暝猶策蹇。筋力已非舊，淚下不可卷。

題雲山煙樹圖

雲山煙樹靄蒼茫，漁唱菱歌互短長。燈火一村雞犬靜，越來溪北近横塘。

贈慈谿鄒先生畫

騎驢八月下藍關，借宿南州白塔灣。壁上殘燈千里夢，月中飛葉四更山。

呈何先生畫

青雲閣樹泉聲隔，黄葉關河雁影來。别有詩人好懷抱，西風雙鬢一登臺。

曉起圖

獨立茅門懶拄笻，鬢絲凉拂豆花風。曙鴉無數盤旋處，緑樹枝頭一綫紅。

野寺

野寺空林落照低，微鐘煙樹使人迷。逢僧只道山門近，不覺穿雲又過溪。

雪景

重重樓閣凍雲連，煙樹蒼茫帶瀑泉。一夜空山千丈雪，草玄人在玉壺天。

墨菊

故園三徑吐幽叢，一夜玄霜墮碧空。多少天涯未歸客，借人籬落看秋風。

題畫

日長深閉竹廬眠，席下猶餘紙裏錢。檢點雞棲牢縛草，夜來有虎飲山泉。

劉龍 一首

龍字舜卿，襄垣人。弘治己未，賜進士第三，累官南京吏部尚書。贈太子太保，謚文安。有《紫巖集》。

送謝同年邦用之湖廣僉憲

曲江花底記同遊，十五年來鬢欲秋。楚國旌旄新寵渥，謝家人物舊風流。君山雨霽簪螺髻，漢水春深漲鴨頭。樽酒已空山已夕，微茫煙樹隔仙舟。

林廷棉 一首

廷棉字利瞻，閩縣人。弘治己未進士，歷官太子太保，工部尚書。贈少保，謚康毅。有《小泉録稿》。

江南曲

鳥鳴花樹繁，春滿江南道。不見花下人，但坐原頭草。

蔣瑶 一首

瑶字粹卿，歸安人。弘治己未進士，由御史出知荆、揚二府，累官工部尚書，加太子少保。卒，謚恭靖。

《詩話》：康陵南巡，近侍希帝意旨，欲刷民間女子。恭靖公知揚州府事，語江彬等曰：「揚州女子，少多受聘，不便奪之。無已，則知府一女在，得旨，斯進耳」。乃罷。時山陰汪清憲先生知泗州，中使傳旨，令進美人善歌吹者。先生奏言：「泗州婦人荒陋，無可應勅。臣向民間訪桑婦，儻納之宫中，俾受蠶事，庶於治化有裨。」事亦得寢。二公彊直頗相類，而康陵未嘗震怒，亦足見帝德之寬大矣。相傳駕旋時，恭靖爲彬等繫於舟中，三日不食，驅令送駕。所騎馬受奪，止攜一被墊驢背，夜則寢焉。抵臨清，徒跣行岸上。康陵遥望見之，曰：「是蔣知府邪？可速遣還。」方得免。維揚人感之入髓，春秋尸祝至今。恭靖以宫保尚書予告，林居者二十年，入「峴山社」。詩不多作，惟《秋社》一律僅存。

丙午秋社和我齋半溪聯句韻

湖上閒居繫遠心，群公蘭楫幾回臨。衣冠聚處多鄉里，存沒筵前换古今。野寺浮橋煙樹暝，斷碑斜日蘚苔侵。從教津鼓催歸數，且倚窪樽亭柱吟。

孫緒 一首

緒字誠甫，故城人。弘治己未進士，歷官太僕寺卿。有《沙溪集》。

李時遠云：沙溪瀛洲才子，所作清新典麗，足以名世。

《詩話》：沙溪無用閒談，足資國史之采擇。詩不見佳。

居庸關官舍

一徑中開萬里横，居民無地問農耕。霜催木葉晚山赤，雨溜石苔秋水清。沙鳥遠從天外度，寒蛩苦愛夜深鳴。峰巒徙倚休回首，何處孤雲是故城。

王守仁十首

守仁幼名雲生，字伯安，餘姚人。弘治己未進士，授刑部主事，改兵部；坐救戴銑，忤劉瑾，杖闕下，謫貴州龍場驛丞；旋復南京刑部主事，改吏部，歷員外、郎中，遷南太僕少卿，轉鴻臚寺卿，拜左僉都御史，巡撫南贛，陞右副都御史；論平宸濠功，擢南兵部尚書，封新建伯。卒，贈侯，謚文成，從祀孔子廟庭。有《陽明先生集》。

王元美云：伯安詩，少年有意求工，而爲才所使，不能深造，而衷於法。晚年歸於道學，尚爲少年意象所牽，不能渾融，而出於自然。自負若兩得，而吾以爲幾於兩墮也。又云：王伯安如長爪，梵志彼法中，錚錚動人。

穆敬甫云：王公功業、學術，振耀千古，固不必論其詩，而詩亦秀拔不可掩。其殆兼舉哉！又云：王詩如披雲對月，清輝自流。

顧玄言云：先生經國大手，博學通達。詩非所優，然有幽思逸致。

錢受之云：先生在郎署，與李空同諸人游，刻意詞章。其後講學，遂不復措意。然其俊爽之氣，往往涌出於行墨之間。

陳卧子云：文成才情振拔，少年頗擅風雅。自講學後，多作學究語，遂不堪多録。

《詩話》：新建勲業、氣節、文章，皆可甲世。特多講學一事，讒言惟興。彛尊少聞先君子之言矣。心齊，顔子之學也；良知，不動心，孟子之學也。大學思復戴、鄭之舊，定論冀息鵝、鹿之爭。仁智之見各殊，楊墨之歸斯受。其後流而爲禪者，門弟子之過也。今就先生之詩觀之，其《過濂溪祠》云：「瞻依多少高山意，曾向圖書識面真。」《讀易》詩云：「乃知先天翁，畫畫有至教。」《題武夷壁》云：「溪流九曲初諳路，精舍千年始及門。」《示程畢二子》云：「紫陽山下多豪俊，應有吟風弄月人。」則先生何嘗立意樹幟張弧，與洛閩諸儒異乎！乃訾訾之口，以先生學術未純，并先生大節疑焉。噭噭素絲，欲染爲緇，彼譖人者，亦太甚矣。

山石

山石猶有理，山木猶有枝。人生非木石，别久寧無思。愁來步前庭，仰視行雲馳。行雲隨長風，飄飄去何之。行雲有時定，游子無還期。有生豈不苦，逝者長若斯。已矣復何事，商山行采芝。

諸生

人生多離别，佳會難再遇。如何百里來，三宿便辭去。有琴不肯彈，有酒不肯御。遠陟見深情，寧予有弗顧。洞雲還自棲，溪月誰同步。不念南寺時，寒江雪將暮。不記西園日，桃花夾川路。相去倏幾月，秋風落高樹。富貴猶塵沙，浮名亦飛絮。嗟我二三子，吾道有真趣。胡不攜書來，茅堂好同住。

寄友用韻

懷人坐深夜，帷燈曖幽光。耿耿積煩緒，忽忽如有忘。玄景逝不處，朱炎化微涼。相彼谷中葛，重陰殞衰黄。感此客游久，經年未還鄉。伊人不在目，絲竹徒滿堂。雲深雁書杳，夢短關塞長。情好矢無斁，願言覯終償。惠我金石編，徽音激宫商。馳輝不可即，式爾增予傷。馨香襲肝膂，聊用中心藏。

別湛甘泉

行子朝欲發，驅車不得留。驅車下長坂，顧見城東樓。遠别情已慘，况此艱難秋。分手訣河梁，涕下不可收。車行望漸杳，飛埃越層丘。遲回岐路側，孰知我心憂。

古道

古道當長坂，肩輿入暮天。蒼茫聞驛鼓，冷落見炊煙。凍燭寒無燄，泥爐濕未然。正思江檻外，閒却釣魚船。

興隆衞書壁

山城高下見樓臺，野戍參差暮角催。貴竹路從峰頂入，夜郎人自日邊來。鶯花夾道驚春老，雉堞連雲向晚開。尺素屢題還屢擲，衡南那有雁飛回。

元夕

去年今日卧燕臺，銅鼓中宵殷地雷。月傍苑樓燈彩淡，風傳閣道馬蹄回。炎荒萬里頻回首，羌笛三更謾自哀。尚憶先朝多樂事，孝皇曾爲兩宫開。

龍潭夜坐

何處花香入夜清，石林茅屋隔溪聲。幽人月出每孤往，棲鳥山空時一鳴。草露不辭芒屨濕，松風偏與葛衣輕。臨流欲寫猗蘭意，江北江南無限情。

寄浮峰詩社

晚涼庭院坐新秋，微月初生月滿樓。千里故人誰命駕，百年多病有孤舟。風霜草木驚時態，砧杵關河動遠愁。飲水曲肱吾自樂，茅堂今在越溪頭。

山中示諸生

桃源在何許，西峰最深處。不用問漁人，沿溪踏花去。

周倫 一首

倫字伯明，崑山人。弘治己未進士，累官刑部尚書。贈太子少傅，謚康僖。有集。

雨霽登馬鞍山

春暮日始霽，尋幽憩山牀。洞壑石衣冷，幡幢松雨香。悠然倚雲閣，極目塵沙埸。

張琦 七首

琦字君玉，鄞縣人。弘治己未進士，除南大理評事，歷寺正，陞興化知府，歷福建左參政，致仕。

有《白齋》《竹里館》二集。

王元美云：張君玉如夜蛙鳴露，自極聲致，然不脱淤泥中。

錢受之云：白齋刻意爲詩，嘔心刻腎，力去陳言。覽者憐其攻苦焉。

李杲堂云：先生詩吐咀山川，驅使雲鳥草木。與一時詞人絶不同。

《詩話》：白齋於李、何詩教盛行時，别出機杼，專以宋人爲師。句如「人到百年一過客，吾當十日九揮毫」，「千村土犬月照雨，半夜江魚潮入田」，「天上星辰離舊次，夢中山水作真游」，「離歌對酒無三疊，殘暑先秋退一分」，「十里長亭留短樹，滿天晴日落黄沙」，「濕螢餤竹火依火，疲馬出郊山復山」，「路入林低潮裏樹，山行月黑虎窺人」，「殘年滯雪開新歲，五日敲冰過一州」，「古刹今僧相見少，新篁舊竹長來齊」，「水邊地冷苔生髮，山外民貧竹有花」，入之誠齋《安晚集》中，猶上駟也。弇州方之「夜蛙鳴露」，説者以爲過。而白齋《出郭》詩云：「一部新詩一部蛙。」則作者先以自喻矣。

遊長山

偶偕群從遊，騎馬秋山冷。笑語應谷聲，揚鞭亂江影。入山尚未深，而有山棲境。紅子落長藤，蒼苔覆眢井。短棘刺我衣，朔風吹我領。飢腹覓蕨根，健步出松頂。樵人四五家，炊煙忽生暝。問樵何處山，云是丹霞嶺。黽勉越崇岡，豁然見高景。飛鳥盪胸至，浮雲暗生脛。陟高原自平，可以發深省。

黄昏步溪上見煙月可愛

明月在天煙在溪，煙中看月無光輝。沙禽熟眠潮未響，野火歷亂船初歸。天邊楊柳誰家樹，煙月相含不知數。此時幽景記不真，莫是江南夢歸路。

次夜又步溪上

月夜不減昨夜好，秋霽家家夜飯早。蔓青芋子白酒香，土門竹舍黄花老。農談悠悠静可聽，皆説官家今太平。斗斛上倉不過槩，差船點馬無兼丁。翁哺弱孫婦抱子，依依相對桑麻裏。我願明月常此光，不照離愁照歡喜。

秋晚登君山

十年兩醉君山酒，山下民風似昔年。青帕茜裙穠麥女，銀鱸紫蟹入村船。霜焦葉破猶藏寺，江浦沙高未作田。病骨登臨尚彊健，坐聽湘瑟弄湘煙。

梨園教曲圖

梨花千樹雨初收，上苑春風吹未休。新製樂章音調澀，敕教依舊唱伊州。

合和驛南望彌望皆白土

當時戰血有餘腥，白土經年草不青。留得遺民幾家在，夕陽村裏掘蕪菁。

溪家

紫絮茅花飛入門，淺溪幽響出籬根。溪家老婦閒無事，落日呼歸白鼻豚。

都穆 一首

穆字元敬，吳縣人。弘治己未進士，授工部主事，歷禮部郎中，乞休，加太僕少卿，致仕。有《南濠詩略》。

顧華玉云：少卿文簡古有法，詩雖故爾沖泊，竟非俗韻。

胡孝思云：元敬詩宗陶、孟。

錢受之云：南濠文筆平衍，詩尤單弱不成家。

《詩話》：祝希哲《九朝野紀》，徐昌穀《剪勝野聞》，往往紀載非實。惟都少卿《南濠文跋》《西使記》《金薤琳琅》《聽雨紀談》，事必稽核，蓋篤學之士也。相傳吴中有娶婦者，夜大風雨滅燭，徧乞火無應者。衆皆曰：「南濠都少卿家，當有讀書燈在。」叩其門，果得火。齋居乏食，笑曰：「天壤閒當不令都生餒死。」先民風節如是。詩無足録，存豹一斑。

吴江竹枝詞

雙櫓艎船無比輕，耳邊惟聽踏車聲。龍王堂下風波惡，誰似儂心耐得驚。

張鳳翔 一首

鳳翔字光世，洵陽人。弘治己未進士，除戶部主事，移病歸，卒年三十。有《伎陵集》。

錢受之云：光世詩信手塗抹，不經師匠，如村巫降神之語。而獻吉作傳，以爲子安再生，文考復出。關中人黨護曲論，不惜人嘔噦，皆此類也。

《詩話》：《伎陵集》洵無足録。蒙叟誚獻吉黨護作傳，然其集本獻吉評點，初不假借，不以爲近俳，即以爲太寔。或譏其篇章雖多，事重意複；或評其藴蓄有餘，變化未至。惟卷末數篇云：「流動工緻，所謂吾見其進也。」是無異師之視弟子。若其文有《擬彭澤士夫送陶潛解任歸序》，詆之曰：「此篇疑未覩《歸去來辭》而作。」則侮人太甚矣。蒙叟黨護之論，殊不其然。

宫詞

社燕花梢翠尾分，玉樓斜度語朝曛。卷簾忽趁東風入，誤落芹泥濕鳳裙。

謝廷柱 六首

廷柱字邦用，長樂人。弘治己未進士，除大理評事，歷官湖廣按察僉事。有《雙湖集》。

《詩話》：邦用詩如犀麈在握，淨掃游塵。

水亭夜坐

今夜月上遲，前夜月上早。有月景固佳，誰識無月好。天高衆星明，凉意在庭草。風輕螢照樹，夜定魚躍藻。毛髮動蕭爽，塵襟滌煩懆。時序倏將代，浮生嗟易老。北雁今已南，游子在遠道。昨夢江田村，石林淨如掃。獨坐望海亭，把酒看雙島。

茶園市伍家候大巡

微風散輕陰，日色在雲裏。出郭天氣佳，游衍心自喜。肩輿歷青原，瀰瀰見溪水。農家住林藪，前山若屏几。因話田與桑，欣然憶鄉里。

九月六日早發新化

出郭問前路，度溪望千峰。曉雨送薄寒，碧嶂回秋容。人言秋思悲，我愛山色濃。歸興儻如此，宦情渾已慵。故園黄菊花，正及茱萸鍾。佳節不負人，江海愧浮蹤。

過彭澤縣

挂帆過匡廬，檥舟向江縣。彭澤舊知名，淵明今不見。巖松露沾蓋，堤柳風拂面。雖非當時物，過客生愛戀。公如素玉姿，不以緇涅變。又如瑶臺鶴，凡鳥亦知羡。我欲賦弔詞，清詩公所擅。我欲酹一觴，薄酒不堪薦。漲澤曉乘舟，秋濤夜馳傳。區區葵藿心，瑣瑣芹曝善。因公懷昨非，歸里今得便。

夜泊石門

斜陽阜林驛，暗月石門橋。雨暴桑難葉，煙村柳未條。客懷空耿耿，春事竟寥寥。今夜舟中夢，閩山翠欲漂。

宿永峰不果踰十里改宿桐林

數程過百里，天色已黄昏。客問溪頭館，農歸樹裏村。雞豚各籬落，煙火幾柴門。乘夜求安枕，桐林更上原。

明詩綜卷二十八

小長蘆　朱彝尊　録
查山　張士俊　緝評

周用十首

用字行之，吳江人。弘治壬戌進士，除行人，授南給事中，陞廣東左參議，遷浙江按察副使，改山東，歷福建按察使，河南右布政使，以副都御史撫南贛，召還理院事，陞吏部侍郎，尋遷南京右都御史，進工部尚書，改刑部，復召入爲左都御史，秩滿，加太子少保，轉吏部尚書。卒，贈太子太保，諡恭肅。有《白川集》。

王道思云：白川俊才博學，横行制作之林。

王伯穀云：公詩渾而雅，清而質。

《静志居詩話》：白川十齡能畫，長師石田翁，得其指授。詩則别裁風格，取法杜陵。集中詩云：「畫品仍游藝，詩家特擅名。丹青乃餘事，金石自希聲。散地方盤礴，諸公孰老成。輞川稱二絶，早晚慰平生。」蓋以摩詰自喻也。余嘗見公畫龍，戲浪穿山，蜿蜒升降，百年絹素，雲霧猶濕。至寫平坡放犢，亦不減史道碩、厲歸真，乃知公藝事兼能，不惟以經濟文章重也。

清都

惟昔游清都，眷兹固難忘。此日復何日，真宰垂謙光。合沓來天人，羽儀紛成行。被髮乘麒麟，赤脚踏鳳皇。層霄何嵬嵬，瓊宫互相望。六丁啓九關，稽首朝紫皇。紫皇顧之笑，置我玉座旁。當筵舉北斗，爲我酌酒漿。一酌好顔色，再酌生樂康。羲和鞭白日，回車息扶桑。夜半聞天雞，九州但茫茫。

思古

古人不可見，要見古人心。羲皇日已遠，河嶽徒高深。焉知千載後，無人復思今。爲君歌所思，清風激商音。

恥菴

子車古有訓，人不可無恥。悠悠下千載，聞者乃興起。清風濯厚顔，伊人欲何俟。西山伯夷薇，東海魯連水。願言謝賢達，毋獨爲君子。

謝趙宗伯惠米蔬

一行作法吏，俛首事案牘。凡百慎期會，惴惴憂覆餗。朝廷務寬大，幸不蒙顯戮。奪俸十二月，一千九百斛。平生媿素飽，遠謀鄙食肉。薄罰分所甘，入市求脱粟。同年松雪翁，早歲辭厚禄。有田西湖濱，耕穫任僮僕。豈惟充倉箱，亦以給賓族。使者持書來，顔色照牆屋。傾奩流白脂，粒粒如選玉。病夫笑開顔，一月啗糜粥。漑釜汲新泉，爲報午炊熟。推枕加一餐，屬厭捫我腹。勿藥信有喜。便可謝休沐。尚懷緇衣詩，爲公且三復。

耕雲

桐丘先生笑開口，問我湖田不知畝。一卷神農百穀經，今日居然落我手。農夫十耦牛十角，公家什一我什九。大田之稼歲十千，與公歲歲爲春酒。

聞詔

哀痛開新詔，孤臣海上還。塵沙新肉骨，涕淚舊江山。罪薄神明後，生餘齒髮間。君恩知莫報，益厚野人顔。

厓山二首

天王海上難爲國，猶恨祥興似景炎。千里有心求馬骨，六宫無力挽龍髯。已聞南劍仍開府，何事前軍早解嚴。欲把椒漿酹坏土，厓山風急雨纖纖。

何人決策幸揚州，可是諸公爲國謀。但肯十年嘗越膽，不妨九世復齊讎。中原肉骨餘孤子，諸將功勳待列侯。聞説舊時南渡後，有人進講魯春秋。

吴太常諸公九日前一日登清凉寺次韻

清秋何處回高眼，山寺遥臨江水濱。滿地黄花聊避俗，誰家白酒未嘗新。可憐明日是九日，爲問閒人能幾人。且與山靈修故事，已傳西北静風塵。

秋思

黯黯湘雲斷九嶷，娟娟山月照峨眉。西風楊柳渾摇落，莫向江亭賦别離。

魯鐸三首

鐸字振之，景陵人。弘治壬戌進士，改庶吉士，以編修，使安南，累官南國子監祭酒。贈禮部侍郎，謚文恪。有《蓮北》《使交》《東廂》諸集。

李本寧云：先生思深而不苦，骨勁而不厲，情婉而不蕩，事核而不僻，氣平而不餒。山林廊廟，各適其體。

錢受之云：振之沉潛學問，杜門斂迹，焚香危坐，日夜讀書，屢起屢歸，執持名節。爲翰苑師儒之官，誠無媿焉。

《詩話》：文恪以清德稱，恒曰：「人嘗齩得菜根，則百事可作。」君子以爲名言。歸田日，築已有園於宅東，賦之曰：「其蔬則有芥苢葵莧，蘆菔菠菘。芥苗嶺表，山藥土中。春閒剪韭，秋高折葱。豆多豇扁，瓜備西東。瓠較五石，爲劣，芋譬蹲鴟狀同。」蘇子瞻所云「我與何曾同一飽，不知何苦食雞豚」也。又曰：「安予分之所遇兮，求予心之所好。苟沒世其有稱兮，奚外身而有校。」又曰：「人生信亦有涯兮，嗟世事之莫盡。往者幸於免咎兮，來者可諉於余分。」達生之言，猶「恐修名之不立」，庶異乎莊老之指矣。

古塔灘

古塔灘，注山窪，飛湍屈曲如奔蛇。中流惡石故激怒，跳珠濺雪紛交加。鏘鏘爭走萬甲士，剌剌倒露千狼牙。官舟一葉百夫挽，安危秖與毫釐差。我時攀巖過絶壁，四顧莫非猨所家。倦來坐石却俯看，握拳吐舌生咨嗟。九龍山史好奇甚，哦詩但道山水佳。更嗔來日舍舟去，磨崖不及親鐫搨。

鳧洲即事

見說瓜堪摘，閒過洲上來。小船風打去，半日未能回。

莊居漫興

田間事事雖畢，村裏家家未閒。唯有東湖隱者，但從屋後看山。

徐問五首

問字用中，武進人。弘治壬戌進士，除廣平推官，召爲刑部主事，轉郎中，出知登州府，調臨江，遷長蘆鹽運使，歷廣東左布政，以右副都御史巡撫貴州，拜兵部侍郎，改禮部，進戶部尚書。謚莊裕。有《養齋集》《山堂萃稿》。

俞汝成云：尚書詩不刻鏤以爲工，然辭旨平正，足以諷人。

《詩話》：尚書五律，清高深穩。歌行如：「山雞野鶴自啼舞，赤日照耀神仙宮。」「懸厓石壁置臺觀，凌虛下瞰馮夷宮。」「寒潮涌日下孤島，潮回響聒晨昏鐘。」頗具謫仙風骨。

和孫太守朝望登毗盧閣

與客登層樓，鈎簾瞰幽壑。秋色動遥林，千厓自空廓。俯視清川流，或見沙鳥落。凉飈拂襟袂，閒雲漾飛閣。書臺藤薜荒，伊人久云邈。餘香有叢桂，三鯨風前萼。

歲暮

海濱歲云暮，草木尚莽蒼。玄枵隱化機，群蟄寂餘響。誰云果不食，有復繼兹往。充然天地心，生息在反掌。況乃青陽交，和風遍穹壤。陽德嘉再亨，吾亦觀吾養。重關静喧囂，性定道心長。百年日斯征，撫事集遐想。惟當務崇德，不愧兹俯仰。

夜發蕭灘

驛小臨官道，沙長帶水城。山於雲處没，星過渡邊明。瑣瑣非初志，營營嘅此生。北堂凝望遠，秋日萬重情。

卧病

竟日還欹枕，秋風動客歌。青山愁處遠，白髮病來多。生計只書卷，故園空薜蘿。時時問雙鯉，欲寄洞庭波。

早發煙渚

雨色江頭樹，青煙夾路長。遠村回寂寞，白鳥去微茫。楚客歸何日，春江正可航。因思雲嶠句，心折不成章。

何瑭二首

瑭字粹夫，懷慶衛人。弘治壬戌進士，改庶吉士，授編修，轉修撰，謫開州同知，稍遷東昌府同知，陞山西提學副使，改松江，擢南太常寺少卿，署翰林院事，歷工部右侍郎，改户部，復改禮部，陞南京右都御史，贈工部尚書。謚文定。有《柏齋集》。

《詩話》：文定講學，兼明禮儀樂律。其撰《許魯齋祠堂碑》，稱「魯齋以躬行爲急，而不徒事乎語言文字之間；道以致用爲先，而不徒極乎性命之奥」。且言：「近世之士，有志乎聖賢之道，必留心性命。至於修齊治平之方，義利取舍之分，多忽而不省。夫性與天道，夫子罕言；而四教之施，必以文行忠信。則其先者可知已。持論甚篤實。詩特其餘事，然如《九日》和韻，從肺腑中流出，此等作，無論字句之工不工也。

和郭杏東九日韻

重陽細讀黄花句，懷抱因君一暫開。杜甫當年長作客，陶潛此日定銜杯。殊方久廢登高興，青眼誰憐濟世才。北望親闈腸欲斷，塞鴻頻到少書來。

題淮浦卷

長淮之水東南流，美人家在淮上頭。滄波碧石有深趣，朝史暮經無外求。東風側耳聽黄鳥，夜月卷簾招白鷗。畫圖一見擬相訪，何處元龍百尺樓。

李時 一首

時字宗易，任丘人。弘治壬戌進士，累官少傅，兼太子太師，吏部尚書，華蓋殿大學士。贈太傅，謚文康。有《薇花堂稿》。

夏日偶書

卜居地愛城西僻，野水春來自作渠。戶繞山光堪對酒，園收柿葉好供書。青林雨過煙蘿濕，碧沼雲生石竇虚。長者不聞門外駕，小庭新草手閒除。

葉相 一首

相字良臣，江都人。弘治壬戌進士，歷官刑部侍郎，贈右都御史。

史江皋約游芙蓉莊阻雨

細雨芙蓉徑，銜泥客到稀。橋分平野闊，江入曲池微。花怯寒輕墮，鶯愁濕不飛。高雲掩片月，容易送春歸。

林茂達 一首

茂達字孚可，莆田人。弘治壬戌進士，官至大理寺卿。有《翠庭集》。

讀淮陰侯傳

帶礪盟寒霸業空，將壇寂寞幾西風。中原草樹藴秦鹿，雲夢旌旗出漢宫。人代古今雙淚眼，王侯天地一樊籠。赤松始識神仙侶，圯下無慚黄石公。

王尚絅 二首

尚絅字錦夫，郟縣人。弘治壬戌進士，授兵部主事，改吏部，歷員外、郎中，出爲山西左參政，調四川，引疾歸。補陝西，遷浙江右布政使。有《蒼谷集》。

李時遠云：蒼谷詩嚴整可觀。

《詩話》：蒼谷結仲默爲姻婭，訂獻吉、德涵、子衡、庭實、粹夫諸君爲衿契。然其詩如入邪徑狹巷，未達周行，較之升堂入室之彦尚遠。馬伯循序之，止許其能取友，可謂善於立言。然其身後，鄉里私諡曰「貞孝文子」。則文采風流雖不及諸君，而孝行有足尚者。獻吉贈詩云：「宏詞振宛洛，一一中音呂。」未免阿所好也。

土門

蒼蒼土門口，日出逢樵叟。問爾何事來？山中苦無酒。

蔣仲舒云：五絶如此一氣者勝。

送白德明之太原

十載高名專百里，舊遊山水入新詩。雲中樓閣開王屋，春水田疇繞晉祠。

陳霆 三首

霆字聲伯，德清人。弘治壬戌進士，刑科給事中。正德初，謫判六安州，歷山西提學僉事。有《水南集》。

墨布袍

游提刑抗節不仕。

墨布袍，粗且黑。心中事，背上墨。宋時遺黎元版籍，寒暑晴雨寧暫釋。直教蓋棺覆我首領纏我骨。死不在閩廣，生苟依木石。安能易彼章與黻，俛首躬身福州伯。

銀簪詞

沈回奴死節。

爺孃養我身，從小不出戶。銀簪雖掠鬢，荆釵未成婦。蘆港深深孰來此，擾擾紅巾照溪水。無門別逃避，有計深拜跽。奴願從將軍，奴尚真處子。辰良日吉禮所重，野合私從世應鄙。紅巾不疑身免辱，愛生者衆愛死獨。銀簪不刺股，銀簪不錐目。咽喉三寸氣出入，此氣一斷難再續。君不見，元運衰海宇，析人男子官柱國。抱持馬足慌拜賊，頭上朝簪長一尺。

潭水清

洪春春死節。

儂本村田居，無城又無郭。賊多孰備禦，賊少亦驅掠。阿爺到新市，説有官軍駐。官軍快殺賊，殺賊賊當懼。從爺提攜行，忍死事遷寓。一朝賊四合，兵將走不顧。東鄰金帛盡，西舍娥孃去。獨存儂身走無及，道旁空屋爺教入。兔面始藏伏，猨臂已持執。驅至岸，拉上船。回思死清水，勝活污瀆間。仙人潭，深莫比。一生事，一口水。

《詩話》：水南博洽著聞，留心風教，詩不苟作，予録其三篇，稍加删汰。墨布袍者，宋咸淳進士、福建提刑德清游汶魯望所服。元初以遺老薦，授福州總管，固辭不就。題袍背云「前宋遺民，今爲百姓」。雖雨晴寒暑，未嘗解脱。卒葬果山。《銀簪詞》者，德清女子沈回奴，際元末兵亂，匿蘆港中，賊獲之求合，從容語曰：「我閨女也，必擇日具禮乃可。」賊信之，攜至營。是夜拔頭上簪刺喉，死。《潭水清》者，歸安女洪春春，元至正十八年兵亂，父引之避居新市。賊至，匿空舍中。賊入，將逼之，女投水死。三事國史失載，因具詮之。

孫偉二首

偉字朝望，清江人。弘治壬戌進士，官至鶴慶知府。有《鷺沙集》。

俞汝成云：鷺沙詩有自得之趣，而济以精鍛，信其可傳。

《詩話》：鷺沙詩格蒼老，所惜未醇。句如「花邊釣艇閒依岸，葉底潛鱗不避人」，「三日泥穿東郭履，六年人住楚江城」，「屠蘇又醉王正月，童子不嫌吾舊盧」，「澗底山泉攜甕出，籬邊春雨課兒鉏」，「大江水漲孤城小，遠道天寒一雁稀」，「夜久星河在檐宇，天寒鴻雁叫滄洲」，「屋邊晴雨閒禽識，徑裏風泉老竹當」，具饒骨力。

喜雨應吳大參

山下荒畬勢若焚，山人望雨戴爐薰。夜深初見月離畢，曉起忽傳江發雲。造化驅雷從地出，蛟龍卷海上天分。甌污擬遂明農願，敢作爭桑惱使君。

留酌彭敬之

清江一月風兼雨，那復過從問所親。久別那堪經亂日，相逢還阻看花晨。且將決戰東湖略，細語躬耕南畝人。邂逅歸舟莫催急，水煙猶彌岸頭津。

俞泰 一首

泰字國昌，無錫人。弘治壬戌進士，歷官山東參政。有《芳洲漫興集》。

題扇寄邊華泉

木葉迎風下，孤亭傍水開。何時尋舊約，載酒過江來。

范嵩 一首

嵩字邦秀，甌寧人。弘治壬戌進士，累官南京工部右侍郎。有《衢村集》。

過太平府有感

滿汀芳草夕陽斜，長恨春時不在家。昨夜月明鄉夢醒，杜鵑啼上杜鵑花。

徐泰 三首

泰字子元，海鹽人。弘治甲子舉人，授桐城教諭，改蓬州學正，遷知光澤縣。有《玉池稿》。

賣婦謡

東家賣婦江南去，西家賣婦江南去。肝腸寸斷兩不知，涕淚并作河流注。哭聲震天天地悲，道傍觀者各淚垂。人生不幸遭此時，他家食却五歲親生兒。

西陵峽歌

兩山夾江如壁立，千尋萬尋青鐵色。江流如龍山罅來，動地雷聲喧白日。山高不見飛鳥過，舉頭青天一尺多。蒼藤古樹翳滿目，沿厓亂石其奈磊磈巉巖何！嗚呼，峽中之險險莫比，昔嘗聞之今信矣。商人重利却輕生，吾獨何爲亦來此？黄陵廟下不可游，空舲塌洞尤堪憂。十前九却過一險，百夫力盡顛厓頭。垂堂遠遊古所戒，靜言思之心膽駥。中流欲歌行路難，哀猨又起寒煙外。

枝江道中

水落枝江道，風高歲暮天。挂帆煙雨裏，惆悵入川船。

顧鼎臣一首

鼎臣字九和，崑山人。弘治乙丑，賜進士第一，累官少保，兼太子太保，禮部尚書，武英殿大學士。贈太保，謚文康。有《未齋集》。

憫雨

丁丑夏六月，災變良有由。不雨土膏竭，萬木焦林丘。一雨浹旬朔，日夜乃不休。七月日五六，氣候如高秋。雨意轉蕩潏，勢欲漂燕幽。街市潢潦集，淺深可方舟。汩没閭閻失，縱横盆盎浮。薪炭且莫購，安辨米與粦。哀哉彼窮民，衣食恃耕疇。黍稷方垂花，俄頃沉淵湫。所存復幾何，公私尚誅求。老羸力不克，輾轉壑與溝。妻孥互牽抱，蓬垢同纍囚。且忍頃刻活，未暇來日謀。救死及扶傷，哭聲動城陬。雞犬寂不聞，但聞叫鵂鶹。此變未可輕，廣闊被數州。大都尚若斯，僻壤焉能留。少壯罷鉏犂，行復事戈矛。細民本蟣蝨，反面成虎彪。往事足懲創，弭變期交修。我時卧邸舍，霑濡到衾裯。起坐念蒼生，汍瀾涕難收。願水洩尾閭，上通天河流。河邊有天孫，來夕會牽牛。肯以下界苦，愬與上帝不。天聽或在兹，蒼生其有瘳。

謝丕一首

丕字以中，餘姚人，太傅遷子，出嗣叔選。弘治乙丑，賜進士第三，除編脩；忤劉瑾，削籍。嘉靖初，起充日講，累官吏部左侍郎。

行藥歸

徙倚亭欄外，何人共此杯。春風知我意，吹送小舟回。

湛若水二首

若水字元明，增城人。弘治乙丑進士，改庶吉士，授編修，歷侍讀，陞南國子祭酒，禮部侍郎，進尚書，改兵部。謚文莊。有《甘泉集》。

顧玄言云：先生詩醞藉逸秀，得唐人古澹處。

《詩話》：文以載道，詩以言志。不詭於道，勿納於邪，可也。談理學者，必借詩爲證道之言，若禪家之拈頌、說、偈者然，吾不得其解也。司馬遷曰：「古詩三千餘篇，孔子刪取三百五篇，皆絃歌以合《韶武》之音。」則匪獨《關雎》《鹿鳴》《文王》《清廟》也，凡鄭、衛之詩，皆合於《韶武》者也。屈子之《離騷》，至欲詒高辛之鳳皇，留有虞之二姚，捐玦於湘君湘夫人之下女，其爲無禮甚矣。然志出乎正，覽者謂其爭光日月。杜子之詩篇，至比母后於褒、妲，而顯斥其明眸皓齒；目椒房之戚爲麗人，而形容及意態肌膚，其亦不遜甚矣。然志出乎正，論者謂其一飯不忘君。是說詩者，亦觀其志之所存而已，不必盡出於道德之言也。元豐而後理學風雅，截然爲二，大約多祖《擊壤》。言情之作，置之勿道。如「傍花隨柳」，何害於道？程伯淳恐人之議之也，緊接曰：「時人不識予心樂。」「醉擁如花」，何害於情？黄才伯恐人之議之也，亟注曰：「欲盡理還之喻」。古之所謂「發乎情，止乎禮義」者，今之所謂「發乎情，必戾乎理學」者也。甘泉論詩，推崇定山白沙，以定山爲精金干鍊，謂「詩法如是，學者亦必出於是」。吾誠不得其解也。

贈劉都閫

樓船簫鼓動秋清，劍氣寒光下紫冥。想得將軍經略暇，時時騎馬看潮生。

送鄭汝高尹黟縣

黟縣縣前江可憐，青山四塞上通天。長官公暇鳴琴坐，不管桃花開縣前。

顧應祥 一首

應祥字惟賢，長興人。弘治乙丑進士，累官南京刑部尚書。卒，贈太子少保。有《崇雅堂集》。

《詩話》：尚書仕不廢學，含經約史，維日孜孜。其在滇藩，刊草廬吳氏《尚書纂言》，萬里遺書鄭端簡，以序文商榷。手蹟予及見之，端簡爲塗乙數語，并疏大旨於簡端，本今藏予家。集中詩不無蕪累，王元美許其似白太傅，亦微辭也。

海寇

高皇啓天運，龍飛當九五。萬國盡來王，惟詔絶倭虜。惡其性狡猾，外服心跋扈。所以備之嚴，兵防遍斥鹵。後雖容入貢，來往亦有數。奈何海濱氓，趨利者蠭午。自決中夏防，勾引島夷部。偵知我虚實，公然肆侵侮。攻城殺官吏，燎原損稌黍。剽掠辱閨闈，屠僇及乳哺。結巢據險要，呼類益屯聚。

承平紈綺習，詎識干戈苦。聞風輒先奔，墮塹等盲瞽。去年檇李敗，慘極不忍覩。浮骸滿溝渠，行不通商旅。堂堂會城中，三司列文武。長驅且深入，無人敢撐拄。坐令北關外，一炬成焦土。脅從半吾民，如以翼加虎。元帥乃書生，市兒充行伍。縱有百萬家，竟不能彀弩。見説賊兵來，城門已先杜。十室九逃竄，止遺甑與釜。算緡科兵田，招兵沿門户。東南財賦區，中病在肺腑。天子怒按劍，新命改督府。彼倭干天憲，凶殘久自沮。會見一掃平，四方盡安堵。

崔銑 一首

銑字子鍾，安陽人。弘治乙丑進士，累官南京禮部右侍郎。卒，贈尚書。有《洹詞》。

穆敬甫云：文敏著《洹詞》，人知工文，而不知工詩。近體豪雋奇古，足與李、何方駕。《詩話》：《洹詞》不載詩篇，其見録於選家亦少。子得公手蹟，寄張子醇方伯者，有《上陵》《下陵》諸作，録《秋風》一首，存豹半斑。若云「與李、何方駕」，則未見其全不，敢臆定也。

秋風

秋風何蕭蕭，夜夜動林莽。除畹本種蘭，奈此艾蒿長。

陸深五首

深字子淵，上海人。弘治乙丑進士，改庶吉士，授翰林院編修，遷國子司業，進祭酒；謫延平府同知，陞山西提學副使，改浙江，歷江西參政，四川布政使，召爲光禄卿，改太常卿，兼侍讀學士，陞詹事府詹事。卒，贈禮部右侍郎，謚文裕。有《儼山集》。

費子和云：陸公詩歌，雅而莊，婉而諷。左遷以後，略無感時憤俗之意。觀其《發教巖》詩云：「去留俱有適，吏隱欲中分。」此其心豈常有怨尤邪！

王元美云：陸子淵如入貲官作文語雅步，雖自有餘，未脱本來面目。

陳卧子云：子淵氣尚清拔，學非深造，多輕淺之調。

《詩話》：儼山詩，其原出於「大曆十子」，平衍帖妥，如設伊蒲之饌，方丈當前，雖遠羶腥，終鮮滋味。至其折衷經史，練習典章，其所紀載，可資國史采擇。昔朱晦翁譏葉正則知古而不知今，陳同甫知今而不知古，惟許吕伯恭克兼之。儼山亦可無愧伯恭矣。若夫正書似顏尚書，行書似李北海，莫雲卿之論，謂「風力實出趙吳興之上，自董尚書墨蹟盛行，而儼山遂爲所掩」。然尚書論書法，推爲正宗。世有張懷瓘估直，未必定取董而遺陸也。

武鄉山中晚行

落日下西崦，餘光在高樹。水流青山中，人行白雲處。

歸塗絶句

日落山煙紫，林深暝色寒。殷勤問前路，今夜宿新安。

春日雜興

緑楊如綫草如茵，紫竹肩輿白氎巾。不是爲春禁不得，老來心緒最憐春。

中歲

中歲山林頗有情，柳條花蕚弄春晴。日長無事江門外，獨立斜陽看水生。

留别所知

世間好事一百一，春日麗辰三月三。此地故人還故國，他時江北望江南。

張邦奇八首

邦奇字常甫，鄞縣人。弘治乙丑進士，累官南京兵部尚書。贈太子太保，謚文定。有集。

感遇

我昔見孅人，婉戀容色好。貽我瓊玉鉤，願言佩終老。我來既已晚，美人逝不返。薄帷明月夜，使我心悽惋。芳蘭何萎蕤，采之將遺誰。感彼孅人贈，銜恩空淚垂。

迎春

閉門終日坐，不知天地春。鴻鈞一以動，百物相鮮新。憶昨凋落時，梅李各有仁。如今發生氣，亦復資絪緼。達人均四海，愚者分比鄰。嗟予二三友，歡會當及辰。我有一尊酒，可以陶吾真。

送張君用之鶴慶

燕臺一尊酒，送爾滇南行。風塵萬餘里，極目難爲情。故人倏已散，落日玄蟬鳴。曾無别離色，可以觀平生。

送王宜學編修謫官三河驛

若華照四海，靄靄凝浮陰。揮之不可得，憂心日欽欽。嶺南多嘉樹，隆冬見青林。去去遠垢氛，聊以澄煩襟。緑衣無怨言，白華多苦心。願子崇明德，永言終令音。

遊方廣寺簡嚴太史

勝會臻名流，奇探極幽藪。但覓方廣真，不問厓蹊陡。越險倩松喬，躋危病賁黝。巘絶疑天低，阬深詑坤厚。陰風潑地寒，清溪挂厓吼。燕石晴復飛，虯藤凍還走。群峰角伭昂，亂石相牝牡。獲勝古所歡，行疲君莫咎。君看廢寺中，釜塵僧骨朽。朱張獨何人，智勇名斯久。

祝融峰

危峰踰萬仞，衆峰不敢竝。到此得大觀，超然稱心境。捫星或低頭，望日不引領。分明見員儀，怳忽凌倒景。時月當坤陰，霜林肅而靜。我欲回陽春，叩此祝融頂。

鷹逐鷺圖

我觀群鳥中，除却蒼鷹盡凡羽。君不見黃金眸，白玉距，凌空一下急于雨。鷺鷥何不早竄伏，到此驚奔向何許？憶昔在林皋，翻飛矜羽毛。羽毛雖好不中用，憑君識取真英豪。

送王石沙侍御按閩

金門冠蓋下晴曛，一騎青驄萬里雲。明到閩山正秋色，玉簫吹向武夷君。

徐縉 三首

縉字子容，吳縣人。弘治乙丑進士，歷官吏部左侍郎，兼翰林侍講學士。謚文敏。有集。

《詩話》：文敏與獻吉、仲默、昌穀，俱深攬環結綬之好，詩雖平衍，較王錦夫、孟望之似勝。

送徐昌穀使湖南二首

鴻雁惜離群，噭噭鳴不已。如何平生親，奄忽去千里。懷哉可奈何，王事有端委。城南走相送，意逐東流水。駕言度前岡，迤邐歷河涘。道路阻且長，嚴程自兹始。贈子以瓊瑶，酬我一端綺。

昔與子北征，嚴霜拂貂裘。今子遽行邁，春水浮蘭舟。永懷會晤好，重此離别愁。出門望千里，楊柳倏已抽。想見歲月積，回首瀟湘秋。遥窺九疑山，近賦黄鶴樓。嗟哉滯一方，安能從子游。

感遇

朝旦别燕京，景落憩吳船。揚舲發潞渚，伐鼓信洄沿。芳蘭已衰歇，歸鳥紛飛旋。颯颯風揚沙，皚皚冰塞川。黄雲結四野，白霧縈三邊。顧瞻望城闕，參差御飛軒。撫化心愴惻，覽物淚潺湲。行行指舊山，税駕從所便。

周廣一首

廣字充之，山崑山人，弘治乙丑進士，以監察御史劾錢寧，貶懷遠驛丞，移知建昌，再謫竹寨驛丞。寧誅，復官，仕至南京刑部右侍郎。贈右都御史。有《玉巖集》。

遺辰州張尹

江口風逾急，孤舟日已西。多情山上月，相送過辰溪。

黄鞏七首

鞏字伯固，莆田人。弘治乙丑進士，官大理寺丞，天啓初，追贈少卿，謚忠裕。有《後峰集》。林雨可云：先生詩，直而多思，澹而自然。

山中吟

春山澹無姿，春雲濕將雨。隔林有人家，知是雲深處。雲深山徑微，欲往疑無路。不如山中人，只在山中住。

襄陽即事

斷岸移沙觜，江城倚漢濱。山光餘照日，花豔近逢春。勝地登臨遍，東風感慨新。不知耆舊傳，更有姓龐人。

冬日書懷

獨立蒼茫裏，悠悠一轉蓬。風塵連歲儉，湖海又塗窮。野曠飛鳶急，沙寒落雁空。思君何處所，斜日下簾櫳。

謁穎考叔墓

封人千載後，坏土覆孤墳。天下誰無母，如公亦愛君。黄泉歌大隧，白谷翳寒雲。曠世予心感，西風日又曛。

閔子祠

青山環故冢，古木護朱闌。師友諸科最，親闈一子寒。里名今不改，廟貌久猶完。茅土雖封費，終非季氏官。

偶成

三十功名四十歸，山林已自落塵機。罪當萬里投荒服，恩許終身作布衣。雨宿風餐歸路棘，東封西祝諫書稀。扁舟不道江湖遠，回首燕雲是帝畿。

芋園發舟

西風又作扁舟客，沽酒沙頭對夕暉。岸轉青山背人去，江空獨鳥向人飛。十年塵迹今衰鬢，九月嚴霜尚袷衣。望極紫宸天萬里，未容回首戀柴扉。

孟洋 三首

洋字望之，信陽人。弘治乙丑進士，除行人，選爲御史；坐論張桂下詔獄，謫桂林教授，遷知汶上縣，再遷嘉興府同知，陞湖廣僉事，引疾歸；旋起山東僉事，進參議，轉陝西參政，拜僉都御史，巡撫寧夏，改理河道，終南京大理寺卿。有《有涯集》。

杜子材云：望之標格氣骨，頗有矩矱。

王元美云：孟望之如貧措大，置酒寒酸澹泊，然不置腥羶。

穆敬甫云：孟詩逸氣超群，横不可制。與仲默同生一區，足稱二美。

顧玄言云：大理調雅詞綺，高響奇絶，彷彿天台石梁，羅浮水簾。

黄清甫云：洋詩善敍事，長歌宛轉相屬，而意不竭，但少遒耳。

《詩話》：左孝廉舜齊，獻吉外弟也。孟大理望之，仲默外弟也。左詩近膚，孟詩太淺，比於郎伯，邈若雲淵。

贈朱生

與子别離時，乃在瀰水陽。瀰水東西流，往櫂無回檣。還顧桂山隈，城闕鬱相望。修衢帶廣陌，車馬如雲翔。子居貧士里，散帙空盈牀。歲久塗路仄，思心阻且長。一朝時運會，奮飛游帝鄉。戢翼復南旋，問我來建康。驚喜如夢寐，顏色各已蒼。衷情未云極，話言詎能詳。行行度湘川，采掇多蘭芳。無以遐遠故，聊寄莫相忘。

九日次邊青厓太常韻

落帽憐高興，銜杯意轉哀。葉辭霜後樹，人上雨中臺。爲客悲秋盡，思鄉見雁來。百年幾佳節，又負菊花開。

答高大和侍御寄書

舟過衡陽雁已疏，經年那得故人書。一封忽漫來何處，千里殷勤問謫居。海上青驄遥羨汝，湘南芳草正愁予。清秋直北朝星斗，回首雲山萬疊餘。

殷雲霄七首

雲霄字近夫，壽張人。弘治乙丑進士，授靖江知縣，調青田，陞南京工科給事中。有《瀛洲》《芝田》二集。

朱中立云：石川詩得初唐體裁，海嶽之奇氣也。

王元美云：殷近夫如越兵縱横江淮間，終不成霸。

穆敬甫云：殷君與太白山人多倡和，宜其風度似之。

俞汝成云：石川氣逸才雄，思奇語勁，騷壇一勁敵也。

顧玄言云：給事菁藻時髦，才情遒麗。

李時遠云：近夫豪雄逸宕，不羈之才。

錢受之云：近夫詩體偪側，略近繼之，而風調不及。

《詩話》：近夫如傳寫手，欲開生面，而神采未工。然風格自存，終不作鋪眉苦眼求似。

感遇

孤鳥失其林，日暮鳴且飛。風枝棲未定，摇摇將安歸。中洲有芳草，慘澹少光輝。舟楫蕩流波，根株苦無依。悲此遠征人，三代故鄉違。萬里長塗間，安知身是非。東海有釣綸，西山可采薇。悠悠迷方子，誰能識其幾。

長店

大風揚塵沙，白日昏林丘。前塗浩莫辨，聊此停吾舟。崇岡蹲狐狸，高樹鳴鵂鶹。我欲驅之去，惜哉無弓矛。鸞虞嗟已矣，此輩今何求。

夜登定山

朝泛桐江水，夜躡定山石。延蘿踞虎豹，嘘波動潮汐。俯闞馮夷宫，疑入羽人宅。林靜江有聲，雲昏岸無迹。懷哉坐哀聽，戚矣闞遠覿。風勢依峰峻，月色連江白。飛鴻鳴遠浦，潛蛟舞深澤。飄飄千里舟，脈脈獨遊客。乘桴嗟有志，棲巖悲失策。薄宦竟何有，幽期誰與適。覺迷道有獲，含欲情無逆。眷言詠白駒，聊以慰今夕。

宿江陰得太初書

侵晨發毘陵，薄暮及江陰。積雪明高原，歸鳥喧前林。孤舟風雨夕，大江雲霧深。遥遥越鄉感，脈脈游子心。美人隔江浦，寤語安可尋。情至物有合，離析領瑶音。愛賞欣自古，慕群悲獨吟。寄言狂歌客，一尊待吾斟。

虎丘寺

落日青山外，浮雲滄海邊。江山皆勝迹，樓閣自人天。碧草生公塔，丹厓陸羽泉。平生獨往志，欲老翠微顛。

杜楊劉三君子攜酒過官舍次杜韻

縣齋微雨過蒼苔，越客芳尊向晚開。池畔好風驅暑去，松閒明月逐人來。三年戎馬身無定，千里鄉書雁未回。痛飲狂歌聊復爾，不堪愁病兩相催。

漫興

二月澄江春水深，北孤山頭雲陰陰。北孤山頭雲作雨，我欲渡江愁我心。

倪宗正二首

宗正字本端，餘姚人。弘治乙丑進士，選庶吉士，出知太倉州，入副武選；諫南巡，受杖，知南雄府。有《小野集》。

題網魚圖

白白江波紅尾魚，蒲花初發柳花疏。江洲日暮忘歸去，江魚上網不知數。風雨欲來猶不來，篛笠且挂磯頭樹。

爲顧新山題畫用思道韻

久住水東溪，欲往水西去。一夜春草生，溪路無尋處。

孫泰 一首

泰字時寅，歸安人，弘治乙丑進士，官刑部郎，出知成都府，改兖州。有《龍溪藏稿》。

《詩話》：龍溪守兖日，康陵南巡，中涓苛索供億，請以身充役。時同里蔣公瑶守揚州，衛民甚力，扈從貴人相誡謂「湖州人難犯」。及龍溪卒，檢視篋中，僅圖書數卷、衣數襲而已。蔣公廉節略同。今兩家子姓，式微已甚。信夫廉吏不可爲也。

西江道中

九月菰蒲色尚青，芙蓉深淺漾沙汀。一行新雁從天落，我欲圖歸作畫屏。

索承學 一首

承學字遜夫，邳州人。弘治乙丑進士，戶部郎中。有《桐岡集》。

西樓晚眺

在家無事不勞生，暫倚危樓看夕晴。雲裏樹含山外寺，渡頭人語水邊城。荒村茅屋秋砧早，野店漁家晚炊明。吟罷新詩還自和，西風吹落塞鴻聲。

安磐 一首

磐字公石，嘉定州人。弘治乙丑進士，改庶吉士，授兵科給事中，進都給事中；議大禮，被笞，免官。萬曆初，追贈太常少卿。有《頤山集》。

《詩話》：公石集句最工，惜所著《頤山集詩話》罕傳。楊用修述其論詩之旨云：「唐之名家，自立機軸，譬猶群花，各有丰韻。乃或翦綵以像生，或繪畫而傍影，終非真也。」又云：「論詩如品花木，牡丹、芍藥，下逮苦楝、刺桐，皆有天然一種風韻。今之學杜者，紙牡丹、芍藥爾。」其說足以解頤。

題畫

百里同雲雪滿篷，冥冥那復計西東。輕舟不畏邪溪水，朝定南風暮北風。

張寬 二首

寬字德宏，太倉州人。弘治乙丑進士，廣東按察僉事。

周復俊云：張公不以詩名，而標韻自遠。

大駕南郊

行殿彤雲合，晴郊綵仗攢。鑪煙香細細，羽扇影團團。禮樂從周典，威儀盛漢官。帝壇風露肅，轉慮聖躬寒。

早朝

曉日含青陸，疏鐘散紫煙。聞雞頻視夜，騎馬獨朝天。馳道千官肅，梯航萬國先。御爐香不斷，長繞翠華邊。

周宣 一首

宣字彦通，莆田人。弘治乙丑進士，除常德推官，擢監察御史，巡按山西；諫南巡，不死；後出爲山西提學副使，遷廣東按察使，坐事免。有《秋齋集》。

聚書樓

樓外長河練帶斜，河頭水氣欲蒸霞。誰家艇子捕魚過，衝落小桃一樹花。

林文纘一首

文纘字德緒，候官人。弘治乙丑進士，歷官湖廣布政司參議。有《潄芳集》。

再入計

冒寒發江郭，隨衆述所職。驅車策駑馬，夙夜不遑息。行山歷峻阪，遡川履深澤。昔來楓葉青，今往霜林赤。郡縣本舊游，轉盼非疇昔。新知多遷除，故吏半更易。惆悵時物移，銅符猶未釋。服役職所任，詎歎如蓬跡。耿懷抱微誠，天顔期再覲。

田登二首

登字有年，長安人。弘治乙丑進士，河南參政。有《偶山集》。

明妃曲

明妃遠嫁靜邊塵，一曲琵琶萬里身。惆悵西風千古恨，封侯談笑是何人。

巴東峽

晚泊孤舟春水生，遠灘雙櫂片帆輕。消魂一覺鄉心夢，卧聽四山風雨聲。

方獻夫一首

獻夫初名獻科，字叔賢，南海人。弘治乙丑進士，改庶吉士，累官少保，兼太子太保，吏部尚書，武英殿大學士。贈太保，謚文襄。有《西樵遺稿》。

閒居和杜子美韻

問徑隨春草，支筇入午雲。歸來陶靖節，多病沈休文。花氣單衣稱，松陰小簟分。悠然天地別，白日絶塵紛。

嚴嵩十六首

嵩字惟中，分宜人。弘治乙丑進士，改庶吉士，授編修，累官禮部尚書，少師，武英殿大學士。有《鈐山堂集》。

張文邦云：少師詩中典則，其聲鬱律而不恌，其出恬澹而有餘，足以經緯風雅。

王子衡云：介谿詩思沖邃閑，遠在孟襄陽伯仲之間。

唐虞佐云：崆峒子評介谿詩曰：「淡。」石潭翁評介谿詩曰：「達。」達者，其辭和；淡者，其辭平。和平之音，其於古作者庶幾矣。劉介夫云：《鈐山集》詩，宣志理情，和聲昭則，渢渢乎魏晉遺音。

崔子鍾云：惟中詩清婉，而綺不浮其質。

孫鷺沙云：鈐山格致高古，韻度深遠，屬辭景中，游情言外，無近時膚脆之習，而氣機員轉，精采華妙，往往自見於繩法之外。
楊用修云：介谿春容大篇，寒瘦輕俗，不入其胸次。
皇甫子循云：少師詩達而和，澹而平，明潤而婉潔。
穆敬甫云：嚴詩清奇，固聲律家所不廢。
顧玄言云：相君多秀句，大率多類錢、劉。
錢受之云：少師詩名《鈐山集》者，清麗婉弱，不乏風人之致。直廬應制之作，篇章庸猥，都無可稱。王元美爲郎時，譏評其詩，以爲不能復唱渭城者也。
陳卧子云：嚴相氣骨清峭，應制諸篇，頗爲雅贍，特束濕寡自然之致爾。
《詩話》：弘治乙丑殿試，泰陵焚香祝天，願得良輔。不意是榜，乃有分宜，吁可怪也。然分宜通籍，即見知於獻吉、仲默，旋請假還里，讀書鈐山者七年。獻吉遠訪之山中，作《鈐山堂歌》以贈。於時子衡、華玉、廷實、子鍾、允寧、應德輩，交相引譽，又走使萬里，索用修點定其詩，可稱好事矣。其《與友人贈答》詩云：「自非肉食相，藏拙安所宜。」又云：「故園多所歡，薄宦何爲者。」《贈相士顔生》云：「本無蔡澤輕肥念，不向唐生更問年。」一似恬澹自持，無意榮利者。迨爰立之後，驕縱貪黷，忿懥慆淫，失其本心，終以致敗。暮年自序詩集云：「晚登政塗，百責身萃，回憶舊業，如弁髦然。觸口縱筆，率爾應酬，不能求工，亦不暇求工也。」對應德亦云：「少於詩務鍛鍊組織，求合古調。今則率吾意而爲之耳。」分宜能知暮年詩格之壞，而不自知立身之敗裂，有萬倍於詩者。《生日》詩猶云：「晚節冰霜恒自保。」昧心之言，將誰欺乎！而應德翻謂「不煩繩削而合」。若湛元明一序，讀之尤令人張目。不意講學者貢諛乃若是。王元美《樂府變》云：「孔雀雖有毒，不能掩文章。」殆平情之論乎？

贈友

北風吹層波，高帆疾於馬。矯首望雲山，日夕到鄉舍。親友慰遠歸，春杯正堪把。故園多所歡，薄宦何爲者。

阻雨不得登蟠龍

溪上風雨來，颯颯篁竹亂。油雲翳層峰，對面隔霄漢。鳥道紆百盤，龍門在天半。佳期悵緬邈，寒望增淒斷。下馬憩林居，一顧屢長歎。自無飛仙術，安得凌絶觀。

常甫憲副欽之翰檢與予先後登嶽欽之獨值雨同賦

祠謁朝景暉，峰登雲物變。今朝山中客，零雨罷平聲。登踐。林深厓路窄，幽賞不可遍。磴滑危難步，谷暗近莫辨。兹山號靈幻，頃刻殊隱見。叨余上晴巒，萬狀悉輸獻。愧乏摛毫賦，琢句被厓蘚。君侯擅風騷，胸中富溪巘。佳辭出天巧，不復勞洗鍊。巖巒閟輝彩，草樹迷葱蒨。豈被山靈妒，或遭造物譴。并覯欣兹奇，獨往惜已殿。期君嗣芒屐，言保筋力健。

金山

寺擁金山古，江流碧海深。千年此形勝，詞客幾登臨。波浪浮香閣，魚龍聽梵音。晨風渡舟楫，真有濟川心。

西陵觀月

萬古秋天月，西陵午夜看。影流蒼柏罅，光滿碧雲端。節序逢揺落，山河對鬱盤。憑高瞻玉宇，正憶鳳樓寒。

冬閏和李宫諭

歲閏移陰律，寒深值晚冬。市飈連九陌，樓雪俯千墉。宫醖閒能醉，鄉書病懶封。虚慚殿門籍，寂寞卧高春。

崔子謝病還懷寄

相送出郊寺，獨歸愁郭門。春城涉遠道，朝雨戀芳樽。幽夢時或到，素心誰共論。若爲經濟略，歸卧水雲村。

過彭城

十月彭城水，臨觀勢渺漫。客帆牽樹杪，日夕畏風湍。汴泗流爭長，魚龍卧未安。無人守茅屋，寂寞傍江干。

發宜春風雨枉諸公出餞別後懷寄

出郭衆峰暝，蕭蕭風樹鳴。嶺危攀磴上，橋斷涉溪行。四牡勤王事，三湘問楚程。郡齋山霧裏，回望渺層城。

盧溪謁周元公祠

古鎮無監税，高賢有奉祠。位卑名德重，世遠士民思。風月盧溪迴，衣冠宋代遺。停驂肅瞻拜，敢惜去程遲。

石期驛逢李明府

清苦東安令，心期得共論。官看銅綬貴，貧惜布袍温。野樹依巒嶂，春江對驛門。天涯一攜手，風雨送離樽。

謁孝陵

社稷戎衣定，梯航玉帛朝。睹河功戴禹，瞻廟祀宗堯。石馬嘶空翠，金燈照寂寥。遥看鍾阜上，御氣滿層霄。

同徐郡侯登浚渠亭

渠在郡城西，唐刺史李將順所鑿，民賴其利，目爲「李渠」。久湮，徐浚之築亭其上，傍有龍祠。

徐侯亭子李侯渠，水石新呈宿莽餘。秋淨野田聞鸛語，雲深仙洞隱龍居。驅馳暫駐三湘節，登賦初陪五馬車。此日佳遊習池共，他年故事峴山如。

山塘

山塘深且廣，邐迤抱山麓。隔浦見人家，依依桑柘緑。

出仰山

鐘聲在山間，客子出山去。細雨濕春衣，新寒入高樹。

送顧使君華玉赴全州

吴客孤帆楚水涯，碧雲千里度長沙。湘山獨夜看明月，莫聽猨聲便憶家。

明詩綜卷二十九

小長蘆　朱彝尊　録
雪苑　宋　至　緝評

李夢陽八十首

夢陽字天賜，更字獻吉，慶陽人，徙扶溝。弘治癸丑進士，授戶部主事，轉員外郎；應詔陳言，彈壽寧侯張鶴齡，繫錦衣獄，旋釋之；進郎中，代尚書韓文草奏劾劉瑾，坐姦黨致仕。起江西提學副使，一云：降山西布政司經歷，復逮繫得釋。恃氣陵轢臺長，訐奏罷官。寧庶人既誅，坐爲庶人撰《陽春書院記》，獄辭連及尚書，林俊力持之，得免。卒後，弟子私謚「文毅」。天啓初，追謚景文。有《空同子集》。

何仲默云：詩必以盛唐爲尚。宋人似蒼老而實疎鹵，元人似秀峻而實淺俗。僕詩不免元習，而空同諸作，閒入於宋。譬之於樂，絲竹之音要眇，木革之音殺直，若獨取殺直而并棄要眇之音，何以感情飾聽也。試觀江西以後之作，辭艱者意反近，意苦者辭反常，讀之如搖鞞鐸耳。

崔子鍾云：　空同慨然興復古之思，自唐以後無師焉。

顧華玉云：　獻吉詩卓爾不群，或失則㑥，矯枉之偏，不得不然。又云：　空同言「作詩必須學杜。詩至於杜，如至員不能加規，至方不能加矩矣」。此空同之過言也。夫規矩、方員之至，故匠者皆用之，杜亦在規矩中耳。何得就以子美爲規矩邪？

王子衡云：　獻吉游精於秦漢，割正於六朝，以柔澹爲上乘，以沉著爲三昧，以雄渾爲神樞，以藴藉爲堂奥。會詮往古之典，用成一家之言。巨者日融，小者星列，長者江流，闊者海受。洋洋爗爗，無所不極。後有知言之選，歎賞不暇，尚安能爲之揚抑哉！

徐子容云：　空同子詩，衆體兼長，渾厚沉著，格高調古，尤工七言。古歌辭開闔縱横，人不能述者，獨摹寫曲盡，雄健可喜。即錯置杜甫、高適歌行中，莫能辨也。

黄勉之云：　空同先生靈蛇早握，天池獨運，黄鍾特奏，白雪孤揚；主張風雅，深詣堂室。樂府古詩，駸淫漢魏，而覽眺諸篇，逼類康樂。近體歌行，少陵、太白，往哲可淩，後哲難繼。明興以來，一人而已。

陳約之云：　弘治中，文教大起，學士輩出，力振古風，盡削凡調。一變而爲杜，則李、何爲之倡。

楊用脩云：　弘治間，文明中天，古學焕日。藝苑則李懷麓、張滄洲爲赤幟，而和者多失於流易；山林則陳白沙、莊定山稱白眉，而識者皆以爲旁門。至李、何二子一出，變而學杜，壯乎偉矣。又云：　空同以復古鳴弘、德間，觀其樂府，幽秀古豔，有鐃歌、童謡之風。其古詩緣情綺靡，有徐、庚、顔、謝之韻，而人但稱其律詩。予謂空同之可傳者，不在律；空同之律，少陵之餘瀝遺肺耳。

任少海云：　獻吉詩，如媧皇鍊石補天，奔走百靈，雷電、日月、星辰，悉躔爐冶。

徐子元云：　本朝詩莫盛國初，莫衰宣、正。至弘治中西涯倡之，空同大復繼之，自是作者森起。雖格調不同，於今爲烈。又云：　空同崧高之秀，上薄青冥龍門之派，一瀉千里。

穆敬甫云：　李詩雄奇高古，律法嚴整。貫少陵之壘，而拔其赤幟。

邵弘齋云：　國初詩是元，如楊鐵厓、解大紳；　成化間是宋，如陳白沙、莊定山；　至弘、德來，駸駸乎盛唐矣，如何大復、李空同。

皇甫子循云：　薛君采詩：「俊逸真憐何大復，麤豪不解李空同。」夫大復未足於俊逸，空同不全於麤豪也。

王允寧云：　空同有神交無方之用，有精純不雜之體。縱横奇正，不一其裁，粹美同也。珩璜琚瑀，弗一其形，温柔同也。至倒插頓挫之法，自少陵善用之後，空同一人而已。學者未覩其大，漫肆詆醜，以空同掠古市美，比之剽掠。嗟乎！　空同賦才神解，能自作古，假令與李、杜二豪，并生當代，不爲李，則爲杜矣。

徐伯臣云：　獻吉力持氣格，濟以葩豔，可謂雅道中興。　惜其和平之氣未舒，悲凉之情太勝。

袁永之云：　獻吉發憤慧業，掃蕩陳言。　吐詞則振羽沉宫，宣藻則日光玉潔。　維時徐生虎視於荆吳，邊丞蛟躍於齊魯，何子揚瀾於河洛，而君騰踔蹂躪，總統包容，所謂「無可無不可」者也。

周允大云：　獻吉、仲默，一代絶倡，邈焉寡儔。

莫子良云：　近世譚藝之士，獨稱空同、大復二家，至曰「廣長數千里，上下數千年，始得二人」。其見慕如此，豈不以二子詩，遠追蹤於少陵，視三百篇指義特近哉！

何元朗云：　楊東里、李西涯詩，猶沿元人之習。　至空同出，遂極力振起之；　仲默、廷實、昌穀諸人，相與附和，而古風遍域中矣。

王元美云：　李獻吉如金翅擘天，神龍戲海；　又如韓信用兵，多寡如意，排蕩莫測。　又云：獻吉才氣高雄，風骨遒利，天授既奇，師法復古，手闢草昧，爲一代詞人之冠。　要其所詣，亦可略陳：　騷賦上擬屈宋，下及六朝，根委有餘，精思未及。　擬樂府自魏而後，有逼真者，然不如自運，滔滔莽莽。《選》體建安以至李杜，無所不有，第比謝監，未是初日芙蓉，僅作顔光禄耳。七言歌行，縱横如意，開闔有法，最爲合作。　五律及五七言絶，時詣妙境。　七言律雄渾豪麗，深於少陵，抵掌捧心，不能厭服衆志。　又云：　成、弘之際，頗有俊民，稍見一班，號爲巨擘。　然轍不及古，中道便止；　搜不入深，遇境隨就。　北地矯之，信陽嗣起，昌穀上翼，廷實下毗，敦古昉自建安，掞華止於三謝，長歌取裁李杜，近體繼軌開元，一埽叔季之風，遂窺正始之塗。天地再闢，日月爲朗，詎不美哉。又云：國朝習杜數家，華容孫宜得杜肉，臨清謝榛得杜貌，華州王維楨得杜一支，閩中鄭善夫得杜骨。就其所得，亦近似耳。惟夢陽具體而微。又云：涵洪并纖，與亭毒竝，吾推獻吉，然不能諱其滓。

吴明卿云：空同詩縱横跌宕，摇五岳而凌滄洲。

胡元瑞云：李獻吉手擘盛唐之派，可謂達磨西來，獨闢禪教。又如曹溪卓錫，萬衆皈依。

陸羽吉云：成、弘以降，北地信陽諸君子出執牛耳，以凌厲詩壇。宇内譚藝之士，率嚮往之。然蒼素混質，繁音亂雅，揣摹攫攘，勦襲其近似者以爲名，往往炫色澤而之神理，程之於古，無當也。

黄清甫云：昔陳思總東京之闕，謝客振江表之衰，子昂變陳隋之靡。今李公夢陽，湔宗元之陋，斯文肇起，實由於兹，厥功邈矣。其詩專意上摹，逝遵故轍；斷自漢、魏，迄於少陵；少陵以下，薄不經目。故能近謝靡曼，遠標遒舉，一篇一詠，咸有所屬。無論堂室，直將竝驅豪雄之氣，矯然千仞之上。如「時來屠沽奮，跡往英雄傷」，「斗然一峰上，不信萬山開」，「中宵見海日，南斗豁天門」，斯竝純任骨力，振絶鉛華。故能獨挽頽波，屹爲文柱，故嘗之才難與慮始。

王百穀云：明興以來，作者絶少，逮乎正統以後，則益猥弱雕瑣，無足采觀。李君崛起關隴，蛟騰虎視，力挽七朝之廢。古必漢、魏，律必盛唐。一時海岳英靈之士，翕然趨之，風雅之學，亦遂復振。吾獨惜其調高而意直，才大而情疎，體正而意庸，力有餘而巧不足也。何則？矯枉太過，和平不及，摹仿刻深，陶鎔未暇。此猶戰國嬴秦之後，繼以炎劉，方其持寶鍔，斬白蛇，除煩章，削苛政，其功非不快也。然問其詩書，則陸生爾矣；禮樂，則叔孫通爾矣。此李君之詩，撥亂反正之力多，粉飾太平之事少。所謂可與創造，難與守成者也。

馮元成云：空同雄渾悲壯，深於少陵，宇宙間異色絶餤。

孫文融云：空同格律雄渾，真無可疵。其古詩更高絶，近代罕兩。

馮開之云：空同深嗜而冥契者，杜陵。故得其神理，而面目隨之。

江進之云：空同、于鱗，世謂其有復古之力，然二公固有復古之力，亦有泥古之病。彼謂文非秦漢不讀，詩非漢魏六朝盛唐不看。故事凡出漢以下者，皆不宜引用。噫，何其所見之隘也！夫詩人所引之物皆在目前，各因其時，不相假借，如雎鳴、螽斯、桑扈、蟋蟀、樛木、夭桃、芣莒、葛藟，是「三百篇」所用之物也；降而爲《離騷》，則用芷蕙、荃蓀、木蘭、菊英、蛟龍、鳳皇、文虯、赤螭，曾有一物假借於《毛詩》乎？又降而爲唐人之詩，則用江梅岸、柳澗草、林花、乳燕、鳴鳩、群鵶、獨鶴，曾有一物假借於《離騷》乎？非不欲假，目到意隨，意到筆隨，自不暇舍見在者而他求耳。至於引用故事，則凡已往之事，與我意思互相發明者，皆可引用，不分今古，不論久近。乃曰「漢以上故事方用」，此特有見於漢家故事，字眼古雅，遂爲此言。其實繫用之善不善，非繫於古不古也。

錢受之云：獻吉生休明之代，負雄鷙之才，僩然謂「漢後無文，唐後無詩」，以復古自命。

其言曰：「古詩必漢魏，必三謝；今體必初盛唐，必杜；舍是無詩焉。」牽率模擬剽賊於聲音句字之間，如嬰兒之學語，字則字，句則句，篇則篇，毫不能吐其心之所有，古之人固如是乎？天地之運會，人世之景物，生生相續，而必曰「漢後無文，唐後無詩」，立敎不讀唐以後書，此何說也？

陳臥子云：獻吉志意高邁，才氣沉雄，有籠罩群俊之懷。其詩漢魏以至開元，各體見長，然崢嶸清壯，不掩本色，其原蓋出於秦風。

曹溶躬云：獻吉雖産於秦，其父正敎授封丘，遂徙家大梁，故《登科録》直書：河南扶溝人，居於康王城，葬於大陽山麓。然則李、何皆中州人矣。李、王後起，以中原二子自居。

王稱李云：「人龍、自起中原臥。」

李稱王云：「高臥中原堪有客。」又云：「足知上國群公疏，猶作中原二子看。」蓋隱然自比於李、何也。

孫豹人云：先生五言古詩，本於陸謝，句中皆有筋骨。七古能以紀事兼諷議，誦之風飈烈烈。五律意象俱妙。七律高亮，閒入於宋。絶句信手拈來，調絶今古。

俞右吉云：「獻吉五言古詩，康樂以後一人。七言近體，少陵以後一人。七言絶句，太白以後一人。惟五言近體少遜，前賢頗有才多之恨。然如「江從樹裏斷，山入雨中無」，「隴樹迷關道，吴山蔽驛樓」，「揚鞭指河洛，立馬説周秦」，「楚越窗中地，江山戰後容」，「風雲餘霸氣，吴楚混前朝」，「塞口孤城斷，峰腰細澗分」，「林疎山盡出，風順櫓齊開」，「暮雨津城樹，春帆水國樓」，「江山百戰後，登眺兩人初」，爽氣固殊倫也。

《靜志居詩話》：成、弘間，詩道傍落，雜而多端。臺閣諸公，白草黄茅，紛蕪靡蔓，其可披沙而揀金者，李文正、楊文襄也。理學諸公，《擊壤》、打油，筋斗樣子，其可識曲而聽真者，陳白沙也。北地一呼，豪傑四應，信陽角之，迪功犄之，律以高廷禮《詩品》浚川，華泉、東橋等爲之羽翼，夢澤、西原等爲之接武。正變則有少谷、太初，傍流則有子畏，霞蔚雲蒸，忽焉丕變，嗚呼盛哉！獻吉五古，源本陳王、謝客，初不以杜爲師，所云杜體者，乃其摹仿之作，中多生吞語。偶附集中，非得意詩也。至效盧、駱、張、王諸體，特游戲耳。惟七古及近體，專仿少陵；七絶則學供奉。蓋多師以爲師者。其謂「唐以後書不必讀，唐以後事不必使」，此英雄欺人之言。如「江湖陸務觀」，「司馬今年相宋朝」，「秦相何緣怨岳飛」等句，非唐以後事乎？

河之水歌二章　有序

《河之水歌》，李子爲其子作也，以子追不及。

河之水，流濺濺，望父不見立河干。

河水滮滮，舟子摇櫓。東方漸明，我不得渡。

招隱山辭三章

山之桂青青，秋風緑葉冬不零。王孫幾時歸？山空蕙草摧。

山之草萋萋，春風花發桃源迷。子規啼竹陰，日暮愁人心。

秋之夕螢飛，山風霜露霑人衣。洞門翳寒蘿，奈茲華髮何？

左袒行

陵曰不可平曰可，安劉者誰勃與我。寄不信，禄不入。軍左袒，計安出？

朱近修云：此仿西涯樂府而作。

車遥遥

車遥遥，遥遥復邁邁，望見秋塵起。不見車輪轉，知在秋塵裏。

雁門太守行

雁門太守汝何人，治邦三月稱明神。我有牛羊，賊不來掠。我有禾黍，人不敢割。昔我無衣今有袴，著我思禮拜太守。太守不見憐，但聞太守身姓邊，紫髯廣額聳兩顴。太守出門，四牡騤騤。後擁皁蓋，前導兩麾。行者盡辟易，居者不敢窺。旁問太守何所之？云訪城南皇甫規。

楊用修云：神似古樂府，魏晉以下，絶無僅有。

内教場歌

雕弓豹韔騎白馬，大明門前馬不下。徑入内伐鼓，大同邪？宣府邪？將軍者許邪？一解。武臣不習武。奈彼四夷，西内樹旗，皇介夜馳。嗚嘰烈火，嗟嗟辛苦。一解。

轅駒歌

世徑互險夷，富貴安所需。昔爲櫪中駿，今爲轅下駒。白日仰悲鳴，青雲立踟躕。未蒙主人顧，何繇效馳驅。朝思碣石津，夕睇流沙隅。常恐侶凡蹇，棄捐中路衢。

雜詩二首

西國有佳人，獨立青雲端。容豔若桃李，左右佩芳蘭。含思理玉琴，泠泠一何閑。更節有餘悲，曲終再三歎。借問歎者誰，中意難自宣。沉吟攬衣帶，仰視鳴鶴翻。思阻望不申，何況隔丘山。梲榱蝕以傾，梁棟誠獨難。流言播四國，周公有疑患。涼飈激頹景，奄忽不可攀。衆羽日繽紜，朱鳥戢其翰。殺身苟無益，去去從所安。傷哉式微詩，千載起余歎。

發京師二首

驅車彰義門，遥望郭西樹。冠蓋耀青雲，車馬夾廣路。威風何赫奕，各蒙五侯顧。回飈動地起，白日倏已暮。棄擲委蔓草，榮華若朝露。亮無金石交，人生豈常故。絺綌足禦冬，誰念紈與素。愾彼白華篇，氣結不能愬。

蔦蘿附松柏，枝葉固相因。行子戀儔匹，況遇同鄉親。北風起河梁，日暮多飛塵。攜手同車歸，駕言西適秦。道遠長渴飢，客子懷苦辛。仰瞻天漢流，夜永不得晨。驂馬媚其曹，鳴雁各求群。明星出東方，照見車下人。夙興即往道，登彼高路津。還顧望京邑，愴焉何所陳。

衛上別王子

晨風應候至，雞鳴各嚴車。我今游宋中，子當旋舊閭。僕夫理前綏，轅馬悲鳴趨。一别阻秦周，相望萬里餘。首春霜露重，厚汝征衣襦。昔爲同袍士，今在天一隅。故者日以遠，疇能察區區。

贈徐禎卿

獨處忽不懌，攬衣循東廂。樹木何修修，春風起飄揚。我友駕在門，告言適江湘。倉皇挈玉壺，追送臨河陽。顧瞻兩飛鳧，立戲水中央。翩翩厲羽翮，鳴聲一何長。奈何游客子，一別永相望。時澤亮有周，天命固其常。薄終義所劣，別離庸詎傷。懿彼回路贈，慷慨申此章。

贈劉氏

矯矯雲中鵠，忽忽晨南翔。連翩客游子，駕言逝何方。霜露日夜零，東路悠且長。意欲從子逝，我馬玄以黄。徒思諒無益，欲置難遽忘。愛子千金軀，雙親在高堂。

時命篇

代馬不戀越，荆禽豈巢燕。鸜鵒渡汶水，君子憂未然。奈何客游子，率爾辭故山。行獸顧丘林，出雲有歸還。交交聲利塗，軒車日駢闐。誰念牛下人，悲歌夜中歎。豪門有棄繻，我衣恒不完。張儀懼諸侯，泄柳乃閉關。貧賤豈盡愚，時命當自安。

述憤二首

小草生枯桑，芊芊競芳辰。雖云殊本根，寄託各有因。自我罹幽囚，忽焉經浹旬。我兄千里餘，渺渺長河津。妻子日望予，蒼蒼隔西鄰。所幸二三友，笑言越昏晨。宵鐙促燕膝，昵語忘苦辛。患難苟相得，毋論骨肉親。

明月出東方，徒行反家室。室人走相訊，問我何由出。明知非夢寐，欲辯仍自失。喜極雙涕零，轉面各銜恤。垂鐙照緗卷，浮埃滿朱瑟。愁言卒未傾，忽復見晨日。

雜詩

宛宛春田鳩，飛鳴柔且閒。一朝化爲鷹，肅肅厲羽翰。衆禽不敢竝，孤立秋雲端。鳥既不自知，人胡究其然。

予懷百門山水尚矣頗有移家之志交春氣熙忻焉獨往述情遣抱示同好數子

浮海傷固窮，逾河歎誠邁。濯纓萬里流，高視九州外。功成奔運徂，氣至流飇代。淒淒秋柯零，冉冉春條媚。周覽倦河壖，孤悰冀巖瀨。道以沉寂超，賞與崇深會。豈惟肆遠情，亦因謝塵籟。聿想山中人，風吹女蘿帶。折麻凌險屼，采秀越森薈。眷彌志終申，獨往竟誰礙。崪崪太行峰，嶤嶤百門對。抗手別故懽，乘雲弄煙濧。

自大過渡河趨陂沙岡

凌春遠行邁，游目恣沿越。漸辨林中曙，遽失霞上月。觸物誰爲情，悲歎曷可歇。載登隋疆場，況眺宋城闕。陽坡散初柳，陰曲峙寒雪。只此判氣候，豈必殊燕粤。湝湝濁河駛，叟叟晨風發。揚帆截驚瀬，倚櫂望窮髮。鳧雁眇難即，汀蘭翠堪擷。美人既莫期，天路復幽絶。陂岡鬱參錯，岸沙皓明滅。日暮孤雲興，何以慰忡惙。

陽武詠懷陳平張蒼遂及博浪之事

玉璽戒不力，金鏡淪無光。大人既龍興，烈夫亦鷹揚。伊人各乘時，矯若孤雲翔。韓椎豈在屢，秦氣日以喪。六奇佐揮戈，五運開靈昌。時來屠沽奮，跡往英雄傷。平生冀風期，況乃逾故疆。灑淚越修坰，含淒遡河梁。古墳密嶕嶢，春沙鬱茫茫。徒瞻松柏路，詎甲椒蕙芳。遺榮竟何尤，任智終自戕。羨彼赤松遊，援筆即此章。

覽遊百泉乃遂登麓眺望

束髮懷幽奇，覽籍冀有遇。來登百門泉，果協佳勝趣。呰呰員波踊，藹藹浮陽聚。止坎渟泓洌，激石迅湍注。昔聞滄浪濯，今解川上喻。豈惟傷衛歌，兼以發蒙慮。况值春序中，群物已改故。菰蒲冒清深，鱗介各有慕。行羡浴渚凫，静對棲雲鷺。巖扉空潭影，林藹變朝暮。極目北上帆，朝宗感游寓。

德安趨潯陽

始征晨風息，雲流日色展。登陸艱且澀，厲澗一何緬。維時仲秋交，颯颯林飈卷。緑竹垂我車，丹花映行幰。冒巒維有松，繡石盡成蘚。攀搴雖多悦，亘頓乃勞倦。日中迫廬岳，蹊徑愈回蹇。雲湧連遥崿，雨暗失近巘。奔崩萬壑會，嶮絶一徑轉。遽訝川梁没，幸遇石瀨淺。道以習坎利，用待既濟顯。介石諒益固，巨川豈遂眩。誰哉能豫謀，隨寓斯可遣。

白鹿洞遍覽名跡

情高忽凌厲，步健輕巉緬。葛弱亦須捫，厓滑每獨踐。涉清愛重屢，探阻遺驚眩。始兹陟五峰，遂憩松下巘。巖桂紛始華，石耳翠可卷。追想白鹿跡。伊人竟何遣。觸端緒自縈。薜荔況在眼。慨歎意莫置。顧望日已晚。夕湖浴岑峭，流光滅蘭坂。命酒寫幽獨，鳴琴且游衍。

始至白鹿洞

曠哉超世志，緬邈平生思。鬱壹眷名跡，久注匡山陲。南涉枉嘉命，果諧夙所期。仲秋巖壑清，宮館復在兹。白石激寒湍，巖蘿裊空基。黯傷逝者往。密懏來者追。性同道豈隔，塗異理空悲。興言懷昔賢，日竟眺前岐。榛荒徒鬱紆，林崦一何寀。感情匪哀歎，聊詠昭言垂。

赴懷王山作

始臨清溪寺，不謂兹路艱。崎嶇踰南嶺，轉見山鬱盤。重陰起北谷，凍雨響前巒。志定邁孰禦，勇往竟孤攀。挽葛接懸穴，架木凌飛湍。律律巖壑變，颯颯嵐風寒。隔港望絶岫，亭亭已雲端。

廣獄成還南昌候了

夕棲瑞洪渚，遥覽渚北山。相傳洪厓子，乘雲自此閒。履跡今尚存，其人邈莫攀。粤予登征塗，頻年涉閒關。毁譽一嬰心，寤言多所歎。於兹誠踟躕，振衣躡前巒。洚水莽浩浩，驚風蕩回川。欲濟惜無梁，颷輪儻中還。

湘妃怨

采蘭湘北沚，搴木澧南潯。渌水含瑶彩，微風託玉音。雲起蒼梧夕，日落洞庭陰。不知篁竹苦，惟見淚斑深。

宗子相云：顔、謝逸響。

宋轅文云：深秀。

自從行

自從天傾西北頭，天下之水皆東流。若言世事無顛倒，竊鈎者誅竊國侯。君不見姦雄惡少椎肥牛，董生著書翻見收。鴻鵠不如黄雀啅，盗跖之徒笑孔丘。我今何言君且休。

西來行

冬廿六日十二月，西來泛湖雨明滅。雨寒著樹盡成雪，天波霽濛路幽絶。鵁鶄秃鶖立如人，銜魚避船偷眼嗔。雪晴獵夫會尋汝，乘時早可收其身。

土兵行

豫章城樓飢啄烏，黄狐跳踉追赤狐。北風北來江怒湧，土兵攫人人叫呼。城外之民徙城内，塵埃不見章江塗。花裙蠻奴逐婦女，白奪釵鐶换酒沽。父老向前語蠻奴，慎勿横行王法誅。華林桃源諸賊徒，金帛子女山不如。汝能破之惟汝欲，犒賞有酒牛羊豬。大者陞官佩綬趨，蠻奴怒言萬里入爾都，爾生我生屠我屠。勁弓毒矢莫敢何，意氣似欲無彭湖。彭湖翩翩飄白旗，輕舸蔽水陸走車。黄雲卷地春草死，烈火誰分瓦與珠。寒厓日月豈盡照，大邦鬼魅難久居。天下有道四仁守，此輩可使亦可虞。何況土官妻妾俱，美酒大肉吹笙竽。

楊用修云：只以謡諺近語入詩史，而高古不可及。

孫豹人云：贛州賊作亂，都御史陳金奏調廣西狼兵征之，《土兵行》所由作也。此詩當與杜陵《北征》詩并傳。

上元訪杜鍊師

宣皇昔時乘八風，御龍游戲行煙空。馬前兩兩侍玉女，别館多在蓬萊宫。朝天宫中舊時殿，樓臺晝鎖無人見。琉璃井塌青苔滿，松柏森森月如練。嗚呼往事難具陳，燈火如山又一春。北斗壇西訪隱淪，我師黄衫白氎巾。坐我更致西樓賓。玉杯瀲灎赤瑪瑙，織罽四角銀麒麟。酒肉山堆滿堂醉，仙厨往往來八珍。孝宗之朝五真人，師也磊落當其倫。自言召見親賜食，曾把丹書獻紫宸。如今寂寞看春色，銀魚玉帶無消息。豈惟魚帶無消息，欲語吞聲淚霑臆。勸師對此莫酸辛，世間萬事如轉輪。且將芝草供生計，聊與煙霞作主人。月偏彩雲當牖生，旋呼兩童吹玉笙。聞師妙得逡巡術，百壺倒盡還須傾。古來仙子向誰在，飲者翻垂千載名。名垂千載亦區區，酒闌燈昏夜復徂。不見泰陵草已宿，春生樹啼雙老烏。此時亦應群帝趨，金燈翠旗光有無。

奉送大司馬劉公歸東山草堂歌

東山有草堂，縹緲雲嶠孤。前對祝融峰，下瞰巴陵湖。明公昔時此堂居，麋鹿熊豕當窗趨。洞庭日落風浪湧，倒影射堂堂欲動。慘澹誰聞紫芝曲，獨善不救蒼生哭。先帝親裁五色詔，老臣曾受三朝禄。此時邊檄多戰聲，曳履謁帝登承明。謝安笑却淮淝敵，魏相坐測單于兵。九重移榻數召見，夾城日高未下殿。英謀密語人不知，左右微聞至尊笑。自從龍去不可攀，公亦卧病思東山。湘娥含笑倚竹立，山鬼窈窕堂之側。上書苦死只欲歸，聖旨優容意悽惻。内府盤螭縷金織，賜出傾朝皆動色。白金之鋌紅票記，寶鈔生硬雅翎黑。崇文城門水雲白，是日觀者塗路塞。城中冠蓋盡追送，塵埃不見長安陌。人生富貴豈有極，男兒要在能死國，不爾抽身早亦得。君不見，漢二疏，千載想慕傳畫圖。即如草堂何處無，禄食覥竊胡爲乎？乃知我公真丈夫。嗚呼！乃知我公真丈夫。

二月四日部署宴餞徐顧二子

春日載陽官署幽，東吴二子過我游。庭空日斜吏人散，窅然何異經林丘。今晨驚蟄暖氣達，昨夜哀鴻呼故儔。中庭古槐蒼蘚澪，上有百鳥何啁啾。倉庚交交刷其羽，君看巨細各有求。明時冠軒幾邂逅，得暇胡不攀淹留。自從去年識徐顧，令我意氣傾南州。徐郎近買洞庭柁，顧子亦具錢唐舟。浮生飄轉若飛藿，倏忽聚散誰能謀。風光爛熳況復爾，願寫清壺消客憂。故人苦稱不好飲，舉杯入脣還復休。妙歌時時激慷慨，鄙夫何以答綢繆。嚴柝沉沉靜夜色，北斗倒挂城南樓。祗恐天明驅馬出，攬袪延望河之洲。

苦熱諫居參議

豫章之熱真毒淫，六月已破仍不禁。赤雲行空日在地，萬里一望炎煙深。東蒸扶桑榦欲槁，黑河水乾龍不吟。院松亭亭我所愛，比遭摧炙無好陰。縱令跣足欲何往，此地寸冰如寸金。層檐大廈尚喘喙，矮屋茅堂淚滿襟。滕王有閣高百尋，閣下澄江清映心。紫薇使者卧其上，卷幔恰對西山岑。赤脚門子摇大扇，行坐吟哦揮素琴。幾欲往訪簿書積，豈我無酒同誰斟。亭午藴隆潭水沸，蛟蜃下徙鼋鼍沉。何況走原之獸棲枝禽。嗚呼！豫章之熱，其苦有如此，而我胡爲營營，與世爭華簪。

徐子將適湖湘余實戀戀難別走筆長句述一代文人之盛兼寓祝望焉爾

崢嶸百年會，浩蕩觀人文。建安與黄初，叱咤皆風雲。大曆熙寧各有人，戛金敲玉何繽紛。高皇揮戈造日月，草昧之際崇儒紳。英雄杖策集軍門，金華數子真絶倫。宣德文體多渾淪，偉哉東里廊廟珍。我師崛起楊與李，力挽一髮回千鈞。天球銀甕世希絶，鼉掣鯨翻難具陳。洪川無梁不可越，日暮悵望勞余神。徐郎生長蘇臺陰，二十作賦雄海濱。揭來抱玉叩閶闔，長安繡陌行麒麟。是時少年誰最文，太常邊丞何舍人。舍人飄飖使南極，直窮金馬探瀘津。爾雖不即見顔色，夢中彷彿形貌真。余也潦倒簿書客，諸公磊落清妙身。大賢衣盋豈虚擲，應須爾輩揚其塵。休令黼黻怨岑寂，要與琬琰增嶙峋。海陵先生雅愛士，晚得徐郎道氣伸。喬王款接雖不數，邇聞亦欲來卜鄰。驊騮造父兩相值，一瞬萬里誰能馴。都門二月芳草發，御溝楊柳垂條新。徐郎綰牒將遠適，使我旦夕生悲辛。爲君沽酒上高樓，月前醉舞棃花春。天明挂帆向何處，鴻雁哀鳴求故群。南登會稽探禹穴，西浮湘水弔靈均。洞庭波寒木葉下，峽口風急猨嘯聞。司馬太史有遺躅，歸來著書追獲麟。

朝飲馬送陳子出塞

朝飲馬，夕飲馬。水鹹草枯馬不食，行人痛哭長城下。城邊白骨借問誰？云是今年築城者。但道辭家別六親，寧知九死無還身。不惜身爲城下土，所恨功成賞別人。去年賊掠開城縣，黑山血迸鴉翎箭。萬里黄塵哭震天，城門晝閉無人戰。今年下令修築邊，丁夫半死長城前。城南城北秋草白，愁雲日暮聞鳴鞭。

林良畫兩角鷹歌

百餘年來畫禽鳥，後有吕紀前邊昭。二子工似不工意，吮筆決眥分毫毛。林良寫鳥祇用墨，開縑半掃風雲黑。水禽陸禽各臻妙，挂出滿堂皆動色。空山古林江怒濤，兩鷹突出霜崖高。整骨刷羽意勢動，四壁六月生秋飈。一鷹下視睛不轉，已知兩眼無秋毫。一鷹掉頸復欲下，漸覺颯颯開風毛。匹綃雖慘澹，殺氣不可滅。戴角森森爪拳鐵，迥如愁胡眥欲裂。朔雲吹沙秋草黄，安得臂爾騎驅鐵？草間妖鳥盡擊死，萬里晴空灑毛血。我聞宋徽宗，亦善貌此鷹。後來失天子，餓死五國城。乃知圖寫小人藝，工意工似皆虚名。校獵馳騁亦末事，外作禽荒古有經。今皇恭默罷游燕，講經日御文華殿。南海西湖馳道荒，獵師虞長俱貧賤。吕紀白首金爐邊，日暮還家無酒錢。從來上智不貴物，淫巧豈敢陳王前。良乎，良乎！寧使爾畫不直錢，無令後世好畫兼好畍。

錢選畫張果圖歌

張翁紙驢真有無，錢也何意傳其圖。印記雖明幅斷裂，李侯完之亦奇絶。所恨圖尾錢有詩，就蛇添足將無癡。憶昔翁來集賢院，入宫詔許肩輿便。一日聲名人主動，千年面目吾今見。帝貌深沉玉榻雄，侍人一異三人同。漢皇信有瑶池降，秦始枉慕蓬萊通。玄言未竟鈴殿風，寸驢躍出青箱空。有童追捉雙眼紅，此驢蹩躠盤當中。李侯一看一絶倒，每稱獨苦嗟良工。細觀張翁骨格古，徐福五利寧其伍。曰嬪真令天下疑，遄歸轉覺皇心蠱。長生殿前牛女辰，廣寒仙桂舞鸞身。世間但識申師巧，誰解中條放浪人。

洛陽道

桃花馬，金絡頭。白面郎，紫貂裘，三月洛陽道。垂柳蔭清溝。溝水東流不記春，花開花落幾回新。東風日暮楊花起，愁殺高樓獨倚人。

朱遷鎮

水店回岡抱，春湍滚白沙。戰場猶傍柳，遺廟只棲鴉。萬古關河淚，孤村日暮笳。向來戎馬志，辛苦爲中華。

徐墓書張相國碑銘

不讀南州傳，誰知高士心。江城遺像在，春日古祠深。竹鳥嚶嚶合，松牆靡靡陰。曲江千載碣，書罷淚盈襟。

明遠樓春望

貢院初開閣，春陰獨倚欄。柳邊千艦聚，花裏萬家殘。風雨江聲壯，兵戈地色寒。斷腸沙塞雁，群起向長安。

蔣仲舒云：含愁無限。

酬京師友人見寄作

浮雲悲故國，積水起鳴雷。不見長安日，愁登古吹臺。故人三月別，天上一書來。欲問經行處，山中杜若開。

東陂秋汎

久說東陂好，今陪上客遊。綺筵開畫舫，哀笛奮中流。舞每低輕燕，歌先起白鷗。稍前休更進，吾愛荻花洲。

游兵

聞道新開口，游兵未解圍。只須殊死戰，莫放隻輪歸。漢月已自滿，林烏常夜飛。早將書插羽，天子日宵衣。

環縣道中

西人習鞍馬，而我憚孤征。水抱琵琶寨，山銜木鉢城。裹瘡新罷戰，插羽又徵兵。不到窮邊處，那知遠戍情。

赴郊觀宿

城邊水色靜春茅，苑外鶯啼拂露梢。萬戶煙花臨複道，九天宫殿鎖南郊。霓旌夜發清溪繞，彩仗晨飛碧樹交。身到鈞天渾不解，坐聞仙樂下雲旓。

謁陵

本朝陵墓傍居庸，聞説先皇駐六龍。一日玉輿回朔漠，遂令金殿鎖秋峰。明禋衮職雖多預，備物祠官豈盡供。報祀獨知今上切，每於霜露見愁容。

秋懷三首

慶陽亦是先王地，城對東山不窟墳。白豹寨頭惟皎月，野狐川北盡黄雲。天清障塞收禾黍，日落溪山散馬群。回首可憐鼙鼓急，幾時重起郭將軍。

宣宗玉殿空山裏，野寺霜黄鎖碧梧。不見虎賁移大内，尚聞龍舸戲西湖。芙蓉斷絶秋江冷，環佩淒涼夜月孤。辛苦調羹三相國，十年垂拱一愁無。

大同宣府羽書同，莫道居庸設險功。安得昔時白馬將，横行早破黑山戎。書生誤國空談裹，禄食驚心旅病中。女直外連憂不細，急將兵馬備遼東。

穆敬甫云：諸作如雲屯高嶺，風涌飛流。

雪後朝天宫

馬上城中見雪山，白雲蒼霧滿燕關。蓬萊咫尺無人到，松柏黄昏有鶴還。當日翠華游物外，百年金殿鎖人間。浮塵擾擾江湖遠，悵望巖棲不可攀。

艮嶽篇

宋家行殿此山頭，千載來人水一丘。到眼黄蒿元玉砌，傷心錦纜有漁舟。金繒社稷和戎日，花石君臣棄國秋。漫倚南雲望南土，古今龍戰是中州。

潼關

咸東天險設重關，閃日旌旗虎豹間。隘地黄河吞渭水，炎天白雪壓秦山。舊京想像千官入，餘恨逡巡六國還。滿眼非無棄繻者，寄言軍吏莫嗔顔。

别徐子禎卿得江字

我愛南州徐孺子，明瑶美璧世無雙。新從北極看南極，便自吴江下楚江。日落鷓鴣啼廟口，水清斑竹映船窗。禰衡王粲俱黄土，千載何人復此邦。

臺寺夏日

古臺高竝鬱岧嶢，斷墖稜層鎖寂寥。積雪洞門常慘慘，炎天松柏轉蕭蕭。雲雷畫壁丹青壯，神鬼虚堂世代遥。惆悵宋宫偏泯滅，二靈哀怨不堪招。

漢江歌送范子之桂陽

漢江江上鵾鳩鳴，漢江游客無限情。青山落日下帆影，芳草月明聞櫂聲。黄鶴磯頭暮雲盡，鸚鵡洲邊春水生。莫倚仲宣能作賦，洞庭南接桂陽城。

秋望

黄河水遶漢宫牆，河上秋風雁幾行。客子過壕追野馬，將軍韜箭射天狼。黄塵古渡迷飛輓，白月横空冷戰場。聞道朔方多勇略，只今誰是郭汾陽？

王元美云：雄渾流麗。

朱遷鎮

水廟飛沙白日陰，古墩殘樹濁河深。金牌痛哭班師地，鐵馬驅馳報主心。入夜松杉雙鷺宿，有時風雨一龍吟。經行墨客還詞賦，南北淒涼自古今。

東華門偶述

銀甕爛生光，盤龍繡袱香。但知從内出，不省試何王。

贈何舍人

朝逢康王城，暮送大堤口。相對無一言，含悽各分手。

豔曲

父母愛小女，女是聰明子。生不識鴛鴦，繡出鴛鴦是。

曉鶯

晛睆夢中迷，流鶯碧樹西。起來紅日照，已度别枝啼。

雲中曲二首

黑帽健兒黄貉裘，匹馬追奔紫塞頭。相逢不肯通名姓，但稱家住古雲州。

白登山寒低朔雲，野馬黄羊各一群。冒頓曾圍漢天子，胡兒惟説李將軍。

聖節聞駕出塞

千官北首望龍旂，萬國車書集鳳闈。八駿瑶池秋色遠，幾時親擁白狼歸。

送周判官

明鐙緑酒五花裘，客舍新秋螢火流。問君不飲真何事，明日出城風葉愁。

月夜過訪王子

率爾高陽飲博徒，酣歌擊劍膽何麤。金門貴客如相許，徑脱鷫裘付酒壚。

蔣仲舒云：語爽。

夏口夜泊别友人

黄鶴樓前日欲低，漢陽城樹亂烏啼。孤舟夜泊東游客，恨殺長江不向西。

别李生

華也南來送我行，青絲挈酒玉壺輕。滕王閣下江千尺，一曲滄浪萬古情。

送王韶

王郎口談金虎文，自稱師是紫陽君。挂帆明日忽南去，影落龍江五色雲。

經行塞上

天設居庸百二關，祁連更隔萬重山。不知誰放呼延入，昨日楊河大戰還。

歸塗詠古

河濟誰言不共流，青春惡浪古懷州。蕩摇少室三花樹，倒映天壇白石樓。

汴中元夕

中山孺子倚新妝，鄭女燕姬各擅場。齊唱憲王新樂府，金梁橋外月如霜。

京師春日漫興

十日不出花盡開，城南城北看花來。即教閉戶從花盡，莫遣看花不醉回。蔣仲舒云：語老而用意婉。

送人之南郡

鼓刀朱亥本微寒，白首侯嬴是抱關。不爲千金增意氣，祗緣一諾重丘山。

明詩綜卷三十

小長蘆　朱彝尊　録
雪苑　宋　致　緝評

何景明七十八首

景明字仲默，信陽人。弘治壬戌進士，授中書舍人，轉吏部員外，出爲陝西提學副使。有《大復山人集》。

顧華玉云：仲默咳吐珠璣，人倫之俊。

康德涵云：漢、魏以降，訖於開、寶，世代既移，音節斯異。修辭之士，能無惡厥趨，斯已優矣；復能引而上之，不沉流俗，若仲默者，豈非鮮哉！

王子衡云：仲默侵《風》匹《雅》，欱《騷》儷《選》。遐追漢、魏，俛視六朝，温醇典雅。丰容色澤，靡不備舉；規治古調，無所不極。

崔子鍾云：空同方雅簡默，稍飾廉稜，仲默恬淡温孫，不露才美。李之雄厚，何之逸健，宜學者尊爲宗匠。

孟望之云：是時關中李獻吉，濟南邊廷實，以詩文雄視都邑。何君往造語合，乃力變之古，自是操觚之士，往往趨風漢魏矣。

徐子容云：仲默、昌穀，咸懷雋才，與獻吉相頡頏。而二子秀潤清藻，微乏雄渾。

楊用修云：仲默枕藉杜詩，不觀餘家，其於六朝、初唐，未數數然也。與予及薛君采言及六朝、初唐，始怳然自失，然終不若其效杜諸作也。

黄勉之云：大復詩，所謂使集者，宣敬皇帝哀詔時作也，家集者，劉瑾柄國謝病還鄉時作也，京集者，直内閣制勅時作也。

喬景叔云：國初詩尚襲元習，宣、正以來，駸駸如宋矣。先生與諸君子，一變而爲漢、魏、盛唐，起千載之衰，屹然一代山斗。

樊少南云：國朝詩文，至弘治間極矣。先生首與北地李子一變之，古詩擬曹、劉，賦賞屈、宋。天下翕然從風，盛矣哉！千載一時也。

唐虞佐云：仲默詩探冥抉奇，增華漱潤，軋晉魏而上之，一唱三歎，有餘音焉。

任少海云：仲默詩如黄鐘在縣，金石發作，伶坊供奉之官，莫不按宫商，謹節奏。其横放處，如項羽提三尺劍出江東，不必斬將搴旗，而登壇嘯咤，千人皆廢。
徐子元云：大復上追漢、魏，下薄初唐。大匠揮斤，群工斂手。
蔡子木云：明興百六十年，詩文迄無定體。自先生崛起汝南，與獻吉發憤詞林，超覽古始，乃排斥群疑，歸之大雅。何其雄也！
穆敬甫云：何詩清淑典麗，鑑然瑩然，真得風人「温柔敦厚」之旨。
李伯華云：大復詩宗李、杜，文仿班、馬，字兼顔、柳。或與邊華泉、李空同稱爲「海内三才」，或與崔後渠稱爲「中州二俊」，或與關中諸公并吴下徐迪功稱爲「弘德七子」。
王元美云：仲默如朝霞點水，芙蕖試風。又如西施毛嬙，無論才藝，却扇一顧，粉黛無色。
又云：仲默才秀於李氏，而不能如其大。
又云：義取師心，功期舍筏，以故有弱調而無累句。詩體翩翩，俱在雁行。
又云：李源風，何源雅。風故長變，以明志耳。覩其深沉莽宕，激昂鼓壯，喑嗚憯悽，忽正而奇，正若嶽崎，奇若海颸，則李子哉。是故少孫其緣情即象，觸物比類，靡所不遂，璧坐璣馳，文霞淪漪，緒飇摇曳，春花徐發，驟而如淺，復而彌深，疑無踰何子而上者。夫百鳥集於詞林，而二子雄飛，或羊角而横舉，或順飇而肆翔，其九萬里同也。
又云：鳴鸞佩瓊，萬象咳唾，吾推仲默。然不能諱其孱。
汪伯玉云：何、李兩家，遞爲桓文鼓旗，鼓號天下。獻吉非規矩弗由，先生則務底於化。於時主典則者張獻吉，主神解者附先生。要諸至言，各有所當。顧其相直若繩墨，而相濟若和羹。即言逆耳而心莫逆耳，視者勿察也。

黄清甫云：大復詩因意著詞，就詞成篇，故情性沖逸，興象閑雅，曩與李公，共驟詞場，并崇雅道。李則氣勢爲勝，公則風度爲優。

彭子殷云：仲默朗音亮節，惜年弗遐，美而未至。今也拔犓豪之獻吉，壓於其上，天下其誰信之？

屠緯真云：空同雖極力摹古，天才故高，不没雄渾之氣。大復雖不盡摹古，法度故在，都無纖豔之習。此其所以并傳也。

顧玄言云：李、何二學憲，氣象弘闊，詞采精確。力挽頹風，復增古雅。遴材兩漢，嗣響三唐，如航琛越海，輦賮踰嶠；琳闕珠房，輝燦朗映。各成一家。繼而海内翕然景從，爲明音中興之盛，實二公倡之也。二公古體竝出楚《騷》詞、漢樂府，而憲章少陵者，近體猶酷擬杜。李古勝何，如「屯雲出峽，驚風涌湍。波瀾變幻，層彩疊出」。何近勝李，如「石門寒瀑，劍閣朝霞。空中聲色，高遠難攀」。

薛君采云：「俊逸終憐何大復，麤豪不解李空同。」則何似勝李邪？

胡元瑞云：古今才人，蚤慧者多寡大成，大成者不必蚤慧，兼斯二者，獨魏陳思。次則唐王子安，明則何仲默。二子風華神秀，絶自相當。然子安尚沿六代綺靡，仲默一掃千秋茅塞，其識與功，不可同日語也。

又云：　今人因獻吉祖襲杜意，輒假仲默舍筏之説，動以雞口牛後爲辭，此未覩何集者。就仲默言，古詩全法漢、魏；　歌行短篇法杜，長篇法王、楊、四子；　五七言律法杜之宏麗，而兼王、岑、高、李之神秀，卒自成一家，冠冕當代。所謂門戶堂奧，不過如此。「古人影子」之説，以獻吉多用杜成句。故有此規，自是藥石，非欲其盡棄根源，别安面目也。

又云：　李以骨力勝，何以神韻超。學何不至，不失雕龍，學李不成，終類畫虎。

江進之云：　何大復詩，何嘗規規摹古，然已逼古人。

錢受之云：　仲默初與獻吉創復古學。名成之後，互相詆諆；　兩家壁壘，屹不相下。既而王渼陂倒前徒之戈，薛西原分北軍之袒，則一時之軒輊已明，身後之玄黄少息矣。

陳卧子云：　仲默姿制贏秀，神氣和朗。發徽音，吐芳訊，令人有形穢之恥。昔人稱王恭濯濯似春月，柳又評褚書爲瑶臺嬋娟，庶幾近之。

詩云：　有美一人，清揚婉兮，迨將仿佛焉矣。

曹潔躬云：　唐之士人，稱輞川爲「詩天子」，浣花爲「詩宰相」。王諸體精緻，毫髮無憾，若是乎盡善盡美也。杜硬語盤空，頹唐潦倒，若似乎未盡善也。而王聲價反讓杜數等，問之解人，會於心不能言其故也。弘正間，李、何竝起，始而相應，既而相規。李扛鼎拔山，千夫盡廢；何霜葭玉樹，照曜一時。右何者，美其醇而寡疵；　少李者，指其生吞活剝。不知李正藉短以擊長，而何即長反見短。明鏡無塵，不若月中有物。雖稱勍敵，然終遜李一籌。姚仙期云：誦大復詩，如聽雲中奏曲，但覺洋洋盈耳。

孫豹人云：大復五言，句琢字鍊。長歌滔滔洪遠，又復清爽絶倫。五律全法右丞，清和雅正。七律自少陵以外，無所不擬，絶句獨不摹盛唐，秀峻莫比。要之驟而如淺，復而彌深，兩言其定評矣。

沈山子云：大復楚謡漢風，魏製晉造，靡所不有。

《靜志居詩話》：弘、正間，作者倡復古學，同調六七人，李、何實爲之長。李以秀朗推何，何以偉麗目李。其後互相牴牾，何誚李「摇鞞振鐸」，李誚何「摶沙弄泥」。譬之鍼砭，不中腧穴，徒嘵嘵耳。兩君皆負才傲物，何稍和易，以是人多附之。

薛君采詩云：「俊逸終憐何大復，麤豪不解李空同。」自此詩出，而抑李申何者，日漸多矣。

短歌行

冉冉秋序，肅肅霜露。蓄我旨酒，召我親故。鳥歡同林，水歡同源。矧我同鄉，胡能弗敦。耀靈西藏，明燈在室。更長夜良，可以繼日。園有藝菊，庭有樹蘭。秋芳是悦，春榮曷觀。高陵可升，海水可測。出門異路，安知南北。生年幾何，去者日多。子不我樂，聽我短歌。

陳卧子云：弱於曹公，壯於子桓。

塘上行

蒲生寒塘流，日與浮萍儔。風波摇其根，飄轉似客遊。客遊在萬里，日夕望故州。鶗鴂鳴歲暮，蟪蛄知凜秋。暑退厭絺綌，寒至思重裘。佳人不與處，圓魄忽四周。房櫳淒鳴玉，紈素誰爲收。白雲如車蓋，冉冉東北浮。安得雲中雁，尺帛寄離愁。

陳卧子云：婉麗清發，不在建安下。

梁甫吟

君不見，泰山高高梁甫在其半，古來封壇禪地無宫館。厓崩壁坼鐵鎖斷，秦碑漢碣何人看。自從生人開九州，九十六帝行權謀。虎豹啖食龍蛇憂。朝翻暮覆作雲雨，立談坐笑生戈矛。君不見，田疆論功爭二桃，齊門三兵藴野蒿。又不見，魯連辭賞輕千金，却秦救趙何雄豪。眼前無人辨曲直，身後聲名更何益。拂袖空憐蹈海心，護車枉負排山力。梁生《五噫》歌莫哀，東絶梁甫觀蓬萊。千年雲開錦繡壁，五色日抱金銀臺。瀛洲方丈列仙占，文成五利何能驗。徐生入島竟不回，博士儒生盡坑塹。我吟《梁甫》君振衣，世路崎嶇多是非。琅玕芝草海岱曲，釣竿拄杖從今歸。

沈道初云：豪放不在太白下。

采蓮曲

急歌太短緩歌長，清風夕回素雲翔。雙鳧飛起向橫塘，荷花不言空斷腸。明月宛轉流西方，月中白露霑衣裳。紅顔青鬢安能常，萬歲爲樂莫相忘。

獨漉篇

獨漉獨漉，驅車折軸。不畏折軸，但畏車覆。芃芃者蕕，生彼中衢。雖有蘭蕙，當門則鉏。同行竊金，相顧道左。我實不知，彼則畏我。食荼知苦，食梅知酸。狐裘之敝，可以禦寒。有虎斑斑，伏于林下。我欲射虎，愧無勁弩。肅彼北風，渡彼中流。豈不懷歸，與子同舟。

宗子相云：絶似古逸詩。

白紵歌

手中色絲舊所治，青紅碧緑當自知。衆中不語心向誰，感君厚恩私念之。東流之水不西馳，泰山在前不可移。紅顔白首奚足辭！

行路難二首

牀有織綺，篋有織素。請君視綺還視素，憐新不如莫棄故。樽中有酒盤有餐，聽我爲歌行路難。衆中歡樂多志氣，豈知他人不得意。白日有時不照地，安得保君常不棄。

陳卧子云：結句無嫌質直，樂府本色也。

天河熒熒西北轉，織女牽牛不相見。由來天上亦别離，何怪人間有悲怨。世情磷薄惡衰賤，駕車騎馬有人羨。少年不得君愛惜，紅顔勝人亦何益。

吴明卿云：悽惋。

俠客行

朝入主人門，暮入主人門。思殺主仇謝主恩。主人張燈夜開宴，千金爲壽百金餞，秋堂露下月出高，起視厩中有駿馬，匣中有寶刀。佩刀躍馬門前路，投主黄金去不顧。

車遥遥二首

寒雞喔喔知夜半，鄰翁舂粱婦炊飯。僕夫聞雞趣車起，欲明未明行十里。火輪飛出扶桑霞，羲和騎龍鞭日車。君看日亦無閒時，我車安得常在家？車遥遥，望望行塵滅。但聞上車語，不得下車别。

秋江詞

煙渺渺，碧波遠。白露晞，翠莎晚。泛緑漪，蒹葭淺。美人立，一作泣。江中流。暮雨帆檣江上舟，夕陽簾櫳江上樓。舟中采蓮紅蕅香，樓前踏翠芳草愁。芳草愁，西風起。芙蓉花，落秋水。江白如練月如洗，醉下煙波千萬里。

陳卧子云：輕秀之詞不傷古質，所以大雅。

雙燕篇

雙燕何翩翩，飛去仍徊翔。依依止畫閨，繾綣鳴東廂。昔來屆陽節，今去易寒凉。祇恐秋風高，海路多煙霜。雙飛入君戶，雙棲在君梁。被蒙君仁惠，彈射不相妨。養雛毛羽成，送雛還故鄉。雖無黄雀報，歲願巢君堂。

種麻篇

種麻冀滿丘，種葵冀滿園。孤生易憔悴，獨立多憂患。當行思故旅，當食思故歡。先機失所豫，臨事多嗟歎。升蕭艾乃至，鉏桂致傷蘭。物理有相附，疇能識其端。斷金俟同志，抱玉難自宣。交結良匪易，君當圖未然。

陳卧子云： 陳思君子之遺。

易水行

寒風夕吹易水波，漸離擊筑荆卿歌。白衣灑淚當祖路，日落登車去不顧。秦王殿上開地圖，舞陽色沮那敢呼。手持匕首摘銅柱，事已不成空罵倨。噫嗟嗟，燕丹寡謀當滅身，光也自刎何足云，惜哉枉殺樊將軍。

莫羅燕

羅雀莫羅燕，燕飛在高殿。殿高且深誰得見。主人垂幕高殿中，燕來徘徊不敢通。楊花落，燕出啄，童子張羅逐黄雀，黄雀入羅燕入幕。

明月篇有序

僕始讀杜子七言詩歌，愛其陳事切實，布辭沉著，鄙心竊效之，以爲長篇聖於子美矣。既而讀漢、魏以來歌詩，以唐初四子者之所爲，而反復之，則知漢、魏固承「三百篇」之後，流風猶可徵焉。而四子者，雖工富麗，去古遠甚。至其音節，往往可歌，乃知子美辭固沉著，而調失流轉，雖成一家語，實則詩歌之變體也。夫詩本性情之發者也。其切而易見者，莫如夫婦之間。是以「三百篇」首乎「雎鳩」，六義首乎「風」。而漢魏作者，義關君臣朋友，辭必託諸夫婦，以宣鬱而達情焉，其旨遠矣。由是觀之，子美之詩，博涉世故，出於夫婦者常少，致兼「雅」「頌」，而風人之義或缺。此其調反在四子之下與？暇日爲此篇，意調若髣髴四子，而才質猥弱，思致庸陋，故擒詞蕪紊，無復統飭，姑録之，以俟審聲者裁割焉。

陳卧子云：此序深得風人之旨。

長安月，離離出海嶠。遥見層城隱半輪，漸看阿閣銜初照。瀲灩黄金波，團圞白玉盤。青天流影披紅蕊，白露含輝汎紫蘭。紫蘭紅蕊西風起，九衢夾道秋如水。錦幌高褰香霧濃，瑣闈斜映輕霞舉。霧沉霞落天宇開，萬戶千門月明裏。月明皎皎陌東西，柏寢岧嶤望不迷。侯家臺榭光先滿，戚里笙歌影乍低。濯濯芙蓉生玉沼，娟娟楊柳覆金隄。鳳皇樓上吹簫女，蟋蟀堂中織錦妻。別有深宫閉深院，年年歲歲愁相見。金屋螢流長信階，綺櫳燕入昭陽殿。趙女通宵侍御牀，班姬此夕悲團扇。秋來明月照金微，榆黄沙白路逶迤。征夫塞上行憐影，少婦窗前想畫眉。上林鴻雁書中恨，北地關山笛裏悲。書中笛裏空相憶，幾見盈虧淚霑臆。紅閨貌減落春華，玉門腸斷逢秋色。春華秋色遞如流，東家怨女上妝樓。流蘇帳卷初安鏡，翡翠簾開自上鉤。河邊織女期七夕，天上嫦娥奈九秋。七夕風濤還可渡，九秋霜露迥生愁。九秋七夕須臾易，盛年一去真堪惜。可憐揚彩入羅幃，可憐流素凝瑶席。未作當壚賣酒人，難邀隔坐援琴客。客心對此歎蹉跎，烏鵲南飛可奈何？江頭商婦移船待，湖上佳人挾瑟歌。此時憑闌垂玉箸，此時滅燭斂青蛾。玉箸青蛾苦緘怨，緘怨含情不能吐。麗色春妍桃李蹊，遲輝晚媚菖蒲浦。與君相思在二八，與君相期在三五。空持夜被貼鴛鴦，空持暖玉擎鸚鵡。青衫泣掩琵琶絃，銀屏忍對箜篌語。箜篌再彈月已微，穿廊入闥靄斜暉。歸心日遠大刀折，極目天涯破鏡飛。

沈道初云：精神韻調，駸駸軼少陵，而方駕王、盧。

《詩話》：初唐四子體，今人棄之，若土苴矣。然其音節宛轉，從六朝樂府中來，初學者正不可不知也。仲默《明月篇》擬議頗工，未墮惡道。

子美詩云：「王楊盧駱當時體，輕薄爲文哂未休。爾曹身與名俱滅，不廢江河萬里流。」其論詩之指若此。然則初唐亦豈可盡廢乎？

送張子

我視人之疢，如栽我躬。勿曰行弗動，勿曰言弗用，勿曰我寡，憚彼有衆。

顧文玉云：章法自楹杖二銘來。

清平令

清平縣之令，不識何爲者。庭前長野桑，庭後長山櫝。猛虎上我城，青狨啼我舍。昨日出城去，騎馬到部下。部民道遮之，持刀殺其馬。入門顧妻子，所居無完瓦。秋風吹樹木，白日落原野。永夜空城中，哀哀淚如瀉。

平越

清晨發平越，霧暗山益密。僕夫各相戒，路遠恐迷失。薄午游氣清，參差衆峰出。雞鳴溪谷中，始見厓上日。雲葉分杳冥，高原被華實。秋風起叢林，興感乃非一。悠悠遠行邁，歷險難具述。

城南婦行

城南有寡婦，見客泣數行。自言良家女，少小藏閨房。青春嬌素手，白日照紅妝。父母偏見憐，嫁我不出鄉。前年獮魯亂，腥穢入我堂。弟兄各戰死，親戚俱陳亡。嗟哉華豔質，忍恥罹兇強。憂愁雲髮變，辛苦朱顏傷。昨聞故夫在，消息通兩方。百金贖我身，三年歸舊疆。歸來門巷異，人少蓬蒿長。

轉盼夫亦死，兒女空在旁。薄田無耕犢，寒臘無完裳。人生固有命，妾獨遭此殃。況復官軍至，燒焚廬井荒。主將貪賄賂，百死不一償。朝廷自有法，出師亦有名。妾身何足道，無乃乖天常。

泊雲陽江頭玩月

扁舟泊沙岸，皓月出翠嶺。開窗鑒清輝，照我孤燭冷。高林散疏光，遠渚接餘景。縱横銀漢回，三五玉繩耿。弦望幾更易，客行尚殊境。佳期邈山嶽，端坐令人省。

沈山子云：詩品在大小謝之間。

五平五仄體

秋原何蕭蕭，耳目去雜茸。枯荷猶穿塘，苦瓠尚抱隴。寒風吹空林，落日照古冢。徘徊觀陳蹤，露下髮忽竦。

孫豹人云：風稚互作，雜體竝生，五平五仄，亦具體也。此詩不見平仄之迹，乃運思之神。更有七平七仄，如「吐舌萬里唾四海」「七變入臼米出甲」「離袿飛鬌垂纖羅」「梨花梅花參差開」是也。

七夕

逝節忽不處，佳夕復我臨。神飇汎光蕙，渥露霑華林。緬彼牛女會，兹端竟難諶。形影懵相望，胡由接徽音。飄颻翠龍駕，髣髴青瑶簪。長河坐移轉，素波歛西沉。靈彩欻以晦，游雲起層陰。同歡戀膠漆，異處悲辰參。翹思慕遠匹，感此涕流衿。

陳卧子云：微詞雅奏，不減惠連。

十三夜對月

閒居愛明月，良節復與俱。金魄麗秋闉，皓彩揚雲衢。澄空歛霜煙，清飇蕩中區。徘徊廣庭内，改席臨方除。顧景怵衷慮，興心念居諸。天道遞消長，戒之在須臾。懷謙可久安，盛滿豈恒居。孰云質靡盈，所貴光不淪。

十四夜同清溪子對月

林塘枉佳客，待月欣舉觴。今夕勝昨夕，已見生東方。離離絳霄側，冉冉素雲揚。踰時灝氣徹，縣耀天中央。仰視渺難即，忽覺在我旁。清池舍微波，左右浥流光。月行固當望，人會何能常。與子各鄉域，邂逅臨此堂。良時不屢值，明月安可忘。醉歌答永夕，和我窈窕章。

十六夜月

日夕城煙斂，列宿出復多。開軒望明月，展席流素波。員輝雖少虧，猶能遍天涯。單居一作翫。不爲樂，念遠徒咨嗟。美人越崇京，高樓結綺霞。浮雲暮長征，何由覩光華。迅飆萬里至，霜霧日以加。坐憂桂枝歇，委落同泥沙。清輝苟相照，豈慮天路遐。

十七夜月

更深月復明，揚秀青雲端。浮飆倏以寂，長川靜波瀾。徘徊廣除下，白露棲崇蘭。仰見城西樓，回光照文軒。樓中織綺女，延頸獨哀歎。哀歎未終已。素河横西山。逝魄不長望，玉貌寧久妍。君毋吝光惠，使我芳歲闌。

擣衣

凉飆吹閨闥，夕露淒錦衾。言念無衣客，歲暮方寒侵。皓腕約長袖，雅步飾鳴金。寒機裂霜素，繁杵叩清砧。哀音緣雲發，斷響隨風沉。顧影惜流月，仰盼悲横參。路長魂屢徂，夜久力不任。君子萬里身，賤妾萬里心。燈前擇妙匹，運思一何深。裁以金翦刀，縫以素絲鍼。願爲合歡帶，得傍君衣襟。

陳臥子云：蕙心蘭質，綺羅如在，元美所謂「却扇一顧」時也。

擬古詩四首

名都有高樓，上入青雲端。修城延曲隅，阿閣交重闌。佳人理清曲，當戶横朱絃。揚音采霞裏，令顔誰不觀。賓客會四座，絲竹哀且繁。日中車馬至，薄暮皆來還。聽曲各言好，知音良獨難。

淒淒仲秋日，百卉腓以殘。凉風入階樹，零露摧庭蘭。明月皎東壁，昆蟲鳴草間。孤鴻暮安適，哀音揚雲端。眷言平生友，振翮起一作蕩。孤騫。遺我若逝波，望子如高山。託忱在終始，蓄久諒逾宣。寸心不可移，磐石誰謂堅。

人生百年内，胡爲形所役。登高覽九原，但見松與柏。徘徊故里閭，念我平生戚。斗酒相存問，度阡復逾陌。上堂展殷勤，華燈永今夕。何必傾庶羞，濁沽聊與適。朱顔難可常，鬒髪會當白。徧觀四海人，誰爲不死客。良時弗爲歡，衰暮歎何益。死者長不作，生者長不息。日月更相送，萬古安所極。

素絲有蒼黄，岐路多南北。在家常相問，出門安可測。落木歸本根，飛鳥戢羽翼。客游在萬里，終當還故域。

繁霜降秋夜，膏火寒無光。淒風舉帷幄，素月流中房。客行在殊境，一作「君子事行役」。獨處誰與將。仰視天上星，羅列皆成行。牛女獨何辜，煢煢守河梁。嗟無臨風翼，欲去不得翔。引領長太息，涕泗徒霑裳。

贈王文熙

行子夜中起，月没星尚爛。天明出城去暮薄長河岸。草際人獨歸，煙中鳥初散。解纜忽以遥，川光夕淩亂。

津市打魚歌

大船峩峩繫江岸，鲇魴鱍鱍收百萬。小船取速不取多，往來抛網如擲梭。野人無船住水滸，織竹爲梁數如罟。夜來水長没沙背，津市家家有魚賣。江邊酒樓燕估客，割鬐斫鱠不論百。楚姬玉手揮雙刀，雪花錯落金盤高。鄰家思婦清晨起，買得蘭江一雙鯉。簁簁紅尾三尺長，操刀具案不忍傷。呼童放鯉潎波去，寄我素書向郎處。

陳卧子云：調古詞俊。

偏橋行

城頭日出一丈五，偏橋長官來擊鼓。山南野苗聚如雨，三尺竹箭七尺弩。朝出射人夜射虎，男解蠻歌女解舞。殺血祈神暗乞蠱，沙蒸水毒草根苦。上山下山那敢戲，蠢爾苗民爾毋侮，虞庭兩階列干羽。

寄李空同

黄河臘月水十丈，縱有鯉魚那得上。楚天鴻雁避霜雪，未得逢春難北向。康王城邊沙草曛，梁王臺上多暮雲。野人歲晚誰相對，桐柏山中空憶君。

陳卧子云：盛唐。

官倉行

長棘周衺三丈垣，高門鐵鎖緘兩關。黄鬚碧衫下廒吏，白板朱書十行字。帳前喧呼朝不休，剪旌分隊聽唱籌。富家得粟堆如丘，大車檻檻服兩牛。鄉閒餓夫立牆下，稍欲近前遭吏駡。

吴偉江山圖歌

吴偉老死不可見，人間畫史空嗟羨。吾觀此卷江山圖，飄然意象臨虚無。想當濡毫拂絹素，酒酣落筆神骨露。萬里青天動海岳，空堂白日流雲霧。洲傾岸側波嶺銜，島嶼倒影翻源潭。江邊萬舸一時發，中流颯颯開風帆。崩濤湧浪勢難久，漁子舟人各回首。去雁遥知七澤中，落花誤認三江口。煙峰蒼茫貌二叟，面髮衣冠頗矗醜。石林沙草恣點染，舒卷滄洲在吾手。憶昨弘治間，偉藝實絶倫。供奉曾逢萬乘主，招邀數過請侯門。京師豪貴競迎致，失意往往遭訶嗔。由來能事負性氣，轗軻貧賤終其身。嗚呼吴生不復得，剩水殘山轉悽惻。此卷流傳天地間，我即見汝真顔色。

吴偉飛泉畫圖歌

長安獨過田子舍，留我一翫飛泉畫。絶壁如聞風雨來，晴天安得蛟龍挂。吴生跌宕得畫理，潦草落筆皆可喜。飛泉却出沓嶂間，山即真山水真水。客堂六月生晝寒，耳中髣髴高江灘。源潭窈窕不可測，波浪洶湧多奇觀。泉邊二老顔色異，偶坐似是莊與惠。萬里誰論到海心，百年詎識臨淵意。偉哉田子今儒宗，文標南指匡廬峰。不須對此更惆悵，會觀瀑布青天上。杉風松日隔縹緲，雲瀧雪瀨何雄壯，我常夢往神空向。豈無吴生好手筆，爲我寫寄廬山障。

吴明卿云：氣韻生動，畫中山水人物，歷歷如覩。

畫魚

大魚昂藏若人立，衝波跋浪風江急。旁觀二鯉各有神，倏忽波濤隨出入。中堂髻鬣動杳冥，坐久始識爲丹青。青天萬里拂絹素，筆力咫尺開滄溟。禹門天池雲霧裹，白晝雷霆行地底，何人有力移置此。

酒酣相視一改容，只愁化作三蛟龍。

楊用修云：雄奇排宕，直踞少陵之壘，可奪獻吉之幟。

子昂畫馬歌

學士宋王孫，畫馬皆龍姿。曾寫飛黄出天厩，尚留雲影落瑶池。池頭馬官錦韉袴，緩鞚長牽時拂顧。萬里精神開絹素，百年馬鬣生風霧。吁嗟内乘無人識，想見奔騰過都國。翠仗朱軒數往來，金羈玉勒增顏色。只今天子罷南征，又聞東巡遼海城。安得四馬忽然生，登臺一顧千金輕，天上長隨八駿行。

鄭平子云：仲默《畫馬》二篇，比之杜陵，雄偉少遜，而逸宕有餘。

畫馬行

畫馬如畫龍，縱横變化當無窮。吾觀月山子，落筆窺神工。曾向天閑貌十萬，十萬意態無一同。此馬傳來幾百年，古絹猶開沙漠風。樹裏河流新過雨，簇簇草芽寒刺水。圉人雙牽臨水邊，草色離離亂雲綺。令人疑到渥洼旁，波底風雷鬭龍子。細看不是白鼻騧，恐是當朝獅子花。紫燕纖離各惆悵，其餘努劣何足誇。憶昔愛馬不惜千金貨，君王勤政樓頭坐。奚奴黄衫雙繡韉，厩中騎出樓前過。紅帕初籠汗血香，玉鞭輕拂桃花破。吁嗟玩物竟何益，遺跡徒使丹青播。只今烽火西北來，沙場未聞千里才。千里才，固有時，回頭爲問御者誰？君不見古人養馬如養士，一飽能酬千里志。今人養馬如養豚，廄下常摧蒺藜刺。古之良馬何代無，可笑今人空按圖。

《詩話》：仲默題畫諸篇，源出杜陵，匪徒貌似，神亦似之。

辰溪縣

早發辰溪渡，清川喜泛舟。山城鼓粉堞，江驛映朱樓。雨驟沙頹岸，天寒水露洲。蠻音聞漸異，迢遞動鄉愁。

峽中

自昔偏安地，于今息戰侵。江穿巫峽隘，山鑿鬼門深。濁浪魚龍黑，寒天日月陰。夜猨啼不盡，淒斷故鄉心。

月

片月中秋近，輝光一歲無。天清驚塞雁，夜冷落楓烏。不寐知宵永，無言對影孤。更深何處沒，萬里墮江湖。

殿試宿禮部和馬張二光禄喬直閣諸公

東閣春朝晚，南宫夜宿深。鎖闈猶月色，閑閤更松陰。地迥神仙接，天低象緯臨。諸君清廟作，三歎有餘音。

蔣春甫云：下字虚實俱鍊。

懷沈子

沈生南國去，别我獨悽然。落日清江樹，歸人何處船。十年安陸舍，數口太湖田。想到鄉園日，生涯亦可憐。

沈山子云：極似襄陽。

十四夜

水際浮雲起，孤城日暮陰。萬山秋葉下，獨坐一燈深。白露蒹葭落，西風蟋蟀吟。關山今夜月，横笛有哀音。

送曹端卿謫尋甸

逐客滇南郡，雲天此路長。高秋行萬里，落日淚千行。作賦投湘水，題書寄夜郎。殊方氣候異，去矣慎風霜。

陳臥子云：似高常侍。

九日夜過劉以正別士奇

重陽愁獨酌，深夜喜相過。萬里惟秦客，三杯亦楚歌。霜笳沈海月，風雁起滹沱。醉別黄花去，能忘白玉珂。

送彭總制之西川

蜀道青天上，岷山赤日西。九重連授鉞，萬里動征鼙。開府松杉静，懸軍玉壘低。知公安蜀計，諸葛大名齊。

楊用修云：森嚴莊重。

得五清先生客澧州消息悵然有懷

憔悴東都士，吾師更可嗟。三年爲逐客，萬里未還家。暮阻巴山雪，春行楚岸花。江湖無路覓，流涕望天涯。

《詩話》：五清先生，内江人，南京禮部右侍郎、贈尚書、謚文肅、劉公瑞也，字曰德符，山東按察僉事時敦之子。中弘治丙辰進士，正德丁丑，以按察副使提督浙江學政。明年六月，廣購經史子集，發十一府儒學公貯備覽，每冊隸書於序，尾鈐以關防。今各府俱散佚人間，予每每見之。惟湖州府學尚多存者，予家所抄施宿、張淏《會稽》二志，乃其所儲本也。又嘗於峴山建三賢祠，以祀唐刺史顔公真卿、宋知州事蘇公軾、王公十朋，則己卯年事也。留心風教若此，可謂克盡其職。儻學使者悉如公所爲，士風吏治，何難丕變！予以爲三賢祠在，宜作栗主并祀公，斯則賢有司之責矣。公有《五清先生集》十八卷，又《外臺集》六卷，訪之未獲，故附識於此。

關門

虎衛關門迥，龍沙塞曲深。風雲時有氣，日月晝長陰。中使西來訊，千官北望心。天寒漢宫闕，翠蓋憶春臨。

吳明卿云：氣骨清蒼。
陳卧子云：似武皇在宣府時作。

觀兵二首

將帥俱分閫，朝廷再剖符。選徒皆虎士，戰馬盡龍駒。直指黄河外，長驅碧海隅。感恩須此輩，萬一爲捐軀。

組練回天地，戈鋋白日摇。王師一奮怒，寇賊可潛消。使過傳金節，軍行奏玉簫。人言漢家將，今是霍嫖姚。

登堅山寺

西峰插天起，絶頂寺門開。雲裏一僧住，山中無客來。落花平講席，積草遍香臺。我欲聞清梵，焚香坐不回。

武關

北轉趨劉壩，西盤出武關。微茫一線路，回合萬重山。天地幾龍戰，風雲惟鳥還。關門鎖溪水，日夜送潺湲。

中秋無月

月賞今年罷，高樓獨客愁。關山中夜笛，江漢故鄉舟。暗雨捎檐入，秋螢度檻流。應知雲霧上，天柱有人遊。

昭烈廟

漂泊依劉計，閒關入蜀身。中原無社稷，亂世有君臣。峽路元通楚，岷江不向秦。空山一祠宇，寂寞翠華春。

黄清甫云：　匪值偶詞，亦存名教。

豔曲

御溝連上苑，大道接平沙。紫陌三千騎，青樓十萬家。城中楊柳樹，風起暮飛花。

武昌聞邊報

傳聞獷騎近長安，北伐朝廷已命官。路繞居庸烽火暗，城高山海戍樓寒。一時邊將當關少，六月王師出塞難。先帝恩深能養士，請纓誰爲繫樓蘭。

姚仙期云：孝宗御煖閣語輔臣劉健云：「臨陣以軍法從事。所擬太重，恐邊將起輕殺之漸。」此亦「恩深能養士」之一也。

溪上

溪上茅齋不掩扉，西風初罷芰荷衣。月寒沙柳蕭蕭落，天晚江鴻肅肅飛。野客行吟水邊立，家人沽酒夜深歸。相逢醉語休辭數，城外黄花漸覺稀。

答雷長史

十載寒氈鄭畫師，風流文采更堪思。朱門鼓瑟官仍達，青殿揮毫出每遲。百里風煙還薄暮，孤城雨雪已多時。極知歲晚傷心切，起傍官梅自詠詩。

聞河南寇

檄書近報河南寇，楚塞梁關轉戰空。豈有兵車能遠救，即愁道路阻難通。江淮城塹西南險，嵩洛山川天地中。今日至尊憂不細，幾時諸將捷音同。

西海子

寺下煙波春不開，苑中風浪隱樓臺。泉源細繞西山出，雲氣深從北極來。萬里乘查觀日月，十年登閣望蓬萊。黄塵碧水須臾事，莫使魚龍夜夜哀。

吴明卿云：雄渾遒逸。

陳卧子云：意景皆摹少陵。

小閣初開崔郭田三君子至

本買堂齋爲客居，敢扳冠蓋枉吾廬。清風坐下高人榻，深夜門停長者車。竹下凉蟾輝几杖，花間螢火静琴書。黄門翰苑俱鄰近，濁酒盤餐意不疏。

穆敬甫云：風致如月出石渠，芙容散華。

送雷長史

彤管先朝隨帝子，白頭今日奉王孫。漢庭亦羨相如美，楚客重看賈傅尊。花下圖書開玉殿，日高琴瑟在朱門。十年亭閣淮西宴，腸斷梁王雪夜樽。

陳卧子云：潦倒遲暮，寫得可念。

得獻吉江西書

近得潯陽江上書，遥思李白更愁予。天邊魑魅窺人過，日暮黿鼉傍客居。鼓柁襄江應未得，買田陽羨定何如。他年淮水能相訪，桐柏山中共結廬。

送施聘之侍御

海甸春風攬轡情，燕關驄馬去還鳴。繡衣霄漢花間出，錦纜江湖樹裏行。近日西臺多諫草，少年南國有詩名。别絃更憶風流調，愁聽東城二月鶯。

宗子相云：綺語逸韻，恍對王謝風流。

鰣魚

五月鰣魚已至燕，荔支盧橘未應先。賜鮮徧及中璫第，薦熟誰開寢廟筵。白日風塵馳驛騎，炎天冰雪護江船。銀鱗細骨堪憐汝，玉箸金盤敢望傳。

送衞推官之武昌

少年佐郡楚城居，十郡風流盡不如。此去且隨彭蠡雁，何須不食武昌魚。仙人樓閣春雲裏，賈客帆檣落照餘。大別山前江漢水，畫簾終日對清虚。

穆敬甫云：風度若鯉躍晴波，鳥鳴春谷。

獨立

獨立對花陰，冥冥望河渚。只見沙上煙，不見煙中雨。

盩屋清明日

獨樹桃花自發，高樓燕子誰家。可惜年年春色，催人白髮天涯。

江南思

燈下雨鳴秋舫，浦口潮回暮鐘。何處相思不見，江南開徧芙蓉。

送韓汝慶還關中

華岳雲臺萬里情，高秋落日眺秦城。黄河一線通滄海，身在仙人掌上行。

秋日雜興二首

野亭千橘未全黄，青柿紅梨盡待霜。南鄰老翁種橡栗，已見兒童收滿牀。
紫蔓青藤各一叢，野人籬落管西風。郊扉遠絶誰能到，秋日蟲鳴豆葉中。

明詩綜卷三十一

小長蘆　朱彝尊　録
吴洲　顧嗣立　緝評

徐禎卿五十首

禎卿字昌穀，一字昌國，吴縣人。弘治乙丑進士，除大理寺左寺副，降國子監博士。有《迪功集》，又有《歎歎》《焦桐》《鸚鵡》《花間》《野興》《自慙》等集。

李獻吉云：昌穀諸詩，温雅以發情，微婉以諷事，爽暢以達其氣，比興以測其義，蒼古以蓄其詞，擬義以一其格；悲鳴以泄其不平，參伍以錯其變。即有蹊徑，厥儷鮮已。

顧華玉云：昌穀專門詩學，究訂體裁，上探騷雅，下括高、岑，融會折衷，備兹文質。取克楝之草，刪存百一，至今海内奉如珪璧。所謂雖多亦奚以爲也。獻吉乃云「守而未化，故蹊徑存焉」。豈其然歟？又云：弘、治間，詩學始盛，獻吉、仲默、昌穀，各有所長。李氣雄，何才逸，徐情深。皆準則古人，鍛琢成體。

鄭繼之云：昌穀年二十外，厭薄吳聲，一變遂與漢、魏、盛唐作者，馳騁上下。今之世絕無而僅有者也。年三十，選平生所爲文曰《迪功集》。今行於洛陽者，獻吉多爲更定，失昌穀真。蓋獻吉雖與同調，其丰神氣魄，自有不相能者矣。

文徵仲云：昌穀古體合作，近體非所好，而爲之輒工。

皇甫子浚云：李、何矯一時之弊，爲中興之冠，而不能不泥其跡。故仲氏子安於詩，獨取迪功。

皇甫子安云：徐君繼軌二晉，標冠一代。又云：會諸氏之長，以追六代，迪功其庶幾乎？

皇甫子循云：弘、德之間，李、何諸子，追述大雅，取裁風人，一時藝林作者響臻，同好景附，咸足馳騁海内。而徐君亦高步江左，獨綜菁英，莫可瑕纇，非其佳穠自得，去取過嚴乎？

王元美云：徐昌穀如白雲自流，山泉泠然，殘雪在地，掩映新月。又如飛天仙人，偶游下界，不染塵俗。又云：昌穀如六翮搏風，三危吸露，快爽種種，不可名狀。又云：昌穀少即擒詞，文匠齊、梁，詩沿晚季。迨見獻吉，始大悔改。其樂府、選體、歌行、絕句，咀六朝之精音，采唐初之妙則，天才高朗，英英獨照。律體微乖整栗，亦浩然太白之遺。昌穀之於詩也，黄鵠之於鳥，瓊瑶之於石，松桂之於木也。又云：昌穀自選《迪功集》，咸自精美，無復可憾。其五集，係少年時語，舞陽絳、灌貴後，向人稱其屠狗吹簫爲佳事，寧不泚顙。又云：絶塵行空，吾推昌穀，然不能諱其輕。又云：吳中如徐昌穀詩，祝希哲書，沈啓南畫，足稱三絶。

王敬美云：詩有必不能廢者，雖衆體未備，而獨擅一家之長。如孟浩然，洮洮易盡，止以五言雋永，千載並稱王孟。我明其徐昌穀、高子業乎？二君詩大不同，而皆巧於用短：徐能以高韻勝，有蟬蛻軒舉之風；高能以深情勝，有秋閨怨婦之態。更千百年，李、何尚有廢興，二君必無絶響。

歐楨伯云：博士盡洗蕪辭，天然妙麗。金源人詩「清廟瑟三歎，齋房芝九莖」，庶幾似之。

項子長云：昌國華而不靡，質而不俚，深而不晦，壯而不怒，約而精，騁而中節。宜其崛起江南，雄視中土。

顧玄言云：迪功豪縱英裁，格高調雅，馳騁漢、唐之間，婉而有味，渾而無迹。獨悲夫長轡既騁，窮途忽蹶，顧未盡肆力耳。

黄清甫云：迪功取模古調，用鑄今詞。工逾嘔心，妙幾換骨。力振東吳之靡，爭長北郡之雄。雖卷帙寂寥，而篇章簡鍊。至降格爲律，用思尤深。開元以下，難與爲儔。恨其早殞，未究厥志。

胡元瑞云：弘、正間，詩流特衆，然皆近逐李、何。士選、升之、近夫、獻吉派也；華玉、君采、望之、仲鶡，仲默派也。昌穀雖服膺獻吉，然絶自名家，遂成鼎足。獻吉譏其大而未化，蹊徑存焉。何元朗謂：「獻吉詩，比之昌穀，蹊徑尤甚。」王長公謂：「昌穀所未至者，大也，非化也。」世以何、王爲篤論。

王伯穀云：弘、正間，詩流輩出。李君赤幟於關西，徐子白眉於東海。李資弘亮，徐學精深。長才絶力，則徐不逮李；古色清聲，則李不逮徐。臨草昧之頃，難少李君；今全盛之時，當多徐子。

穆敬甫云：徐詩如皋蘭猗靡，脩竹嬋娟，足稱雅致，宜與李、何方駕。

蔣仲舒云：昌穀詩，韻本清華，調復古秀，雖何、李亡易也。

傅伯俊云：先生奪赤幟於北地，信陽之間，鼎足而居。其詩憲章「三百」，律襲漢、魏，濯祓六朝，蹈詣天寶。外集多稺年綺語，尚沿吳習。猥以名重槩傳，而不知瑕瑜不類也。

錢受之云：昌穀年少，沈酣六朝散華流豔，「文章江左家家玉，烟月揚州樹樹花」之句，至今令人口吻猶香。登第之後，與北地遊，悔其少作，改而趨漢、魏、盛唐，吳中名士頗有「邯鄲學步」之誚。然而標格清妍，摛詞婉約，絶不染中原傖父槎牙奡兀之習，江左風流，固自在也。

陳卧子云：迪功存詩無多，乃與二雄鼎足。觀其談藝，皆深造之言，宜其短章片語，無不連城也。又云：昌穀似與仲默同源。然仲默俊逸，昌穀矜貴，又自有殊。

宋轅文云：昌穀如秋夜銀河，爛爛垂地。又云：何、李刻意少陵，迪功獨宗太白。神到之作，自成一家，不若嘉靖七子同派也。

李舒章云：迪功神致俊爽，如天厩飛龍，不加鞭策，自然駛邁。用寡用虛，獨有所長。

王貽上云：明弘治間，李、何崛起中州，吳有昌穀，爲之羽翼，相與力追古作，一變宣、正以來流易之習，明音之盛，遂與開元、大曆同風。

周青士云：李、何專主學杜，昌穀兼師盛唐諸家。此後薛君采、蔣子雲、王稺欽、高子業、華子潛、皇甫昆弟，皆清婉成音，各極其致。雖非昌穀流派，而風調實自昌穀啓之。

沈山子云：吳中詩派，自高季迪倡之，風華整麗，克兼唐宋元人之長。其後劉昌謨輩，漸流入姚冶。吳原博、王濟之返之於理，遂類宋詩。沈啓南能以澹宕出之，尤爲拔俗。顧陳海士選明詩，竟遺之，以其調近於宋也。昌穀既見獻吉，悔其少作，然所操仍是吳音。第洗除少日浮豔字句，歸於六代三唐而已，未嘗北學於獻吉。獻吉譏其「蹊徑未化」，職此故與？

《靜志居詩話》：迪功少學六朝，其所著五集，類靡靡之音。及見北地，初猶崛強，賦詩云：「我雖甘爲李左車，身未交鋒心未服。顧子多見不知量，此項未肯下頽牧。」既而心傾意寫，營壘旌旗，忽焉一變。是時李、何並陳，未決雌雄。迪功精鋭無多，能以偏師取勝，遂成鼎足。其詩不專學太白，而髣髴近之。七言勝於五言，絶句尤勝諸體。「興慶池頭」、「送君南下」等作，雖龍標、太白復生，何多讓焉？又云：人所應有盡有，人所應無盡無，大復是也。人所應有盡有，人所應無不必盡無，空同是也。人所應有不盡有，人所應無盡無，迪功是也。三雄真鼎足哉！又云：樊少南與康德涵論詩，而曰：「初唐詩如春園草木雜生，未放之花，含蓄渾厚，生意勃勃；盛唐則淘洗鉏治，條理可觀，生意稍薄矣。近日名家，冠絶海内，自許古人之上。或失之�者，稜角峭厲，而乏温柔敦厚之旨；或失之易者，流麗光澤，而少含蓄渾成之趣。所以然者，孜孜於杜，未嘗引而上之也。」陳約之爲高子業作序，而曰：「子美有振古之才，故雜陳漢晉之辭，而出入正變。初唐襲隋、梁之後，是以風神初振，而缛靡未刊。今無其才而習其變，則其聲犻厲而畔規；不得其神而舉其辭，則其聲闡緩而無當。彼我異觀，豈不更相笑邪？」繹兩公之言，若與北地、信陽，均未愜意。然則李、何至嘉靖初，聲燄漸歇，作者已有違言。惟昌穀莫有訾之者。麟洲稱李、何有廢興，徐、高必無絶響。其知言之選乎？

雜謡二首

夫爲虜，妻爲囚。少婦出門走，道逢耶孃不敢收。東市街，西市街。黄符下，使者來。狗觫觫，雞鳴飛上屋，風吹門前草肅肅。

陳卧子云：此紀正德五年八月之變。

壞我民居田，樹子桐與櫝。桐櫝何青青，素車不得下。

李舒章云：謡語極蒼茫。

鷂雀行

白鷂捉黄雀，斜盤下九天。豈知南山側，復有虞人弦。一發中雙翼，忽斃青雲端。行人皆撫掌，仰視落飛翰。弓矢懸馬頭，少年坐雕鞍。持歸咸陽市，百鳥爭聚觀。美酒白玉缸，肉腊黄金槃。樂哉今日宴，四座俱萬年。

黄清甫云：《鷂雀》一篇，足以上抗西京，下視子建。殆千載之希聲也。

白紵歌二首

三星爍爍花滿堂，素腕盈盈出洞房。垂羅映縠耀明妝，皦若雲中開月光。流情盼君君莫忘，停歌節舞進玉觴。願君安坐夜未央。

旨酒千壺列東廂，美人如花嬌北堂。高歌合舞聖世昌，願得歡娱永未央。脂車秣馬且踟躕，百年之會忽須臾。東流之水西飛烏，今我不樂何爲乎。

《詩話》：樂府宜以不求似似之，讀此益見滄溟斥齇古人之非。

古意

空爲郢中客，不見郢中吟。美人高堂上，自奏山水音。帝子葬何處，瀟湘雲正深。寂寥誰共賞，江上獨傷心。

宋轅文云：清婉有古風。

倡家詠效何遜

簾櫳秋未晚，花霧夕偏佳。暗牖通新燭，虛堂響落釵。淅淅烏棲樹，明明月墮懷。相思不可見，蘭生故繞階。

鍾廣漢云：此昌穀少作，置之《玉臺集》中，其誰能辨？

舟懷

《詩話》：舟懷以下三詩，絶似青丘生。

天曠多樹林，日赤溪路永。我行一何勞，窈窕泝川嶺。湍流好石鬬，沙礫與舟鯁。行行指前棲，望望不得逞。火雲漸曖滅，蟬鳴空山靜。奄忽青松間，了了挂員景。一與幽賞遇，遂使煩慮屏。先書謝廬僧，爲掃香爐頂。

留別都城諸同志

對酒忽不樂，悵然懷別離。別離結中勞，眷彼長路岐。苒苒郊河樹，曖曖關門祠。佇望瀟湘水，先與秋風期。鴻雁雲中來，嗷嗷使人悲。懷哉爾方集，恨矣予當辭。

吴江橋亭遊眺

郡右多麗山，湖南富鮮水。溶溶蒼樹浮，漭漭白煙起。中土屹裒城，重波泛人市。出郭接修梁，垂穹貫遥沚。上有臨流溝，高風衍清祀。百匯引虚明，諸州拆表裏。隱約雲中檣，紛紜隰間耔。宵澄月色闊，風遠漁歌靡。空睇眇不極，瑶胸盪餘滓。悟彼扁舟人，傷此塵代子。

送熊士選侍御

壯士樂長征，門前邊馬鳴。春風三月柳，吹暗大同城。蘆溝橋下東流水，故人一樽情未已。遥天飛盡隴頭雲，唯見居庸暮山紫。羡君鞍馬速流星，予亦孤帆下洞庭。塞北荊南心萬里，佩刀長揖向都亭。

寄顧華玉

去歲君爲薊門客，燕山雪暗秦雲白。馬上相逢脱紫貂，朝回沽酒城南陌。燕山此日雪紛紛，祇見秦雲不見君。胡天白雁南飛盡，千里相思那得聞。

朱子蓉云：源本太白「去歲何時君别妾」一篇，而不覺其摹擬之迹，可謂善學古人。

青門歌送吴郎

吴郎醉嗜長安酒，落魄自言爲客久。走馬頻看上苑花，回鞭幾折青門柳。青門曈曈魚鑰開，乳燕游絲相逐來。柳下雕鞍留别袂，花間酒琖覆蒼苔。浮雲去去辭城闕，芳草連天那可歇。野店春風聽早鶯，關河曉樹懸新月。千里淮流雙畫橈，廣陵驛前逢暮潮。落日帆歸揚子渡，青山家對伯通橋。吾家流水原非隔，宛轉胥臺通巷陌。草長難尋仲蔚居，林深不辨陶潛宅。清溪屋下可垂綸，復有蓴羹足獻親。君歸儻食冰絲鱠，爲念羈棲塞北人。

陳卧子云：似勝李頎。

贈王淵之

十月狂風吹白雪，長安城中地欲裂。朱門酒壚紅炙天，空裏璚花旋消滅。由來都國盛繁華，青雲絡繹滿仙車。浪說黄金賜寒士，爭言白璧謁侯家。驕矜意氣遥相羡，片善朝推蒙夕薦。待詔虚沈金馬門，傳宣直上麒麟殿。王郎濩落爾何求，千里乘驢被黑裘。空論作賦稱才子，未肯低眉事貴游。知君不得逢楊意，終愧明時老督郵。

譚舟石云：調亦平平，氣却深穩。

觀伯虎寄贈子容洞庭山圖因求作廬山障子

丹巒氤氳拂空起，素練平鋪洞庭水。回溪笑指毛公家，忘却滄溟幾千里。我隔廬峰夢紫煙，嘗騎白鹿上青天。煩君貌出仙人障，西寄長安向日邊。

彭蠡

茫茫彭蠡口，隱隱鄱陽岑。地涌三辰動，江連九派深。揚舲武昌客，興發豫章吟。不見垂綸叟，煙波空我心。

陸冰脩云：襄陽遺韻。

在武昌作

洞庭木葉下，瀟湘秋思生。高齋今夜雨，獨卧武昌城。重以桑梓念，淒其江漢情。不知天外雁，何事樂南征。

李舒章云：八句竟不可斷。

登支硎山樓

谷寺憐幽密，兹樓表麗觀。烟雲連壑動，竹樹入門寒。獨往迷前徑，憑高遲所歡。時聞有清磬，遥出暮林端。

送友人還吳

陽月隨陽雁，遥從塞上來。北人江北望，不見隴頭梅。坐下楊朱淚，吟爲莊舄哀。聊傳數行札，千里送君回。

王于一云：不失唐人風格。

嘉禾道中

槜李城何在，蕭條草樹存。未醒吴苑酒，已動越鄉魂。問水來天目，看桑過石門。愁聞鶺鴒語，寧聽楚山猨。

俞右吉云：道吾鄉風景者多矣，方萬里出戶即乘船，徐昌穀看桑過石門，語似淺而實切。

月

故園今夜月，迢遞向人明。只自懸清漢，那知隔鳳城。氣兼風露發，光逼曙烏驚。何事江山外，能催白髮生。

朱子蓉云：此詩却學杜。

秋日懷李郎中及邊熊二子

秋興因高賦，雄才憶省郎。山川思不極，雲樹莽蒼蒼。對酒知時變，看花感別長。如何霜後雁，猶未達瀟湘。

逢蠻使語

五嶺馳蠻使，三秋達薊京。北來江草盡，南眺瘴雲平。鄉夢清猨隔，邊心旅雁驚。辛勤萬里札，懷笥未宜輕。

送許補之還丹徒

憐君揮手去，匹馬向南天。旅病青山外，鄉心落日懸。燕關變積雪，淮柳動新煙。驛路重雲裏，相思易隔年。

陳卧子云：五六新挺。

送廬陵楊二尹

何卑執戟謝京華，却愛河陽縣裏花。不爲遠師招白社，擬從勾令覓丹砂。青天挂席浮明月，螺水回舟勝若邪。莫學南昌隱君子，離群獨拂五雲車。

贈別獻吉

爾放金雞別帝鄉，何如李白在潯陽。日暮經過燕市客，解裘同醉酒壚傍。徘徊桂樹凉飈發，仰視明河秋夜長。此去梁園逢雨雪，知予遥度赤城梁。

王元美云：得崔、沈琢句法。

陳卧子云：果爲神到之作。

送盛斯徵赴長沙

昔愁越嶲千峰仄，轉入巴渝萬里賒。豈料聖恩憐賈誼，猶煩佐郡出長沙。蠻中瘴遠三湘水，江畔春逢十月花。遥聽岳陽樓上笛，可能回首憶京華。

寄杭東卿

西湖十月煙水平，梅花參差千樹明。越王城畔氣應早，林逋宅邊江更清。驛使章臺空寄別，霜天玉笛暗雲纓。故人若有揚州興，爲聽春鴻白雪聲。

送耿晦之守湖州

遠下吳江向霅川，高秋風物倍澄鮮。鵁鶄菰葉翠相亂，錦石游鱗清可憐。郵渚擣頻津吏鼓，漁歌唱近使君船。吳興峴山足勝事，漢水襄陽空昔賢。

鳳鳴亭

鳳鳥期不來，瑶華幾銷歇。唯有山中人，吹簫弄明月。

香圃

露華散平林，月明在寥廓。時有天風來，泠然桂花落。

古意

我有木蘭舟，欲作三湘客。不愁湘水深，但畏湘中石。

内中偶述

朱筥殊方貢，黄旗使者回。内園春未到，青筍渡江來。

答獻吉

花發平章宅，鶯啼省樹春。殷勤花鳥意，愁殺獨遊人。

大道曲

長安樓閣互相望，戶戶珠簾十二行。緑水過橋通酒市，春風繫馬有垂楊。

羽林少年行

寶馬平馳過夕陰，飛丸遥墮掌中金。不知富貴緣何事，偏動青樓瞥見心。

擬古宫詞

興慶池頭漏未闌，梨園弟子曲將殘。花前更進涼州伎，無那西宫月色寒。

春思

渺渺春江空落暉，行人相顧欲霑衣。楚王宫外千條柳，不遣飛花送客歸。

湘中曲

湘州草深鷓鴣鳴，湘江水清多杜蘅。月明伊軋中流槳，好似湘娥鼓瑟聲。

送蕭少府

矯矯雙鳧塞隴分，武夷殘雪半春雲。玉洞只愁仙隱去，洛陽花下不逢君。

送顧馬湖孔昭二首

巴東明月巴西歌，兩岸梅花羌笛多。一曲停橈雙淚落，猨聲三峽若爲過。

錦水由來勝若邪，蘭橈三月泛桃花。巴兒見客能歌曲，蜀女明妝笑浣紗。

安南歌送沈使君

烏蠻灘上煙水聲，伏波廟前秋月明。夜半津人挽舟上，夷歌偏動望鄉情。

陳卧子云：渾成。

送蕭若思

送君南下巴渝深，予亦迢迢湘水陰。前路不知何地別，千山萬壑暮猨吟。

宗子相云：直是供奉龍標風調。

將發夏口

鸚鵡洲邊生暮煙，旅人南望思依然。盡道巴陵湖水闊，秋風莫渡漢陽川。

望行人二首

秋原迷望草芊芊，幾樹荒鴉落照前。驛使回時曾寄語，西風早晚渡秦川。

緑蕪平野暮天低，遠色蒼蒼路不迷。昨日鄰家歸後信，行人只隔灞陵西。

弔徐姬詩有序

金陵有徐姬者，善屬詩，早死。余嘗聞其句云：「楊花厚處春陰薄，清冷不勝單袷衣。」頗愛其有婉思。以詩弔之。

繞廊吟罷楊花句，欲覓楊花樹已空。日暮街頭春雪散，杜鵑無力泣東風。

楚中春思

遵義門前暮柳斜，武當城裏欲棲鴉。行人獨立宫牆外，又見空園落杏花。

濟上作

兩年爲客逢秋節，千里孤舟濟水傍。忽見黄花倍惆悵，故園明日又重陽。

邊貢二十六首

貢字廷實，歷城人。弘治丙辰進士，授太常博士，擢戶科給事中，遷太常寺丞，出知衛輝府，改荊州，陞湖廣（一云山西。一云河南。）提學副使，召拜南京太常少卿，遷太僕，改太常卿，提督四夷館，進南京戶部尚書。有《華泉集》。

朱中立云：華泉之作，雖不逮李、何，然平淡和粹。孝廟以前，海嶽之才，無其倫比。

袁永之云：李、何、徐、邊，世稱「四傑」。李雄健，何秀逸，徐精融，邊朴實。故并有盛名，輝映當代。四公殆藝苑之精英也，邊稍不逮，秪堪鼓吹三家耳。

湛元明云：華泉嫻於才，書必如晉，文必如韓，詩必如杜，以此收聲於時。

何元朗云：世人推何、李爲當代第一。予謂空同關中人氣稍過勁，未免失之怒張；大復俊節亮語，出於天性，亦自難到，但工於句言而乏意外之趣。獨邊華泉興象飄逸，而語亦清圓，故當共推此人。

王元美云：邊廷實如洛陽名園，處處綺卉，不必盡稱姚魏。又如五陵裘馬，千金少年。

項子長云：弘治四傑，其才各有所長。李天才雄健，徐陶冶精融，何藻思秀逸，邊朴實有餘而華采不足。

胡元瑞云：弘、正並推邊、徐、何、李。每怪邊品第懸遠，胡得此稱？及讀獻吉《送昌穀》詩：「是時少年誰最文，太常邊丞何舍人。」仲默《贈君采》亦有「十年流落失邊李」之句。則李、何於邊，正自不淺。予細閱當時諸家，若仲鶡、德涵、敬夫、子衡，詩皆非所長，華玉、升之、繼之、士選輩，或調正格卑，或格高調僻。獨邊視諸人，差爲諧合。不得不爾。又云：邊顧朱、鄭之流，派流甚正，聲調未舒。歌行絶句，時得佳篇；古風近體，殊少合作。

穆敬甫云：邊司徒詩，清婉流暢。朗朗有致。

黄清甫云：邊詩詞旨淒婉，調亦入雅。歷下之産，無以過之。越在太常，蜚聲藝苑。時獻吉主盟，群英爲輔，君其一也。

俞汝成云：華泉調逸情真，氣舒音亮，不假深求，自得風人遺韻。

陳卧子云：廷實粗率未除，然時見精詣。五言尤稱長城。

宋轅文云：尚書才情甚富，故能於沉穩處，見其流麗。

陸冰脩云：廷實篇法亦整，但格律未遒。當與華玉、子衡伯仲。譬諸才傑：獻吉，淮陰侯也；仲默，酇侯也；昌國，留侯也；邊、顧、朱、鄭，樊、酈、絳、灌之徒也。世乃躋邊三家，稱爲「四傑」。生乃與噲等伍，三君有遺憾矣。

《詩話》：華泉諸體不及三家，獨五言絶句擅場，昔宋吳江令張達明與客論詩，其言曰：「詩莫難於絶句，尤莫難於五言。欲其章短而意長，辭約而理盡。」華泉庶足當之。大復贈詩云：「《陽春》誠獨步，《清廟》徒三歎。」以絶句論，邊亦無愧於三家也。

贈友

春陽初獻歲，芳樹日以青。送遠及近郊，何由申我情。我情方鬱紆，君駕不可停。瞻彼飛鴻翼，聯翩共遐征。奕奕雲中河，爛爛川上星。中願渺難遂，佇立以屏營。

分韻再送文熙

夜久河漢横，春堂别燈黯。風凄鳥初動，露重花猶斂。明發不在兹，重關爲誰掩。

答石峰見懷之作

斗柄當西南，河漢東北傾。零零露華白，晶晶天宇晴。微風度廣陰，熠燿時復明。卉木日已黄，秋氣日已清。念子理素瑟，苦調多離聲。嗷嗷失侣雁，泛泛隨波萍。會合固有期，此日難爲情。

次韻贈李子行之如陳

迢迢阻歡宴，戚戚傷離居。離居結中懷，鬱鬱慘不舒。若人美無度，貞抱沖以虚。朝爲同朝客，夕暮隔林墟。林墟積秋霖，流潦不可除。四野晦蒼蒼，行行安所如。驅馬臨大道，瞻顧空踟躕。

運夫謡送方文玉督運

運船戶，來何暮。江上旱風多，春濤不可渡。裏河有閘外有灘，斷篙折纜腰環環。夜妨鼠，日妨漏。糧册分明算升斗。官家但恨倉廩貧，不知淮南人食人。官家但知征戍苦，力盡誰憐運船戶。運船戶，爾勿哀。司農使者天邊來。

送馬歆湖赴湖南提學

征馬帶落日，出門君已遥。層城不隔夢，夜夜盧溝橋。盧溝橋邊車簇簇，故人却在城南宿。誰令相見轉多情，翻恨遲行不如速。江漢風煙遲早春，關山雨雪暗邊塵。臨岐莫動殊方感，余亦東西南北人。

題豐内翰愛鳧樓

春鳧呼其侣，拍拍戲芳渚。一鳧忽驚人，群鳧共高舉。回翔集城下，點點散如雨。愛鳧主人今幾秋？夕陽空上望高樓。憑闌獨送千里目，平沙莽莽寒煙緑。

張夏道中遇雨短歌示同行希尹諸子

南山北山雨如注，寒風颯颯吹山樹。中河水發行子愁，褰裳欲渡且復休。黑霧蒼雲蔽村舍，咫尺誰能辨牛馬。嗟哉出門百里行路難，今胡爲在中野。

出郭將訪希凖郡伯懼暮而返却寄

駕言江口出，却至水西還。遠道空回首，重門欲上關。斷雲低白雁，斜日近青山。欲採瑶華贈，仙舟不可攀。

和答胡可泉郡伯

籍籍胡安慶，新聲滿舊都。詎知金馬客，翻領玉麟符。退食還經史，登樓即畫圖。昔賢憂樂地，元只在江湖。

送都玄敬

驅馬別君處，秋陰當暮生。林柯無靜葉，江雁有歸聲。緑水閶門道，青山建業城。未能同理櫂，延佇獨含情。

次獻吉留別韻

初春郊甸積雪滿，客子出門岐路長。征車杳杳去不息，關柳青青殊未央。却望秦山懷故道即歸梁苑亦他鄉。十年京洛交游地，日夕風煙思渺茫。

留別貞菴

陰陰汀樹起秋煙，冉冉溪花接暮天。歸鳥獨銜淮甸雨，離人新上汶陽船。病餘藥物存芝朮，老去心情託簡編。他日會傳招隱賦，緘封應寫渡江年。

送劉約中之金陵

君到石城邊，應看石城樹。樹杪百尺臺，是儂行樂處。

蔣仲舒云：詞直截而意婉曲。

贈別甯子

白日就長道，清秋淩大河。非關燕趙别，相送一悲歌。

西園二首

朝看長白山，暮看長白山。山色有朝暮，吾心常自閒。庭際何所有，有萱復有芋。自聞秋雨聲，不種芭蕉樹。

王元美云：芭蕉豈可言樹？芋豈庭中佳物，且獨無雨聲乎？俱屬未妥。若作「自憐秋雨滴，不復種芭蕉」，或作「自聞秋雨聲，不愛芭蕉色」，覺意尤深婉。

《詩話》：杜牧之詩：「一夜不眠孤客耳，主人窗外有芭蕉。」吕居仁詩：「如何今夜雨，只是滴芭蕉。」張安國詞：「點點不離楊柳外，聲聲只在芭蕉裏。」無名子詞：「窗外芭蕉窗裏人，分明葉上心頭滴。」古之愁夜雨者，多以蕉葉爲辭，高荷大芋，非所憎也。元美誚廷實，芭蕉不可言樹。然《維摩詰經》云：「是身如芭蕉樹而不堅固。」是芭蕉未始不可名樹，元美之言過矣。

雜詩

月色沙上澹，山雲天際浮。春江萬里闊，獨見一漁舟。

題畫二首

鳥啼青石岡，日照紅泥坂。杳杳雲外鐘，山僧獨歸晚。

近浦寒潮落，平沙返照紅。不嫌歸路晚，家在板橋東。

迎鑾曲四首

金陵自古帝王都，碧石清江一畫圖。列聖百年虚想像，鑾輿曾到此間無。

自采民風問老農，微行不遣近官從。那知天子關天象，到處雲成五色龍。

弓如滿月向江開，箭插寒潮卷浪回。水上鼋鼉莫深避，我皇元爲射蛟來。

潮落江門煙水秋，雲帆月下過揚州。兩京馳道三千里，夾岸垂楊接御溝。

柳塘雜興

御溝東畔柳成林，一水盈盈十里陰。白馬青衫橋上客，春來多少故園心。

山行即事

陵署青青生午煙，山渠滮滮響春泉。白頭宮監松陵下，閒説英皇北狩年。

康海 五首

海字德涵，武功人。弘治壬戌，賜進士第一，授翰林修撰。尋以救李夢陽，坐逆瑾黨，落職爲民。有《對山集》。

張孟獨云：對山詩以興致爲先，格高詞俊，足以淩駕古人，羽翼騷雅。

張文邦云：對山既弘詩規，又開文運。時仲默、獻吉、敬夫，號「海内三才」，而公尤獨步。

王元美云：康德涵如靖康中宰相，非不處貴，恇擾粗率，無大處分。

王敬美云：對山五七言詩，間多率意之作，直攄胸臆。或韻至便押，不必盡麗典則。

穆敬甫云：德涵詩有極佳者，乃爲友人置而不録，遂有長吉之恨。

俞汝成云：對山文勝於詩。

陳卧子云：對山粗率，殊無足觀。

《詩話》：德涵坐援獻吉，遂挂清議。歸田之後，耽心詞曲，其小令云：「真箇是不精不細醜行藏，怪不得沒頭沒腦受災殃。從今後花底朝朝醉，人間事事忘。剛方，徯落了膺和滂。荒唐，周旋了藉與康。」論者原其心而悲之。沒時家無長物，腰鼓多至三百副。留心風雅之日少，宜其所就止此爾。

滸西别業同承裕升之作

還耕愜初願，揖世返空林。雖非志士理，已獲靜者心。嘉賓青雲客，枉駕忽相臨。攜酒共斟酌，張絃揚妙音。義厚情自叶，道合契滋深。漪漪漳川水，幽幽南山岑。相值不相樂，奈此逝者侵。

觀禾

我來彭麓下，坐愛青山色。雨過忽新凉，蒼煙望無極。秋禾行欲成，豈畏驕陽逼。壠畝緑如屯，原隰少螟螣。同欣有年樂，詎知天子力。

對客

絲竹憐吾懶，尊罍待汝來。片雲霄漢没，叢菊小籬開。積雨難相過，當歌莫謾回。請看秋草色，黄滿建章臺。

鹿苑懷太微

鹿苑何王殿，明時尚賜秦。芳林春礙日，幽草晝眠麐。畎畝餘生計，乾坤信此身，西京誰欲賦，韋曲有詞人。

四月十九日宴東侍御園亭醉中走筆

燕家小妓石榴裙，笑酌酴酥把似君。玉面未從花底出，瑶箏先向月中聞。

王九思 五首

九思字敬夫，鄠縣人。弘治丙辰進士，選庶吉士，授檢討，調吏部主事，陞郎中。坐劉瑾黨，降壽州同知，尋勒致仕。有《渼陂集》《續集》。

李伯華云：渼陂因懷陳致，寄景道情，出入風雅、《騷》《選》之間，振迅開元、天寶之上。

王元美云：敬夫如漢武求仙，欲根正染，時復遇之，終非實境。

俞汝成云：渼陂礌磈廓落，有太樸不雕之風。

穆敬夫云：敬夫工於小詞，而詩亦不落元宋體，頗謂蕪才。惜乎《遊春》一記，自遠風雅也。

顧玄言云：敬夫才雋思逸，銳於綺麗，譬之湖外碧草，海東紅雲，流彩奪目。

錢受之云：渼陂粗有才情，沓拖淺率，《續集》尤爲冗長，大率康、王皆工詞曲，而秦人推其詩文，以爲一代宗匠。鄉曲之言，君子存之而已。

《詩話》：康、王並以樂府擅場，而詩鮮合作。王差勝康，樂府亦爾。

對酒憶康五

林棲鮮儔侶，芳醑聊獨親。繁香媚晴一作旭。景，嘉賓及茲辰。習習谷風發，萋萋卉木春。黄鳥鳴枝間，翩翩求其群。對此豈不樂，念彼同心人。室遠心徒勞，追趨靡所因。安得駿雲霓，頃刻馳見君。

聞盜賊且至登壽州南城樓野望兼示避盜諸君子

極目川原外，無言自愴神。雲山晴見楚，煙樹遠浮秦。平地干戈滿，臨風羽檄頻。西飛羡歸鳥，隨意過城闉。

滸西莊春日行樂詞

金馬當朝彦，銀魚隔歲焚。高棲丹鳳麓，閒臥碧山雲。湘瑟春風度，秦箏月夜聞。太平無一事，只合醉朝醺。

亳州

出門二月已三月，騎馬陳州來亳州。暮雨桃花此客館，春風燕子誰家樓。簿書堆案不相放，太守下堂仍苦留。浮名羈絆有如此，愧爾沙邊雙白鷗。

周青士云：頽唐有致。

十四夜月與李二獻吉飲

萬戶秋風碪杵哀，殊鄉今夕故人來。竹間凉露蕭蕭下，樓上浮煙細細回。地僻柴門無過客，家貧樽酒有餘醅。疏簾碧簟須同醉，明月青天爲爾開。

王廷相十九首

廷相字子衡，儀封人。弘治壬戌進士，選庶吉士，改兵科給事中；以言事謫判亳州，拜監察御史，巡按陝西，爲鎮守廖鑾誣奏下獄；再謫贛榆縣丞，稍遷寧國同知，歷四川按察使，拜副都御史，巡撫四川，入爲兵部侍郎，都察院右都御史，進兵部尚書，提督團營，仍掌院事，加太子太保。

卒，謚肅敏。有《家藏》《内臺》二集。

薛君采云：先生詩豪氣大露，其工者較之古人，不啻過之。

王元美云：王子衡如外國人投唐，武將坐禪，威儀解悟中，不免露抗浪本色。

穆敬甫云：王詩如飛廉煽吹白羽失凉。

顧玄言云：司馬學古，才辨特嫻。古體如闕里孔檜，泰嶽秦松，蒼秀挺鬱。

黄清甫云：浚川詩，貴達意，不避險直，多擬古樂府，欲返真樸，未見其工。君采出其門下，所謂青出於藍也。

錢受之云：子衡古詩，才情可觀，而摹擬失真。今體殊無解會，七言尤爲笨濁。

陳卧子云：子衡詩有沈鬱之思，壯麗之色。

宋轅文云：子衡莊雅有法，長於五言。若近體，則元美所云「武人坐禪」者是也。

《詩話》：浚川敭歷之暇，鋭意詩文，非徒扶大雅之輪，抑且抉群經之奥。而又見善如不及。其序空同子詩，稱其「掩蔽前賢，命令當世，秦漢以來，寡見其儔」。然空同名成之後，目空四海。觀《送昌穀之湖湘》詩，述一代人文之盛，有云：「是時少年誰最文？太常邊丞何舍人。」三子而外，並不及浚川隻字也。鄭繼之未嘗謀面，乃有句云：「海内談詩王子衡，春風坐遍魯諸生。」宜浚川見之，有知己之感。於繼之身後，賦《少谷子歌》，焚其稿於燕，望閶再拜，歌云：「彼時才傑游帝傍，信陽之何棠陵方。大梁翩翩李川甫，吏部薛生尤擅場。」於空同亦未齒及，不無憾焉矣。他日作《遺興》十首，其一云：「昔吟吳下徐昌穀，幻出斯文百代先。」其二云：「逸氣誰當鄭善夫。」其三云：「康子文章迥絶塵。」其五云：「大復天才冠兩都。」其六云：「後來誰擅六朝奇，君采分明别綴詞。」其七云：「散逸長年何粹夫。」獨於空同，則云：「疏越朱絃《大雅》沉，始知《清廟》有遺音。峽江迫阨湍瀾出，可是空同太劇心。」殆有微辭焉。信乎恩怨之難忘也。浚川詩格，諸體稍觕，惟五言絶句，頗有摩詰風致，下亦不失爲裴十秀才、崔五員外。

蘄民謡四首

有芃者艾生我土，七年之病得者愈。五内失調邪作主，富貴耽慾乃自取。艾縱有靈將奚補？我欲言之上官怒。

龜帬生毛緑的的，大如錢，貴如璧。養來盆中水凝碧，細人之玩有何益？

白花蛇，誰教爾能辟風邪？上司索爾急於火，州中大夫却逼我。殺爾種類絶，白花不生禍胎滅。

龍鬚作席光電電，暑眠不及蘄陽簟。凉如水，滑如藤，一簟幾工能織成？官府取之只一聲，有價無價誰敢爭。

赭袍將軍謠

萬壽山前擂大鼓，赭袍將軍號威武，三邊健兒猛如虎。左提戈，右跨弩，外庭言之赭袍怒。牙旗閃閃軍門開，紫茸罩甲如雲排。大同來，宣府來。

九日安陵同蔡成之發舟

亢帆安陵浦，泛舸清川潯。渚枉倦回沿，厓傾詫崎嶔。寒原變凄候，浮靄散層陰。落日隱叢薄，孤霞冒平林。雖同佳人娛，屢興游子吟。曠達獲自古，維縶慚在今。緬懷籬下菊，結念丘中琴。川塗渺無緒，風波浩難任。

秋日巴中旅行

巴東秋氣早，行客已悽悽。江險深三峽，雲寒暗五溪。中原無雁至，異國足猨啼。况近烏蠻塞，連年尚鼓鼙。

旅思

野雲蕭蕭逐我回，西從閬苑東蓬萊。偶傳靈藥足自寶，持示世人番見猜。不知黄鵠幾時到，縱有素書誰與開。旅食淹留斷消息，故園風雨空池臺。

春草謡

塘上草離離，照妾春羅衣。待君君不來，滿庭螢火飛。

秦川雜興

古陵在蒿下，啼烏在蒿上。陵中人不聞，行客自惆悵。

初見白髮

日日風塵色，勞勞簿領身。不知清鏡裏，已作二毛人。

蔣仲舒云：愾歎愁絶。

漢上歌

宜城出美醞，載入習家池。山公去已久，醉殺襄陽兒。

宫怨

夜輦昭陽月，春筵上苑花。不成供奉日，枉自學琵琶。

宗子相云：如泣如訴。

閨中歌

天闊浮煙迴，沙平落照低。春江同在眼，只覺異巴西。

漫興

一琴几上閒，數竹窗外碧。簾戸闃無人，春風自吹入。

巴人竹枝

楊花作雪草連天，郎下荊吳又一年。江上浣紗郎不見，問郎錯問下江船。

泊嘉善縣

千峰萬峰廣德路，晝行夜行湖州艘。七十五橋今過盡，畫船明日入松江。

宣州歌

河瀝溪頭伐鼓行，五湖渡口櫂歌聲。怪來畫舸如飛去，一百八灘春水生。

金陵歌

山到金陵龍虎分，大江環抱日生雲。千年宮闕存遺事，猶有都人說建文。

明詩綜卷三十二

小長蘆　朱彝尊　録
白田　喬崇修　緝評

朱應登三十三首

應登字升之，寶應人。弘治己未進士，除南京戶部主事，遷知延平府，以副使提學陝西，調雲南，尋陞布政司，右參政。有《凌谿集》。

李獻吉云：凌谿飫醇探臠，噴英摛華，樹聲藝林。時華玉、元瑞、昌國，號「江東三才」，凌谿乃與并奮競騁吳楚之閒。

顧華玉云：升之才華彪發泉涌。每當人落筆，一掃千言，旁觀者往往奪氣。其詩上準風雅，下采沈、宋，磅礴蘊藉，鬱興一代之體。

康德涵云：凌谿清新俊逸，有「國風」之材。

許伯誠云：先生訓諸生云：「文者，言之精也；詩者，言之華也。精則寓文於質，故先體格而後組飾。華則緣情製詞，故首興致而尚婉約。漢、魏詩雅而邃，六朝詩豔而縟。辭隨世異，情由衷發。吾於唐取其温厚焉。」乃知見定於中，言發諸外，篇有所本，辭有所裨。信乎必傳也已。

王元美云：朱升之如桓宣武，似劉司空，無所不悵。

顧玄言云：大參情過其才，亦時出新語。

陳卧子云：升之有詩名，而合作殊少。

《静志居詩話》：李、何并興，李目空諸子，自三秦而外，得其門者蓋寡。心慕手追，凌谿一人而已。其《口占絶句》云：「文章康李傳新體，驅逐唐儒駕馬遷。」蓋其文亦宗北地者。祝希哲贈詩云：《大韶》張宫懸，九變盡美善。」陳魯南詩云：「摛毫揚美詞，肆意逐高雲。」李獻吉詩云：「疏越發潛響，爛若湍錦舒。」徐昌穀詩云：「神飈清管發，逸興白雲俱。」其爲名流所賞如此。

雨雪曲

行道廣且深，霏雪何飄颻。晨風無終極，烈烈吹我裳。長冰斷四澤，灝景瀰八荒。遥矚達周原，廓哉無何鄉。迫觀古巖側，磧路如羊腸。獵人攜犬至，窮獸走彷徨。僕飢委道陬，馬疲不能行。戍旗動高隧，云是甸子岡。超驤愧局步，躑躅徒自傷。

擬陸機招隱

修塗苦躑躅，曲澗聊盤桓。盤桓將安之？所樂在淵泉。清泠足朝盥，幽眇窮夕觀。雲構蔽層木，翠幄引芳蘭。玉鯉罥輕罟，銀縷落素盤。忽枉良朋儔，誠款慰夙歡。富貴豈不欲，時命非可干。稅駕從所適，兹焉以永歎。

野中作

細細朝雨零，纖纖麥苗長。丁夫荷鉏出，所至成偃仰。林喧群意動，山空百泉響。佳境偶獨逢，無人共幽賞。

贈別黄子和

舉世昧所欽，見客隨諧嬉。良朋久寂寥，十載惟君知。把袂執素手，懽悰不自持。人事忽生變，與君長別離。膏車岐路側，欲發更遲疑。虚名夏厨蠅，短景朝華枝。兩心各相許，脈脈無一詞。濁泥愧清塵，何以備驅馳。盟言願有終，白首以爲期。

贈劉元瑞守紹興

朝出承明廬，駕言還故鄉。當門結旌旆，觀者倍生光。故人欣再見，眷眷意難忘。舉觴承湛露，頌德詠羔羊。周官十二牧，職貢各殊疆。持子夙夜心，坐致黎庶康。深衷豈念此，但感别日長。相彼水中鳧，羽翼同翱翔。風波一失所，望望徒心傷。

夢大復何子

京華一云别，瞥若紛飛翼。遥遥南中道，念子無消息。歲徂寒暑變，日落風雨黑。詎知萬里魂，能達君子側。篇章煩見示，觸目見古色。瀏瀏清瀨鳴，擢擢朱絃直。指摘發雋語，要我以終極。大質多渾成，至寶去雕飾。晤語忽復竟，驚起謝良德。音徽猶若聞，轉盼已難即。悵悵牽垂帷，仰睇梁月色。何由託歸鴻，附此長相憶。

酬方思道以詩帙見寄

方子還山中，兩度寄詩帙。憐予方在疚，報答百不一。故人枉相存，所恨越阡術。江南十月交，山中稼應畢。天寒脆榆柳，霜重熟棗栗。理甕得舊醅，攀厓割新蜜。既可歡親顏，亦堪悅家室。吾翁嗟已晚，念此重有失。尚幸老母康，䴠以慰蓬蓽。人生歸有道，貧賤匪所恤。作詩謝同懷，商風振瑶瑟。

函谷關歌

朝出洛陽城，暮投函關道。函關日落行人稀，滿目黄雲暗秋草。此地古來西屬秦，崩城敗壁猶嶙峋。牛車冉冉行不盡，更愁怪石摧車輪。關門老子去已遠，吾生學道嗟何晚。紫氣猶經舊路迷，青牛不見當時返。只今豺虎正縱横，羽檄星馳大點兵。徼巡司隸督責苦，關下居民旦夕驚。疏林漸指新安麓，夜火人歸茅店宿。雞鳴客起四散分，令人忽憶孟嘗君。

過分水嶺有懷同志

前歲南過分水關，十月天晴花滿山。今年西度分水嶺，九秋積雪浮寒影。天時南北有常運，人事蹉跎發深省。中原日夕狼虎多，游子出門行荷戈。魯儒摳衣蹈白刃，汴京灑血腥黄河。東橋作郡夷門裏，南原卧家猶未起。石亭抱璞隱城市，梟塘買田歸霅水。有懷幽咄真自知，海内論心竟誰是。春日淮南黄栗留，丁丁伐木聲相求。此時誰遣不歸去，梁令還家尚黑頭。

北風行

昨日南風揚，今朝北風急。南風吹山山不移，北風吹海海欲立。軒轅臺前燭龍晦，紇干山頭凍雀泣。行人戢足不敢行，我獨何爲向原隰。田父停歌向我笑，笑我投簪滯鄉邑。然桂作薪炊玉粒，空囊無錢太羞澀。我云蓼蟲之性甘習苦，亦聞龍蛇歲晚當深蟄。行藏得失本天道，古來賢哲何嗟及。君不見，北風雨雪洛陽城，袁安卧内無人入。

對雪

對雪饒幽思，清吟酒半醺。撲簾寒未起，灑葉細先聞。風急仍含雨，天低欲墮雲。晚看庭篠色，漸喜白紛紛。

孝宗皇帝輓辭

經杖生新感，朝儀改舊觀。喪經仍漢制，顧命續周官。萬國函香拜，諸王畫像看。蒼天高不極，贊德自知難。

哀谷亭二首

聞道團營將，前茅未進師。居民坐塗炭，揮淚望旌旗。柳色烽煙外，鳩聲穀雨時。移家若飄梗，誰暇問東菑。

齊魯何多盜，冬春未解圍。元戎休按轡，黎庶待宣威。戍久軍芻竭，城寒士氣微。猶聞安撫使，先已獻俘歸。

觀楚人插秧

插禾憐楚俗，田畛緑層層。共道臨芒種，那能避鬱蒸。歌詞人互答，音節鼓相膺。但使民多粒，寧憂穀價騰。

渡淮二首

楚岸崩沙仄，淮流積潦深。沙明疑雪霽，潦迴似秋陰。舟楫煩相待，炎蒸喜不侵。重憐行宦地，獨感濟時心。

水外長天盡，煙中遠嶼銜。即看乘泱漭，已若釋憂讒。波撼青楓樹，涼輕白紵衫。舟人不愁思，滿引夕陽帆。

贈蔣子雲

別懷無近遠，送子即淒然。文采東都守，明時萬里遷。江舟回夕浪，汀草暗春煙。却望來時路，長安在日邊。

園居即事

首夏衡門裏，清波四望通。古槐垂密蔭，細草結幽叢。庭灑黄梅雨，簾鉤紫燕風。林堂多發興，興至復誰同。

雨後晚眺

小雨經檐盡，殘陽隱樹低。迎曛花氣合，向夕野容迷。寶刹流雲外，金塘去鳥西。吾生江海意，隨分此卑棲。

癸未書警

物態傷吾意，流離滿道傍。雨鳩頻逐婦，風雁忽分行。自分惟溝壑，何人且廟廊。舊時阡陌在，虛望返耕桑。

檐雨

中歲仕三已，晚耕天一涯。僻居寡儔侶，開戶對桑麻。檐雨隨風亂，溪流逐岸斜。時時值野叟，爭度坐鷗沙。

舟至臨清大風晦冥聞過客言谷亭盜賊之勢甚劇感而賦此

聞說王師北出燕，山東群盜故依然。沙城風起塵如霧，澤國春陰水作煙。過客盡傳烽火警，行人愁度谷亭船。平原太守今誰是，慷慨多慚石二千。

登王孫亭望華嶽

華嶽遥瞻勢已雄，河流入望更無窮。群山總出三峰下，衆水同歸九曲中。絶塞衣冠通上國，行人車馬入新豐。漢家陵邑依然在，擬賦西都恐未工。

秋興

彍騎憑陵八月風，羽書朝暮九華宮。金吾宿衞臨關外，宣府遊兵集禁中。燕塞河山天下險，泰陵恩德衆心同。誰能補衮供臣職，莫遣宵衣損聖躬。

滄浪江

千尋鐵鎖貫長橋，積翠浮天萬壑遥。人向中流看砥柱，路從平地入岧嶤。未論文教開荒服，已見蕃王款聖朝。鳥語花明迎使節，滄浪江上瘴全消。

滕王閣和韻

樓爲名高轉被憎，詩人翻怯後來登。嘉賓勝日難兼得，廢址遺文託再興。慷慨尚懷投筆吏，寂寥私念校書丞。留題擬附三王後，愧乏袁州刺史能。

騰陽元夕

殊方節序漫相親，又見春燈照眼新。秦苑煙花三輔夢，梁州風俗隔年身。千門宛轉迎華月，九陌逶迤起暗塵。淮海路迷何處所，孤城深鎖獨愁人。

登岳陽樓

岳陽樓前看洞庭，三江水多愁杳冥。殘陽欲盡孤鳥没，君山之樹何青青。題詩直防鬼神泣，吹笛恐有蛟龍聽。先采香蘭招屈子，徐歌瑶瑟報湘靈。

田中雜吟

高田低田湖水浮，南圪北圪粱稻秋。明沙日入有棲雁，獨樹風寒無繫舟。白草直隨平野盡，滄波真帶暝煙流。時艱漸老雙蓬鬢，歲杪空餘一敝裘。

大駕東巡野語

聞說天王西狩頻，翠華今日又東巡。泰山重被登封頌，梁父親承羽獵塵。曉日霏煙開帳殿，朔風寒雨暗楓宸。江都十月花零落，莫遣龍舟望幸新。

湘中雜興二首

湘渚草深鶺鴒鳴，湘江水清多芷蘅。月明伊軋中流槳，疑是湘娥鼓瑟聲。

春草千里碧沉沉，蒼梧雲昏湘水深。此中自古行人怨，鷓鴣雙啼斑竹林。

顧璘二十首

璘字華玉，先世吳縣人，徙南京。弘治丙辰進士，知廣平縣，徵入爲南京吏部主事，遷知開封府，降知全州，起知台州府，累遷至浙江左布政使，擢右副都御史，巡撫江西；乞終養，忤旨，勒致仕。再起巡撫湖廣，顯陵工竣，加工部尚書，還朝改南京刑部尚書。有《息園》《浮湘》《憑几》《山中》《歸田》諸集。

袁永之云：弘治間，獻吉、昌穀、仲默相與表裏，以鳴國家之盛。華玉頡頏其間，塤吹篪應，莫敢軒輊。他如希哲之宏博，伯虎之奇俊，繼之之古淡，升之之精工，太初之清曠，履吉之麗逸，玄敬之沖泊，伯時之醇邕，欽佩之雋質，叔鳴之新警，咸號名家，并稱國手。

陳羽伯云：華玉抽毫敷藻，前無古人。

文徵仲云：華玉文不事險刻，而鑄辭發藻，必古人是師。詩尤雋永，雖矩矱唐人，而劃除陳爛，時出奇峭。樂府歌詞亦不失漢、魏風格。頡頏獻吉、仲默、升之、昌穀間，不知孰爲高、孰爲下也？

王元美云：顧華玉如春原盡花芭靡不少。又云：華玉才華，在朱、鄭之上，特以其調少下耳。

穆敬甫云：顧公吴中才子，有知人鑒，爲當時風雅主盟，詩亦奇古不俗。

顧玄言云：司寇體裁變創，工於發端，斐然盛明之羽翼也。

黄德甫云：顧詩發源清淺，沿流徘徊，忽有所觸，一振其響，清映林樾，頓洗俗聽，如「高林忽在下，衣襟有雲霧。倒景猶照人，平地黯將暮」。可謂春容雅韻。又「江横群水合，野闊萬峰開」，描寫江山，超於凡想。

錢受之云：華玉詩矩矱唐人，才情爛然，格不必盡古，而以風調勝。

陳卧子云：華玉才情警麗，但風格未高。

俞右吉云：華玉詩如金塘緬演，積芳選木，春華有餘，所乏秋氣。

《詩話》：華玉與劉元瑞、徐昌穀，號「江東三才」；又與陳魯南、王欽佩，稱「金陵三俊」。當李獻吉、何仲默詩名未盛時，藉其弘獎。而王穉欽、顔惟喬輩，皆其所賞識。闢息園於居室之後，鑿池壘石，築載酒亭於西隅，延接名士，討論詩古文辭。張讌輒以箏琶佐觴，有小樂工楊彬善曲，每託於客曰：此蔣南泠詩所云「消得楊郎一曲歌」者是也。既負海内重望，遇時貴人，或傲然不爲意。而山林寂寞之士，虚已下之。祝希哲著《觀雲賦》，唐子畏著《廣志賦》，華玉恒對客誦之。及嚴惟中招飲，既坐，嫌其酒冷。惟中令易熱酒，華玉又嫌太熱。指顧揮霍，目無主人。嘗至浙訪孫太初，幅巾道衣，放舟西湖上。一夕，見有舟泊斷橋下，一僧、一鶴、一童子煮茶。華玉笑曰：「此必太初也。」移舟就之，遂定交焉。入楚試童子，得江陵張叔大，奇之，入謁，脱所束犀帶與之，曰：「子他年所綰不止是，留此見老夫非虚譽爾。」穉欽既失志，日與狎客鬭雞走狗。華玉欲見之，穉欽不肯往，乃以計恐狎客，乘其出游，疾趨而前。穉欽亟走匿，爲狎客夾持之，强留之具賓主禮。蓋其求友之勤如是。所撰《國寶新編》，録獻吉以下一十五人，各系以贊。其交也廣，而擇之也峻矣。

題龍巖額有賦

蒼厓積鐵古，中空若天開。不知寒泉水，潺湲自何來。石田莽重疊，上有仙人臺。淋漓濕元氣，玉黍長蓓蕾。青春始來游，桃花映樽罍。主人邀痛飲，酣歌日西頹。獨揮菁茅帚，書破巖上苔。巨靈拍掌笑，大劫俱揚灰。吾意在山水，短長安計哉。

南巖雷神祠

雷神棲何所，巖洞深杳冥。幽林蔽日影，寒澗餘龍腥。經年尚留雪，當午仍見星。石奇出變相，境勝通神靈。譎怪山海事，流傳信前經。

度楓木嶺

初謂山拂天，飛鳥不可度。逡巡躡危磴，乃即我行路。百折頻攀援，十步九回顧。高林忽在下，衣襟有雲霧。倒景猶照人，平地黯將暮。東北望故鄉，江流莽傾注。長風動萬里，獨立難久竚。

東郊田園二首

陶公歸桑里，謝客營石門。於世既無競，努力事田園。春還理荒穢，良苗應時繁。豈不念歲豐，天道難預論。列槿藩草屋，藝蔬備晨飧。郊居漸成趣，益厭城市喧。菽水苟無闕，萬事奚足言。

刈麥思時暘，分苗望時雨。彼蒼於農人，遷就亦良苦。好雨從東來，原田白膴膴。老穉荷蓑出，綠縟紛可覩。連歲荒負租，頗遭官長怒。今幸占有年，且願給公賦。絜酒兼炙雞，殷勤祝貓虎。

碧溪

落落高梧陰，俯瞰寒流碧。微雲過疏雨，秋容澹無迹。魚遊緑藻晴，鳥下青蕪夕。興至每垂綸，歌罷還岸幘。漁父兩三人，時來共爭席。

辨蛤和涇川公

漁海窮潏泬，獵山歷峆岈。生人胡多勞，養此六六牙。聖哲著禮經，細不遺螘蛙。食黿一染指，因以傾厥家。末俗貴珍異，載籍紛喧譁。美哉爾石蛤，奚免網與叉。修脛雪長荇，腴中剖團瓜。亯以實下豆，亦慰賓筵嘉。南荒盛蟲族，大者蛇與蟇。瑣細及百種，射影兼含沙。食者苦漚泄，傷者困瘡瘕。例舉混美惡，頗笑昌黎差。幸蒙匕箸賞，重以褒辭加。河豚自此賤，況復論魚鰕。

送陳魯南上陵

松柏西陵路，詞臣仗節來。衣冠瞻漢寢，弓劍拜軒臺。細雨春山濕，明星夜殿開。年年揮淚地，不見長蒼苔。

簡陳宋卿

頗怪陳無己，尋詩日閉門。空庭疏繫馬，細雨負清尊。節序過梅萼，春陰積蘚痕。不嫌官舍冷，燒燭對黄昏。

丙子元日於郡齋作四十韻

南紀江潭遠，東風節序移。流年傷久客，多病負明時。稼穡功何補，鶯花興匪宜。嶺梅虚照眼，江柳莫摇絲。憶昔爲郎日，承親樂在兹。都城依斗極，畫省綴雲司。禄米供調膳，家園奉杖藜。閒情潘岳賦，燕喜魯人詩。棣萼連庭發，槐陰拂地垂。書編長枕藉，酒斝亦淋漓。契合多良友，招邀慰所思。聲華傾座重，精白寸心知。松檜寒逾勁，驊騮老不羈。已堪徵道義，况更得師資。西漢才方盛，東周夢豈衰。立談期化理，傾倒絶猜疑。中路罹多難，專城試一麾。梁陳高賊壘，河朔走征旗。苦乏勤王略，空懷報國私。援枹臨矢石，飲血撫鰥嫠。僅免投豺虎，方思伴鹿麋。愚蒙仍觸法，覆載本含慈。斧鑕逃輕典，丹青發朽姿。恩波猶五馬，竄地異三危。水鏡開城觀，星躔壓地支。國風饒比興，民俗重耕犂。桃水居人樂，華胥帝載熙。頗容山簡醉，未釋賈生悲。信美非吾土，浮名已後期。形容麟閣遠，羽翼鷃圖卑。即事驚華髮，無階叩赤墀。大歡惟菽水，野性一茅茨。納履思投足，談經得解頤。

文章關不朽，氣格許誰追。能事輸前列，洪鈞貴自持。陶鎔兼物類，渾樸斵人爲。郁郁希游夏，勞勞去管伊。行藏俱自得，筋力豈空疲。細雨衣襟淨，深山卧起遲。時尋老漁父，同釣楚江湄。

庚辰元日

諸侯玉帛會長安，天子旌旗下楚關。共想元正趨紫殿，翻勞邊將從金鞍。滄江飲馬波先靜，黄竹回鑾雪未乾。北極巍巍天咫尺，五雲長護鳳樓寒。

和英玉聞秋佳亭新移悵然作兼簡王禮部欽佩

秋佳亭子臨秋水，伐木新移向近陂。小徑有時迷客入，長楊無數遶檐垂。即看野鵲春來喜，莫怪群鷗晚下疑，寄語東鄰王禮部，好攜樽酒數追隨。

寄張司馬九月六日憶湘山寺舊遊

遥憶東山張太傅，去年今日共離觴。清江畫舫愁中别，落月楓林夢裏長。黄菊再逢非舊日，白頭相見定何鄉。題詩欲寄衡陽去，目斷西風旅雁行。

懊惱曲效齊梁體

小時聞長沙，說在天盡處。人言見郎船，已過長沙去。

歸自灌園陽望湘山口占

十日別湘山，見如故人面。何況石頭城，是儂舊鄉縣。

雨中溪行雜詩二首

十日溪中舟，格格響溪石。孤篷過鳴雨，忽失沙上脊。
日暮爭渡喧，天陰野風急。孤客來何遲，蕭蕭荷鉏立。

移疾二首

山頭雨晴泉入池，黑牽牛花開滿籬。閉門三日簿書歇，恰直遠人來賦詩。
秋至一月暑仍酷，西風忽振庭梧飛。白雨連山雲匝地，滿城兒女覓秋衣。

掃階竹

高巖短竹餘一尺，纖葉𣇈𣇈青鸞毛。空山無人月華冷，西風滿地秋蕭騷。

陳沂 四首

沂字魯南，其先鄞縣人，徙家南京。正德丁丑進士，改庶吉士，授編修，進侍講，出爲江西參議，歷山東參政，轉行太僕寺卿。有《遂初齋》《拘虚館》二集。

顧華玉云：石亭詩人謂其類東坡，亦自號曰「小坡」。中歲，乃宗盛唐。

陳羽伯云：魯南藻性天成，尤多賦詠，文采照映一時。

穆敬甫云：太僕詩宏博精深，當屬大家。

顧玄言云：石亭與華玉、欽佩并稱，讀其詩，悦乎臨蓬山而俯瞰閬苑，深遠鬱然。

李時遠云：魯南古體埒漢、魏，長篇似太白，近體在開元之間。

錢受之云：魯南論詩，專以唐人爲宗，謂「少陵七言，聲洪氣正，格高意美，非小家妝飾。但才大不拘，後學茫昧，特拾其麤耳」。於時大江南北，文士稱朱、顧、陳、王四家。朱、顧皆羽翼北地，共立壇墠。而魯南能另出手眼，訟言一時學杜之敝；欽佩亦與之同調。江左風流，至今未墜，則二君蓋有力焉。

《詩話》：魯南詩亦匀整，第乏警策，蓋心懲北地勦襲之非，而限於力也。

山寺

出郭少人事，更居林壑間。僕因隨主懶，僧反愛吾閒。碧草生滿地，白雲常在山。城中會相問，未卜幾時還。

夏日雜興

野寺清涼舊有名，空廊還傍石頭城。侵階竹蔭差差轉，入座荷香細細生。西府山前車輦路，南唐宮裏轆轤聲。冰漿玉盌傳瓜處，想像君臣萬古情。

送石太宰代祀泰山闕里

上卿膺顯命，元祀向東方。喬嶽瞻青岱，生民有素王。邁邦齊一作周。望秩，過魯式一作漢。趨蹌。掃地如躬陟，摳衣儼帝將。諸峰求禪土，數仞入宮牆。仰止巖巖外，周旋翼翼旁。俯窺宜小壤，密造豈升堂。峻極神應降，惟馨道益光。往哉公不忝，簡在事非常。愧乏崧高詠，風雩代詠章。

寄顧全州

曲渚一作浦。湘雲暮，叢一作幽。篁楚雨秋。愁心寄鴻雁，煩爾過衡州。

王韋三首

韋字欽佩，上元人。弘治乙丑進士，選庶吉士，授南吏部主事，改兵部，遷禮部郎中，陞河南提學副使，終南太僕少卿。有《南原集》。

顧華玉云：少卿論詩，專尚才情。其言曰：「唐風既成，詩自爲格，不與『雅』『頌』同趨。漢、魏變於『雅』『頌』，唐體沿於『國風』。今以雅文爲近詩，未嘗不流於宋也。」故其詩婉麗多致，雋味難窮。或者謂爲纖弱，豈知所操之殊向哉？

陳羽伯云：欽佩詩有晚唐温、李之風。

王元美云：王欽佩如小兒女簪花，學作軟麗。

李時遠云：太僕詩婉曲濃鮮，頗類温、李。

《詩話》：欽佩詩，其源出於温八叉，比之義山不合也。其最著者，閣試《春陰》之作，篇中「起來小步傍闌階，花霧襲衣寒氣重」，李賓之批其卷云：「二語如有神助。」遂登上選。相傳欽佩爲秀才時，夢中曾聞人誦之，此與錢仲文「湘靈鼓瑟」事相類。儲靜夫又賞其「朱樓十二晝沉沉，畫棟泥融燕初乳」之句。亡友王介人則謂「苔花倉潤上簾櫳，濛濛經雨還未雨」二語，尤貼切。予意要不若「空庭簾卷晝亦暝，隔牆惟見桃花明」，狀春陰更工也。欽佩以疫終，見顧東橋集。《列朝詩》稱其「以母喪毁瘠卒」，蓋考之未詳云。

懷師友

幽薊多北風，塵埃旦暮起。嚴冬十二月，積雪更千里。落落高樹擁，靡靡勁草死。中庭獨彷徨，念我同懷子。遥遥涉玄冰，單車渡易水。歲暮人閉關，何爲遠遊此。

春草

帶雨和煙未可名，春風處處不勝情。於今南浦知多少，都向王孫去後生。

柳枝詞

渭水西來萬里遥，行人歸去水迢迢。垂楊不繫離情住，只送飛花過渭橋。

田汝耕二首

汝耕字深甫，祥符人。弘治中舉人，官兵部司務。有《莘野集》

俞汝成云：華野專尚氣骨，不作卑弱語。

席上贈推官還太平

萬國朝天罷，孤城返旆行。清秋看過雁，落葉下高城。海岫臨淮出，江雲入楚平。定知先攬轡，早晚望澄清。

秋興

西苑迢迢隔絳河，遥瞻禁籞渺煙波。天臨偏甸開仙仗，日下高城一作平蕪。散玉珂。宫漏漫從三殿報，爐煙别向九霄多。龍池會有承恩處，誰唱清平第一歌。

左國璣四首

國璣字舜齊，祥符人。弘治中舉人。有《南郭集》。

黄清甫云：左詩敏捷，率意所向，情景横生。昔有下筆成章之科，斯其人矣。但長於用才，短於用思，進而求之，恐其易盡。

李時遠云：中川，空同内弟，得之琢磨爲深。

陳卧子云：左君跌宕，亦未成家。

《詩話》：田、左并稱，詩皆麤鄙，信魯衛也。

郭桐岡樓宴集

華圃倚崇墉，飛觀凌白日。招尋偶同游，登陟遂閒逸。逍遥覽芳蒨，結構轉幽密。亭深碧篠茂，荷挺丹泉溢。虚曠周遠阡，岧嶤促危膝。回飈灑窗牖，明詠散縹帙。慕往歎睽離，俯來繼前述。憂傷感蜉蝣，局促悲蟋蟀。勿爲逝波歎，且共賞瑶瑟。

寒夜吟贈吴江主人

昏鍾夜半華月高，霜氣入室風蕭騷。主人下簾執明燭，玉壺瀉出香蒲萄。冰河赤鯉價重萬，洞庭黄柑初破苞。解我吴鈎佩，著我赤霜袍。當杯更發鷓鴣調，意氣落魄無辭勞。白日營營苦多務，喫飯梳頭日云暮。不來清夜與爾遭，枉使黄金滿篋庫。當年平樂宴賓客，十千五千更不顧。如花少女勸酒歌，醉沒西山月華素。吴江主人逸興清，寒夜與爾相逢迎。紅爐暖炙薰燄重，不怕河冰凍萬層。

野堂餞陳子之南都

我從東門來，送君金陵去。野館離筵春晝晴，楊花茫茫幾千樹。風吹亂撲金尊飛，行人且解碧羅衣。鳴箏送酒勸君醉，明日出門知者希。

贈趙將軍

老將摇征旆，提兵出漢家。幾年閒豹略，萬里鎮龍沙。驛路村村雨，邊城處處花。幕南無戰馬，終日醉聞笳。

孫一元 十七首

一元字太初，不知何許人，或曰安化王孫也。自號「太白山人」。嘗西入華，南入衡，東登岳，又南入吴，就昏於吴興施氏，與劉麟、吴琉、陸崑、龍霓，稱「苕溪五隱」。有《太白山人漫稿》。

顧華玉云：太初於詩，備極苦心，所乏天才耳。

李獻吉云：山人有超軼才，詩亦多憤激悲壯之音。

鄭繼之云：太白詩悲壯奇崛，感激奮發，而卒澤以沖和。

劉元瑞云：太初於詩，非唐以前則不顧。又云：太初詩主氣格，有刮劘胃腎之功。

殷近夫云：山人詩傳寫萬物，前無古人。凡可喜、可愕、可悲、可嗔，一以發之於詩，豪縱恣肆，時出蹊徑。

王元美云：孫太初如雪夜偏師，間道入蔡。又如鳴蜩伏蚓，聲振月露，體滯泥壤。

王敬美云：弘、正以前，風氣未開，振《騷》創《雅》，實始李、何，菰蘆中起而相角者，一孫山人而已。山人詩可稱具體，未見其止也。

穆敬甫云：太初詩神采秀發，不染色相。假與謫仙并起一時，當互有長短。

顧玄言云：山人五言得孟襄陽幽處，七言得張曲江曠處。

黄清甫云：孫詩語不循俗，務在幽致。寄託丘壑，指顧煙霞，宛然有逸士風。而内懷高度，頗自標舉。

陳卧子云：山人詭跡塵外，清放自居。故有俊調，而鮮深思，終近淺俗。

《詩話》：太初家本秦人，不受空同圈束。其詩亦不盡本唐音，觀其《與杭東卿論詩》作，則知一瓣香所向，乃屬涪翁。故有「勃興黄九窮，妙處空自知」之語。劉元瑞墓表謂：「詩非唐以前則不顧。」未爲太初知己。方山人太古讀其所寄詩云：「碧雲行空月皎皎，春風滿地花斑斑。」庶幾近之。

自君之出矣二首

自君之出矣，冷煖何所依。不能見君面，但見篋中衣。
自君之出矣，生死那可知。不能保君身，但保襁中兒。

訪樵者

遠尋山中樵，不識山中路。隔林伐木聲，遥憶林深處。不晤竟空歸，日墮西陵樹。

秋夜同紫峽逸士雪江老僧輩十人宿南屏山中誦逋仙夕寒山翠重秋淨鳥行高分韻賦詩予得夕字

荒煙散不收，殘山帶遥碧。林鴉晚依依，草雉時嗝嗝。斜光明不定，居人掩荆柵。揭來喜盍簪，林下喜幽賾。厓屋燈火青，野蕨旋新摘。豈無伏虎禪，亦有飛舄客。愛此小崑丘，人世白雲隔。願當抱奇幽，炯言永終夕。

陶淵明

淵明豪傑人，出處亦有道。昔讀荆軻詩，仿佛見懷抱。晉室漸陵夷，一官非所好。劉裕乃何人，天意亦草草。歸來卧潯陽，甲子紀年號。酒乃寓真情，菊也見孤操。

贈别王與時方伯

海中三花樹，石上五粒松。與子今有約，相候尋其蹤。褰衣白雲杪，時戲蒼精龍。手把古苔篇，還訪崑崙峰。峰頂嗽玄露，長令有好容。回首謝塵世，莫教生秋蓬。

漁父

野水平於席，中流風力微。江花迎日淨，沙鳥背帆飛。黄帽爲漁父，青錢買釣磯。只今鷗社裏，投老願無違。

晚霽

晚來雨初霽，煙火隔林微。一徑牛羊入，孤村桑柘稀。長天下遠水，積霧帶巖扉。月黑聞人語，溪南種樹歸。

失鶴

只在秋江上，孤蹤何所之。花間扶杖處，竹外聽泉時。野客來玄圃，山僧寄紫芝。此時還憶汝，伴我夜吟詩。

西爽亭會别周參政楊顧二參議

對酒山亭上，清秋思更豪。輕鷗動江色，片雨帶林皋。興逐王司馬，詩當何水曹。分攜聊一笑，日暮上漁舠。

鄭繼之地官久不過湖上奉簡

怪爾狂吟客，不過湖水濱。寧遭官長駡，莫得野人嗔。雲外烏藤杖，水邊白鷺巾。相看只自好，空送月華新。

飲惠憲副北屏別墅

對酒清溪上，聞歌杳靄間。竹光酣晚日，雲影動秋山。好鳥移時下，名園盡日閒。主人愛瀟散，野客不知還。

宿歸雲菴

沙晴竹碧鷗出飛，野花候予開石扉。暮雲卷雨日初落，木葉滿山風乍稀。酒杯入夜意自好，篝燈向人寒相依。窮幽覽勝乃吾事，坐愛名山忘獨歸。

草堂

溪上高秋雲木凉，地偏人事不相妨。開門江日流書幌，背水秋花照草堂。塹北買田時未就，舍南種竹已成行。幽居自擬王官谷，藥裹書籤引興長。

雜詠

夕陽沒中流，舟子不停櫓。風來未滿帆，望斷桃花浦。

山中

來往不逢人，家在山深處。獨鶴忽飛來，風動月中樹。

春日書事

欲晴未晴雲日黄，美人不來心獨傷。漫倚東風數春事，桃花梨花飛過牆。

鄭善夫 二十二首

善夫字繼之，閩縣人。弘治乙丑進士。除戶部主事，改禮部，以諫南巡，杖闕下，尋乞歸；用薦起南京刑部，改吏部郎中。有《少谷山人集》。

顧華玉云：繼之氣秀嚴谷，雖才韻匆充，而古言精思，霞映天表。

徐子元云：少谷師杜，殊乏懽悰，宛然一生愁也。

楊用修云：太初、少谷兩家詩，亦多雜宋人，而鑒者莫悟。

穆敬甫云：鄭詩風骨稜然，不深不俗。

王元美云：鄭繼之如冰稜石骨，質勁不華。又如天寶父老談喪亂，事皆實際，時時感慨。

王敬美云：閩人家能呫嗶，而不甚工詩。國初林鴻、高棅、唐泰輩，皆稱能詩，號「十才子」，然出張、徐下遠甚，無論季迪。其後氣骨崚崚、差堪旗鼓中原者，僅一鄭善夫耳。其詩雖多模杜，猶是邊、徐、薛、王之亞。

俞汝成云：少谷才調有餘，婉麗不足。然奇氣具在，雄思鬱然。

顧玄言云：驗封賦才英邁，往往有新語。

黄清甫云：繼之才故沉鬱，去杜爲近，過爲摹仿，幾喪其真。壽陵之步，亦可稱工，奚必邯鄲也？

謝在杭云：鄭繼之一洗鉛華，力追大雅。然掊擊百家，獨宗少陵。呻吟枯寂之語多，而風人比興之義絶。譬之時無春而遽秋，人未少而先老。才情未肆，氣格變衰；樂事未陳，聲淚俱下。此在少陵爲之，已非得意之筆，况效顰學步者哉！

錢受之云：林尚書貞恒撰《福州志》，剌少谷詩專仿杜，時非天寶，地遠拾遺，以爲無病而呻吟。以毅皇帝時政觀之，視天寶何如？猶曰無病呻吟，則爲臣子者，必將請東封、頌巡狩而後可也。甚矣！尚書之儧也。

陳卧子云：繼之雅質，故鋪敘之言獨長。

《詩話》：繼之在弘、正間，不襲李、何餘論，别開生面，好盤硬語，往往氣過其辭。雖源出杜陵，實有類山谷者。集中感時之作，可觀可怨，頗不猶人。其論詩五言云：「大哉杜少陵，苦心良在斯。末流但叫噪，古意漫莫知。鳳鳥空中鳴，衆禽反見嗤。」蓋有獨立不遷之槩焉。當時孫、鄭并稱，孫非鄭敵。朱、鄭并稱，朱亦非鄭匹也。

短歌行

驅一作跨。馬出郭門，馬疾不俟鞭。長跽叩一作挽。君馬，聽我歌一言。凉風戒芳樹，白露棲寒蟬。君子有所思，遠遊及幽燕。在家人所愛，去家人所憐。朝饔不及餐，豈得戀膝前。下有黄口兒，上有倉浪天。

今時方清廉，盡室難遠遷。獨行多辛苦，加餐以延年。

曹潔躬云：奇矯無前。

初離京邑留别諸同志

驅車遵城闉，振策率廣路。仰盼孤雲征，俯見波流泝。感念平生歡，豈以杯酒故。群居不自察，一作覺。相失增怨慕。川河引舟楫，陵陸曠煙霧。重覯難可尋，努力敷襟素。

發越州

生無冠組分，碌碌守迍邅。越南十二月，盡室復遠遷。故國眇天末，扁舟薄言旋。閩中地氣暖，可免絺與緜。舊業雖荒蕪，尚有一頃田。他鄉困寒饑，胡爲重留連。且聞江海熟，已不憂荒年。此州固信美，旅寓豈其然。盤餐未易遘，薪水亦費錢。雖得山水玩，顧非貧士便。素癖厭人事，况乃居市廛。毅然舍此去，飄颻御風煙。夜泊桐江雲，朝登富春山。行復經武夷，高招控鶴仙。沆瀣亦可飽，安能逐鵾鳶。踽踽禹跡裏，衷情向誰宣。

聞道

聞道今天子，身封鎮國公。家初營上谷，臣得賀離宮。鐵券傳何急，將軍氣盡雄。郊牛凡五卜，車駕想河東。

鍾廣漢云：甚哉！汲黯之戇也。

即事

赤縣山河在，黃沙道路長。祇憂蕃部落，不著舜衣裳。寶轂猶深入，金稍慮轉傷。前車未爲遠，神武有英皇。

早秋龍門舟中

艓子小於葉，早秋江上行。風波千古撼，天地幾時平。病骨憐滄海，凡才恥聖明。不眠聞短吹，故國亦飄零。

送陳生赴韶州戎幕

月下棲烏樹，天邊過雁群。生涯隨逆旅，幽獨倍憐君。百粤兹多難，今時未尚文。南遊得鑾府，愁殺郝參軍。

送蘇侍御從仁使蜀

驄馬今何去，玄冥歲已殘。風雲行劍閣，鉦鼓動松潘。事在西戎部，功虧舊將壇。懷柔亦邊略，要識聖恩寬。

讀太初潯陽歌

青春寄我潯陽曲，長路思君鸚鵡洲。此日江湖須遠志，浮雲西北有高樓。嵇康竟少神仙分，尚子仍牽兒女憂。居洛何曾定蹤跡，終南渭水入鄉愁。

登御校塲下望故宫

萬峰雲木鬱蒼蒼，故壘仍存閲武塲。南渡關河雙眼盡，中原風物百憂傍。尚傳草莽開黄屋，想見龍蛇遶御牀。往事只今俱灑淚，兩階干羽意何長。

勝果寺秋懷

山寺行逢紅槿花，江南風物望中賒。棘雲蘿月同秋事，鴻雁鶖鶬亦歲華。多病茂陵仍去國，長貧杜曲尚無家。白袍黄帽從吾好，歸去滄洲問釣槎。

卜居懷林待用司空

卜居爲愛龍山好，薜茘陰連湖上村。海日帆檣動書牖，天風鵝鸛到柴門。清時定許潛夫遠，散地還知靜者尊。聞道平生謝太傅，東山卧席未教温。

秋日病懷

南州木落晚一作歲。蕭蕭，薊野風煙萬里遥。病後客心惟藥物，秋來人意滿雲霄。平沙雁帶三湘雨，横浦帆歸八月潮。摇落應悲楚公子，不將舊業問一作付。漁樵。

李忠定祠

千秋祠廟對樵溪，丞相回戈日向西。江漢已浮龍馬去，風塵遺恨鷓鴣啼。中原經略時何及，北狩君臣路漸迷。三疏留君有東澈，人情天運苦難齊。

秋夜

七月欲盡天氣清，殘月未上江猶明。流螢渡水不一點，玄蟬咽秋無數聲。獨客尚未送貧賤，四方況是多甲兵。立罷西風夜無寐，吳歈嫋嫋感人情。

孤山寄太白山人

爲問山人孫太初，交情歲晚莫教疏。孤山梅萼春相惱，滿地松苓日自鉏。江夏肯容禰處士，茂陵初卧馬相如。知君不廢苕溪釣，書帛能無寄鯉魚。

歲晏答王時行

越王臺下草堂陰，萬壽橋東流水心。天畔風雲新歲晏，霜前梅柳故園深。黄巾亂後只茅屋，白社歸來無橘林。摇落最憐王水部，近時生理戴朝簪。

子夜變歌

我欲渡螺江，螺女不可遇。人知子夜來，不知子夜去。

柴門

涼月光不了，照我芳桂叢。白皛如人長，來往柴門東。

武夷櫂歌

幔亭彩幄會仙靈，紫霧濛濛薄太清。奏罷人間可哀曲，鳳笙龍管杳無聲。

櫂歌

青螺江頭游子吟，黄金臺上秋雲深。風塵一别一萬里，美人駕車傷我心。

游丹青閣懷許黄門啓衷

風流不見許黄門，文字丹青閣尚存。最憐佳句車盤驛，黄犢青山何處村。

明詩綜卷三十三

小長蘆　朱彝尊　録
西湖　湯右曾　緝評

呂柟 一首

柟字仲木，高陵人。正德戊辰，賜進士第一，累官南京禮部右侍郎。贈尚書，謚文簡。有《涇野集》。

天津

天津城外水浮天，海口東來萬里烟。遥見帆檣雲外落，却疑日月鏡中懸。鶴巢不避波濤險，蜃閣常依島嶼連。愧是乘槎銀漢客，幾回吟望斗牛邊。

景暘二首

暘字伯時，儀真人，僑居南京。正德戊辰，賜進士第二，仕至南京春坊中允，掌國子司業事。有《前溪集》。

顧華玉云：中允詩主盛唐，蕭散遺俗，詞鋒沛發，靡不中的。

陳羽伯云：公詩瀟灑，直寫性情，無論唐宋。

歐楨伯云：伯時文法兩漢，詩主盛唐，與蔣子雲、趙叔鳴、朱升之，號「江北四子」。

《靜志居詩話》：《前溪集》久遂失傳，從盧子明《廣陵詩選》録得二首，其《與陳玉泉論詩》云：「辭取達意，若惟以摹擬爲工，尺尺寸寸，按古人之跡，務求肖似，何以達吾意乎？」蓋亦矯北地之弊者。

懷水部蔣子雲

棋局經旬隔，壺觴勝引稀。蕭條憐我輩，鄰比有漁磯。雲竹晴還雨，風花落更飛。相期過山館，小坐可忘歸。

送陳戶部南使

使節乘春色，家園喜便過。草堂寒雨細，江堰晚雲多。緑柳臨岐折，青驪傍酒歌。仍聞赴吳會，勝事更如何？

王崇慶二首

崇慶字德徵，開州人。正德戊辰進士，累官戶部尚書。贈太子少保。有《端溪先生集》。

送馬守之澤州

寂寞山城裏，春風未有花。野塘新水細，茅店酒旗斜。故國音書斷，長安道路賒。何時共知己，傾倒酌流霞。

舟次德州

遠浦漁舟小，寒天柿葉稀。歸心正愁絶，一雁夕陽飛。

唐龍七首

龍字虞佐，蘭谿人。正德戊辰進士，累官太子太保，吏部尚書。卒，贈少保，謚文襄。有《漁石集》。

王元美云：唐虞佐如苦行頭陀，終少玄解。

穆敬甫云：唐公詩若甲胄明光赫然耀日。

顧玄言云：文襄風度瓌爽，頗臻古雅。

陳臥子云：漁石五言，本之少陵，已涉藩籬，漸窺堂奥。

《詩話》：文襄敭歷中外，宦轍所至，必有留題。其詩長於五律，句如「鶯花邊地少，風雨暮春多」，「雲氣雨中白，山光鳥外青」，「斷湟春水淺，亂石曉山稠」，「赤峽青冥外，飛泉急雨中」，「星臨河影動，風入鼓聲高」，「野水流漁市，山雲進郭門」，「雪埋青兕叫，霞引白鴛飛」，「細雨孤帆落，疏燈兩岸明」，「巖林遺魯殿，甽畝變秦川」，「野鹿避人走，山禽向我啼」，「凍雲投浦宿，倦鳥逐風回」，「百里郵程遠，三更候吏稀」，「殘棋榕葉暑，嫩醑菊花天」，「巖置戍樓直，峰懸鳥道斜」，「客身病亦起，短髮落還梳」，「竹外青藜杖，風前細葛巾」，「移松邀老圃，失鶴問前村」，均有風致。

送李拱元歸田

春月白如雪，春山青如銅。楊柳未堪折，歸客何忽忽。三徑命巾車，五湖漾孤篷。從兹謝塵鞅，陶然隱者風。廣結桑麻交，遠尋麋鹿蹤。洪淵縱文舫，遥漢矯冥鴻。嗤彼風塵子，胡乃長書空。

雨懷二首

細細風前斷，疏疏葉上聞。亭臺隱山霧，城郭入溪雲。轉益鄉愁亂，還憐世事紛。早秋身似雁，天外獨思群。

萬樹秋雲裏，孤山細雨時。江泥沾落絮，花霧困游絲。懷抱爲誰好，親朋已久辭。東溪讀書處，一水護青帷。

冬至

天涯長至日，燈下遠遊人。薄禄家猶賴，休官話未真。歲時愁不住，形影自相親。幸有梅花發，寒香可結鄰。

赦書坪渡渭

渭北津多柳，荒荒野色連。十家橋外市，雙櫓峽中船。冰響潛魚聽，沙明過鳥憐。蹉跎歸色晚，風雪又殘年。

成縣馬融絳帳臺

太守傳經地，幨輿趁月行。栗亭秋雨歇，魚峽夜川明。竹外雙旌出，沙邊一吏迎。荒臺迷絳帳，失學愧諸生。

送蔣石菴赴湖南

細雨移尊日，溪亭送客時。風塵千里別，宇宙幾人知。雪夜山陰興，春天渭北思。老來鄉社裏，杖屨更追隨。

毛伯温三首

伯温字汝厲，吉水人。正德戊辰進士，除紹興府推官，徵拜河南道御史，歷按福建、河南、湖廣，陞大理寺丞，擢都察院右僉都御史，巡撫寧夏、山西、順天，回理院事，陞右副都御史，工部尚書，改兵部，從駕南征，加太子太保。天啓初，追謚襄懋。有《東塘集》。

《詩話》：東堂數與夏公謹、李獻吉、方思道相酬和，故其詩頗具風格。

鹽池驛留别張僉憲

共事未半載，何當别忽忽。對酒不能言，沙磧驚寒風。逖矣西夏區，邊儲恒不充。霜早歲常歉，役繁民多窮。四時勞守堠，終日事臨戎。衣單腹不飽，目擊心以恫。多君計慮周，每與愚議同。正當期展布，方念蘇疲癃。慚余但謀始，仗君還圖終。愍此邊塞苦，慎勿隳前功。

夜泊富陽

秋夜江風急，樓船水月明。汀洲散漁火，烟樹隱山城。雁逐星河沒，蟲依草岸鳴。鄉心愁欲絶，何處擣衣聲。

鄰霄臺和丁近齋

殊方久客情能遣，高閣同登意忽開。遏日高帆過西峽，霾雲古樹壓南臺。沙村近帶農田出，海岸遥看賈舶來。醉下虚亭尋古迹，斷碑危碣半莓苔。

周金一首

金字子庚，南京右衛籍，武進人。正德戊辰進士，累官太子少保，南京戶部尚書。贈太子太保，謚襄敏。有《上谷》《漁洋》二稿。

九日中山道中憶故園諸子

攬轡川原秋日晴，岳蓮高并海雲生。天涯佳節愁中過，塵世歸心夢裏驚。懷李街頭船傍屋，通吳門下水連城。登臨忽憶當時事，落帽風流何限情。

潘鑑二首

鑑字希古，婺源人。正德戊辰進士，累官兵部尚書，兼右副都御史，提督兩廣。贈太子太保，謚襄毅。有《古泉集》。

餞家兄希仁

寒雁叫汀洲，歸程不可留。聊攜季路榼，相送仲宣樓。歲晚荆門樹，風微漢水舟。鄉心吾欲折，行役幾時休。

奉謝中丞北湖公以丹砂見寄

郢雪催殘臘，荆雲繫病身。雁過南岳近，書枉北湖頻。梅福非凡吏，桃源別有春。丹砂開寶訣，攜我出風塵。

陳達甫云：後半有逸趣。

寇天敘 一首

天敘字子惇，榆次人。正德戊辰進士，除南大理評事，進左寺副，遷寧波知府，歷應天府丞，以都察院右僉都御史，巡撫宣府，改撫治鄖陽，再改巡撫甘肅，入爲刑部右侍郎，以憂歸，補兵部右侍郎。有《涂水集》。

題畫

十月梅花開已多，蹇驢衝雪野橋過。亦知金紫趨朝貴，奈此當前清興何。

歐陽鐸 一首

鐸字崇道，泰和人。正德戊辰進士，歷官吏部右侍郎，贈工部尚書，謚恭簡。有《恭簡公遺集》。

次萍鄉

明發宣風館，秋陰得氣饒。雲昏山欲斷，泥濘路偏遥。近縣峰頭塔，横江屋底橋。舊時銅漏刻，强半土中焦。

王應鵬四首

應鵬字天宇，鄞縣人。正德戊辰進士，累官右副都御史，協理院事。有《定齋集》。

李杲堂云：先生詩渾涵高脱，即置諸開元之際，可謂大家。其視學畿内，告誡諸生，以爲「學先立志，不得輕議正人長者，自絶於名教。文章無徒仿摹字句，其中索然，致貽學術之禍。」一何深中後來學者之病，痛切其言之也。

和淵明雜詩二首

神京四千里，遥途今已逼。楊柳何蕭蕭，秋風吹長陌。雲深塞草黄，露重秋江白。仰視天宇寬，俯覺微軀窄。對景斯悵神，當秋頻作客。忽憶四明山，山中有舊宅。

藹藹王朝士，謀國如苞桑。良穀非不多，焉用存秕穅。愾昔宣尼子，栖栖亦絶糧。鼎烹不足致，時運有陰陽。義命儻如此，飢來非所傷。白雲思故都，皎月明東方。安得夙心人，共此今夜觴。

次瓜州有述

鑾輿將出狩，邏騎已先征。淮北三年水，江西六月兵。已應經睿覽，未許括蒼生。直北天王地，星河永夜横。

曉發淮口

春江歷歷水悠悠，一夜東風五兩收。花信不知何地早，鄉書猶憶故園秋。年來國是誰能定，病起詩懷祇自愁。昨日六飛巡幸後，已將寬法遍南州。

韓邦奇二首

邦奇字汝節，朝邑人。正德戊辰進士，歷官浙江僉事，轉山西參議，擢僉都御史，撫山西，入爲兵部侍郎，進南京兵部尚書。以地震陷死，贈太子少保，謚恭簡。有《苑洛先生集》。

送唐中丞撫蜀

聖主憂全蜀，中丞出上台。蠶叢橫地出，熊軾倚天開。節鉞分封陛，風霜動柏臺。莫辭前路險，後命已相催。

再過褫亭

野戍淒淒晝角，山城處處寒砧。最是秋風羇客，不堪暮雨鄉心。

韓邦靖六首

邦靖字汝慶，邦奇之弟，時號「二韓」。正德戊辰進士，除工部員外；乾清宮災，應詔陳言，繫錦衣獄，奪官爲民；起山西左參議。有《五泉集》。

王敬夫云：五泉古歌詞，浸淫初唐，間逼漢、魏。七言絶句詩類少陵。

顧玄言云：參議詩遒暢，時有新語。

《詩話》：五泉心慕手追，乃在大復。比於西原、南冷不足，方之孟有涯、李嵩渚，似勝一籌。

晚坐

遥峰羅夕日，高原藹秋陰。天風自何來，吹我芳樹林。寒蟬發哀調，蟋蟀嗣其音。歲月日以暮，霜露日以深。相思不自遣，無乃勞君心。持君一杯酒，聊以開鬱沈。

聞雁

鳴雁蕭蕭下，寒燈故故明。角聲傳細雨，雲色度高城。兄弟無書信，乾坤有甲兵。秋風歸未得，見爾不勝情。

寄楊侍御師文

逐客地雖僻，故人情不疏。已勞千里駕，復覯數行書。別思梅花後，春風蕙草初。江亭一杯酒，何日話相於。

中秋同何仲默望月

令節他鄉酒，關山獨夜情。看花秋露下，望月海雲生。碧漢通查近，朱樓隔水明。南飛有烏鵲，作意向人嗚。

聖駕西巡歌

渥洼龍馬屬天閑，沙苑牛羊入大官。八府三邊俱望幸，九重十月未回鑾。

谷太監出軍歌

五千精鋭下良鄉，雲裏旌旗鬭日光。諸將不知中使貴，夜來馬上别君王。

方鵬 十一首

鵬字時舉，崑山人。正德戊辰進士，歷南京武選郎，擢山西提學副使，以疾辭；用薦徵拜春坊庶子，遷太常卿。有《矯亭集》。

周子籲云：太常詩尚典雅，不事雕琢。

《詩話》：矯亭古詩効陶，近體學白，頗饒自得之趣。其《自題小像》云：「此像何人斯？吳淞方矯亭。頗記前身事，生可六七齡。一疾遽夭死，天地爲晦冥。蒼頭抱我哭，諸婦慟拊膺。

其家乃城居，面北高檐楹。臨街列屠沽，陰風助哀聲。思之宛如昨，語及輒涕零。性靈想不寐，還復得此生。」乃知記憶前身事，匪獨鮑井羊環也。

感寓二首

昔從京師歸，賀客來滿屋。家人紛治具，牽羊就屠戮。斯須立階除，羊忽跪而伏。亟命舍之去，何忍見觳觫。君子充是心，當使萬物育。如何一命士，分符作民牧。誅求入膏髓，鞭撻爛肌肉。置之囹圄中，死者十五六。安得如此羊，食飽卧林麓。

縣尉謹修職，屢受上官笞。同僚狡而貪，臺章交薦之。泣與妻子謀，歸去寧寒飢。夷蹠既莫辨，守此復何爲。

知足吟三首

人見白髮悲，我見白髮喜。多少賢達人，不見白髮死。高才李長吉，有道文中子。行年未三十，相與歸蒿里。吾生已倍之，對鏡宜莞爾。

昔解晉皋組，出處頗合宜。不幸賤姓名，誤爲當道知。有詔落致仕，再起職論思。人皆爲我榮，我心獨不怡。終然野鹿性，不能受銜羈。蹤跡日以遠，音問日以稀。當道赫然怒，奮筆逐去之。人皆爲我惜，我心樂不支。豈惟全晚節，亦以釋群疑。地下見先子，庶幾無愧辭。

山谷忤時宰，連貶至宜州。僧舍不容居，置之南戍樓。無奈風雨寒，一疾竟勿瘳。旁無期功親，棺殮誰與謀。予今老牖下，骨肉聚牀頭。但見眼前樂，不知身後憂。康哉復康哉，地下從黔婁。

紀異

壬辰夏孟月，既望夜入酉。東鄰李氏子，年可十八九。門外聞作聲，蓬蓬似鼓缶。開門出視之，四鬼捽其首。踰牆更越樹，勢若風雷吼。捽至野廟中，亂被老拳毆。父母競號呼，蹤跡竟無有。親鄰各燃炬，訪覓遍林藪。夜半忽自歸，狀貌殊獰醜。其身長丈餘，見者駭而走。入門還復短，瞪目但摇手。母妻環問故，稍語即閉口。青紫色浮面，縲絏痕映肘。僵卧三日甦，不能記誰某。此理終莫詰，語怪戒魯叟。

西洲和時鳴韻

水雲深處卜幽栖，不減夔州瀼西。寒雨渡頭孤艇没，夕陽江上遠山低。養馴白鴨當門浴，種就黄蘆與屋齊。未識東山歌舞地，祇將尊酒對山妻。

留都將歸先呈未齋

羞將白髮戀京華，已辦歸裝路不賒。旋買雞豚投里社，敢驅鵝鴨惱鄰家。春風枕上聞啼鳥，秋水溪頭看泛槎。莫道山翁無一事，借書沽酒亦生涯。

生日招遠林

勞勞六十又三年，半在愁邊半客邊。假我餘生還對酒，與人多忤合歸田。花前卧疾妨春事，枕上敲詩失夜眠。此日江村期一醉，淺沙深竹繫吳船。

丙申新正試筆和舍弟韻

七十行年秖欠三，清時無補自知慚。輕寒枕上慵朝起，細雨尊前劇夜談。春意熙熙人自樂，病懷黯黯我何堪。賣花聲在東風外，紅白江梅共一擔。

偶作

靜掩荆扉送夕曛，幾株殘菊散幽芬。一燈影射青綾被，雙杵聲催白練裙。老去閒思多舊事，客來清話半新聞。酒錢藥價粗能備，莫怪先生嬾賣文。

方鳳 一首

鳳字時鳴，鵬弟。同榜進士，官監察御史。有《改亭集》。

周子籲云：時鳴負氣，不肯詭隨於時。肆志自適，詩亦豪俊。

閒居

自入春來日日閒，柴門無客晝長關。枕書榻傍階前樹，對酒牕開屋後山。葉暗新枝花盡落，泥添故壘燕初還。近來識得全生術，不放愁催兩鬢斑。

邵鋭 一首

鋭字思抑，仁和人。正德戊辰進士，歷官太僕寺卿，贈右副都御史，謚康僖。有《端峰存稿》。

答程以道見寄之作兼簡徐用先

近得遼陽信，含情仔細看。念君同患難，垂老各平安。野望餘沙漠，邊愁重苦寒。尺書艱往復，惟有勸加餐。

孫璽 一首

璽字朝信，平湖人。正德戊辰進士，官至山西按察僉事。以子植貴，贈刑部尚書。有《峰溪集》。

關索嶺

萬里雲南路，三年始得歸。野梅渾破萼，官柳半垂絲。嶺峻盤空險，城尖疊石危。邊疆據形勝，天畔控諸仁。

程啓充一首

啓充字以道，嘉定州人。正德戊辰進士，任監察御史，贈光禄寺少卿。

塞下曲

黑龍江上水雲腥，女直連兵下大寧。五國城頭秋月白，至今哀怨海東青。

戴冠七首

冠字仲鶡，信陽人。一云吉水人。正德戊辰進士，授户部主事；以建言，貶廣東烏石驛丞；起户部員外，出知延平府，改蘇州，終山東提學副使。有《邃谷集》。

俞汝成云：仲鶡聲調宏邁，話意勁拔，忼慨激昂，有古國士風。

穆敬甫云：戴詩如丹厓緑水，澹然有味。

《詩話》：仲鶡與仲默同鄉里，詩亦同調，謂之具體可爾。或言其五言律勝於仲默，豈篤論乎？

曉發

村雞喔喔啼，取火照行李。隔籬謝主人，出門渡溪水。仰觀羅浮嶺，白雲猶未起。

立春日舟中題

作客尚無地，他鄉空復春。舟中兒女大，天末歲時新。樂事喧殊俗，窮愁縛遠人。椒盤懷故里，腸斷白頭親。

南夏

不作炎州客，那知宇宙偏。日車淹北戶，火樹爍南天。氣溽乘宵雨，雲蒸挾暮烟。波斯夸白氎，出入不曾捐。

寄王德徵登州

王子十年別，封書萬里來。乾坤知汝在，涕淚向誰開。海國青春隔，天隅白髮催。相思一搔首，獨上越王臺。

人日游石磜

人日尋春到海隈，新年物色太相催。風吹燕子家家入，暖逼桃花樹樹開。久住山林殊自適，頻來峒客更無猜。黄柑白酒能消渴，盡日松間坐不回。

雨晴出左掖

北闕春雲散曉扉，西山雪日弄晴暉。雨聲恨不連三日，松樹須教過十圍。歲遠玉螭書未有，晝長金馬詔全稀。侍臣欲老惟疏放，自歎從容退食歸。

贈甘惠州

四百雲峯面面開，使君花底放衙回。人生豈必二千石，只看羅浮也合來。

陸震 一首

震字汝亨，蘭溪人。正德戊辰進士，以車駕員外郎，抗疏劾江彬，逮繫，三杖而死。嘉靖初，贈太常寺少卿。

《詩話》：太常力批龍鱗，九死不悔。裹尸之後，晝晦如夜，海子水溢，玉河七鐵柱齊折。天變豈不足畏耶？詩存無多，録四十字，一字一碧血也。

朝房待罪

驥尾思千里，葵心託萬言。一身曾許國，九死敢忘恩。梅福冠猶在，朱雲檻不存。空庭對明月，古道照乾坤。

祝鑾 二首

鑾字鳴和，當塗人。正德戊辰進士，以祠部郎諫南巡，廷杖，仕至廣東布政使。有《篁溪集》。

感興

公輸構大廈，一人操引繩。群工雖不同，各各奏其能。用人不求備，負荷隨所勝。所以無棄材，百堵由兹興。或者太區別，聞之爲撫膺。

仙源

仙源何處來，無乃自天上。不然瀑布泉，那得千萬丈。

方豪六首

豪字思道，開化人。正德戊辰進士，除崑山知縣，陞刑部主事；諫南巡，杖闕下；起湖廣僉事，進副使。有《棠陵集》。

顧玄言云：方詩多出少陵蹊徑。

錢受之云：思道探奇歷勝，與鄭繼之同好。詩多率易，信口急就，似又出繼之之下。

陸次友云：棠陵與孫、鄭衿契最深，其才雖敏，不及二子遠矣。

尋王粲樓故址

仙子乘雲去不還，空餘詞賦落人間。高樓試問今何處，故老相傳是此山。極目平原空悵望，側身塵界欲飛攀。漳沮秋淨征鴻下，越客悲吟鬢已斑。

游桃花寺

聽說桃花寺，游人興不禁。桃花今不見，流水尚堪尋。

看月

看月月轉明，幽人寂無語。山空秋夜長，松露濕如雨。

滄江吟

白髮滄江酒一尊，丹楓赤壁自成村。沙鷗汀雁真吾侶，垂老何曾識縣門。

題畫

亂山兩岸一江横，烟樹濛濛雨乍晴。釣艇自來還自去，江風不動水禽鳴。

鴛鴦湖

鴛鴦湖邊落日明，荷花十里櫂歌聲。丈人自折碧筩飲，醉看秦塘海月生。

馬録 二首

録字君卿，信陽衛籍，紹興山陰人。正德戊辰進士，授固安知縣，擢監察御史。有《百愚集》。

霸州城行

霸州城外水繞牆，霸州城頭戍卒强。四門高樓接烟霧，縈回十里多垂楊。去年豺虎滿天地，此城南北皆戰場。至今落日照白骨，血霑野草猶淋浪。當時别縣人皆走，此城之人苦相守。五馬使君身姓王，募招壯士犒牛酒。遂令萬夫同一心，彎弓罵賊不絶口。固安與霸爲鄰縣，此事分明眼中見。乃知設險可守邦，區區省費非民便。

永清遇雨作

白日永清雨，移時不肯休。風前當檻落，河漢近城流。牛馬誰堪辨，蛟龍恐亦愁。西歸途路失，何處問孤舟。

張綸 一首

綸字理之，錦衣衛人。正德戊辰進士，官按察使僉事。嘉靖初，以議大禮，謫戍雲南。

錦衣獄中

重門扃夜月，鈴柝轉深更。客夢秋能作，扉燈曉尚明。君臣今古義，兒女歲時情。起把青銅對，愁憐白髮生。

胡纘宗二首

纘宗字孝思，一字世甫，鞏昌人。一云山西文水人。正德戊辰進士，特授翰林檢討，外補嘉定州判，移守潼川，遷南戶部郎中，改吏部，出知安慶府，調蘇州，升山東參政，改浙江，歷河南布政使，以右副都御史，巡撫山東，改理河道；乘輿幸楚，纘宗作詩記事；爲戶部主事王聯所訐，逮下獄；尋放歸。有《鳥鼠山人集》。

袁永之云：先生詩出入漢、魏，其視昌黎、少陵，若弗屑者，而亦未始不合也。

王元美云：胡孝思如嬌兒郎，愛吳音，興到即謳，不必合板。

蔣仲舒云：中丞天質穎敏，亦一關中之雋。第命意淺率，不足多傳。

《詩話》：孝思詩未入格，顧沾沾自喜，到處留題。當永陵南巡，作詩紀事，有云：「穆王八駿空飛電，湘竹英皇淚不磨。」用事殊不倫，乃刻之於石，致騰讒者之口。其得免死，幸也。謝山人榛贈詩云：「白首全生逢聖主，青山何意見騷人。」時孝思年將八十矣，杖創呻吟，猶占韻以謝。其意氣有不可及者。然詩實牽率，晉江王道思序之，稱其「宏深精毅」，盛歸美於秦風。毋亦嗜秦人之炙者與？

擬古二首

驚喜君王至，西華夜啓扉。後車三十乘，載得美人歸。

《詩話》：康陵西幸，悦樂戶劉良女，遂載以歸，貯之騰禧殿，號曰「夫人」。及南巡日，帝期以中途召之，夫人脱簪予帝以示信。帝騎過盧溝，亡之，大索不得也。行至臨清，念夫人，召之；以不見簪，不往。帝不得已，兼程抵潞河，載夫人偕，南寺觀幡幢，列鎮國公號，復繫以名，夫人每得并書。嘉靖初，納南京給事中王紀之言，俾盡撤去。然夫人在途，常諫帝游獵，非專以色固寵者。烏鼠山人是詩，直書其事，亦取禍之萌也。

上馬入黄城，嫖姚典禁兵。猶言恩寵薄，下馬坐團營。

丁奉二首

奉字獻之，常熟人。正德戊辰進士，除行人，歷南京吏部驗封司郎中。有《南湖留稿》。

《詩話》：南湖詩不事鍛鍊，興酣落筆，往往暗合彙篇。句如「白蘋風外水，紅葉雨中山」，「徑轉花間月，山飛樹杪泉」，「夜橋喧客櫂，曉碓起鄰燈」，「菜甲今朝雨，蒲香隔岸風」，「人當紅樹坐，船觸白蘋行」，「白髮生秋日，黄花惜暮年」，「山寒松子落，籬暝豆花深」，俱有風韻。即嘔心撚髭者爲之，不過爾爾。

擬古

白日墜西山，明朝出東海。天地無終期，萬物豈能待。繁花重露零。高岸深谷匯。昨見朱顔酡，今看霜鬢改。汎舟登蓬瀛，蓬瀛果誰逮。

寄尤少卿宗暘

張翰歸時計亦疏，秋風寂寞始登途。不思五月清江上，已有鰉魚勝玉鱸。

曾璵 一首

璵字東玉，瀘州人。正德戊辰進士，由戶部郎出知建昌府。有《少岷存稿》。

《詩話》： 王新建定寧庶人之亂，吉安守伍公文定固稱首功。同時贛州則當塗邢珣，袁州則武邑徐璉，臨江則臨海戴德孺，饒州則晉江林城，廣信則閩周朝佐，撫州則鄞陳槐，建昌則少岷也。其師至雖有後先，寔同力共濟。少岷有收復南康功，而不見録，纂修地志者皆没其實，故表出之。詩雖未名家，亦清脱無塵氣。

南洲歌

南洲春早江蘺生，南洲日長沙鳥鳴。郎君莫向北湖去，不似南洲烟水平。

錢琦 二首

琦字公良，海鹽人。正德戊辰進士，授盱眙知縣，歷南京刑部郎中，出知臨江府，調思南。有《東畬集》。

顧玄言云：臨江詩沖秀彌暢。

彭子殷云：公良詩春容馴雅，每入唐人庭奥。

登獻花巖

獻花巖畔寺，游子數登臨。花發年年好，巖深處處陰。風前收落果，坐久換鳴禽。世路何多事，看山偶會心。

過滁州

江北滁南數日程，蕭蕭落木送秋聲。夕陽滿地鳥飛絶，人在亂山堆裏行。

凌楷 一首

楷字端甫，揚州通州人。正德戊辰進士，官戶部郎中。

高郵

孟城勞悵望，烟樹一浮洲。地濕人多病，林寒葉易秋。人家留鳥跡，國稅獨漁舟。夜月珠光在，多應照客愁。

駱用卿 一首

用卿字原忠，餘姚人。正德戊辰進士，官兵部員外郎。

題韓信廟

逐鹿中原漢力微，登壇頓蹙楚軍威。足當躡後猶分土，心未猜時尚解衣，畢竟封侯符蒯徹，幾曾握手到陳豨。英魂漫灑荒山淚，秋草長陵久落暉。

李獻吉云：此題淮陰廟絶倡也。

徐愛 一首

愛字曰仁，餘姚人。正德戊辰進士，除知祁州，歷官兵部郎中。有《横山集》。

黄太沖云：文成之學得曰仁，而門人益親。曰仁之亡，文成有祝予之慟。其詩力未深，而不落凡俗。

紀遊

壁磴臨絶壑，兼乘欲疲馬。屢盤羊腸出，還驚虎頷下。逼險悔初進，稍縱覬復假。如何窮探心，阻困每未舍。無端覓憂虞，中止固由我。回思競利人，何殊履危者。

陸伸一首

伸字安甫，太倉人。正德戊辰進士，官大理評事。

河間道中

荒田殘雪啄飢鴉，握粟謀炊野店家。辛苦莫辭行路遠，冷風三日下牛車。

田惟祜二首

惟祜字裕夫，蕭山人。正德戊辰進士，有《滄螺集》。

《詩話》：裕夫領解浙闈，時名蔚起，今則知者寡矣。詩如王、謝子弟，雖未陶鑄，毋論風流文采，裙屐亦自不同。

龍游至衢州

龍游接衢州，景不殊蘭溪。山少灘瀨多，沙石成長隄。溪流時衝決，兩岸無平蹊。湍急舟行速，水淺石可攜。野曠少人烟，地瘠艱鉏犂。泊舟無村市，遇夜隨停棲。幸無狂客驚，惟聞山鳥啼。船定水汨汨，篷疏風淒淒。寤寐夢不成，候曉無鳴雞。惆悵盼家山，遥遥望中迷。

晚登城樓懷友

江城天暝夕陽微，拍拍輕鷗逐浪飛。水郭烟光迷野屋，海天風色上征衣。倚樓長笛家何在？出浦扁舟人未歸。愁絶知心成兩地，目隨征雁思依依。

黄卿　一首

卿字時庸，益都人。正德戊辰進士，歷官江西布政使。有《編茗集》。

三關書事

曾聞甲戌邊聲急，白首追談足愴神。子女牛羊充塞窟，旌笳駝馬暗風塵。山埋戰骨雲長慘，野哭驚沙草不春。舊日僨軍今甲第，大廷持法是何人？

童寬 一首

寬字栗卿，蘭溪人。正德戊辰進士，監察御史，改調平陽推官。

雨花臺

阿師何術隕天花，臺迥登臨望眼賒。百里晴山圍帝宅，六朝芳草入僧家。層層樹色寒烟合，歷歷車聲古道斜。鐵鎖銷沈龍戰後，落潮處處咽江沙。

明詩綜卷三十四

小長蘆　朱彝尊　録
具區　徐德夏　緝評

楊慎二十五首

慎字用脩，新都人。正德辛未，賜進士第一，授翰林修撰。以議大禮泣諫，杖謫永昌。天啓初，追謚文憲。有《升菴集》。

薛君采云：用脩窮極詞章之綺麗，牢籠載籍之菁華。其卓絶之才，弘博之學，直欲追軋古人。

張愈光云：升菴詩，予不喜其深邃，而喜其朗爽也。

王元美云：楊用脩如暴富兒郎，銅山金埒，不曉喫飯著衣。又云：用脩工於證經，而疏於解經，詳於稗史，而忽於正史，詳於時事，而不得詩旨；求之宇宙之外，而失之耳目之前。又云：徐昌穀有六朝之才，而無其學；楊用脩有六朝之學，而非其才。又云：楊修撰之《南中稿》，穠麗婉至；華學士之《巖居稿》，清澹簡遠。俱遠勝玉堂之作。

穆敬甫云：用脩學富千古，人謂其詩不逮學，然其詩亦非貞、元以後語也。

陳德遠云：用脩詩取材六代，間似杜陵。

王藩臣云：先生詩時而漢、魏，時而六朝，時而「四傑」，時而李、杜。其於才無所不構，而於體無所不兼。

顧玄言云：修撰咀英搜玉，咳唾成珠。

陳玉叔云：用脩采摭既富，蹊徑終存。近體多深沉之思，絶句極風人之致。又云：用脩著書百餘種。時分宜故相乞品詩於萬里外，司空劉元瑞得《神樓曲》棲息終身，其珍重如此。至海内名流，若永昌張愈光謂其「立朝去國，弘業葆貞」；華容孫仲可謂其「旁通廣畜，名高衆忌」，嘉州程給事謂其「稗官小説，因微適道」，崑山周太僕謂其「權衡操縱，含英茹實」，四明張司馬謂其「片詞纖指，根沿古初」，太倉王廷尉謂其「才情蓋代，使事最工」，即諸家品，而用脩可知也。

黄清甫云：楊詩喜用僻事，多著浮彩，搜羅刻削，無出其右，而駢繪既繁，性情多盡。傳謂美能沒禮，詩亦有之。至誦其「可憐風雨夜，長在客塗中」，又「江花與江草，異國看春生」，情境俱窮，真堪隕淚。

李時遠云：用脩評他人詩精當，不可假借，其所作未必如所評，亦人才之通獘也。

胡元瑞云：用脩才情問學，在弘、正後，嘉、隆前，挺出倔起，無復依傍，自是一時之傑。格不甚高，而清新綺縟，獨掇六朝之秀，合作者殊自斐然。又云：皇甫子循以六朝語入中唐調，而清空無迹。楊用脩以六朝語作初唐調，而雕繪滿前。故知詩有別才，學貴善用。

錢受之云：用脩垂髫賦黄葉詩，爲茶陵文正公所知。登第又出門下，詩文衣鉢，實出指授。及北地哆言復古，力排茶陵，海内爲之風靡。用脩乃沈酣六朝，攬采晚唐，創爲淵博靡麗之詞，其意欲壓倒李、何，爲茶陵别張壁壘，不與角勝口舌間也。援據博則舛錯良多，摹仿慣則瑕疵互見。竄改古人，假託往籍，英雄欺人，亦時有之。要其鈎索淵深，藻彩繁會，自足以牢籠當世，鼓吹前哲。膚淺末學，趨風仰止，固未敢抵隙蹈瑕，横加呰謷也。

陳卧子云：用脩繁蔚之中，時見新警。

宋轅文云：用脩病在貪博，故使事處往往求巧得拙。要其天才本是奇麗，真如七寶流蘇。

《静志居詩話》：虞伯生告袁伯長云：「文章之妙，惟浙中庖者知之。若川人之爲庖也，麤塊而大臠，濃醯而厚醬，非不果然饜也，而飲食之味微矣。浙中之庖則不然，凡水陸之産，皆擇取柔甘，調其湆齊，澄之有方，而潔之不已，視之泠然水也。而五味之和，各得所求；羽毛鱗甲之珍，不易故性。爲文之妙，亦猶是耳。」讀用脩詩，無異川人之庖矣。予爲之調擇澄潔，去其「濃醯厚醬」，蓋竊比於浙中之庖之義云。

行旅

行旅苦日短，勞人知路遥。忽忽歲云暮，客心中摇摇。曠野積寒氣，四望但寂寥。嚴霜下豐草，朔風鳴枯條。浮雲起爲蓋，堅冰結爲橋。白日隱餘照，玄雲晻層霄。鳴轂無停輪，嘶馬不解鑣。飛鳥夕知還，征塗何迢迢。無以慰苦辛，興言自成謡。

三岔驛

三岔驛，十字路。北去南來幾朝暮。朝見揚揚擁蓋來，暮看寂寂回車去。今古銷沉名利中，短亭流水長亭樹。

賦得千山紅樹圖送楊茂之

蕭郎雅工金碧畫，愛畫碧雞與金馬。畫作千山紅樹圖，行色秋光兩瀟灑。摇落深知宋玉悲，登山臨水送將歸。丹林初曉清霜重，紫谷斜陽赤燒微。故人辭我故鄉去，滇樹遥遥接巴樹。桑落他山共醉時，楓香客路銷魂處。白首遐荒老未還，流波落木慘離顔。錦城紅樹那能見，千里隨君夢裏攀。

錦津舟中對酒別劉善充

錦江煙水星橋渡，惜別愁攀江上樹。青青楊柳故鄉遥，渺渺征人大荒去。蘇武流離十九年，誰傳書札上林邊。北風代馬南枝鳥，腸斷當年蜀國絃。

送余學官歸羅江

豆子山，打瓦鼓。陽坪關，撒白雨。白雨下，娶龍女。織得絹，三丈五。一半屬羅江，一半屬玄武。我誦棉州歌，思鄉心獨苦。送君歸，羅江浦。

宿金沙江

往年曾向嘉陵宿，驛樓東畔闌干曲。江聲徹夜動離愁，月色中天照幽獨。豈意飄零瘴海頭，嘉陵回首轉悠悠。江聲月色何堪說，腸斷金沙萬里樓。

山行即事

桐子花開映村塢，單衣初試貧兒舞。春寒已過四十五。

十二月朔日南郊扈從省牲

天仗雲門外，宵衣曉漏前。蒼龍旂影動，朱鷺鼓聲傳。星爛甘泉燭，霜清泰畤煙。南郊新警畢，重覩孝皇年。

方思道云：得初唐體。

咸陽

帝里繁華歇，神皋歲月多。秦城依北斗，渭水象天河。頽堞無遺土，驚川有逝波。丘陵沉霸氣，松柏起悲歌。

青橋

聞道盤雲棧，郵亭枕水涯。猨猱臨客路，雞犬隔仙家。風起青丘樹，春迷玉洞花。旅懷今日豁，停幰問衺斜。

送高公次長洲尹

祖帳燕臺下，官曹震澤東。星躔牛斗近，地脈海潮通。新水催飛鷁，微霜度早鴻。循良多暇日，題詠繼文雄。

寄石季瞻赴臨安謫

聞道炎方謫，遥從瘴海過。後期淹歲月，前路任風波。霄漢蜚鴻遠，關門虎豹多。卜居何處問，薜荔在山阿。

送周子庚都憲撫邊

肅肅戒嚴程，蕭蕭邊一作斑。馬鳴。龍庭新節制，騎省舊才名。玉律調秋氣，金鐃寢夜聲。隴雲笳外結，關月笛中明。鸞朔臨秦障，鶉瓢繞漢城。沙汀行見雁，海樹坐聞鶯。游霧懷前賞，歸風遡別情。佇聽歌凱入，一舉塞垣清。

送客

合尊且醉花間，分襟易慘愁顔。朝下春風紫陌，天涯落日青山。美人明月相望，游子浮雲獨還。愁見河橋柳色，勞歌一曲陽關。

春興

最高樓上俯晴川，萬里登臨絶塞邊。碣石東浮三絳色，秀峰西合點蒼煙。天涯游子懸雙淚，海畔孤臣謫九年。虚擬短衣隨李廣，漢家無事勒燕然。

中秋禁中對月

漢家臺殿號明光，月滿秋高夜未央。銀箭金壺催漏水，仙音法曲獻霓裳。路車天遠鸞聲靜，宫扇風多雉影涼。千里可憐同此夕，美人迢遞隔西方。

懷歸

星橋南望沉犀渚，雪嶺西連抱珥河。關塞渺茫魂夢隔，山川迢遞别離多。汀洲春雨搴芳杜，茅屋秋風帶女蘿。心事未從詹尹卜，生涯聊聽僰童歌。

李君偕過皋橋新居言别

沙門草閣對漁舟，坐俯昆池萬里流。蕭索暮塗猶浪迹，登臨暇日豈銷憂。阮公失路誰青眼，江令還家尚黑頭。行見群英滿青瑣，寧忘一老在滄洲。

竹枝詞

夔州府城白帝西，家家樓閣層層梯。冬雪下來不到地，春水生時與樹齊。

滇海竹枝詞

東浦彩虹懸水椿，西山白雨點寒江。煙中艇子摇兩槳，空裏鷺鷥飛一雙。自注：滇人唤虹霓爲「水椿」。

寄遠曲

濯錦江頭煙水緑，相思萬里人如玉。瑶琴别後不曾彈，今朝才理將歸曲。

江陵舟中贈田李二子

落月寒沙夜未分，玉簫金管醉中聞。明朝回首沅江路，愁聽清猨和白雲。

望中條山

征馬長鳴向北風，崤關回首暮雲東。太行過盡中條出，一路青山白雪中。

于役江鄉歸經板橋

千里長征不憚遥，解鞍明日問歸橈。真如謝朓宣城路，南浦新林過板橋。

贈箏人

綺筵雕俎喚新聲，博取瓊花出玉英。肯信博陵崔十四，平生願作樂中箏。

張璧一首

璧字崇象，石首人。正德辛未進士，改庶吉士，累官太子太保，禮部尚書，東閣大學士。贈少保，謚文簡。有《陽峰家藏集》。

尹巽峰遣祀衡山得配字

天王御宸位，相國熙帝載。維時肇初元，秩禮肆禋類。皇皇遣近臣，肅肅將遠賚。顧兹南嶽鎮，而與朱鳥配。星分當翼軫，地望等恒岱。坤維得艮止，后土資負載。祝融正盤紆，靈爽豈茫昧。巽峰天下士，衹命壖壤内。晨裝發潞河，夕舸達江匯。犧宰設衡楅，虞人剪荒穢。再宿整襟冠，三薰潔醇酹。樂張洞庭野，紉憶蘭芷佩。探歷道彌廣，登覽神愈倍。禮成眷桑梓，敬止重風槩。秋徂命倌人，星言理征騑。於皇念啓沃，遲子日展對。悽惻懷修塗，音塵慰寮寀。

王以旂一首

以旂字士招，江寧人。正德辛未進士，累官太子太保，兵部尚書，兼右都御史。贈少保，謚襄敏。

有《石岡集》。

九日登長城關樓

邊塞高登百尺樓，遥天極目迥消愁。穹廬遠向西番徙，烽火無勞内地憂。四野牛羊隨處牧，千家禾黍滿埸收。喜看安阜叨清宴，醉倚黄花插白頭。

孫承恩 一首

承恩字貞父，松江華亭人。正德辛未進士，歷官太子少保，禮部尚書，兼翰林學士，掌詹事府。贈太子太保，謚文簡。有《使郢稿》。

經孟浩然故里

孟六亦高人，神思乃清朗。讀書陋拘牽，制行喜疏曠。賦詩妙天趣，力索不可仿。沖融大雅音，金石振遺響。禁中遇天子，召對心所向。終焉意不合，歸哉南山放。唐詩盛千古，公也李杜行。布衣一時窮，高譽後人仰。我來經故里，慨矣勞緬想。鹿門當時月，依依漢江上。

王道 一首

道字純甫，武城人。正德辛未進士，改庶吉士，歷官吏部右侍郎。贈禮部尚書，謚文定。有《順渠文録》。

《詩話》：順渠說經，不墮宋人理窟。詩雖無意求工，亦少習氣。

過舊居有感

破屋頽垣是幾年，重來下馬一悽然。丁寧好護門前柳，曾繫詩人萬里船。

汪玄錫 一首

玄錫字天啓，婺源人。正德辛未進士，選給事中，陞太僕卿，擢都御史，巡撫江西，入爲户部侍郎。卒，贈尚書。有《東峰集》。

朝鴉

景陽鐘動曉鴉飛，漢殿千官拜玉墀。仙仗纔移東殿去，翩翩棲滿萬年枝。

陳達甫云：此司徒初入掖垣時作也。託喻可想。

許成名一首

成名字思仁，聊城人。正德辛未進士，改庶吉士，授編修，歷諭德，進侍讀學士，遷太常寺卿，掌國子祭酒，陞禮部右侍郎。有《龍石稿》。

蘇穀原云：龍石詩清新俊逸，健拔謹嚴。

朱中立云：龍石詩氣平音和，蓋晚唐之佳者。

西師

上谷烽煙猶未定，西戎消息近如何。莎車空憶班都護，銅柱曾聞馬伏波。鐵騎休論榆塞險，羽書今報劍門多。何時籌策銷金甲，會見旋師振玉珂。陳用亶云：詩亦具體，特「銅柱」、「鐵騎」、「金甲」，未免近複爾。

屠俓一首

俓字直卿，鄞縣人，太保滽子。正德辛未進士，官吏部郎中。

夜聞笛

夢破寒猶重，更長客更愁。何人吹短笛，今夜在南樓。

屠僑二首

僑字安卿，鄞縣人。正德辛未進士，累官太子太保，左都御史。贈少保，謚簡肅。有《東洲雜稿》。

江頭晚步

薄晚江行意若何，夕陽微影漏林柯。緑厓白鳥沙痕淺，隔岸青山塔影多。下網人聽潮外語，入村船載渡頭歌。觀瀾不用登遐絕，百里蛟門送海波。

雨夜泊塘棲

出關彌望凍雲低，畫鷁迎春未試題。四十五程燈火夜，一川風雨泊塘棲。

柴奇 一首

奇字德美，崑山人。正德辛未進士，歷官應天府尹。有《黼菴遺稿》。

鄒謙之云：黼菴胸無城府，言無粉繪，行無機穽。詩文皆典雅雄健，不落骫骳，不矜刻峭。

周子籲云：京兆詩文雄麗，岪鬱有氣。

勉聞姪

汝父三十三，一疾棄諸孤。汝母二十九，赤手抱二雛。辛勤二十年，完此身後圖。汝兄亦已矣，所望在汝軀。汝今逾三十，尚爾在泥塗。年齒日已長，歲月易以徂。父書能讀否，狂藥曾戒無。汝若不努力，何以慰老夫。

繆天自云：語雖淺而不膚。

汪文盛 一首

文盛字希周，崇陽人。正德辛未進士，除饒州府推官，入爲武選主事；諫南巡，廷杖；嘉靖初，出知福州府，歷官按察使，以僉都御史，巡撫雲南，進大理卿。有《白泉集》。

西苑

萬年枝上露華清，百子池邊月色明。宮草經秋猶自碧，君王御輦不曾行。

郭維藩 一首

維藩字价夫，儀封人。正德辛未進士，歷官太常寺少卿，兼翰林院侍讀學士，掌院事。

送高穎之少卿赴南都

廣陵別後金陵別，舊歲君來今歲歸。回首十年猶反掌，含情千里各沾衣。江萍逐櫂隨流水，雲樹連天入翠微。卿佐官閒南國勝，湖山清賞莫相違。

郝鳳升 二首

鳳升字瑞卿，汀州衞人。正德辛未進士，大理寺副。有《九龍山房集》。

聖駕入城

警蹕都門裏，傳呼天子歸。有生皆帝德，不怒自民威。衣帶千金誓，湯城萬里圍。自今歸馬後，紫極但垂衣。

無題

來去渾疑雲雨蹤，楚王宫北數聲鐘。情當厚處翻成怨，淚到乾時不覺濃。煙縷湘裙飛蛺蝶，玉屏羅幕墮芙蓉。月中剩有森森桂，遮却清光第幾重。

游璉 一首

璉字世重，連江人。正德辛未進士，歷官廣東按察副使。有《少石稿》。

興田道中

興田驛路人家遶，煙火依稀出遠山。蔗圃秧分疏雨外，茶煙人語亂雲間。半生戀闕心空赤，五馬之官鬢欲斑。獨坐肩輿懷正惡，武夷遥望一開顔。

汪必東 一首

必東字希會，崇陽人。正德辛未進士，歷官河南參政。有《南雋集》。

過劉家隔

崛起劉家隔，周流漢水川。白連雲夢澤，青帶郢門煙。蜂蟻徧屯聚，魚鹽競貿遷。最憐貧土著，蒿裏剪桑田。

齊之鸞十五首

之鸞字瑞卿，桐城人。正德辛未進士，改庶吉士，授刑科給事中，歷吏、兵二科左、右給事。世宗即位，考察，謫崇德縣丞，移知長興縣，稍遷南京刑部郎中，以陝西按察僉事，巡寧夏，升副使，改河南，再改山東，終河南按察使。有《蓉川集》。

汪可亭云：公屬文藻麗，不尚奇澀，而語意新妙。詩有一韻疊至數十首者，搜探奇崛，毫末不遺。他人多即難工，公有餘力矣。

錢飲光云：公詩文妙當世，開吾鄉風氣之始。文絶去枝蔓，直攄所欲言；詩有氣力，精采往往造出人意表。大抵一意孤行，無所依附。

潘蜀藻云：讀齊公《南征紀行》《入夏録》，未嘗不嗟咨歎詠，以爲沉鬱渾脱，大得瀼西之傳，北地猶去而千里。

《詩話》：蓉川在給舍，最爲敢言，侃侃不阿。止康陵罷設花酒店，不當論威武大將軍功。寧庶人造龍艘戲劇，潛結近倖，邀帝南幸，圖謀不軌，行有日矣。偕邢給事寰、許給事復禮留駕。及康陵親征，又作《回鑾賦》以諷，且力白王新建之誣，洵骨鯁之臣也。顧見容於康陵，而不容於永陵，何哉？及入西夏，值旱澇之餘，見居人刈蓬科，其類有棉蓬刺蓬二種，子皆可以爲麪，饑民藉以充腹。取而啖之，苦惡辛澀，乃封題以進。且言「國家有大可憂之事三，廟謨有深可惜者四」，斥及議禮大臣，并責永陵不能虛己。可謂言人所不敢言矣。入夏諸詩，山川險隘，誦之有如聚米，與尹僉事耕并工。惜乎志邊關者，均未之采録也。

晚宿良鄉

我行至良鄉，車駕已臨涿。官藏供億煩，吏走威勢捉。人馬正饑疲，晚得粟一握。華館據高軒，敝廬聊破幄。階前樹却佳，緑葉未全剥。獨坐新霽清，悠然念盤錯。自顧章句生，胡此擁矛稍。感時不成寐，起視明河數。月色忽半窗，枕上聞吹角。

龍門龕

伊水出龍門，疏鑿惟禹績。溪縈匯澄潭，雲斷劃絶壁。泛舟巡南厓，諸龕空翠滴。遠疑穴陶復，近聽境寥闃。黄冠一人來，導我縱幽覯。何年驅鬼工，深窟隱金狄。頎然丈六身，大小隨刓剔。旁有鉦鼓鳴，愚氓伺考擊。自從拓跋來，事佛轉成癖。荒哉魏王泰，孝誠空爾激。不知文德賢，坤美符帝錫。天堂無則已，有則必登歷。何事石上災，千古不可滌。無乃託親名，志祈潛奪嫡。欲爲生民主，先被河神溺。向使正儲位，亦終貽唐慼。經行謾誅心，期使來者惕。

稠桑道中望黄河

桃林蟠土山，谷入昧所出。地底無傍風，天際有中日。仰視耕穫人，轉折忽相失。仄登蟻緣枝，幽盤蠹閉帙。僕夫虞殞傷，反汗更股栗。伊予慕昔賢，馭吏屢遭叱。徑盡躡河壖，黄流過箭疾。踰關勢彌雄，四騑奔馬逸。不知真宰意，何貴砥柱窒。氾濫民其魚，豈止桑田溢。三門中古開，神禹功誰匹。至今沮洳場，盡作秔稻窟。吾生髮半蒼，世路十不一。及兹瞻華嵩，眼豁心神駃。向來險遠虞，兹晨憂已釋。

寧州曉發

燈火啓巖城，戴星行未已。夜來下絶坂，左右崇墉倚。昏黑迷前旌，時顧斗杓指。晨雞登頓初，險澀曙光紫。林原衍山巔，溪壑行地裏。坡陀首乾龍，浮立土不滓。所以穴居民，患燥不患水。改邑視井泉，卑棲固其理。耕者百仞上，汲者千尋底。下山阻深溝，上山據高壘。四鄰守無虞，塞馬徒爲駛。民貧獨可憂，咸秦此脣齒。

書鄜城縣臺壁

長路淹炎日，驅馳損壯心。倦便雙柏坐，幽伴一蛩吟。嘉穀連河内，飛蝗度汝陰。經過見人樂，亦足豁煩襟。

邠州曉發二首

殘月征人早，州城奥窔閒。呼船渡涇水，立馬望豳山。禾黍高低壟，煙雲遠近關。誰能渠白石，種稻濁泥灣。涇北山横絶，穿厓細路高。偏懸疑有麓，峻極乃平皋。嶺露催禾黍，秋風颯苧袍。憂勤見遺俗，無地立蓬蒿。

靈祐驛次毛東塘韻

江路盤山轉，頹垣此驛亭。塞雲風外白，畦菽露中青。烏雀無歸樹，驊騮不在坰。誰教心匪石，自信跡如萍。

元旦次潘大行宗魯韻

三朝待漏趨金闕，五拜瞻天散紫宸。宦跡只尋常裏過，皇圖又十四回新。花邊劍佩明初景，塞外旌旗駐早春。安得封疆倚頗牧，坐紓北顧掃蜂屯。

將至茌平

長塗秋暮馬騑騑，風起塵高雉堞微。蟬到夕陽聲更急，樹經寒露葉初飛。正聞老母平安信，兼喜中丞克捷威。揚策不知行色倦，欲沽村釀解朝衣。

謁范韓祠

拓跋餘兇勢更張，二公相望屹金湯。一堂俎豆瞻遺像，萬古河山識巨防。賈策清時薪抱火，虞淵昏夜日重光。秋陰晝轉空階樹，恨入邊烽照朔方。

赤木裏口墩下坐憩

赤木空濛翠接天，懸車路杪下烽煙。須驅虎北馮金塔，更走龍南跨玉泉。青草谷中兼得水，白雲巖下盡堪田。奔馳庶竭涓埃報，心苦三陲版榦前。

過田州故城

河外軍藩麥秀中，唐兵昔數朔方雄。韓公北築三城路，至德中興一旅功。番刻勁銷春蘚碧，漢花穠映寺門紅。高雲不罩田州塔，水鶴歸巢戞暮空。

九日塗次登清水關城

朔方三度重陽節，河曲干旌歲歲忙。鬢髮已甘塵路白，菊花猶見塞垣黄。中丞疏有回天力，太宰功無縮地方。雲外好呼南去雁，繫書先爲報江鄉。

渡河六言

有意唱籌益粟，無神驅石修邊。四月黄沙八渡，雙旌紫塞三年。

毛憲一首

憲字式之，武進人。正德辛未進士，官禮科右給事中。有《古菴集》。

《詩話》：古菴講學，主道南書院。詩非所長，具體而已。

題扇

雲山擁前溪，竹樹傍厓石。晴風駕扁舟，興到任所適。水色與天光，上下涵一碧。習静久忘機，魚鳥亦馴格。誰知至樂心，物類固無隔。

周廷用四首

廷用字子賢，華容人。正德辛未進士，授宜黄知縣，入爲御史，外補僉事，參議福建，備兵四川，進江西按察使。有《八厓集》。

顧華玉云：子賢才稟超融，文鋒迅湧，援筆長賦，爛然成章。

錢受之云：華玉於子賢，極相推挹。然其詩粗豪奔放，往而不返。蓋楚士之有才情而不諳於八厓放言忤俗，東橋深惜之。《國寶新編》以之爲殿，贊云：「按察人豪，闊視放言。文藻性成，早垂鉅篇。」然製作庸庸，求其鉅篇頗罕。格調者。《詩話》：

池上晚坐

皎鏡淨方塘，月波涵一碧。瀲灩照翛篁，風聲鳴瑟瑟。愛此澹忘歸，呼童卷湘帙。清籟動我衣，微露潤我幘。繁星燦以羅，群囂久復寂。沖曠得所怡，稅駕將何適。

攢宫

宋家陵墓滿空山，北望嵩丘路險艱。一代龍蛇逢末運，百年梟雁出塵寰。空聞玉椁金城返，不見旌旗瀚海還。無限鼎湖湘水怨，白雲斑竹淚潸潸。

經廣武城

廣武城邊草樹青，濁河波浪晝冥冥。天呼垓下真龍起，事異鴻溝白馬刑。日晚沙場留返照，秋風燐火亂殘星。英雄自古功無敵，阮籍狂言未可聽。

過瀼東

瀼東瀼西雲日晴，官船撾鼓上灘行。不憎檣燕風前語，最愛山花雨後明。杜甫草堂元地勝，孔明圖陳自天成。明朝灩滪瞿塘上，却望連雲棧閣横。

孫繼芳二首

繼芳字世其，華容人。正德辛未進士，除刑部主事，改兵部；歷員外；諫南巡，廷杖；尋遷郎中，出爲雲南提學副使。有《石磯集》。

送徐太史使遼府

節重天王使，情親帝子家。雲霄三殿詔，波浪九江槎。庾亮樓前月，湘娥廟裏花。金樽高宴罷，須擬弔長沙。

北征還朝凱歌

牙旗寶蓋耀星文，椅鹿牽羊總百群。二十四通催羯鼓，帳前齊賀大將軍。

李際元 一首

際元，陽穀人。正德辛未進士，歷官按察僉事。

雙流次韻

鼓角催晨發，川原藹暮陰。小溪清見石，新柳細垂金。洞迴雲依樹，山深鳥隔林。天涯看落月，盈縮飽經心。

盧雍 一首

雍字師邵，吳縣人。正德辛未進士，官監察御史。有《古園集》。

泊頭晚泊欲訪子濟侍御不果

河流寒未凍，市集晚猶喧。日落新橋驛，煙生獨樹村。沙船露燈影，灘石帶冰痕。不見西臺客，幽懷誰與論。

王璜二首

璜字廷實，濬縣人。正德辛未進士，除陝西道御史，巡按浙江。

雲中歌二首

潮湧雲屯外四家，操回馬首帶金花。行人莫笑應州小，武廟當年駐翠華。

雲州城外日風沙，雲州城裏日繁華。金釵行酒將軍喜，醉倒銀壺小校家。

徐咸五首

咸字子正，海鹽人。正德辛未進士，除知沔陽州，入爲兵部主事，歷官襄陽知府。有《東濱稿》。《詩話》：東濱爲豐厓同母弟，昆友皆嫻風雅。歸田後，築園城闉，名曰「餘春」，中疊石爲小東山，與錢東畬太守、朱西村山人輩，結「小瀛洲十老社」。其後倭人入寇，所在焚儲積，遂舍園基，以爲倉焉。句如「路自窮厓入，人如倦鳥還」，「千年牛首寺，一勺虎跑泉」，「客醉黄花酒，僧供白雪餻」，「棘林花落子，茆屋燕將兒」，「山遠不聞漏，夜寒疑有霜」，頗類賈島佛。

井南社飲得影字

層樓俯青林，芳筵接高迥。衆賓來逶迤，被服野而整。時維沍寒候，風日不作冷。江梅泄春香，鳴禽戀餘景。時物適我懷，忘却酒力猛。飄風吹人衣，素髪颯垂領。浩歌入城闉，海鶴振孤影。

石首蓬萊閣

蓬萊高閣臨清漢，閣下風濤日夕撞。花日映紅明霽野，草煙浮緑翳晴窗。雕闌遠挹荆南勝，玉笛新開洞府腔。悵望謫仙何處去，娟娟秋月照澄江。

夜坐

涼颸落長松，明月出東嶺。空山夜無人，玄鶴不聞警。

西園雜詠

南園老梅苦寂寞，移種北園臨小池。却憐池水淨如鏡，照見橫斜三兩枝。

湖上

涌金門外水青青，倒浸西山似畫屏。十里煖風魚浪細，扁舟忽過望湖亭。

趙漢二首

漢字鴻逵，平湖人。正德辛未進士，除建昌推官。入爲給事中，轉山西參政。有《漸齋集》。

泊瓜州

山寺清鐘曉，江帆細雨秋。瓜洲三日泊，不爲阻風留。

湖上

鳥入山光去，舟分樹影過。秋江平似掌，何處起風波。

南大吉二首

大吉字元善，渭南人。正德辛未進士，授戶部主事，歷郎中，出知紹興府。有《瑞泉集》。

《詩話》：元善好青紫囊書，妙善占墓。其守紹興，謂窆石非禹葬處，别於廟東南建豐碑，題曰「大禹陵」。其後望秩，於是處焉。五言詩頗穩帖，無秦人伉厲之氣。

聞駕幸朔方

鐵騎緑沉槍，傳聞下朔方。紫臺邊月白，青海陳雲黄。寢閣雞聲早，行營虎步長。巡游稱聖世，車跡到幽荒。

和馬仲房雨

凉風吹雨晝，蕭颯自西岑。細細緣郊迴，霏霏度闕深。雙虹明夕照，萬戶動秋砧。爲想西征輦，應停北塞陰。

常倫五首

倫字明卿，沁水人。正德辛未進士，除大理評事，謫壽州判官，遷知寧羌州。有《評事集》。

王元美云：常明卿如沙苑兒駒，驕嘶自賞，未諧步驟。

陳卧子云：明卿氣骨高朗，頗能自運。

望山有懷故居

羈步局重城，流觀狹西野。高高見西山，鄉愁冀傾寫。天際望不極，延佇一瀟灑。落葉歸故根，山雲滿秋櫝。無情尚有適，何以慰離者。

客行篇寄山中所知

客行千里道，塵土緇裳衣。鬱鬱胡不樂，思欲復西歸。逝者如斯夫，朝露待日晞。人生一世間，乃與願相違。黄鵠舉何迴，鷦鷯棲何卑。撫劍獨嗟吒，臨岐浩徘徊。因風寄黄綺，管晏非所希。

和王玉溪過韓信嶺

漢代推英武，將軍第一人。禍奇因躡足，功大不謀身。帶礪山河舊，丹青祠廟新。長陵一坏土，寂寞亦三秦。

竹

庭竹娟娟色，虚堂肅晚陰。翠交紅果潤，清蔭碧苔深。凉月侵冰簟，流風送玉琴。歲寒終不改，長此護雙林。

采蓮曲

素月開歌扇，紅蕖豔舞衣。隔江聞笑語，隱隱櫂歌歸。

俞璋一首

璋字朝相，崑山人。正德辛未進士，官大理評事。

上方

山寺晝陰寂，緑蘿覆繩牀。乍愛石苔古，忽聞蘭草香。遠樹多暮色，幽泉有深光。持此積喧意，來訪逍遥場。

頓鋭九首

鋭，涿州人。正德辛未進士，官戸部主事。一云長史。有《鷗汀漁嘯集》。

《詩話》：長史時名籍甚，北人語云：「涿郡有才才一石，鋭得其八。」詩頗警拔，微嫌冗長耳。

樓桑廟迎送神曲 二首

帝子降兮范之陽，怳臨睨兮舊鄉，山蒼蒼兮水泱泱。神之來兮驂駟虯，玉鸞鳴兮啾啾。雲車兮羽蓋，樓桑陰兮蔽芾。牲既肥兮酒香，繐帷施兮雕玉牀，荃高坐兮樂未央。

帝子去兮安之違，桑梓兮心孔悲。白帝城兮永安宮，魚之腹兮鼉叢。巫陽雲雨兮洞庭波，雖信美而非吾土兮矧蛟鱷。與鼋鼉歸來兮歸來，其樂兮如何。

銅雀妓

西陵芳草合，松柏半爲薪。宮殿飛銅雀，下飲漳河濱。檀烟冷餘燼，繐帳網流塵。白頭歌舞妓，來教晉宮人。

出聖水關往鳳皇山寺

鑱峻攢泬寥，参差入烟霧。塗疑鬼工鑿，石截亂流渡。詰曲駭千轉，坦蕩不數步。陰厓匯靈淵，未冬已寒沍。欲上仍趦趄，先登必奮怒。谷響雜鼯鼪，澗蹤過狐兔。斷徑屢猱接，傾巖數狼顧。肆貪興會奇，強制心膽怖。睨憎仄磴危，足試欹岑固。漸與人世隔，遂愜平生慕。絶塵乃無地，升天疑有路。

得意真忘言，無心忽成句。象設教莫祛，烟霞疾已痼。空寂排冥詮，清虚獲玄悟。塵網奄頹齡，恨爲造化誤。

皐湖秋晚

木落天宇清，草枯風力勁。平湖著微霜，摧此萬荷柄。蓐收浸無權，玄冥欲司政。遠山寒更翠，積水曠而瀏。湘娥理晨妝，髫鬟墮明鏡。輕颸漾淪漣，碧緑交掩映。水鳥各沉浮，游泳自其性。安得金石膏，瘥我山水病。

湖莊秋事

郊墟絶喧湫，村落斷輪鞅。况兹千頃湖，初秋減新漲。無日不沉山，有風即生浪。微波淨漣漪，晴宇墮空曠。野服時登臨，箕踞衡皐上。興闌聊詠歸，扶將獨藜杖。鹿門龐德公，栗里陶元亮。如此足百年，外無分寸望。

觀鬬蟋蟀

蟋蟀著豳風，泉壤恒食息。迎陰已振羽，欲鳴先鼓翼。候氣感化機，吟秋率其職。於世無所爭，豈有剛膂力。都緣助人意，自負萬夫特。見敵豎兩股，怒鬢如卓棘。昂藏忿塞胸，彭亨氣填臆。將搏必踞蹲，思奮肆陵逼。既却還直前，已困未甘踣。雄心期決勝，壯志冀必克。依稀觸與蠻，蝸角並開國。人生亦類斯，駒隙競失得。知雄守其雌，老氏有淵識。

房山孔水洞

石竇水拖練，靈源地絶塵。浪傳飛白鼠，無處隱赬鱗。入夏桃花盡，經春荇葉新。輕舠不可入，豈有避秦人。

西巡曲

飛輪擊水日三千，咫尺長安在日邊。試向茂陵高處望，未央前殿立銅仙。

王溱 一首

溱字公濟，開州人。正德辛未進士，除沁水知縣，擢廣西道御史，出知平陽府，遷鹽運使，致仕。

落星寺别蔣南泠

别意隨流水，回船過落星。湖光侵寺碧，山色入簾青。鷗鷺馴沙岸，魚龍駭石汀。虚堂歸興渺，烟浪晚冥冥。

陸俸 一首

俸字天爵，號桃谷，吴縣人。正德辛未進士，歷官寶慶知府。

岳東伯云：桃谷早登仕籍，無暇篇章。晚就操觚，遂超多士。靈心夙構，穎悟居多，朝夕苦吟，已收時論。蓋能守約少陵之方，博施唐人之作者也。

酬劉子古鏡

古鏡不自惜，遥緘千里音。懸懸照肝膽，奚啻雙南金。員質凝精光，螭盤古銘深。明月入我懷，聊復理吾簪。與君别幾時，鬢髮雪已侵。冉冉悲年暮，悠悠空陸沉。願言保不缺，報君久要心。